Lily King

Writers & Lovers

Als ihre Mutter plötzlich stirbt und Freund Luke sie aus heiterem Himmel verlässt, verliert Casey den Boden unter den Füßen. Ohne Plan findet sie sich in Massachusetts wieder, schlägt sich als Kellnerin durch und hat wenig Glück mit Männern. Nur das Schreiben, ihr Roman, an dem sie seit vielen Jahren arbeitet, bietet ihr Flucht aus dem Alltag und Schutz. Aber ist sie mit 31 Jahren nicht zu alt, um sich an den Traum eines Lebens als Schriftstellerin zu klammern?
Nach dem gefeierten Bestseller ›Euphoria‹ erzählt Lily King in ›Writers & Lovers‹ intelligent und mit Humor die Geschichte einer unbeirrbaren jungen Frau – und von der inneren Zerrissenheit zwischen den Zwängen der Gesellschaft und eigenen Lebensentwürfen.

*Lily King*, geboren 1963, wuchs in Massachusetts auf und lebt heute mit ihrer Familie in Maine. Für ihre Romane erhielt sie zahlreiche Preise. ›Writers & Lovers‹ gehörte zu den Best Fiction Books 2020 u. a. von Amazon, The Guardian und Washington Post.

*Sabine Roth* ist als Übersetzerin tätig. Zu den von ihr übersetzten Autorinnen und Autoren gehören Jane Austen, Henry James, Agatha Christie, John Le Carré, V. S. Naipaul, Elizabeth Strout und Lemony Snicket.

Lily King

# Writers & Lovers

Roman

Aus dem Englischen
von Sabine Roth

dtv

3. Auflage 2026
2022 dtv Verlagsgesellschaft mbH & Co. KG
Tumblingerstraße 21, 80337 München
produktsicherheit@dtv.de
Lizenzausgabe mit Genehmigung des Verlags C.H.Beck oHG, München

Die Originalausgabe erschien 2020 unter dem Titel ›Writers & Lovers‹
bei Grove Press, an imprint of Grove Atlantic Inc., USA in New York.

Umschlaggestaltung: dtv nach einem Entwurf von geviert.com,
Christian Otto
Umschlagmotiv: shutterstock.com
Satz: C.H.Beck.Media.Solutions, Nördlingen
Satz nach einer Vorlage von Fotosatz Amann, Memmingen
Druck und Bindung: Druckerei C.H.Beck, Nördlingen
Printed in Germany · ISBN 978-3-423-14835-1

Für Lisa, meine Schwester,
in Liebe und Dankbarkeit

Ich verbiete mir strikt, schon am Morgen an Geld zu denken. Wie ein Teenager, der sich den Gedanken an Sex zu verbieten versucht. Wobei ich an Sex auch nicht denken darf. Oder an Luke. Oder an den Tod. Das heißt, keine Gedanken an meine Mutter, die in ihrem Urlaub letzten Winter gestorben ist. Ich darf an sehr vieles nicht denken, wenn ich morgens schreiben will.

Adam, mein Vermieter, schaut mir zu, wie ich seinen Hund Gassi führe. In Anzug und blitzenden Schuhen an seinen Mercedes gelehnt, verfolgt er unseren Weg die Einfahrt entlang. Er braucht morgens seine Bestätigung. Wie wohl jeder von uns. Jetzt kann er sich in dem Kontrast zu mir mit meiner Jogginghose und den verstrubbelten Haaren sonnen.

Als der Hund und ich nah genug sind, sagt er: «Du bist ganz schön früh auf.»

Ich bin immer früh auf. «Du aber auch.»

«Vorabbesprechung mit dem Richter, um sieben s. t.»

Bewundert mich. Bewundert mich. Bewundert *Vorabbesprechung* und *Richter* und *sieben s. t.*

«Irgendwer muss sich ja opfern.» Ich bin mir selbst unsympathisch in Adams Gesellschaft. Ich glaube, darauf legt er es an. Ich lasse mich von dem Hund ein paar Schritte an ihm vorbeizerren, einem Eichhörnchen nach, das sich durch die Zaunlatten an der Seite von Adams großem Haus zwängt.

«Und?», sagt er, bevor ich zu weit von ihm weggelangen kann, «was macht der *Roman*?» Er sagt es, als wäre das Wort meine Privaterfindung. Dabei bleibt er an seinem Auto lehnen und dreht nur den Kopf in meine Richtung; seine Pose gefällt ihm zu gut, um sie aufzugeben.

«Geht so.» In meiner Brust fangen die Bienen zu summen an. Ein paar krabbeln an der Innenseite meines Arms hinab. Ein kurzes Gespräch kann meinen ganzen Morgen aus den Angeln heben. «Ich muss mich gleich noch mal dransetzen. Nicht viel Zeit heute. Doppelschicht.»

Ich schleife den Hund Adams Hintertreppe hoch, mache ihn von der Leine los, schubse ihn durch die Tür und bin mit einem Satz die Stufen wieder hinunter.

«Wie viele Seiten hast du jetzt schon?»

«So was wie zweihundert.» Ich bleibe nicht stehen. Bis zu dem Anbau an der Garage sind es nur noch ein paar Schritte.

«Weißt du», er stößt sich von seinem Auto ab, wartet, bis er meine volle Aufmerksamkeit hat, «ich staune nur immer wieder, dass du glaubst, du hättest etwas zu sagen.»

Ich sitze am Schreibtisch und starre die Sätze an, die ich vor dem Hundespaziergang zu Papier gebracht habe. Sie sagen mir nichts. Ich kann mich nicht erinnern, sie hingeschrieben zu haben. Ich bin so müde. Ich schaue hinüber zu der Leuchtanzeige des Radioweckers. Keine drei Stunden mehr, bis ich mich für meine Mittagsschicht umziehen muss.

Adam hat zusammen mit meinem großen Bruder Caleb studiert – der damals, glaube ich, latent verliebt in ihn war –, deshalb nimmt er nicht ganz so viel Miete von mir. Für das Gassigehen am Morgen lässt er mir noch mal ein paar Dollar mehr nach. Mein Zimmer war früher der Gartenschuppen und riecht bis heute nach Erde und modrigem Laub. Der Platz reicht gerade für eine Einzelmatratze, den Schreibtisch mit Stuhl, eine Kochplatte und den Tischbackofen im Bad. Ich setze den Kessel auf, um mir noch eine Tasse schwarzen Tee aufzubrühen.

Ich schreibe nicht, weil ich glaube, ich hätte etwas zu sagen. Ich schreibe, weil sich ohne das Schreiben alles noch trostloser anfühlt.

Um halb zehn schiebe ich meinen Stuhl zurück, schrubbe die Steak- und Blaubeerflecken aus meiner plissierten weißen Bluse, bügle sie auf dem Schreibtisch trocken, hänge sie auf einen Bügel und fädle den Haken durch die Schlaufe oben am Rucksack. Ich ziehe meine schwarze Arbeitshose und ein T-Shirt an, binde die Haare zusammen und setze den Rucksack auf.

Das Fahrrad muss ich rückwärts aus der Garage schieben, so voll steht sie mit all dem Krempel, den Adam dort aufhebt: alte Kinderwagen, Hochstühle, Babywippen, Matratzen, Kommoden, Skier, Skateboards, Liegestühle, Petroleumfackeln, einen Kickertisch. Den restlichen Platz braucht der rote Minivan seiner Ex-Frau. Sie hat sich letztes Jahr nach Hawaii abgesetzt und ihm alles dagelassen außer den Kindern.

«Traggisch, so gutes Auto», war der Kommentar der Putzfrau, die hier neulich den Gartenschlauch suchte. Sie heißt Oli, kommt aus Trinidad und hebt sogar die Plastikmessbecher aus den Waschpulverkartons auf, um sie nach Hause zu schicken. Adams Garage hat Oli nachhaltig erschüttert.

Ich radle die Carlton Street entlang, dann bei Rot über die Beacon Street und weiter die Ivy Street vor zur Commonwealth Avenue. Autos donnern vorbei. Ich rutsche aus dem Sattel und warte in einem wachsenden Pulk von Studenten auf Grün. Ein paar von ihnen bewundern mein Fahrrad. Es ist ein altes Bonanzarad, das ich im Mai in Rhode Island auf dem Sperrmüll gefunden und gemeinsam mit Luke hergerichtet habe – ihm eine neue Kette verpasst, die Bremskabel nachgezogen und das rostige Sattelrohr hin und her geruckelt, bis ich endlich hoch genug saß. Die Gangschaltung ist in die Stange eingebaut, wodurch es sich nach mehr anfühlt, als es ist, als hätte es irgendwo einen versteckten Motor. Ich mag dieses Harley-Gefühl, das man darauf hat, durch den Chopperlenker und den gesteppten Bananensattel mit dem hohen Rohr dahinter, an das ich mich beim Ausrollen anlehnen kann. Als Kind hatte ich kein Bonanzarad, aber meine beste Freundin hatte eins, und teils tauschten wir ganze Tage am Stück. Diese Boston-University-Studenten kennen gar keine Bonanzaräder mehr. Es hat immer noch etwas Seltsames, nicht mehr zur jüngsten Kategorie von Erwachsenen zu gehören. Ich bin einunddreißig, und meine Mutter ist tot.

Die Ampel schaltet auf Grün, und ich hieve mich wieder in den Sattel, überquere die sechs Spuren der Commonwealth Avenue und strample weiter, über die Boston University Bridge auf die Cambridge-Seite des Charles River. Manchmal geht es schon vor der Brücke los. Manchmal erst oben auf der Brücke. Aber heute habe ich mich im Griff. Heute halte ich durch. Ich rolle hinunter auf den Gehsteig zwischen Memorial Drive und Fluss. Es ist Hochsommer, und der Fluss scheint am Ende. Schmutziger weißer Schaum schwappt gegen das Uferschilf. So ähnlich sah die weißliche Schmiere aus, die sich in den Mundwinkeln von Pacos Mutter bildete, wenn sie in ihrer Küche saß und den ganzen Tag durchjammerte. Wenigstens da bin ich raus. Gegen diese Klitsche in den Außenbezirken von Barcelona ist selbst Adams Schuppen ein Fortschritt. Ich kreuze River Street und Western Avenue und schwenke hinüber auf den Lehmweg dicht am Flussufer. Ich habe mich im Griff. Ich habe mich so lange im Griff, bis ich die Gänse sehe.

Sie sind an ihrem üblichen Platz beim Pfeiler der Fußgängerbrücke, zwanzig oder dreißig, geschäftig wie immer – verdrehen die Hälse und stoßen die Schnäbel ins eigene Gefieder oder in das ihrer Nachbarn, picken nach den letzten paar Hälmchen im Lehm. Ihre Geräusche werden lauter, als ich näher komme, Schnarren, Grummeln, aufgebrachtes Quaken. Sie sind Störungen gewohnt und weichen kaum zur Seite, als ich zwischen ihnen durchradle; ein paar schnappen zum Schein nach meinen Knöcheln oder lassen die Schwanzfedern durch meine Speichen streifen. Nur die ganz hysterischen flüchten ins Wasser, kreischend, als wollte ihnen jemand ans Leder.

Ich liebe diese Gänse. Mein Herz schwillt an, wenn ich sie sehe, und fast kann ich glauben, dass vielleicht doch alles ins Lot kommt, dass ich diese Zeit überstehen werde, wie ich auch schon andere Zeiten überstanden habe, dass die unendliche, bedrohliche Leere vor mir bloßer Einbildung entspringt und das Leben leichter und lustiger ist, als mir das im Moment möglich scheint. Aber diesem Gefühl, dieser Ahnung, dass nicht alles verloren ist, folgt der Drang, meiner Mutter davon zu erzählen, ihr zu sagen, dass es mir heute gar nicht so schlecht geht, dass ich etwas empfunden habe, das fast als Glück durchgehen könnte, dass ich eventuell doch noch glücklich sein kann. Sie wird das wissen wollen. Aber ich kann es ihr nicht sagen. Das ist die Wand, gegen die ich an guten Tagen wie heute laufe. Meine Mutter wird sich um mich sorgen, und ich kann ihr nicht sagen, dass das nicht nötig ist.

Die Gänse stört mein Weinen nicht. Sie kennen mich nicht anders. Sie schnauben und glucksen und übertönen meine Geräusche. Eine entgegenkommende Joggerin deutet die Anzeichen richtig und schlägt einen Bogen um mich. Ab dem großen Bootshaus werden die Gänse weniger. Bei der Larz Anderson Bridge biege ich nach rechts, die JFK hoch Richtung Harvard Square.

Sie hat etwas Kathartisches, diese Radfahrt, und in der Regel hält es ein paar Stunden vor.

Das Iris liegt im zweiten Stock einer großen Backsteinvilla, die einem der Harvard-Klubs gehört. Die Räumlichkeiten werden vermietet, seit vor zehn Jahren aufflog, dass der Klub Steuerrückstände von beinahe hunderttausend Dollar hatte. Jetzt im Sommer sind nicht viele von den Studenten da, und sie benutzen einen separaten Eingang auf der anderen Seite des Gebäudes, aber ich höre sie manchmal beim Proben. Sie haben ihr eigenes Theater, in dem sie Stücke aufführen, bei denen sich Männer als Frauen verkleiden, und ihren eigenen

A-cappella-Chor, eine Gruppe wichtig herumflitzender Jünglinge, die Tag und Nacht Smoking tragen.

Ich sperre mein Rad an einem Straßenschild fest, steige die Granitstufen hoch und stoße die schwere Tür auf. Tony, einer der Oberkellner, ist schon fast oben am Treppenabsatz, seinen Sack von der Reinigung überm Arm. Er sahnt all die guten Schichten ab, deshalb kann er es sich leisten, seine Livree richtig reinigen zu lassen. Es ist eine imposante Treppe, mit einem schmuddeligen, bierverfleckten Läufer darauf, der früher vermutlich von einem vornehmen Purpurrot war. Ich warte mit dem Weitergehen, bis Tony um die Ecke verschwunden ist und ich ihn auf der nächsten Treppe höre. An der Wand hängen die Porträts der Präsidenten, die dem Klub angehört haben: Adams, Adams, Roosevelt, Roosevelt, Kennedy. Der zweite Treppenabschnitt ist schmaler. Tony braucht lang, er ist noch nicht mal auf halber Höhe. Ich werde noch langsamer. Vor das Licht am oberen Ende der Treppe schiebt sich eine Gestalt. Gory kommt herunter.

«Tony, alter Junge», tönt er. «Wie geht's, wie steht's?»

«Wie 'ne Eins steht er, kennst mich ja.»

Gory kichert. Die ganze Treppe schwankt unter seinen Tritten.

«Mal wieder spät dran, Mädel.»

Ich bin pünktlich wie immer. Das ist seine Art, Frauen zu begrüßen. Ich glaube nicht, dass er meinen Namen weiß.

Ich spüre die Stufe nachgeben, als er an mir vorbeiläuft.

«Viel zu tun heute Abend. Hundertachtundachtzig Vormerkungen», sagt er über die Schulter. Denkt er, wir haben schon Nachmittag? «Und die Bereitschaft hat sich gerade krankgemeldet.»

Die Bereitschaft ist Harry, mein einziger Freund im Iris. Er ist allerdings nicht krank. Er ist mit dem neuen Hilfskellner auf dem Weg nach Provincetown.

«Zieh die langen Eisen auf», sagt er.

«Ohne die geh ich doch nie aus dem Haus, Gory.»

Das mit dem Golfen hat er beim Vorstellungsgespräch aus mir

rausgekitzelt. Er selbst spielt Krocket, hat er mir verraten. Nicht auf Gartenfesten, sondern profimäßig, bei Turnieren. Angeblich ist er einer der besten Krocketspieler landesweit. Das Iris konnte er mit einer seiner Siegprämien eröffnen.

Unten angelangt, schnieft er lautstark dreimal, räuspert den Rotz hoch, schluckt, holt tief Luft und tritt hinaus auf die Straße, am Arm eine Tasche mit den kompletten Einnahmen von gestern Abend und dem riesigen Aufdruck CAMBRIDGE SAVINGS BANK. Jemand hat ihm ein Post-it auf den Rücken geklebt, auf dem steht: «Überfall lohnt sich!»

«Ah, der alte Casey Kasem höchstpersönlich», sagt Dana, als ich oben ankomme. «Hat dich immer noch keiner gefeuert?» Sie steht über Fabianas Empfangstisch gebeugt und macht den Sitzplan. Er ist kaum zu entziffern und unter Garantie ungerecht.

Ich gehe den Gang hinter zu den Toiletten, wo ich die weiße Bluse anziehe und mein Haar zu dem vorgeschriebenen hoch sitzenden Dutt zusammenschlinge, der so straff sein muss, dass die Kopfhaut schmerzt. Als ich zurückkomme, schieben Dana und Tony die Tische herum, schanzen sich selber die großen Gruppen zu, sichern sich alles, was lukrativ ist – die Geschäftsrunden, die Stammgäste, die Investoren, die hier Geld angelegt haben und nichts zahlen, aber astronomisch hohe Trinkgelder geben. Ob sie auch außerhalb des Restaurants Freunde sind, weiß ich nicht, aber sie tun sich bei jeder Schicht zusammen wie zwei üble Skatbrüder, die einander die Stiche zuspielen und sich ins Fäustchen lachen, wenn ihnen wieder ein diabolischer Coup geglückt ist. Ein Paar sind sie definitiv nicht. Dana mag es nicht, angefasst zu werden – als sie neulich einen steifen Hals hatte und der neue Hilfskellner ihr den Nacken massieren wollte, hat sie ihm praktisch den Arm gebrochen –, und Tony redet andauernd von seiner Freundin, begrapscht aber bei jeder Schicht sämtliche Kellner. Sie haben Gory und den Restaurantleiter, Marcus, in der Hand, zumindest ein Stück weit – durch die Drogen, vermuten Harry und ich, die ihnen Tonys Bruder beschafft, ein Dealer, der regelmäßig im Knast sitzt und von dem Tony nur spricht, wenn er einen im Tee hat; dann muss man ihm Schweigen geloben, als hätte er einem die Geschichte nicht schon x-mal erzählt. Wir nennen Dana und Tony die Twisted Sister und gehen ihnen nach Möglichkeit aus dem Weg.

«Ihr habt grade zwei Tische aus meiner Station geklaut», schimpft Yasmin.

«Wir brauchen zwei Achter», sagt Tony.

«Dann nehmt verdammt noch mal eure eigenen. Das hier sind meine, ihr Arschlöcher.» Yasmin ist in Eritrea geboren und in Delaware aufgewachsen, aber sie hat jede Menge Martin Amis und Roddy Doyle gelesen. Gegen die Twisted Sister hilft ihr das leider nichts.

Bevor ich mich auf Yasmins Seite schlagen kann, zeigt Dana mit dem Finger auf mich. «Hol die Blumen rein, Casey Kasem.»

Sie und Tony sind die Oberkellner. Sie haben das Sagen.

Mittags braucht es noch keine Profis. Den Mittagstisch schmeißen die Neuzugänge und die alten Arbeitspferde, die Doppelschichten schieben und so viele Stunden machen, wie sie von der Restaurantleitung nur kriegen können. Ich kellnere, seit ich achtzehn bin, deshalb bin ich in nur sechs Wochen von der Neuen zum Arbeitspferd mutiert. Finanziell ist die Mittagsschicht lausig, verglichen mit den Abenden, es sei denn, man bedient eine Clique von Anwälten oder Pharmatypen, die mit ein paar Runden Martinis auf ihre Erfolge anstoßen und entsprechend spendabel gestimmt sind. Durch den Speisesaal scheint die Sonne, was sich unnatürlich anfühlt und alle Farben verändert. Ich mag die Abendstimmung lieber, wenn die Fenster sich langsam mit Schwärze füllen und das warme gelbliche Licht aus den vergoldeten Wandleuchten die Fettspritzer auf den Tischdecken und die Kalkflecken kaschiert, die wir vielleicht auf den Weingläsern übersehen haben. Das blaue Mittagslicht blendet uns. Jeder Gast braucht, kaum dass er sitzt, seinen Kaffee. Und man hört tatsächlich die Musik, die Mia, unsere Mittags-Barfrau, auflegt. Meistens spielt sie Dave Matthews. Mia hat einen Dave-Matthews-Fimmel. Gory ist oft nüchtern, und Marcus sitzt in seinem Büro, kümmert sich um seinen Kram und lässt uns machen. Es ist eine verkehrte Welt mittags.

Aber es geht schnell. Noch ehe die Turmuhr im Harvard Yard zwölf schlägt, sind von meinen Tischen schon drei Zweier und ein Fünfer besetzt. Zum Nachdenken kommt keiner. Alle werden wir wie Tennisbälle zwischen Küche und Speisesaal hin und her gedroschen, ohne Pause, bis der letzte Gast weg und die Mittagsschicht durch ist und man am Taschenrechner sitzt und seine Kreditkarten-Trinkgelder addiert und den Anteil für Barfrau und Hilfskellner ausrechnet. Die Tür wird abgesperrt, Mia dreht «Crash Into Me» voll auf, und wenn schließlich sämtliche Tische abgeräumt, sämtliche Gläser poliert und sämtliche Gedecke für das morgige Mittagessen gerollt sind, habe ich eine Stunde Ausgang, bevor ich zur Abendschicht antreten muss.

Ich gehe zu meiner Bank neben dem Coop. Vor dem Schaltertisch ist eine Schlange. Nur ein Schalter ist besetzt. LINCOLN LUGG, steht auf dem Messingschild. Bei meinen Stiefbrüdern hießen Kackwürste Lincoln Logs, wie die langen braunen Bausteine. Der Jüngste zerrte mich immer ins Bad, um mir zu zeigen, wie sensationell lang er sie hinbekam. Manchmal mussten wir alle kommen und schauen. Wenn ich jemals mit einem Therapeuten meine Kindheit aufarbeite und der Therapeut mich auffordert, mich an einen frohen Moment mit meinem Vater und Ann zu erinnern, kann ich ihm erzählen, wie wir alle ums Klo herumstanden, um eines von Charlies abnorm langen Lincoln Logs zu bestaunen.

Lincoln Lugg passt mein amüsierter Gesichtsausdruck nicht, als ich an den Schalter trete. Solche Leute gibt es. Sie denken, jeder amüsiert sich auf ihre Kosten.

Ich lege ihm meinen Packen Geldscheine hin. Das passt ihm auch nicht. Man sollte meinen, Schalterbeamte würden sich mit dir freuen, erst recht, wenn du zu Abend- und Doppelschichten aufgestiegen bist und sechshunderteinundsechzig Dollar auf dein Konto einzahlen kannst.

«Sie wissen schon, dass Sie Einzahlungen am Automaten vornehmen können?», sagt er, während er mit spitzen Fingern mein Geld zählt. Hat er denn nicht gerne Geld in den Händen? Welcher Mensch genießt es nicht, Geld in den Händen zu halten?

«Ich weiß, aber weil es ja Bargeld ist, wollte ich –»

«Niemand nimmt Ihnen Ihr Bargeld weg, wenn es einmal im Automaten ist.»

«Ich will einfach nur sichergehen, dass es auf meinem Konto landet und nicht auf einem fremden.»

«Wir haben streng regulierte, hochsystematisierte Abläufe. Und jeder Vorgang wird auf Video aufgezeichnet. Das, was Sie hier machen, ist um einiges weniger sicher.»

«Ich bin einfach so froh, das Geld einzahlen zu können. Bitte vermiesen Sie mir das nicht. Diese Dollars können gar nicht so schnell auf meinem Konto ankommen, wie sie von den Zinshaien abgesaugt werden, also machen Sie's mir nicht kaputt, ja?»

Lincoln Lugg zählt murmelnd die Scheine und antwortet nicht.

Ich habe Schulden. Ich habe so schwindelnd hohe Schulden, dass Marcus mir jede Mittags- und Abendschicht dieser Welt geben könnte, und ich könnte sie trotzdem nicht abbezahlen. Meine Kredite fürs College und für den Master sind während meiner Spanienjahre in Verzug geraten, und bei meiner Rückkehr hatte sich der anfängliche Betrag durch Strafen, Gebühren und Inkassokosten fast verdoppelt. Jetzt schaffe ich es mit Hängen und Würgen, den Status quo zu halten, das Minimum abzustottern, bis – ja, bis was? Und bis wann? Darauf gibt es keine Antwort. Das ist Teil des bedrohlichen schwarzen Lochs, das meine Zukunft ist.

Nach der kleinen Szene mit Lincoln Lugg weine ich auf einer Bank vor der Unitarierkirche. Ich weine diskret, ohne Geräusche, aber die Tränen laufen mir übers Gesicht, ohne dass ich etwas dagegen tun kann.

Ich probiere es mit einem Abstecher zu Salvatores Fremdsprachenbuchhandlung in der Mount Auburn Street. Hier habe ich vor sechs Jahren gearbeitet, 1991. Nach Paris und vor Pennsylvania und Albuquerque und Oregon und Spanien und Rhode Island. Vor Luke. Bevor meine Mutter mit vier Freundinnen nach Chile gereist ist und als Einzige nicht zurückkam.

Der Laden wirkt verändert. Sauberer. Die Regale stehen anders, und die Kasse ist jetzt da, wo früher die alten Sprachen waren, aber der hintere Teil, wo ich immer mit Maria saß, sieht noch genauso aus wie damals. Ich war als Marias Assistentin für französische Literatur eingestellt worden. Ich war frisch aus Frankreich zurückgekommen in diesem Herbst, und irgendwie dachte ich, obwohl Maria Amerikanerin war, würden wir die ganze Zeit nur Französisch sprechen, über Proust und Céline und Duras, von der zu der Zeit alle sprachen. Stattdessen redeten wir Englisch, hauptsächlich über Sex, was auf seine Art vielleicht auch sehr französisch war. Das Einzige, was ich aus den acht Monaten Geplänkel mit ihr noch weiß, ist ein Traum, den sie hatte, in dem Kitty, ihre Katze, es ihr mit der Zunge besorgte. Diese raue Zunge hätte sich so gut angefühlt, sagte sie, aber die Katze ließ sich ständig ablenken. Sie leckte ein bisschen, dann schleckte sie sich die Pfote, und Maria wachte davon auf, dass sie schrie: «Bleib *einmal* bei der Sache, Kitty, verdammt!»

Aber hinten ist keine Maria. Niemand von früher ist da, nicht einmal Manfred, der zynische Ostdeutsche, der sich jedes Mal aufregte, wenn Kunden nach Günter Grass fragten, weil Grass gegen die Wiedervereinigung opponiert hatte. Wir sind alle durch Kinder ersetzt worden, einen Jungen mit Baseballmütze und ein Mädchen mit Haaren bis über den Hintern. Es ist Freitag um drei, deshalb trinken sie Bier, Heineken, genau wie wir damals.

Aus dem Lagerraum kommt Gabriel mit der nächsten Runde. Er

sieht aus wie immer: silberne Locken, der Oberkörper zu lang für die Beine. Mein Gott, habe ich für ihn geschwärmt: Er war so intellektuell, liebte seine Bücher, verhandelte mit all den ausländischen Verlegern am Telefon in ihren eigenen Sprachen. Sein Humor war trocken und rabenschwarz. Jetzt verteilt er die Flaschen. Er sagt etwas, halblaut, und sie lachen alle. Das Mädchen mit den Haaren himmelt ihn genauso an wie damals ich.

Zu meiner Zeit bei Salvatore war ich noch nicht pleite. Jedenfalls nicht wissentlich. Meine Schulden waren überschaubar und Sallie Mae, EdFund, Collection Technology, Citibank und Chase noch nicht hinter mir her. Ich wohnte bei Freunden zur Untermiete in einem Haus in der Chauncy Street, achtzig Dollar im Monat. Wir wollten alle Schriftsteller werden und hielten uns mit irgendwelchen Jobs über Wasser. Nia und Abby arbeiteten an ihren Romanen, ich schrieb Kurzgeschichten und Russell Gedichte. Ich wäre jede Wette eingegangen, dass Russell am längsten von uns allen durchhalten würde. Mit eiserner Disziplin stand er jeden Morgen um halb fünf auf, schrieb bis um sieben und joggte dann fünf Meilen, bevor er zu seiner Arbeit in der Widener Library aufbrach. Aber er gab als Erster auf und schrieb sich für Jura ein. Heute ist er Steueranwalt in Tampa. Als Nächste sprang Abby ab. Ihre Tante überredete sie, die Immobilienmaklerprüfung zu machen, rein spaßeshalber. Später versuchte sie mir zu erzählen, durch die Häuser zu gehen und ein neues Leben für ihre Kunden zu erfinden sei etwas ungeheuer Kreatives. Vor einem Monat habe ich sie in Brookline gesehen, in der Einfahrt eines palastartigen Hauses mit weißen Säulen, wo sie sich überschwänglich nickend ins Fahrerfenster eines schwarzen SUV beugte. Nia geriet an einen Milton-Experten mit ausgezeichneter Körperhaltung und einem Treuhandfonds, der ihr ihren Roman nach fünfzehn Seiten zurückgab und ihr sagte, mit weiblicher Innensicht könne man ihn jagen. Sie warf das Manuskript in den Müll, heiratete ihn, und als er einen Ruf an die Rice University bekam, ging sie mit ihm nach Houston.

Ich kapierte es nicht. Ich verstand keinen von ihnen. Einer nach dem anderen zogen sie aus und wurden durch MIT-Ingenieure ersetzt. Irgendwann kam ein Typ mit Pferdeschwanz und spanischem Akzent in den Buchladen und fragte nach Barthes' *Sur Racine*. Wir unterhielten uns auf Französisch. Englisch hasste er, sagte er mir. Er sprach besser Französisch als ich – sein Vater stammte aus Algier. Er hatte ein Zimmer am Central Square, wo er mir katalanischen Fischeintopf kochte. Als er mich küsste, roch er für mich nach Europa. Sein Lehrauftrag endete, und er fuhr heim nach Barcelona. Ich begann meinen Master in Pennsylvania, und wir schrieben uns Liebesbriefe, bis ich mich mit einem Kommilitonen aus meiner Schreibwerkstatt einließ, der witzig war und düstere Zweiseiten-Geschichten über Textilstädte in Maine schrieb. Als es mit ihm aus war, verschlug es mich eine Zeit lang nach Albuquerque und dann nach Bend, Oregon, wo ich bei Caleb und seinem Freund Phil wohnte. Dort erreichte mich ein Brief von Paco, und wir nahmen unsere Korrespondenz wieder auf. Seinem fünften Brief an mich lag ein Ticket nach Barcelona bei.

Ich stöbere in dem Regal mit den alten Griechen. Das ist die nächste Sprache, die ich lernen will. Um die Ecke, bei den Italienern, sitzt die einzige andere Kundin im Schneidersitz auf dem Boden, auf dem Schoß einen kleinen Jungen, dem sie *Cuore* vorliest. Ihre Stimme ist gedämpft und schön. In Barcelona hatte ich eine Freundin, Giulia, die ein bisschen Italienisch mit mir geübt hat. Ich komme zu der langen Wand mit französischen Autoren, nach Verlagen unterteilt: Reihen von Gallimard-Ausgaben, Rot auf elfenbeinfarbenem Grund, dann die Éditions de Minuit, Blau auf Weiß, die Livres de Poche, wie Groschenromane, und dann, in einer Vitrine für sich, die prächtigen Ledereinbände der Pléiades mit ihrer Goldprägung und den schmalen goldenen Streifen: Balzac, Montaigne, Valéry, die Buchrücken funkelnd wie Juwelen.

All diese Titel habe ich seinerzeit eingeräumt, die Kisten aufgeschlitzt, sie in die Eisenregale im Lager geschichtet und packenweise nach vorn geholt, die halbe Zeit mit Maria streitend, über *À la recherche*, das mir über alles ging, während Maria fand, nur *Middlemarch* sei noch langweiliger. *Middlemarch* habe sie nur durch Dauerwichsen überlebt, in dem Sommer, als sie siebzehn war. Achtzehn Mal, sagte sie. Mir ist fast die Hand abgefallen.

Mein Blick fällt auf ein Exemplar von *Sur Racine*, das wir nicht dahatten, als Paco damals danach fragte. Ich musste es extra für ihn bestellen. Ich berühre das Fleckchen Leim oben am Buchrücken. Wegen Paco weine ich nie. Die zwei Jahre mit ihm wiegen leicht in meinem Leben. Wir wechselten von Französisch zu einer Mischsprache aus Spanisch und dem Katalanisch, das er mir beibrachte, und heute frage ich mich, ob er mir auch deshalb so wenig fehlt: weil alles, was wir zueinander sagten, in Sprachen gesagt wurde, die ich langsam, aber sicher vergesse. Vielleicht machten die Sprachen die Beziehung überhaupt erst aus, vielleicht begründeten sich ihr Reiz und ihre Intensität in dieser ständigen Herausforderung, Sprache aufzunehmen, nachzuahmen, umzuwandeln. Es ist eine Fähigkeit, die einer Amerikanerin nicht zugetraut wird, diese Kombination aus gutem Ohr, gutem Gedächtnis und Sinn für Grammatik, sodass ich genialer wirkte, als ich tatsächlich war. Jede Unterhaltung war eine Gelegenheit zu glänzen, sprachliche Pirouetten zu drehen, die mich stolz machten und ihn überraschten. Aber was wir sagten, weiß ich nicht mehr. Gespräche in fremden Sprachen prägen sich mir nicht auf gleiche Art ein wie Gespräche auf Englisch. Sie bleiben nicht haften. Sie sind wie der Stift mit der unsichtbaren Tinte, den meine Mutter mir zu Weihnachten schickte, als ich fünfzehn war und sie fort, eine Ironie, die ihr entging, aber nicht mir.

Ich gehe, bevor Gabriel mich erkennt oder einer von den anderen hinter der Auskunftstheke hervorkommt und helfen will.

Ich hatte nicht vorgehabt, nach Massachusetts zurückzukehren. Ich wusste nur nicht, wohin sonst. Ich meide die Erinnerung an meine Zeit in der Chauncy Street, als ich an meinem Gaubenfenster im zweiten Stock Geschichten schrieb, im Algiers türkischen Kaffee trank, im Plough & Stars tanzen ging. Das Leben war leicht und billig, und wenn es nicht billig war, nahm ich eben die Kreditkarte. Meine Darlehen wurden verkauft und nochmals verkauft, und ich zahlte den Mindestzins und machte mir um den Rest keine Gedanken. Meine Mutter lebte da schon wieder in Phoenix, und sie spendierte mir den Flug, wenn ich sie zweimal im Jahr besuchen fuhr. Die restliche Zeit telefonierten wir, manchmal stundenlang. Wir nahmen das Telefon mit aufs Klo, wir lackierten uns die Nägel, machten Essen, putzten uns die Zähne. Die Geräusche verrieten mir immer, wo in ihrem Häuschen sie gerade war – das Kratzen eines Kleiderbügels, das Klirren eines Glases, das sie in den Geschirrspüler stellte. Ich erzählte ihr von den Leuten im Buchladen, und sie erzählte mir von den Leuten in ihrem Büro im Parlamentsgebäude in Phoenix; sie arbeitete zu der Zeit für den Gouverneur. Zwischendurch ließ ich mir die Geschichten aus ihrer Jugend in Santiago de Cuba wiedererzählen, wohin ihre Eltern, beide gebürtige Amerikaner, ausgewandert waren; ihr Vater war Arzt, ihre Mutter Sängerin in einem Nachtklub. Ab und zu wollte sie wissen, ob ich meine Wäsche gewaschen hätte oder mein Bett regelmäßig abzog, und dann konterte ich, sie solle nicht so mütterlich tun, das passe nicht zu ihr, und wir lachten, weil es stimmte und ich ihr deshalb nicht mehr böse war. Im Rückblick fühlt sich das alles so verschwenderisch an, diese Fülle an Zeit und Liebe und Leben, die vor uns lag, mein Körper bienenfrei und meine Mutter am anderen Ende der Leitung.

Über den Motorhauben der parkenden Autos ballt sich die Hitze, sodass die Backsteinhäuser leicht wabern. Die Gehsteige sind jetzt überfüllt, überall Touristen, die sich im Kriechtempo vorwärtsschieben, mit ihren Crêpes und Eiskaffees und ihren Cola und Milchshakes schlürfenden Kindern. Ich weiche auf die Straße aus, quere hinüber zur Dunster Street und komme zurück zum Iris.

Die Treppe hinauf, an den Präsidenten vorbei und auf direktem

Weg in die Damentoilette, obwohl ich meine Kellnerkluft schon anhabe. Außer mir ist keiner da. Mein Blick streift mein Gesicht im Spiegel. Er ist leicht gekippt angebracht, für die Rollstuhlfahrer, sodass ich mich in einem ungewohnten Winkel sehe. Ich sehe verhärmt aus, wie eine Kranke, die in nur wenigen Monaten um zehn Jahre gealtert ist. Ich schaue mir in die Augen, aber es sind nicht wirklich meine, nicht die, die ich einmal hatte. Sie gehören einer sehr müden, sehr traurigen Frau, und das zu sehen macht mich noch trauriger, und dann sehe ich diese Traurigkeit, die vom Mitleid kommt, in meinen Augen und sehe, wie sie sich mit Tränen füllen. Ich bin beides, die traurige Frau und die Frau, die die traurige Frau trösten will. Und dann packt mich Mitleid mit dieser Frau, die so mitfühlend ist, denn ganz klar hat sie das Gleiche durchgemacht wie ich. Und so geht es immer im Kreis. Als stünde ich in einer Umkleidekabine mit einem dreiteiligen Spiegel, dessen beide Flügel ich vorklappe, bis mich ein ganzer Korridor von sich ins Unendliche verschmälernden Doppelgängern ansieht. So ein Gefühl ist das – als bemitleidete ich eine unendliche Anzahl von Ichs.

Ich spritze mir Wasser ins Gesicht und tupfe mit Papiertüchern aus dem Spender daran herum, falls jemand hereinkommt, aber kaum bin ich fertig, verzieht es sich wieder. Ich knote meinen Dutt straffer und gehe hinaus.

In den Speisesaal komme ich mit leichter Verspätung. Die Twisted Sister ist schon wieder in Aktion.

Dana funkelt mich an. «Dachterrasse. Kerzen.»

Auf der Dachterrasse, vorbei an der Bar und durch die Glastür, ist die Luft feucht und duftet nach Lilien, Rosen und der pfefferigen Kapuzinerkresse, mit der die Köche die Teller verzieren. Aus allen Blumentöpfen läuft schlammiges Wasser, die Holzplanken rundherum sind patschnass. Es riecht wie im Garten meiner Mutter an einem verregneten Sommermorgen. Helene, unsere Chefpâtissière, muss gerade gegossen haben. Diese Oase hier oben ist ihr Werk.

In der Ecke sitzt Mary Hand, vor sich einen Krug Wasser, einen

Mülleimer und ein Tablett mit Teelichten, und bohrt mit einem Messer das Wachs vom Vorabend heraus.

«Kleine Truppenverstärkung wäre sinnvoll», sagt Mary Hand. Sie hat ihre eigene Art, sich auszudrücken. Sie kellnert schon länger im Iris als irgendwer sonst.

Keiner kann so recht sagen, wie alt Mary Hand ist. Älter als ich, das auf jeden Fall, aber um drei Jahre oder um zwanzig? Sie hat glattes braunes Haar ohne jede Spur von Grau, das sie mit einem beigen Gummi hochrafft, ein langes Gesicht und einen langen, schmalen Hals. Alles an ihr ist lang und gestreckt, mehr Fohlen als Arbeitspferd. Sie ist die beste Kellnerin, mit der ich je zusammengearbeitet habe: die Ruhe selbst, aber dabei schnell und effizient. Sie weiß über deine Tische so gut Bescheid wie über ihre eigenen, sie rettet dich, wenn du vergisst, die Hauptgänge für deinen Sechser abzurufen, oder deinen Korkenzieher zu Hause gelassen hast. Mitten in der größten Hektik, wenn alle nur kopflos durcheinanderwuseln, wenn deine Teller so lange unter der Wärmelampe gestanden haben, dass du sie selbst mit einem Handtuch nicht mehr anfassen kannst, und die Souschefs über dich lästern und die Gäste auf ihre Vorspeisen warten, auf die Rechnung, neues Wasser, ein extra Kännchen Bratensaft, dann hörst du Mary Hands Stimme, langsam und gedehnt. «Gewusst wie», sagt sie und lädt sich jeden einzelnen deiner Teller auf ihre langen Unterarme, ohne eine Miene zu verziehen.

«Na wird's bald, du kleiner Homunculus», ermuntert Mary Hand ein ausgebranntes Teelicht. Niemand nennt sie jemals nur Mary. Sie dreht das Messer, und das Wachs löst sich mit einem befriedigenden Plop und einer Fontäne wachsigen Wassers, die uns beide vollsprüht, und wir lachen.

Schön ist es hier oben, so ohne Gäste, die Tische gefleckt von der Sonne hinter dem Ahornlaub, das die Hitze abhält, hoch über dem stickigen, lauten Chaos der Massachusetts Avenue, umgeben von Helenes Pflanzen, Hunderten von Pflanzen überall, in Kästen entlang der niedrigen Steinmauern, in Trögen am Boden, um Spaliere gewickelt, alle blühend, die Blätter dunkelgrün und saftig. Die Pflanzen wirken rundum zufrieden, strotzend, und ein bisschen fühlt man sich dadurch selbst so, als könnte es irgendwann wieder aufwärtsgehen.

Meine Mutter hatte einen grünen Daumen, möchte ich Mary Hand sagen, aber ich habe meine Mutter im Restaurant bisher nicht erwähnt. Ich will nicht die Neue mit der gestorbenen Mutter sein. Schlimm genug, dass ich die Neue bin, die von ihrem Freund abserviert worden ist. Als Dana mich angelernt hat, war ich so dumm, ihr von Luke zu erzählen.

«Ist das hier oben jedes Jahr so? So fekund?»

«Ist es.» Das Wort «fekund» gefällt Mary Hand. Darauf habe ich spekuliert. «Sie hat ein Händchen.» Lustig, aus ihrem Mund. Sie spricht von Helene. «Ein Händchen für die Flora.»

«Seit wann bist du eigentlich hier?»

«So ungefähr seit der Amtszeit von Truman.»

Sie knausert mit Einzelheiten über ihr Leben. Niemand weiß, wo sie wohnt oder mit wem. Die Frage sei nur, mit wie vielen Katzen, meint Harry. Aber da bin ich nicht sicher. Angeblich hatte sie mal etwas mit David Byrne. In der Highschool in Baltimore oder am Designcollege in Providence, da gehen die Meinungen auseinander. Einig ist man sich darüber, dass es ihr das Herz gebrochen hat, dass sie nie ganz darüber hinweggekommen ist. Wenn die Musik vor oder nach der Schicht aufgedreht wird und im Radio die Talking Heads laufen, stürzt, wer immer am nächsten dran ist, zu der Anlage an der Bar und wechselt den Sender.

«Wie bist du an den Job gekommen?», fragt sie. «Solche wie dich stellt Marcus normalerweise nicht ein.»

«Wie meinst du das?»

«Du bist mehr wie wir, wie die alte Garde.» Die alte Garde, das sind die Leute, die noch der ehemalige Restaurantleiter angeheuert hat. «Zerebral ausgerichtet.»

«Findest du?»

«Du kennst das Wort, was muss ich mehr sagen?»

Tony kommt heraus und gibt uns unsere Anweisungen. Nur ein großer Tisch hier draußen, zehn Mann, ein Geburtstag. Mary Hand und ich schieben zwei Tische zusammen. Zwei Lagen Tischtücher, die oberen kreuzweise über den unteren. Bei den kleineren Tischen ist es das Gleiche, dann decken wir ein, jede von uns ein Tuch in der Hand, mit dem wir das Besteck und die Gläser nachpolieren. Wir stellen auf jeden Tisch eine Kerze und holen die Blumen, die ich fürs Mittagessen arrangiert habe, aus dem Kühlraum. Der Küchenchef ruft uns alle zusammen, zählt uns die Gerichte auf, die nicht auf der Karte stehen, und erklärt die Zubereitungsarten und Zutaten für jedes. Die Küchenchefs, unter denen ich bisher gearbeitet habe, waren exaltiert und unberechenbar, aber Thomas ist ruhig und nett. Er behält immer den Überblick. Er hat keine Starallüren und keine böse Zunge. Er hat nichts gegen Frauen, nicht einmal gegen Kellnerinnen. Wenn mir ein Fehler unterläuft, nickt er nur, selbst wenn es noch so turbulent zugeht, nimmt den Teller zurück und gibt mir, was ich brauche. Und er kocht fantastisch. Alle lauern wir auf unsere Chance, eine überzählige Portion Carpaccio, gegrillte Kammmuscheln oder Bolognese abzugreifen. Die oberen Regale im Servicebereich sind voll mit unserer Beute, die wir ganz nach hinten schieben, wo Marcus es nicht sehen kann, und im Lauf des Abends heimlich herunterschlingen. Ich bin auf das Restaurantessen angewiesen – mehr als Cornflakes oder Nudeln kann ich mir im Laden nicht leisten –, aber selbst wenn ich nicht pleite wäre, würde ich mir dieses Essen stibitzen.

Eine halbe Stunde später ist meine Station bis auf den letzten Platz besetzt. Mary Hand und ich sind aufeinander eingespielt. Die Glastüren zur Dachterrasse dürfen nicht offen bleiben, weil der Speisesaal klimatisiert ist, und wenn unsere Gerichte bereitstehen und aufgeladen sind, halten wir uns gegenseitig die Tür auf. Sie bringt die Drinks zu einem meiner Vierer, und ich serviere ihrem Zweier den Lachs, während sie für den lärmenden Zehnertisch den Champagner entkorkt.

Ich mag diesen Wechsel von heißer Küche zu kühlem Speisesaal zu schwüler Terrasse. Ich mag es, wenn Craig die Bar macht, denn egal, wie dicht es Bestellungen hagelt, er schafft es immer, an die Tische zu kommen und über die Weine zu reden. Und ich mag dieses hirnlose Eingespanntsein, das keinen Raum für andere Gedanken lässt außer den, dass das Ossobuco für den Mann mit der Fliege ist und der Lavendelflan für das Geburtstagskind in dem rosa Kleid und die Sidecars für das Studentenpärchen mit den gefälschten Ausweisen. Die ganze Prozedur tut mir gut, mir die Bestellungen merken – schreiben Sie das gar nicht auf?, fragen die älteren Männer –, sie im Servicebereich in den Computer tippen, die fertigen Teller entgegennehmen, die Bons aufspießen, von links servieren, von rechts abtragen. Dana und Tony haben zu viel mit ihren großen Tischen zu tun, um herumzustänkern, und nachdem ich für Dana die Salate abgeliefert habe, während sie eine Bestellung aufnimmt, garniert sie sogar meine Vongole.

Ich bediene Gäste aus Ecuador und spreche Spanisch mit ihnen. Ihnen fällt mein Akzent auf, und sie wollen etwas auf Katalanisch von mir hören. Diese Sprache in meinem Mund zu spüren, bringt mir Paco zurück, die guten Erinnerungen – daran, wie sich sein ganzes Gesicht beim Lachen in Fältchen zog und wie er mich auf seinem Rücken einschlafen ließ. Ich erzähle ihnen, dass einer unserer Tellerwäscher aus Guayaquil kommt, und sie wollen ihn kennenlernen. Ich hole Alejandro, und dann sitzt er bei ihnen am Tisch und raucht und diskutiert über Politik, breit grinsend, und ich bekomme eine Ahnung davon, wer er abseits von Dampf und Fettdunst und Bergen ungegessenen Essens ist. Aber in der Küche stapelt sich der Abwasch, und schließlich stürmt Marcus auf die Terrasse hinaus und kommandiert ihn zurück auf seinen Posten.

Kritisch wird es nur einmal, als Fabiana bei der zweiten Belegung einen Zweiertisch aus Danas Station in meine verschiebt.

«Sie hat doch grad schon den Fünfer gekriegt», giftet Dana, «was soll der Scheiß?»

Fabiana kommt nach hinten zum Servicebereich, dessen Chaos sie für gewöhnlich meidet, um ihre Reinlichkeit nicht zu gefährden. Sie trägt seidene Wickelkleider und ist die einzige Frau, die ihr Haar offen tragen darf. Sie ist sauber und frisch geduscht und riecht nie nach Salatdressing.

«Sie haben ausdrücklich nach ihr gefragt, Dana. Du bekommst die Siebenergruppe um halb neun.»

«Diese verstrahlten Wellesley-Dozenten? Na toll! Eiswasser und ein Beilagensalat für drei Leute. Da hab ich Glück, wenn ein Fünfer rausspringt!»

Ich beuge mich an dem hohen Regal vorbei und spähe durch die Tür zur Terrasse. Eine große Frau und ein Mann mit schütterem Haar. «Die kannst du behalten. Keine Ahnung, wer das sein soll.»

Marcus nähert sich von der Bar.

«Was stehst du hier noch rum?», blafft mich Fabiana an, sodass er es hören kann. «Raus mit dir, Casey.»

Ich glaube, zwischen ihnen läuft was.

Ich gehe auf die Terrasse.

«Casey!» Beide stehen auf und ziehen mich fest an sich. «Du erkennst uns nicht», sagt die Frau. Der Mann schaut wohlwollend zu, rotbackig und entspannt nach vermutlich mehr als einem Cocktail. Sie ist füllig, Busen wie ein Schiffsbug, um den Hals eine kurze Goldkette mit einem Türkis. So etwas hätte auch meine Mutter tragen können.

«Tut mir leid.»

Der Tisch hinter ihnen wartet auf die Rechnung.

«Wir haben bei Doug im Büro gearbeitet. Mit deiner Mom.»

Es war ihre erste Stelle, nachdem sie meinen Vater verlassen hatte, bei einem Kongressabgeordneten. Liz und Pat. So hießen sie. Noch nicht verheiratet damals. Jetzt die Doyles.

«Sie hat uns verkuppelt, weißt du. Sie hat Pat gesagt, ich würde sehnlich darauf warten, dass er mich zu einem Rendezvous einlädt. Und mir hat sie gesagt, Pat wollte mich die ganze Zeit schon fragen, obwohl er das gar nicht vorhatte. Sich so was zu trauen! Und schau, was draus geworden ist.» Sie nimmt meine Hand. «Es tut uns so furchtbar leid, Casey. Wir waren am Boden zerstört, als wir es gehört haben. Am Boden zerstört. Wir waren in Vero, sonst wären wir natürlich zur Beerdigung gekommen.»

Ich nicke. Wenn es nicht gar so unvorbereitet käme, könnte ich vielleicht besser damit umgehen, aber dieser Überfall überfordert mich. Ich nicke wieder.

«Wir hätten dir geschrieben, aber wir wussten ja nicht, in welcher Ecke der Welt du gerade steckst. Und dann haben wir Ezra getroffen, der von irgendjemandem wusste, dass du wieder hier bist und im Iris arbeitest!» Sie legt mir die warme Hand auf den Arm. «Jetzt bist du ganz aus dem Tritt.»

Ich schüttle den Kopf, aber mein Gesicht spielt nicht mit, und meine Augenbrauen verziehen sich unkontrolliert.

«Die Kette da habe ich von ihr.»

Natürlich.

«Äm …?» Der Mann hinter ihnen hebt die Kreditkarte.

Blind nicke ich in seine Richtung und in die Richtung aller anderen, die auf dem Weg zurück zum Servicebereich etwas von mir wollen. Ich rolle ein Gedeck aus der Lunchtruhe auf und drücke die Serviette vors Gesicht, während ich die Rechnung ausdrucke.

«Geht's noch», sagt Dana, aber sie legt die Rechnung auf ein Tablett mit ein paar Schokolädchen und bringt sie für mich auf die Terrasse.

Durch die Schwingtür remple ich mich in die Küche. Die Köche hantieren mit dem Rücken zu mir und dem Essen, das unter der Wärmelampe auf mich wartet. Ich flüchte mich in den Kühlraum, stehe dort in der trockenen Kälte und starre auf die Regale an der Rückwand, auf die Butterquader in ihrem Wachspapier, die Tetrapacks mit Crème fraîche. Paletten voller Eier. Ich atme. Ich schaue hinunter auf meine Hand. Caleb wollte, dass ich ihren Ring bekomme. Mein ganzes Leben hindurch war er an ihrer Hand, ein Saphir mit zwei kleinen Diamanten. Den Himmel und die Sterne nannten wir ihn, als ich klein war. Ihre Freundin Janet hatte die Geistesgegenwart, ihn ihr noch vom Finger zu nehmen. Wenn ich ihn trage, sieht meine Hand wie ihre aus. Ich pack das, sage ich zu dem glitzernden blau-schwarzen Auge. Und ich gehe hinaus und nehme die Bestellung von Liz und Pat Doyle auf.

Als ich ihnen ihren Pinot Grigio und die Vorspeisen bringe, sehen sie mich noch trauervoll an, aber als ich mit dem Schwertfisch und dem Risotto komme, wirft Pat schon angeregt mit Ausdrücken um sich, die ich nicht kenne, Stammaktien und Shiller-KGV, und beim Kaffee kichern sie über einen gewissen Marvin, der sich bei der Hochzeit ihrer Tochter als ein kleiner John Travolta hervorgetan hat, und haben fast vergessen, dass sie mich kennen. Aber sie lassen mir ihre Visitenkarten da, auf dem Tablett mit dem Bewirtungsbeleg und dem Trinkgeld. Sechzehn Prozent. Sie haben beide ihre eigenen Firmen. In der Politik sind sie schon lange nicht mehr.

Tisch für Tisch leert sich nun, und zurück bleiben schmutzige Servietten und Lippenstiftabdrücke. Die Tischtücher sind verzogen und besudelt, Weinflaschen stehen kopfüber in ihren wässrigen Kühlern, dazu ein Meer von Gläsern, Kaffeetassen, verschmierten Dessert-tellern. Irgendjemand wird es schon wegräumen. Wir arbeiten jetzt ohne Hast, schaffen Schritt für Schritt wieder Ordnung im Saal und auf der Terrasse. Nur Yasmin und Omar, deren Dates an der Bar auf sie warten, haben es nach wie vor eilig.

Als Letztes müssen die Gläser abgetrocknet und die restlichen Gedecke fürs Mittagessen gerollt werden. Alejandro bringt die dampfenden grünen Gestelle mit den Gläsern. Anfangs sind sie so heiß, dass sie sich ohne Geschirrtuch gar nicht anfassen lassen. Omar und ich rollen die Gedecke: Serviette zum Dreieck gefaltet, Löffel auf

Gabel auf Messer ans lange Ende gelegt, die beiden Zipfel eingeschlagen, das Ganze zur Spitze hin aufgerollt. Omars dünne Freundin lacht mit Craig an der Bar, weshalb er in immer rasenderem Tempo faltet. Hundert Stück müssen bereitliegen, bevor wir gehen dürfen.

Als ich schließlich auf mein Fahrrad steige, ist es fast ein Uhr früh. Mein Körper hat keine Reserven mehr. Die drei Meilen bis zu meinem Gartenschuppen fühlen sich endlos an.

Dunkelheit, Hitze, nur Pärchen noch unterwegs. Im Fluss spiegelt sich pulsierend der Mond. Du schmeckst nach Mond, hat Luke gesagt, auf dieser Wiese in den Berkshires. Scheißdichter. Unten am Ufer halten ein paar Leute Händchen, trinken aus der Flasche, liegen im Gras, weil sie im Dunkeln die grüne Gänsekacke nicht sehen. Bei ihm hat es mich hinterrücks erwischt. Mir blieb keine Zeit, einen Schutzwall zu errichten.

Morgens ist es meine Mutter, die ich vermisse. Aber spätnachts trauere ich um Luke.

Die Boston University Bridge ragt stumm und leer vor mir auf. Ich strample sie hoch und über das Wasser. Meine Kehle fühlt sich wund und zu eng an, aber ich weine nicht. Ich singe «Psycho Killer», als Hommage an Mary Hand. Ich erreiche Adams Einfahrt, ohne geweint zu haben. Das ist eine Premiere. Ich manövriere das Rad in die Garage. Ein kleiner Sieg, immerhin.

Zwei Mahnschreiben und eine Hochzeitseinladung sind unter meiner Tür durchgeschoben worden. Das Licht am Anrufbeantworter blinkt. Mein Blut bäumt sich auf. Alter Reflex. Egal. Egal. Er ist es nicht, sage ich mir, aber mein Herz hämmert trotzdem wie irr. Ich drücke auf PLAY.

«Hey.» Pause. Langes Ausatmen in den Hörer, wie Donnergrollen.

Er ist es.

Meine Mutter starb sechs Wochen, bevor mein Stipendium in Red Barn anlief. Ich rief an, um zu fragen, ob sich der Termin nicht verschieben ließ, ob ich im Herbst kommen könne oder nächsten Winter. Der Mann am Telefon drückte mir sein aufrichtiges Beileid aus, allerdings sei mir die maximale Aufenthaltsdauer bewilligt worden, die sie anboten. Acht Wochen. 23. April bis 17. Juni. In Red Barn, sagte er, sei der Terminplan in Stein gemeißelt.

Ein langes Schweigen breitete sich zwischen uns aus.

«Bei Nichtantritt verwirken Sie Ihren Platz. Möchten Sie das?», fragte er.

Nichtantritt. Verwirken. Es klang mehr nach Haftanstalt als nach Künstlerhaus.

«Ich trete an.»

Ich flog von Bend nach Boston und nahm dort den Bus nach Burrillville, Rhode Island. Vorfrühling in Neuengland. Ich stieg aus dem Bus und roch meine Kindheit, roch die auftauende Erde in unserem Garten und die Narzissen am Ende der Einfahrt. Ich bekam ein Dachzimmer zum Schlafen und eine Blockhütte zum Schreiben, und als ich am ersten Morgen auf der Veranda meiner Hütte stand, sah ich plötzlich die rehbraune Jacke meiner Mutter mit den weißen Wollaufschlägen vor mir und roch die Minzdragees in ihrer linken Reißverschlusstasche. Ich hörte sie meinen Namen sagen, meinen alten Namen, Camila, den nur sie gebrauchte. Der rutschige Sitz ihres blauen Ford Mustang strahlte kalt durch meine Strumpfhose.

In Red Barn war meine Mutter tot und zugleich auferstanden.

Im Speisesaal hing ein gerahmter Brief von Somerset Maugham, der einer der ersten Stipendiaten hier gewesen war.

«Red Barn ist ein Ort außerhalb der Zeit», hatte er in dem Brief geschrieben.

Luke war groß und schlaksig, auf eine Art, wie ich sie von Calebs Freunden aus der Mittelstufe her kannte. Ehe er irgendetwas sonst war, war er vertraut.

Es begann an meinem vierten Abend dort. Eine der Stipendiatinnen führte in der Kunstscheune ihren Film vor. Ich war zu spät gekommen, um noch einen Sitz zu ergattern, und stand hinten. Luke kam ein paar Minuten nach mir herein. Auf der Leinwand trieb ein Akkuschrauber in Zeitlupe eine Schraube in ein Ei.

«Was hab ich verpasst?», sagte er in einem übertriebenen Flüsterton. «Was hab ich verpasst?»

Er stellte sich hinter mich. Wir hatten an einem der Abende am selben Tisch gegessen – die Sitzordnung fürs Abendessen änderte sich täglich – und waren uns ein paarmal im Haupthaus über den Weg gelaufen. Ich hatte ihn nicht groß wahrgenommen. Ich registrierte andere Menschen zu der Zeit kaum. Ich schrieb auch nichts. Ich hatte acht Wochen, die nur meinem Roman gehören sollten, aber ich konnte mich nicht konzentrieren. Die Hütte, die ich zugeteilt bekommen hatte, roch komisch. Mein Herz klopfte zu schnell und fühlte sich unter der Haut mehlig an wie ein alter Apfel. Ich sehnte mich nach Schlaf, aber ich hatte Angst vor meinen Träumen. In meinen Träumen war meine Mutter nie sie selbst. Etwas war immer falsch. Sie war zu bleich oder zu aufgeschwemmt oder trug merkwürdige steife Samtkleider. Sie war schwach, sie schwand dahin, sie verblasste einfach. Sehr oft redete ich auf sie ein, sie solle doch am Leben bleiben, hielt ihr lange Vorträge darüber, was sie alles anders machen müsse. Ich wachte gerädert auf. Tiere raschelten unter meinem Fenster.

Mit Luke hinter mir fühlte ich mich selbst wie ein Tier in der Nacht, wachsam, angespannt, witternd. Noch mehr Nachzügler drängten herein, schoben ihn dichter an mich heran, und es gab immer wieder lange Momente, in denen meine Schulterblätter an seiner Brust lehnten. Ich spürte ihn ein- und ausatmen, spürte seinen Atem in meinem Haar. Ich hätte nicht sagen können, was in dem Film noch passierte, nachdem das Ei von der Schraube durchbohrt worden war.

Als es vorbei war, taumelte ich aus dem Saal, auf die Veranda. Draußen war es noch hell. Der Himmel war lila, die Bäume dunkelblau. In dem Teich jenseits der Straße quakten die Frösche schon; je näher man hinhörte, desto lauter wurden sie. Ich stand an der Brüstung, während sich hinter mir die Leute in die knarzenden Schaukelstühle fallen ließen, Biere herumreichten und ihre Flaschen auf die Künstlerin erhoben, die überlaut lachte, dieses psychopathische Lachen eines Menschen, der gerade durch Kunst sein Innerstes bloßgelegt hat.

Luke stellte sich neben mich. Wir sahen hinaus über die Wiesen. Sein Handrücken streifte gegen meinen und blieb so liegen.

«Wollen wir ein Stück fahren?» Seine Augen waren blass, farblos wie die Morgendämmerung.

Wir stiegen in seinen Pick-up und fuhren Richtung Pawtucket, weil wir den Namen auf einem Wegweiser sahen und den Klang lustig fanden. Wir konnten es gar nicht oft genug sagen, das «Paw» gedehnt und das «tucket» fast verschluckt, «Pawwwww-tckt», wieder und wieder und wieder. Es lag an der Grenze zu Massachusetts, wo wir beide aufgewachsen waren, nur eine Stunde voneinander entfernt. Jetzt lebte er in New York. In Harlem. Er wollte wissen, wo ich wohnte.

«Ach, ich habe diese kleine Hütte in Rhode Island, in Burrillville.»

Er lachte.

«Mir bleiben noch sieben Wochen, um mir was auszudenken.»

«Zur Not ziehst du eben bei Duffy ein.»

Duffy war fast zwei Meter lang, der Sohn des Direktors, der uns mittags die Körbe mit unseren Sandwiches vor die Tür stellte. Er wickelte Liebesbriefe um herzförmige Steine und schmuggelte sie den Frauen in die Lunchpakete.

In Pawtucket gab es eine Grünanlage mit einem Pavillon. Ich hatte Spielkarten in meinem Rucksack, und wir saßen im Schneidersitz auf dem Boden des Pavillons und spielten im Dunkeln Spit. Wir gerieten ziemlich in Fahrt und schrien entsprechend, und ein Polizist kam die Stufen herauf. Der Strahl seiner Taschenlampe fiel auf die Kartenhäufchen zwischen uns, und er musste lachen.

Er hatte noch nie von Spit gehört, also erklärten wir ihm die Regeln, und er sagte, das müsse er seinem Enkel beibringen. Donnerstagabend passe er immer auf seinen Enkel auf, erzählte er uns.

Er hatte Hüftprobleme und hinkte langsam zurück zu seinem Wagen.

«Nicht viel los in Pawwwwww-tckt», sagte ich.

«Bis auf ein kleines Scharmützel im Bürgerpark.»

Auf dem Rückweg nach Red Barn wetteiferten wir, wem mehr komische Namen von Orten in Massachusetts einfielen.

«Billerica.»

«Belchertown.»

«Leominster.»

Wir holten den Akzent hervor, den wir beide seit Ewigkeiten abgelegt hatten.

Er lenkte mit links, die rechte Hand unter meinem rechten Arm durchgeschoben, und seine Finger fuhren langsam den Umriss meiner Brust nach.

Es war stark, was immer es war zwischen uns, schwer wie die feuchte Luft mit ihren Gerüchen nach allem, was sich da draußen zum Aufblühen bereit machte. Vielleicht war es einfach der Frühling. Vielleicht war es nicht mehr als das. Wir nahmen die Körbe mit unseren Schinkensandwiches und aßen sie an dem Teich in der Nähe unserer Hütten. Wir stapften hinein ins Schilf, das teils frische, grüne Kolben hatte, teils lange, braune vom letzten Herbst noch, die so groß waren wie wir. Röhricht, nannte Luke es und ruckte mich zu sich her. Wir schmeckten beide nach Mayonnaise. Unsere Köpfe stießen gegen die braunen Kolben. Die Sonne wärmte zum ersten Mal.

«Er küsste sie im Röhricht», sagte ich.

Er zeigte auf ein Paar glotzender Augen direkt über der Wasserfläche. «Beäugt von den Ochsenfröschen, die nichts begriffen», sagte er und zog mich hinab auf den Boden.

Ich erzählte ihm Dinge von früher, Dinge über meine Mutter, die mir nach und nach wieder einfielen: ihr zitroniger Geruch, ihre Gartenhandschuhe mit den Gumminoppen, ihre kleinen, breiten Zehen, die knacksten, wenn sie barfuß ging. Ihre Schildpatthaarreife, deren Enden salzig schmeckten, wenn man daran lutschte.

«Ich kann sie spüren. Ich spüre sie genau hier.»

Er küsste die Stelle, auf die ich zeigte, gleich unterm Schlüsselbein, dieser Ort, wo sich alle meine Gefühle fingen.

Ich glaubte, sie hätte ihn mir geschickt, ihr Geschenk an mich, mein Retter aus der Not.

Wir rannten zum Teich, schwammen einmal quer durch, rannten zurück zum Haus und badeten zusammen in einer Wanne mit Klauenfüßen, zwei getrennten Hähnen und einem Gummistöpsel an einer Kette. Wasser schwappte über den Rand, auf den Holzboden. Wir lagen nass auf seinem Bett, lachend, im Gleichtakt nach Atem ringend, sodass Brustkorb an Brustkorb bumperte und wir noch mehr lachen mussten. Wenn ich ihn ansah, verbarg ich nichts.

Es machte mir erst klar, wie sehr ich bis dahin bei den Männern auf der Hut gewesen war, wie wenig ich von mir preisgegeben hatte.

Er sei einmal verheiratet gewesen, sagte er. Sie hätten ein Kind verloren, sagte er später. Es sei schon lange her. Mehr sagte er nicht.

Ich konnte nicht schlafen neben ihm. Es war zu stark. Ich wollte ihn zu sehr. Der Drang ging nie weg. Und um schreiben zu können, brauchte ich Schlaf. Ich brachte kaum etwas zustande. Tagsüber starrte ich kalbsäugig aus dem Fenster und wartete auf seine Schritte auf meiner Veranda.

Reiß dich zusammen und mach deine Arbeit, schalt die Stimme meiner Mutter. Aber ich hörte nicht auf sie. Ich steckte viel zu tief drin.

Luke litt unter keinen Schreibschwierigkeiten. In dieser ersten Woche schrieb er fünf Gedichte, in der nächsten elf.

«Ich habe ein Gedicht über Bienen geschrieben.»

«Ich hasse Bienen.»

«Es kam heute früh einfach in einem Rutsch aus mir raus.» Sein Gesicht leuchtete. Er ließ sich auf das Feldbett in meiner Hütte fallen. «Wie kann jemand Bienen hassen?»

«Mich stört das ganze Konzept des Bienenstaats, diese übereinanderkrabbelnden Drohnen, die nur darauf programmiert sind, der Königin zu dienen. Ich mag die klebrigen Larven nicht, und ganz schlimm finde ich das Gelée royale und die Schwarmbildung. Das ist eine meiner größten Ängste – von Bienen bedeckt zu sein.»

Meine prompte Liste von Kritikpunkten beeindruckte ihn. «Aber sie sind Lebensspender. Sie bestäuben Blumen, und sie stellen unsere Nahrungsversorgung sicher. Sie arbeiten im Kollektiv. Und sie sind verantwortlich für die Zeile: ‹And live alone in the bee-loud glade›.»

«Bitte nicht auch noch die bienenlaute Lichtung. Die bloße Idee versaut mir den ganzen Yeats.»

«Bienenlaut und versaut – das ist doch perfekt.» Er breitete die Arme aus, als läge die Lichtung vor uns.

«Herrgott, ihr Dichter dreht euch auch alles so, wie es euch in den Kram passt.»

Er fasste nach meinem Arm. «Schwing dich her mit deiner versauten Lichtung», sagte er, und ich rollte mich auf ihn.

Er schrieb noch acht weitere Bienengedichte und fuhr mit mir dann in seinem Pick-up in die Berkshires, zu seinem Freund Matt, der imkerte. Es war der erste heiße Maitag, und wir hielten auf einen Mokka Frappé an und fanden einen Seventies-Sender, der Songs wie «Run Joey Run» und «Wildfire» und «I'm Not in Love» spielte. Wir konnten sämtliche Texte auswendig und grölten sie zu den heruntergekurbelten Fenstern hinaus. Als «I'm Not in Love» kam, mit dieser Stelle über ihr Bild, das er «auf» der Wand behält, weil dort ein Fleck «liegt», mussten wir zu sehr lachen, um weiterzusingen. Ich pinkelte mir vor lauter Lachen sogar ein bisschen in die Hose und musste in einer Raststätte meinen Slip wechseln, woraufhin er mich für den Rest der Fahrt Betsy Wetsy nannte.

Wir kamen am späten Nachmittag an. Nach Lukes Erzählungen hatte ich einen Bretterverschlag mit Bergen von Müll dahinter erwartet, aber Matts Haus war leuchtend rot und hatte Blumenkästen vor den Fenstern. Seine Frau Jen kam als Erste heraus, und sie und Luke umarmten sich stürmisch und gingen fast zu Boden vor lauter Begeisterung.

«Caliope war bitterböse, als ich ihr erzählt habe, dass du kommst», sagte sie. «Sie ist für drei Tage im Ferienlager.»

«Ein richtiges Ferienlager, mit Übernachten?», fragte Luke.

«Es ist ein Experiment. Jedenfalls hat sie gesagt, du darfst in ihrem Baumhaus schlafen, und das ist kein Privileg, das sie vielen Leuten gewährt.»

Luke nickte, und ein Schweigen tat sich auf, das beendet wurde, als Matt mit einem kleinen Jungen aus dem Haus trat, der aufrecht und wachsam auf dem Arm seines Vaters saß. Ich kannte nicht viele Paare. Meine Freundinnen, so schien es, heirateten und verschwanden von der Bildfläche. Oder vielleicht verschwand auch ich. Nia und Abby hatten Kontakt gehalten, bis ihre Kinder kamen. Abby hatte ich in Boston besuchen wollen, bevor mein Bus nach Rhode Island ging, aber sie hatte meinen Anruf nicht erwidert. Mein Geschenk für ihr

Baby lag noch in meinem Koffer in Red Barn. Wenn die Leute Kinder bekommen, rufen sie nicht mehr zurück.

Wir gingen ins Haus, und sie mixten uns Drinks – Cranberrysaft und Selters –, und der Junge, der erst vor ein paar Wochen laufen gelernt hatte, wackelte auf den schwarz-weißen Fliesen herum. Als er bei mir ankam, hielt er mir eine gestrickte braune Ziege mit winzigen weißen Hörnern hin. Ich ging in die Hocke, um sie mir anzuschauen, und er quiekte überrascht. Statt zurückzuweichen, brachte er das Gesicht unnatürlich nahe an meins.

«Hallo, kleiner Mann», sagte ich.

Noch ein Quieken.

Ich tippte der Ziege auf die weichen Hörner: eins, zwei. Er machte es mir nach. Er roch schwach nach vollen Windeln und Penatenpuder. Es erstaunte mich, wie rasch mir das Wort Penatenpuder einfiel. Wieso wusste ich so etwas überhaupt?

Eins, zwei auf die Hörner. Drei auf seine Nase.

Er öffnete den Mund – eine dunkle, zahnlose Höhle –, und nach mehreren Sekunden kam ein lautes Gackern heraus.

Ich imitierte ihn – den offenen Mund, das kurze Stocken, das Lachen –, und das nahm er als Einladung, sich auf meinen Schoß zu setzen, der, da ich in der Hocke saß, eilig hergestellt werden musste. Unsere Hintern kamen genau gleichzeitig auf.

Jen warf mir ein dankbares Lächeln zu. Sie redete mit Matt und Luke über ihre Pläne, eine Bürgerinitiative auf die Beine zu stellen, um gegen einen Starbucks zu protestieren, der die örtliche Donutbäckerei gekauft hatte.

Dann zeigte uns Matt seine Bienen. Sie hatten keinen Garten am Haus. Sie hatten Wiesen, und hinter den Wiesen kam Wald. Wir folgten einem Trampelpfad durch hohes Gras und Wildblumen zu den weißen Bienenkästen. Matt nahm eine Blechkanne, stopfte einen Jutelappen hinein, zündete den Lappen dann an und pumpte mit einem Blasebalg durch eine seitliche Öffnung Luft hinein, worauf aus dem

Schnabel oben an der Kanne Rauch zu quellen begann. Er klappte den Deckel eines der weißen Kästen auf und stellte die rauchende Kanne daneben, ehe er ein Brett mit einer Wabe darauf herauszog. Sie war mit einer Traube von Bienen bedeckt, die auch dann nicht aufflogen, als er das Brett kippte, sondern nur unaufhörlich übereinanderkrabbelten, Bienen über Bienen über Bienen. Nachdem er es eine Weile schräg gehalten hatte, begann die Traube ihre Gestalt zu verändern, nach unten zu sacken; einzelne Bienen fielen wie Tropfen einer Flüssigkeit zurück in den Kasten. Es war ekelerregend. Ich musste schwer an mich halten, um sie nicht schon schwärmen zu sehen.

Luke war fasziniert. Ich begriff nicht, was er an den Bienen fand. Das Gras, in dem wir standen, juckte und kratzte, und ich wartete nur darauf, dass Matt den Deckel wieder zuklappte und ich zurückdurfte in die Küche, um dort mit ihrem quietschenden kleinen Jungen über den Boden zu robben, aber wir blieben endlos lange draußen, gingen von einem Kasten zum anderen, obwohl sie alle gleich waren, jedes Mal diese riesige, wimmelnde, langsam nach unten sackende Masse aus Bienen.

Zum Abendessen gab es Pasta mit Kräutern und Salat. Jen erntete Basilikum, Rosmarin, Salbei, roten Kopfsalat und brachte eine Schüssel voll deformierter Tomaten aus ihrem Gewächshaus herein. Matt, Luke und ich wurden zum Schnippeln abkommandiert, und die Küche roch, als wären wir noch im Freien. Sie waren Leute, die keine Minute im Haus zubrachten, wenn es nicht sein musste. Wir aßen auf der Terrasse, an einem Tisch, den Matt aus einer alten Tür gebastelt hatte. Luke und ich saßen auf einer langen Bank, nebeneinander, aber nicht nahe beisammen.

Die drei redeten über gemeinsame Bekannte aus der Zeit, als sie in ihren Zwanzigern alle zusammen in einem Haus auf Cape Cod gewohnt hatten. Matt und Jen hatten es bei unserer Ankunft geschickt überspielt, aber jetzt wurde immer klarer, dass Luke ihnen trotz mehrerer Telefonate im vergangenen Monat weder von mir erzählt noch erwähnt hatte, dass er mich zu dem Besuch mitbringen würde. Sie richteten ein paar Fragen an mich, und ich antwortete möglichst kurz. Es war unübersehbar, dass sie gar nicht erst versuchten, irgendwelche Informationen über mich abzuspeichern. Ich wusste, dass ich mich an sie erinnern würde, an ihr Kind und das rote Haus und die Bienenkästen, aber sie sich nicht an mich. Sie waren nette Menschen, und sie taten ihr Bestes, um gastfreundlich zu sein, aber eigentlich wollten sie mich nicht dahaben, und ich verstand nicht, warum.

Der Kleine wurde von einem zum anderen gereicht. Seine Mutter stillte ihn, und er lag zufrieden in ihrem Arm. Eine Weile saß er aufrecht auf dem Schoß seines Vaters, und sooft Matt lachte, guckte er steil zu seinem Kinn hoch und lachte auch. Matt gab ihn an Luke weiter, und das Gespräch versiegte. Sie wussten nicht, ob ich wusste, dass er ein Kind gehabt hatte. Luke hielt ihn sich vors Gesicht, und der Kleine patschte nach seiner Brille, bis er mich neben Luke sah und sich mit ausgebreiteten Armen zu mir herüberwarf. Ich fing ihn auf, und wir lachten alle, und Luke wirkte erleichtert.

Danach war er merkwürdig aufgekratzt und begann uns zu erzählen, wie er als Vierjähriger einmal splitternackt die ganze Meile bis zum Bonbonladen marschiert war. Die Polizei hatte ihn nach Hause gebracht. Ich konnte Matt und Jen ansehen, dass sie die Geschichte schon kannten, aber sie lachten, als hörten sie sie zum ersten Mal.

Nach einer weiteren langen Stunde an einem Lagerfeuer gingen Luke und ich im Dunkeln zum Baumhaus. Ich hatte über diese eigentümliche Stimmung beim Abendessen reden wollen, aber als wir endlich allein auf der Wiese standen, mochte ich mich nicht mehr mit Reden aufhalten. Ich musste ihn berühren, mich an ihn pressen und diese Schwere in mir loswerden, meine angestaute Sehnsucht nach ihm. Glühwürmchen blinkten überall, nah und fern, aus jeder Richtung. Wir küssten uns gierig und zerrten an unseren Kleidern, klatschten unsere Körper gegeneinander in dem dichten Frühsommergras. Alles andere verging in meinem Verlangen nach ihm.

Hinterher lagen wir noch lange da, und die Glühwürmchen wagten sich immer dichter heran und blinkten so nahe, dass wir sie hätten anfassen können.

«Ich glaube, wenn ich ab jetzt Glühwürmchen sehe, denke ich sofort an Sex», sagte ich.

Er lachte halb auf, aber seine Gedanken waren nicht mehr bei mir.

In dem Baumhaus gab es nur eine einzelne dünne Matratze und ein Kopfkissen. Er leuchtete mit der Taschenlampe herum, und ein paar Brettspiele wurden sichtbar, eine Kiste mit Legosteinen und zwei Puppen, die auf Stühlchen saßen und eine Teegesellschaft abhielten. Luke schlüpfte unter die Decke, und ich drückte mich eng an ihn, doch selbst seine Haut fühlte sich versiegelt an, wie aus Plastik.

Er streckte die Hand aus und berührte die Ecke einer Zeichnung, die mit einer Reißzwecke an die Wand geheftet war. Es ließ sich schwer sagen, was sie darstellte, ein Haus oder einen Hund. «Unsere Töchter sind fast gleichzeitig zur Welt gekommen», sagte er. «Caliope ist sieben Wochen älter als Charlotte.»

Charlotte.

«Wie alt war sie, als sie …» Ich wusste nicht, welches Wort er wählen würde, *gestorben* oder *verstorben* oder *gegangen*. «Als ihr sie verloren habt.»

«Vier Monate und zwölf Tage.»

Er ließ es zu, dass ich ihn in den Arm nahm, aber er blieb die ganze Nacht steif wie ein Stück Holz.

Als ich aufwachte, war er weg. Jen sagte mir, er hätte Matt geholfen, ein paar von den Bienenkästen umzustellen, und sei jetzt mit ihm im Baumarkt. Sie überließ mir den Kleinen und duschte in der Zeit. Luke und Matt kamen zurück und aßen draußen Eiersandwiches. Als wir schließlich losfuhren, war ich so hungrig und irritiert, dass ich zitterte.

Immerhin hielt er auf meine Bitte vor dem Highway noch bei einem Dunkin' Donuts. Danach fuhren wir eine Stunde, fast ohne zu sprechen. Zuletzt sagte er: «Was ist, wenn ...» und brach ab.

«Wenn was?» Es kostete mich Überwindung, das zu fragen. Es war ein zu Unheil verkündendes «wenn».

«Wenn es nicht verlässlich ist.»

«Was?»

«Das alles.» Er schwenkte die Hand über der Gangschaltung. «Mit uns.»

«Was alles?»

«Diese Anziehung zwischen uns.»

«Nicht verlässlich?»

«Nicht sinnhaft. Nicht gut.»

«Also ich finde es sogar ziemlich gut.» Ich stellte mich dumm.

«Was ist, wenn es der Teufel ist?»

«Der Teufel?»

«Wenn es schlecht ist. Böse.»

In meinen Ohren war plötzlich ein lautes Dröhnen.

Als wir in Red Barn ankamen, hatte er beschlossen, wir dürften uns nicht mehr berühren. Es sei zu verwirrend. Es sei zu viel. Es sei zu unausgewogen. Es klaffe ein Riss zwischen unseren Seelen und unseren Körpern, sagte er.

Ich ließ das Abendessen aus und blieb in meinem Blockhaus. Ich machte Feuer im Kamin und starrte in die Flammen. So fand er mich. Die Fliegentür schwang noch, da war er schon in mir drin.

Hinterher lagen wir verschwitzt auf dem alten Kaminvorleger, all die Anspannung, all das Unglück des Tages wie weggeblasen. Ich fühlte mich gelöst, schwerelos. Wir betrachteten die Wand mit den Namenszügen der Künstler, die vor mir in dem Häuschen gewohnt hatten.

«Geschrieben haben sie hier drin ganz bestimmt mehr als ich», sagte ich. «Aber bei den Orgasmen halte wahrscheinlich ich den Rekord.»

Caleb rief mich an, auf einem der Telefone in den Kabinen vor dem Speisesaal. Sein Freund Adam habe eine Wohnung in Brookline, die ich billig mieten könne, sagte er. Ich sagte, dass ich vielleicht nach New York ziehen würde, und erzählte ihm alles, auch das mit dem Teufel, das ich eigentlich hatte weglassen wollen.

«Lass die Finger von ihm, Casey. Schreib dein Buch.» Er klang wie meine Mutter. Das war auch etwas Neues.

Ob es ihm mit mir ähnlich ging? «Klinge ich für dich wie Mom?»

«Nein, du klingst nicht wie Mom. Du klingst wie eine Idiotin, die eine einmalige Chance versiebt. Reiß dich am Riemen.»

In der ganzen Zeit, die ich dort war, kam ich über das eine Kapitel nicht hinaus. Zwei Monate. Zwölf Seiten. Während die Gedichte aus Luke nur so herausströmten. Gedichte über Glühwürmchen, Ochsenfrösche und, zuletzt, über ein totes Kind. Das über die Ochsenfrösche klebte er mir auf den Sattel meines Bonanzarads. Das über das tote Kind las er mir eines sehr frühen Morgens vor und zitterte danach eine Stunde in meinen Armen. Ich zeigte ihm nie etwas von meinem Roman.

In seiner letzten Woche hielt er eine Lesung in der Bibliothek. Auf dem Weg dorthin war er nervös. Er umklammerte die Seiten und sagte, sie seien alle für mich, über mich; ohne mich gäbe es sie nicht. Aber als er auf dem Podium saß und ich in der ersten Reihe, sah er mich kein einziges Mal an. Als er ein Gedicht über einen Pfirsich vorlas, den er auf einem umgekippten Ruderboot aß, den Pfirsich, den ich mitgebracht hatte, das Ruderboot, auf dem wir zusammen gesessen hatten, sagte er, es sei seiner Mutter gewidmet, die Pfirsiche so liebte. Er las das Gedicht über das tote Kind, und alle weinten.

Er bekam stehenden Applaus, den einzigen, den ich in meiner Zeit dort miterlebte. Die Leute erhoben sich geschlossen. Hinterher war er umdrängt von Frauen, Frauen, die schon länger da waren, und Frauen, die erst ankamen und ihn entdeckten.

An seinem letzten Abend glänzte die Straße, die wir entlanggingen, bläulich im Mondschein. Eine Kuh hinter einem unsichtbaren Drahtzaun ging wiegend ein Stück mit uns mit. Wir bogen in den Feldweg hinunter zum See, ließen unsere Kleider ins Gras fallen und schwammen schweigend hinaus. Die Frösche, die verstummt waren, fingen aus voller Kehle wieder zu quaken an. Wir griffen nacheinander, kühl und gummihaft, und gingen küssend unter. Wir drehten uns auf den Rücken, und den Mond umzog ein so breiter milchiger Rand, dass er alle Sterne ringsherum auslöschte. Das Wasser tropfte von unseren hochgereckten Armen zurück in den See. Er sagte, wir müssten jeder einen Weg finden, den anderen in unser Leben einzulassen. Wie das gehen sollte, sagte er nicht.

Am nächsten Tag stieg er in seinen Wagen und ließ das Fenster herunter. Er drückte die flache Hand an die Brust. «Du bist tief hier drin», sagte er und fuhr davon.

Unter der Nummer, die er mir gegeben hatte, meldete sich niemand. Kein Mensch. Kein Band. Ich hatte noch eine Woche in Red Barn, und vor jeder Mahlzeit klingelte ich aus der hölzernen Telefonkabine ins Leere. An meinem letzten Abend saß ich neben einer Malerin. Sie war ein paar Tage vor Lukes Abreise angekommen, und er hatte uns einander vorgestellt. Er kannte sie aus New York. Ihr Blick war mitfühlend. Sie reichte mir das Kartoffelpüree. Sie sagte: «Aber dass er noch verheiratet ist, weißt du?»

Auf meinem Anrufbeantworter stößt er einen zweiten langen Atemzug aus. «Ich muss dich sehen», sagt er.

Ich warte an der Sunoco-Tankstelle auf ihn. Er verspätet sich, und ich sitze auf der Betoneinfassung eines Beetes mit grellgelben Tagetes und schaue meinen Beinen beim Zittern zu.

Sein Pick-up kommt vor mir zum Stehen, und er steigt aus, noch dürrer als in meiner Erinnerung. Seine Haare sind länger. Und ungewaschen. Wir umarmen uns. Ich kann ihn nicht spüren. Unter meiner Haut brodelt es, und mein Herz klopft so wild, dass ich nicht damit rechnen kann, bei Bewusstsein zu bleiben. Er hebt mein Bonanzarad auf die Ladefläche, ohne Kommentar, ohne sichtbares Wiedererkennen.

Wir setzen uns ins Auto, an unsere gewohnten Plätze.

«Das ist nicht leicht jetzt, hm?»

Ich nicke.

«Ich muss zurzeit einfach sehr langsam machen, weißt du», sagt er, während er auf den Memorial Drive abbiegt.

Wir fahren nach Westen Richtung Route 2. Er will mit mir im Walden Pond schwimmen.

«Loraine hat mir erzählt, dass sie es dir gesagt hat.» Loraine ist die Malerin. «Es ist nur auf dem Papier, Casey. Du musst nicht denken, wir … Ich habe andere Freundinnen gehabt, und sie hatte … andere Männer. Streng genommen sind wir als …»

«Hast du jetzt eine Freundin?»

«Nein.» Er schaltet zu früh in den vierten, der Wagen ruckelt, und er schaltet wieder herunter. «Nicht richtig.»

Den ganzen Weg nach Concord will ich nichts wie raus aus seinem Auto, aber als wir parken und auf dem heißen Teer stehen, würde ich am liebsten sofort wieder einsteigen. Auf dem Parkplatz brummelt ein Eiswagen, vor dessen Schiebefenster ein Häuflein von Kindern die Köpfe hochreckt. Sie hüpfen auf und ab, ihre Badehöschen schwer von nassem Sand. Ich folge Luke in den Schatten der Fichten und stoße um ein Haar mit Henry Thoreau zusammen. Er ist aus Bronze, ein winziges Männchen, nicht größer als ein Zwölfjähriger. Hinter ihm steht eine Nachbildung seiner Hütte. Die Tür ist offen. Ich gehe hindurch.

Es ist nur ein einziger kleiner Raum, rechts ein Feldbett mit einer grauen Wolldecke darauf, links ein abgeschrägtes Schreibpult, dunkelgrün. An der Rückwand ein gemauerter Kamin und davor ein bauchiger Herd. Auf mich wirkt das Ganze hoffnungslos künstlich. Vom Geist Thoreaus keine Spur.

Luke nimmt mich bei der Hand und zieht mich neben sich aufs Bett. Auf der Decke liegt eine tote Spinne. Ihre Beine sehen aus wie in die Wolle eingewebt. Das würde ihm gefallen. Höchstwahrscheinlich würde er sie in einem Gedicht verbraten. Ich zeige sie ihm mit Fleiß nicht.

«Irgendwie landen wir zwei immer in einem schmalen Bett in einer Hütte im Wald.» Er lächelt und sieht mich auf die alte Art an, und ich weiß, wenn ich mich nur einen Millimeter zu ihm vorbeuge, dann küsst er mich, und ich habe nichts mehr im Griff.

Ich stehe auf und trete hinaus auf den gelben Nadelteppich unter den Bäumen.

Wir überqueren die Straße und reihen uns in die Prozession von Besuchern ein, die den Pfad entlangpilgern. Der kleine Strand unter uns wimmelt von Körpern. Kinder schreien.

«Ganz schön voll», sage ich.

«Das ist noch harmlos. Letzten Monat musste man eine Stunde anstehen, um auf den Parkplatz fahren zu können.»

Letzten Monat. Er war letzten Monat hier. In dem Monat, in dem er mich nicht angerufen hat. Ich fühle mich so bleiern, dass ich kaum einen Fuß vor den anderen setzen kann. Allein ihm an dem Badestrand vorbei zu einem schmalen Waldweg zu folgen, der um den See herumführt, erschöpft mich. Zum Wasser hin säumt ein Drahtzaun den Pfad, und Hinweisschilder verbieten den Besuchern, vom Weg abzuweichen und das empfindliche Ökosystem zu zerstören. Aber die Leute gehorchen nicht, und alle die kleinen Sandbuchten, die man durch die Bäume sieht, sind besetzt, also gehen wir weiter. Schließlich finden wir ein kleines, schmales Stück Strand und klettern zwischen den Drähten hindurch und die steile Böschung hinunter. Wir breiten unsere Handtücher ein paar Schritte entfernt voneinander aus. Nach ein paar Minuten steht er auf und setzt sich mit auf meins. Er wischt mir ein bisschen Sand vom Knie, senkt dann den Kopf und nimmt meine Kniescheibe zwischen die Zähne, als ob sie ein Apfel wäre.

Ich strecke die Hand nicht nach seinem blassen Nacken aus, nach den jungenhaften Knubbeln seiner Halswirbel.

Mein Körper ist ein einziges Brennen, von der Kehle bis tief hinab in den Schoß. Alles in mir sehnt sich danach, dass er mir die Finger unter den Badeanzug schiebt und all die Schwere und das Elend fortnimmt. Ich komme mir vor wie eine alte Hexe im Märchen, ehe der Zauber wirkt, der sie wieder jung und geschmeidig macht.

Ich stehe auf und wate in den See. Er ist warm und klar. Das ist mein erstes Mal am Walden Pond. Das Buch habe ich in der Highschool gelesen, als ich noch keine Stunde von hier entfernt wohnte, aber mir kam nie der Gedanke, dass dies ein Ort sein könnte, den es noch gibt. Ich lasse mich ins Wasser fallen und schwimme rückwärts weg vom Ufer. Er bleibt auf meinem Handtuch sitzen und wird langsam kleiner in seinem weißen T-Shirt. Das T-Shirt müffelt. Das war mir am Anfang noch aufgefallen. Danach habe ich aufgehört, es zu bemerken.

«Du stinkst», rufe ich ihm zu.

«Was?», sagt er, aber ich schwimme weiter von ihm weg. Die Bäume wirken so hoch von hier draußen, hoch und dunkel mit ihrem sich verhärtenden Sommerlaub. Der Himmel ist wolkenlos, und direkt über mir lichtet sein tiefblauer Schmelz sich, und ich ahne die Schwärze des Weltraums dahinter.

Als ich ans Ufer zurückkomme, starrt er auf meinen Körper, an dem das Wasser herabläuft. Er sitzt nach wie vor auf meinem Handtuch, also setze ich mich auf seins.

«Gehst du gar nicht schwimmen?»

«Komm her.»

Ich weiß, wie er sich den weiteren Verlauf vorstellt. Ich bleibe, wo ich bin. Eine Schwimmerin, eine Frau mit starken, marmorierten Armen und hellblauer Bademütze, krault schräg durchs Bild.

«Es fühlt sich an, als wäre eine Art Knorpel zwischen mir und der Welt», sagt er. «Durch den versuche ich mich gerade durchzuarbeiten. Ich muss nur sehr langsam machen. Es ist harte Arbeit. So ein Knorpel ist zäh.»

Als meine Haut spannt vor Trockenheit, sage ich ihm, dass ich zurückmuss. Ich habe heute Abend Bereitschaft.

Wieder im Pick-up, streiche ich meinen Rock glatt. Es ist ein hübscher Rock, salbeigrün mit elfenbeinfarbenen Blümchen. Ich weiß jetzt schon, dass ich ihn nie wieder anziehen werde.

«Jetzt schau mich nicht so an», sagt er.

«Ich schau dich nicht an.»

«Eben.»

Er bietet mir an, mich heim nach Brookline zu fahren, aber ich sage, die Sunoco-Tankstelle tut's schon.

«Mach bitte nicht zu», sagt er.

Der Pick-up tuckert den Memorial Drive entlang. Ich sehe meinen Weg am Fluss, die Gänse neben dem Pfeiler der Western Avenue Bridge.

Dein Leben lang wirst du an solche Männer geraten, denke ich. Es klingt geradezu täuschend nach meiner Mutter.

Er hält neben den Tagetes. Ich sage ihm, er braucht nicht mit auszusteigen, also bleibt er sitzen, Hände auf dem Lenkrad. Als ich mein Rad von der Ladefläche hieve, sehe ich ihn die Stirn auf seine Handrücken legen.

Ich schiebe das Rad vor zum Fahrerfenster und klingle aus Gewohnheit. Mit diesem Klingeln habe ich mich angekündigt, wenn ich abends zu seinem Blockhaus geradelt kam. Am liebsten würde ich das Geräusch in einen Sack stecken, ihn mit Steinen beschweren und im Fluss versenken. Er lächelt und stützt sich mit beiden Ellbogen auf die Fensterkante. Mein Körper will nicht so, wie ich will. Wenn ich noch näher herankomme, wird er die Finger in meinen Haaren vergraben. Ich fasse den Lenker fester und rühre mich nicht.

«Auf geht's», sage ich.

Auf meinem Bonanzarad sitzend, schaue ich zu, wie er zurückstößt, schaltet und auf die Straße auffährt. Ich bleibe bei dem Tagetesbeet an der Sunoco-Tankstelle stehen, bis sein Pick-up um die Kurve verschwunden ist, wo der Fluss nach Westen weiterfließt.

Nur eine von meinen Schriftsteller-Freundinnen schreibt noch. Muriels Roman spielt im Zweiten Weltkrieg, und sie arbeitet daran, seit ich sie kenne. Unsere Freundschaft begann vor sechs Jahren hier in Cambridge, beim Anstehen vor den Toiletten im Plough & Stars, und war eine Zeit lang recht eng, bevor wir beide zum Masterstudium aus Boston weggingen. Danach haben wir uns einmal kurz bei der Bread-Loaf-Schriftstellerkonferenz getroffen, aber ich hätte nie erfahren, dass sie wieder in der Stadt ist, wenn ich nicht zufällig mitbekommen hätte, wie eine Frau an einem meiner Tische von dem Buchprojekt ihrer Nichte Muriel erzählte, das in einem jüdischen Internierungslager in Oswego, New York, spielt. Ich schenkte ihnen gerade Wasser nach und sagte: Muriel *Becker*? Die Tante gab mir Muriels Nummer.

Einen Tag nach Walden nimmt Muriel mich zur Buchpräsentation eines Autors mit, den sie kennt. Ich radle zu ihrer Wohnung in Porter Square, und dann gehen wir zu Fuß den Avon Hill hinauf. Je höher wir kommen, desto feudaler werden die Häuser, viktorianische Villen mit breiten Veranden und Türmchen.

«Ich habe jetzt begonnen, meinen Roman auszulösen», sagt sie.

Ich habe keine Ahnung, wovon sie spricht. Das geht mir bei ihr manchmal so.

«Das hat meine Großmutter mit Brathühnern gemacht, wenn sie wollte, dass sie schneller durch sind. Im Prinzip schneidet man einfach das Rückgrat raus und stopft die Stücke alle zusammen in eine Reine.» Sie hat einen produktiven Tag hinter sich, das merke ich an der Art, wie sie die langen Arme schwenkt. Mein Tag war nicht produktiv. Seit einer Woche doktere ich an ein und derselben Szene herum. Ich kriege meine Figuren nicht die Treppe hinunter.

Von dem Treffen mit Luke habe ich ihr am Telefon schon erzählt. Trotzdem hecheln wir es alles noch mal von vorn durch. Ich mache ihr auf dem Gehsteig vor, wie er mich ins Knie gebissen hat. Ich sage mit hohler Stimme: «Ich muss einfach sehr, sehr langsam machen.» Ich trompete das Wort «Knorpel» quer über die Straße. Aber das Brennen in meiner Brust lässt nicht nach.

«Normalerweise bin ich besser darin, mich vor so was zu schützen.»

«Vor Liebeskummer?»

«Ja.» Die Kehle schnürt sich mir zu. «Meistens kann ich in Deckung gehen, bevor ich die volle Breitseite abkriege.»

«Dann ist es aber kein richtiger Liebeskummer, oder?»

Die Straße und die Häuser mit ihren großen Gärten verschwimmen. «Mich hat es dermaßen zerlegt dieses Mal. Ich weiß nicht mal, wie ich die einzelnen Teile zusammenklauben soll. Ich dachte immer, wenn ich einmal an den Punkt komme, wo ich nichts mehr zurückhalte, wo ich mein Herz einfach auf den Tisch lege, dann ...» Der Rest kommt geborsten heraus, piepsig. «Und das habe ich diesmal. Ich habe das diesmal getan. Und es war immer noch nicht genug.»

Sie legt den Arm um mich und zieht mich eng an sich. «Ich weiß, wie du dich jetzt fühlst. Glaub mir, ich weiß es. Trotzdem, es ist gut, wenn es dir wenigstens einmal das Innerste nach außen stülpt», sagt sie. «Hinter einem dicken Schutzpanzer kann man nicht richtig lieben.»

Sie biegt in eine kleine Stichstraße mit Autos auf beiden Seiten. Der Empfang findet in dem Haus ganz links hinten statt, einem riesigen Kasten: Erkerfenster, drei Stockwerke, Mansardendach. An der Tür ist ein Stau. Wir müssen erst einmal auf der Schwelle anstehen. Die anderen Gäste sind im Schnitt zwanzig, dreißig Jahre älter als wir, die Frauen in Seidenstrümpfen und High Heels, die Männer in Sportsakkos. Es riecht wie auf einer Cocktailparty in den Siebzigern, nach Aftershave und Martinizwiebeln.

Präsentiert wird das Buch eines Autors, der jeden Mittwochabend in seinem Haus in der Nähe des Square eine Romanwerkstatt abhält. Muriel liegt mir damit in den Ohren, dass ich auch teilnehmen soll, aber irgendeinen Auszug aus meinem Roman anderen Leuten zeigen zu müssen, erscheint mir im jetzigen Stadium als der Horror schlechthin. Ich darf keinen Blick zurück riskieren. Ich kann mich nur weiter vorwärtskämpfen. Sie lässt nicht locker: Ich muss nichts von mir herzeigen, sagt sie, ich kann mir die Sache einfach mal anschauen, ein paar Leute treffen, die einem nicht das Gefühl geben, dass die eigenen Lebensentscheidungen samt und sonders schwachsinnig sind. Der Autor war Dozent an der Boston University, bis vor drei Jahren seine Frau starb und er den Lehrberuf an den Nagel hängte, um sich ganz dem Schreiben und seinen Kindern zu widmen. Aber das Unterrichten ging ihm ab, weshalb er den Workshop ins Leben rief. Wobei es kein Unterricht in dem Sinn ist, sagt Muriel. Er lässt die Teilnehmer aus ihren Projekten vorlesen, kommentiert aber so gut wie nie. Wenn ihm etwas gefällt, das wissen sie inzwischen, wandern seine Hände zu seinen Knien. Wenn nicht, dann bleiben die Arme vor seiner Brust verschränkt. Und wenn ihn etwas richtig mitreißt, dann sind seine Finger am Schluss auf seinem Schoß gefaltet.

Muriel hat mich diesen Sommer schon zu zwei Literaturveranstaltungen mitgeschleppt, einer Lesung in einer Kellerwohnung, die etwa die Größe meines Gartenschuppens hatte und in der Leute im Halbdunkeln mit zittrigen Stimmen aus ihren Notizheften vorlasen, und zur Präsentation eines Lyrikbändchens mit dem Titel *Shit and Fuck* in einem Lebensmittelladen am Central Square. Insofern ist das hier definitiv ein Aufstieg. Im Kriechtempo rücken wir durch die Eingangshalle in ein Wohnzimmer vor, wo das Gedränge etwas nachlässt. Es ist ein großer Raum – geblümte Sofas und Beistelltischchen, messingbeschlagene Kommoden, die großflächigen Ölgemälde an den Wänden zeitgenössisch, abstrakt, mit Farbklumpen, die aussehen wie Wollknötchen auf einem alten Pullover.

Muriel nimmt mich am Arm und zieht mich durch einen Mauerbogen in einen kleineren Raum mit Bücherwänden. Hier drinnen ist nur ein Mensch, ein Mann, der die Regale abwandert.

«Hallo, grüß dich», sagt sie, und das Zögern, bevor sie sich umarmen, macht deutlich, dass sie ihn nicht gut kennt. Wen Muriel kennt, der wird gedrückt. «Unser neuestes Workshop-Opfer.»

«Silas», sagt er zu mir. Er ist groß und steht leicht vorgebeugt da, wie mitten im Lauf.

«Casey.» Ich strecke ihm die Hand hin.

Er verlagert ein Buch von der Rechten in die Linke, bevor er sie nimmt. Seine Augen sind dunkelbraun, schwerlidrig.

Muriel deutet auf den Band. «Du hast dir dein Exemplar schon gesichert?»

«Ich hatte keine Wahl. Als ich ankam, war noch kaum jemand hier, und er saß da am Esstisch mit einem riesigen Stapel Bücher vor sich.» Er zeigt uns das Buch. «Ich habe letzte Woche anscheinend keinen großen Eindruck auf ihn gemacht. Ich musste ihm meinen Namen sagen, aber so ganz hat er wohl nicht hingehört.» Er klappt die Titelseite auf.

*Weiter so, Alice,* steht da über der Signatur.

Wir lachen.

Zwei Frauen winken von der anderen Seite des Wohnzimmers herüber und versuchen, sich zu uns durchzuschlängeln. Muriel erspäht sie und stürzt sich wieder hinein ins Gewühl, den beiden entgegen.

Ich nehme Silas das Buch aus der Hand. In meinen Waden regt sich das Kribbeln, das mich auch in Buchhandlungen oder Schreibwarenläden immer befällt. Es ist ein wunderschönes Cover, abstrakt, tiefblau mit elfenbeinfarbenen Lichtstreifen. Das Papier leicht aufgeraut, altmodisch, wie schweres Schreibmaschinenpapier. *Thunder Road* lautet der Titel. Von Oscar Kolton. Ich kenne nichts von ihm. Paco besaß, glaube ich, eins seiner Bücher, und ich konnte wenig anfangen mit den Schriftstellern, die Paco mochte, Männern, die zarte, poetische Sätze schrieben, um damit den Narzissmus und die Frauenfeindlichkeit ihrer Geschichten zu übertünchen.

Ich schließe die Hände um das Buch und stelle mir vor, ich hätte es geschrieben, stelle mir vor, ich hielte meinen eigenen Roman in den Händen.

«Ob er weiß, dass es den Titel schon gibt?», frage ich Silas und hoffe nur, dass er mir meine Gier nicht anmerkt.

«Vielleicht solltest du ihn darauf ansprechen.»

«Mach einen Song draus, Kumpel», rufe ich leise in Richtung Esszimmer. «Du landest garantiert einen Hit!»

Wir lesen die Pressestimmen auf der Rückseite: «Wir kennen Kolton als einen Garanten für Wahrheit und Schönheit, aber diesmal schenkt er uns nicht weniger als einen Blick in den Himmel.»

«Ein Blick in den Himmel, das wär's doch», sagt Silas.

Ich schlage die hintere Klappe mit Oscar Koltons Bild auf. Silas betrachtet mit mir zusammen das Foto. Es ist von der Seite aufgenommen, eine Schulter im Vordergrund, Ellbogen aufs Knie gestützt, Bizeps angespannt. Oscar Kolton fixiert mit drohendem Blick die Kamera. Der Schwarz-Weiß-Kontrast ist so stark, dass sein Gesicht gemeißelt wirkt wie eine Felswand von Ansel Adams, die Pupillen bloße Stecknadelköpfe im Gegenlicht.

«Warum lassen sich Männer für ihre Autorenfotos immer in solchen Posen abfotografieren?»

«Meine Gedanken schürfen so tief, dass es wehtut», ächzt Silas mit kratziger Stimme.

«Genau. Oder» – ich versuche zu klingen wie er – «lest gefälligst mein Buch, sonst sind eure Tage gezählt.»

Er lacht.

«Wohingegen die Frauen», ich nehme das Buch einer Autorin aus dem Regal, die ich sehr schätze, «lieb und freundlich aussehen müssen.» Ihr Foto untermauert meine These perfekt. Sie hat ein breites, entschuldigendes Lächeln im Gesicht. Ich wedle mit dem Bild vor Silas' Nase. «Bitte, bitte seid mir nicht böse. Auch wenn ich preisgekrönte Romane schreibe, stelle ich doch nicht die geringste Bedrohung dar.»

Wir ziehen noch mehr Bücher aus dem Regal, und alle untermauern meine Gender-Theorie.

«Wie würdest du dich fotografieren lassen?», fragt Silas.

Ich grinse und zeige ihm den Mittelfinger.

Wieder lacht er. Bei einem seiner Schneidezähne fehlt eine Ecke, eine glatte, schräg abfallende Kante.

Muriel kommt mit ihren Freundinnen zurück.

«Hast du letzten Mittwoch was von dir gelesen?», frage ich ihn.

«Ja.»

«Was hat er mit seinen Händen gemacht?»

«Kein gutes Zeichen, fürchte ich. Sie waren hinter seinem Rücken.»

«Und das bedeutet?»

«Das konnte mir keiner sagen. Es war ein Novum.» Wieder der Zahn. Oscars Urteil scheint ihn nicht sehr zu treffen. «Und woran arbeitest du?»

«Ich kellnere.»

Er macht die Augen schmal. «Woran du schreibst.»

«An einem Roman.»

«Aber das ist doch großartig!»

«Ich schreibe seit sechs Jahren daran und habe bisher weder eine fertige Rohfassung noch einen Titel. Großartig ist was anderes. Gehst du nächste Woche auch wieder hin?»

«Ach, ich weiß nicht. Irgendwie geht es mir da ein bisschen zu devot zu. Zu viele verbale Kniefälle.»

«Ach ja?» So hat mir Muriel das nicht beschrieben.

Silas zögert. «Es ist kein freier und offener Austausch von Ideen. Die Leute schreiben nur alles mit, was er sagt.» Er duckt den Kopf und kritzelt in einem imaginären Heft. «Und, gut, das ist jetzt keine große Sache, aber irgendwann meinte er, in jeder Dialogzeile müssten mindestens zwei Hintergedanken mitschwingen, und ich sagte, und was ist, wenn eine Figur einfach nur nach der Uhrzeit fragt? Daraufhin haben alle nach Luft geschnappt. Und dann Schweigen. Mir ist ein bisschen mehr Diskussion lieber. Oder vielleicht habe ich schlicht was gegen zu viele Regeln.»

Muriel und ihre Freundinnen stehen hinter Silas. Er kehrt ihnen noch etwas mehr den Rücken zu. Es scheint mir keine Absicht zu sein. «Warst du auch schon mal dort?»

«Nein, ich habe abends Schicht.»

Er schaut mich an, als wüsste er, dass das nicht die volle Wahrheit ist, und will etwas sagen, als Muriel sich einschaltet.

«Schaut, *richtige* Menschen aus der *richtigen* Welt», sagt sie.

Sie stellt uns einander vor. Die eine ist Ärztin für Infektionskrankheiten und arbeitet in der AIDS-Forschung, die andere hat einen gemeinnützigen Verein in Jamaica Plain aufgezogen. Sie tragen Make-up und Armbänder, und ihre Kleider kommen ganz sicherlich nicht aus dem TJ-Maxx-Laden in Fresh Pond. Sie haben es auf Silas abgesehen und bombardieren ihn mit Fragen. Ich klinke mich aus dem Gespräch aus und schlendere aus dem Raum.

Um mir *Thunder Road* zu kaufen, habe ich nicht das Geld, aber ich folge der Schlange von der Eingangshalle durch das Wohnzimmer bis ins Esszimmer, wo ich in die Küche abschwenke und den Autor durch das Fenster in der Schwingtür beobachte. Er sitzt mit dem Rücken zu mir, und eine gebückte kleine Frau beugt sich über den Tisch zu ihm vor, ihr frisch signiertes Buch an die Brust gepresst. Während sie noch redet, greift er nach dem Buch der Frau hinter ihr. Ich sehe nur seine Rückansicht, den Kragen, unter dem der Rand einer blauen Krawatte hervorlugt, und das Schulterblatt, das sich unter dem weißen Hemd abzeichnet, wenn er seinen Namen schreibt. Ob sein Gesicht so gemeißelt und grimmig ist wie auf dem Foto, kann ich nicht beurteilen.

Auf jeder freien Fläche in der Küche warten Bleche und Tabletts voller Häppchen. Alle paar Minuten kommt die Bedienung, um Nachschub zu holen. Es ist ein seltsames Gefühl, nicht diejenige mit Dutt und Schürze zu sein.

«Feige im Speckmantel?», fragt sie. In ihrem Gesicht machen sich die Sommersprossen den Platz streitig.

«Oh, sehr gern, danke», sage ich in einem Ton, der ihr zeigen soll, wie verbunden ich mich mit ihr fühle. Ich nehme mir eine Feige und eine von den Servietten in ihrer anderen Hand. Mich ärgert es immer, wenn die Leute nicht auch die Serviette nehmen. «Danke, das sieht lecker aus.» Aber sie ist schon weitergegangen zu einer Gruppe, die sich neben der Frühstücksecke postiert hat.

Als ich wieder in die Bibliothek komme, ist Silas weg, die Frauen aus der richtigen Welt sind weg, und Muriel streitet mit drei schnurrbärtigen Männern über Cormac McCarthy.

Der Asphalt schimmert in der Dämmerung lila. Bergab gehen wir mitten auf der Straße. Die Sonne ist untergegangen, aber ihre Hitze hängt noch in der Luft. Mir summen die Ohren von dem Stimmengewirr beim Empfang. Wir unterhalten uns über ein Buch, das *Troubles* heißt und das ich gelesen und an sie weitergegeben habe. Sie war genauso begeistert wie ich, und wir sprechen unsere Lieblingsszenen durch. Mit jemandem die Liebe zu einem Buch zu teilen, stiftet eine ganz eigene, beglückende Art der Verbundenheit. Der kurzen Vita hinten im Buch zufolge starb der Autor, J. G. Farrell, beim Angeln, als ihn eine Monsterwelle ins offene Meer hinausspülte.

«Glaubst du, das ist ein irischer Euphemismus für Selbstmord?», frage ich.

«Möglich. Man geht nicht aufs Klo, sondern muss einen Mann wegen eines Hundes sprechen. Und wenn er nicht da ist, spült einen eine Monsterwelle ins offene Meer hinaus.»

Wir lieben beide die irische Literatur. Wir haben fest vor, miteinander nach Dublin zu fahren, sobald wir das Geld dafür zusammengespart haben.

Ich erzähle ihr, dass die Mittwochabende Silas zu kultisch sind.

Sie lässt sich das durch den Kopf gehen. «Na gut, ziemlich viele von den Leuten dort wollen Oscar *sein*, und die anderen wollen mit ihm ins Bett. Das geht vielleicht in Richtung Kult.»

«Zu welcher Fraktion gehörst du?»

«Zu denen, die Oscar sein wollen. Definitiv.»

«Und geht er mit irgendwem aus der Gruppe ins Bett?»

«Nein. Er hatte erst letzten Winter diesen Text in *Granta*, in dem es um seine tote Frau ging und darum, dass er an keine andere Frau denken kann. Da haben ein paar ganz schön dumm aus der Wäsche geschaut.»

Vor ihrem Haus umarmen wir uns, reden noch eine halbe Stunde und umarmen uns noch einmal.

Die Straßen, durch die ich heimradle, sind ruhig, der Fluss glatt und glänzend. Der Himmel ist von diesem tiefdunklen Blau, das jeden Moment in Schwärze übergehen kann. Ich bin schon halb über die Boston University Bridge, bevor mir bewusst wird, dass ich im Geist meine Szene zu Ende schreibe. Sie reden, und ich kann sie hören, und sie gehen endlich die Treppe hinab.

Muriels Freund hat ihr letzten Herbst mitgeteilt, was er brauche, seien Einsamkeit und ein Zimmer voller Bücher. Zu dem Zeitpunkt waren sie fast drei Jahre zusammen. Er sagte, wenn sie zusammenblieben, würden sie nur heiraten und Kinder bekommen, aber ihm sei es wichtig, schreiben zu können. Mir auch, sagte Muriel. Ich scheiß auf Heiraten und Kinderkriegen. Aber er *wisse* so wenig, sagte er, trotz seiner zwei Master-Abschlüsse. Er brauche die Einsamkeit und ein Zimmer voller Bücher. Also zog er zu seinem Bruder nach Maine, in ein Zimmer unterm Dach. Das ist jetzt zehn Monate her. Seitdem gab es keinen Kontakt zwischen ihnen.

Eine Woche nach der Buchpräsentation geht Muriel zur Bat-Mizwa-Feier ihrer Nichte und lernt dort jemanden kennen.

«Wir haben uns gut verstanden», sagt sie. «Christian heißt er.»

«*Christ*ian?»

«Mein Vater meinte auch, das schafft außer mir keiner, auf einer Bat-Mizwa-Feier einen Mann namens Christian aufzugabeln.»

Sie klingt ziemlich aufgedreht.

Am nächsten Tag bekommt sie einen Anruf von David, dem alten Freund. Man spricht immer von weiblicher Intuition, aber ein Mann wittert einen Rivalen selbst über Staatsgrenzen hinweg.

«Er will sich mit mir treffen», sagt sie. «Er will mit mir spazieren gehen.»

«Ist er noch in seinem Zimmer voller Bücher?»

«Keine Ahnung.» Halb lacht und halb weint sie. «Christian ist ein echt netter Kerl. Wir sind eigentlich für Donnerstagabend verabredet.

Oh, Mist, das hätte ich fast vergessen. Dieser Silas hat mich nach deiner Nummer gefragt.»

Er meldet sich am nächsten Morgen. Ich kann mich nicht erinnern, wie er aussieht. Oder vielmehr bringe ich das, woran ich mich erinnere, nicht mit seiner Stimme in Einklang. Sie ist leise und kratzig, wie ein Motor mit Anlaufschwierigkeiten. Eine alte Stimme. Ich bin nicht ganz überzeugt, dass es wirklich er ist.

Er fragt, ob ich mit ihm am Freitagabend ins Museum of Fine Arts gehen möchte. «Die haben lange geöffnet. Und danach könnten wir irgendwo einen Happen essen.»

Einen Happen essen. Das könnte von meiner Mutter sein.

«Okay.» Mir ist nach Lachen zumute. Warum, weiß ich nicht, aber ich möchte nicht, dass er es mitkriegt.

«Du lachst.»

«Ich hab nicht gelacht», behaupte ich. «Tut mir leid. Es ist wegen meines Hundes. Der macht so was Komisches mit seinen Ohren.»

«Wie heißt er?»

Ich weiß den Namen von Adams Hund nicht, außerdem ist er nicht bei mir im Schuppen. Kann es wirklich sein, dass ich nicht weiß, wie er heißt? «Adams Hund.»

«Dein Hund heißt Adams Hund?»

«Es ist eigentlich nicht mein Hund. Es ist der von Adam. Meinem Vermieter. Ich passe bloß manchmal auf ihn auf. Seinen richtigen Namen weiß ich gar nicht.»

Schweigen.

Ich sollte vormittags nicht ans Telefon gehen. «Also, ich wusste ihn sicher mal. Adam hat es mir sicher gesagt. Aber ich habe es verdrängt. Ich muss jeden Morgen mitten in meiner besten Schreibzeit Gassi mit ihm gehen, und das nehme ich ihm so übel, dass ich gar nicht wissen will, wie er heißt. Ich mache es sowieso nur für den Fünfziger Mietnachlass.»

«Und du hast auch nicht seinetwegen gelacht.»

«Nein, ich weiß selber nicht, warum ich gelacht habe.»

Schweigen.

«Es ist bloß so, dass ich gerade Schwierigkeiten habe, deine Stimme mit deinem Körper zusammenzubringen.» Bei dem Wort «Körper» zucke ich innerlich. Warum fange ich jetzt auch noch von seinem *Körper* an? «Und ‹einen Happen essen›, das erinnert mich an meine Mutter.» Sag ihm auf gar keinen Fall, dass deine Mutter tot ist. Er ruft an, weil er sich mit dir verabreden will. Komm ihm jetzt *nicht* mit toten Müttern.

«Hmh.» Es klingt, als würde er sich anders hinsetzen, sich zurücklehnen vielleicht, sich ein Kissen unter den Kopf stopfen. «Versteht ihr euch?»

«Ja. Super. Wir sind absolut auf der gleichen Wellenlänge.» Aber ich mag ihm nicht vorspielen, sie wäre an einem Ort, an dem sie nicht ist, so wie ich es mit dem Hund gemacht habe. «Sie lebt allerdings nicht mehr. Nur zur Info.» Zur *Info*?

«O Mist. Das tut mir echt leid. Wann ist sie denn gestorben?»

«Nicht so lang her.»

Er holt die ganze Geschichte aus mir heraus, sämtliche Einzelheiten, die ich über ihre Chilereise weiß. Es verursacht mir immer noch dieses Ziehen in der Brust. Er hört zu. Er atmet ins Telefon. Ich bin mir sicher, dass er auch jemand Wichtigen verloren hat. Man spürt es bei den Menschen, eine Offenheit oder, konkreter fast, Öffnung, in die man hineinspricht, wo bei den anderen, denen, die so etwas noch nicht erlebt haben, eine massive Wand ist, an der die Worte einfach abprallen.

Ich frage ihn, und er sagt, dass er vor acht Jahren seine Schwester verloren hat. «Meistens sage ich, dass es beim Bergsteigen passiert sei. Dass sie abgestürzt ist. Aber sie wurde vom Blitz erschlagen. Die Leute kriegen sich oft gar nicht mehr ein, wenn sie das hören. Wegen der Symbolik. Oder der körperlichen Details. Mich regt das auf.»

«Wo warst du, als du die Nachricht bekommen hast?» Ich kann nicht sagen, warum, aber ich muss ihn mir dabei genau vorstellen können. Es ist so ein furchtbarer Moment. Ich habe es übers Telefon erfahren, morgens um fünf, in einer winzigen Küche in Spanien.

«Ich war daheim, bei meinen Eltern. Eigentlich hätten wir zusammen unterwegs sein sollen, aber ich hatte Pfeiffersches Drüsenfieber. An dem Tag habe ich mich zum ersten Mal wieder normal gefühlt. Ich war im Einkaufszentrum, Turnschuhe kaufen, und als ich zurückkam, sagte mein Vater, setz dich erst mal hin. Ich wollte nicht sitzen, ich habe es ja schon an seiner Stimme gehört. Ich wusste es sofort. Dass ich mich hinsetzen sollte, habe ich ihm ziemlich lange übel genommen. So was reißt dich so vollständig raus aus deinem Leben, du fühlst dich, als würdest du über allem schweben und zusehen, wie die Leute unten herumwuseln, und nichts davon ergibt einen Sinn, und du stehst da mit deinem Schuhkarton in den Händen …» Jemand sagt etwas im Hintergrund, eine Frau. «O Scheiße, Casey, ich muss Schluss machen. Mein Unterricht hat vor zwölf Minuten angefangen.»

«Bist du in der Schule?»

«Ich halte diesen Sommerkurs. Tut mir echt leid, dass ich jetzt auflegen muss, aber das war meine Chefin. Sollen wir heute Abend noch mal sprechen?»

«Da arbeite ich. Wir treffen uns Freitag im Museum.» Ich will nicht zu viel mit ihm telefonieren, nur um dann gehemmt zu sein, wenn wir uns sehen, wie in dieser Geschichte «Die Briefeschreiber», in der ein Mann und eine Frau einander zehn Jahre lang schreiben, und als sie sich schließlich begegnen, kann die physische Realität mit den Worten nicht mithalten.

Wir legen auf. Das Zimmer stellt sich wieder scharf, der Schreibtisch, das Heft. Es ist immer noch Morgen. Das ganze Telefonat hindurch hatte ich keine Sekunde lang die Sorge, dass mir meine kostbare Zeit zum Schreiben davonläuft.

Muriel kommt nach ihrem Spaziergang mit David zu mir. Ich koche Tee, und wir sitzen auf meinem Futon.

«Ich dachte, er würde irgendwie verändert sein, mit so einem irren Jack-Nicholson-Funkeln im Blick. Die ganzen Monate hatte ich Angst, dass er sich verändert haben könnte. Aber er war genauso wie immer.» Ihre Stimme schwankt. «Er war genauso wie immer. Und ich konnte ihn nicht berühren. Er hat mich kein bisschen angezogen. Wir sind losgegangen, und er hat den Arm um mich gelegt, und ich dachte, ich werde über das Gefühl hinwegkommen, weil es alles genauso war, wie ich es immer gehofft hatte: Er will zu mir zurückkommen. Er hat einen furchtbaren Fehler gemacht, sagt er. Und ich dachte nur unentwegt: Wann kann ich wieder in mein Auto steigen und fahren? Ich habe es vor ihm zu verbergen versucht, aber er hat es gemerkt und mir gesagt, dass ich kalt bin, dass ich Augen hätte wie eine Schlange. Und dann ist er mehr oder weniger zusammengebrochen und sagte, was wir hatten, war vollkommen, und eigentlich hätte er es immer gewusst, und gegangen sei er nur deshalb, weil er wusste, dass es für immer ist. Er habe Panik bekommen bei der Vorstellung. Die Aussicht auf sein restliches Leben habe ihm Angst gemacht. Aber mich zu verlieren, sagte er, mache ihm noch viel mehr Angst.»

«Wo wart ihr?»

«Fresh Pond. Wir sind stundenlang um den See gegangen. Er war so theatralisch, sprang um mich herum, fuchtelte mit den Armen. Einmal hat er dabei tatsächlich eine Joggerin erwischt. Ich habe ihn gefragt, warum er mir das alles nicht ein bisschen früher gesagt hat, und er sagte, da habe er es noch nicht gewusst. Er hat geweint. Ich habe ihn noch nie vorher weinen sehen, mit richtigen Tränen. Es war furchtbar. Aber ich konnte mich nicht verstellen. Ich konnte ihm nicht mal sagen, dass ich darüber nachdenken würde. Es ist vorbei. Das war so klar. Und als er mich zu küssen versucht hat, habe ich ihn weggeschubst. Ich kam gar nicht zum Denken, so schnell war es passiert. Es war eine komplett physische Reaktion, diese Abwehr. Es war eine *biologische* Reaktion. So eine Art: Mit diesem Mann darfst du niemals Kinder haben! Es war so grauenhaft und so seltsam. Ich konnte all das sehen, was ich früher an ihm geliebt habe. Es war alles da, nur geliebt habe ich es nicht mehr.»

Es ist aus mit ihrer Beherrschung. Schluchzend liegt sie auf meinem Futon, und ich halte sie fest und streichle ihr den Rücken und sage ihr, dass alles gut wird, genau wie sie es den ganzen Sommer über bei mir getan hat. Ich mache uns Zimttoast und noch einen Tee, und wir klettern auf den Futon zurück, sitzen dort Tee nippend und Toast knabbernd an die Wand gelehnt und schauen durch mein Fenster auf die Einfahrt, wo sich Adam mit Oli, der Putzfrau, angelegt zu haben scheint.

«Hat er denn sein Buch geschrieben?», frage ich.

«Nicht eine Zeile.» Sie bläst auf ihren Tee. «Und ich habe zweihundertsechzig Seiten geschrieben, seit er weg ist.»

Bei der Mittagsschicht setzt Fabiana mir zwei Ärzte an meinen Ecktisch. Beide haben sie große laminierte Namensschilder an der Brusttasche, daher weiß ich, dass sie Internisten am Massachusetts General Hospital sind. Als ich ihnen Wasser einschenke, reden sie über eine laparoskopische Leberbiopsie, und als ich ihre Sandwiches vor sie hinstelle, sind sie bei Giardien angelangt.

Sie fachsimpeln die ganze Mahlzeit über Medizin, nur deshalb wage ich es. Aber auch so finde ich den Mut erst, als ich ihnen den Espresso serviere.

«Darf ich Sie vielleicht ganz kurz etwas fragen?»

Der links von mir nestelt angelegentlich mit seinem Zuckertütchen herum. Er ahnt, was kommt. Aber der Ältere nickt: «Fragen Sie nur.»

«Meine Mutter ist letzten Winter nach Chile gefahren. Der Flug ging von Phoenix über L. A. nach Santiago. Sie hatte noch Husten, von einer Erkältung her, aber kein Fieber. Abgesehen davon war sie kerngesund. Achtundfünfzig Jahre alt. Keinerlei Vorerkrankungen.» Ich sage es ohne Stocken, als hätte ich meinen Text auswendig gelernt. «Nach fünf Tagen in Santiago sind sie und ihre Freundinnen weitergeflogen zum Chiloé-Archipel, um von Insel zu Insel zu reisen, und auf Caucahué fror sie morgens beim Aufwachen plötzlich und klagte über Atemnot. Ihre Freundinnen haben sie in die örtliche Klinik gebracht. Dort bekam sie Sauerstoff, und es wurde ein Hubschrauber angefordert, aber noch bevor er eintraf, war sie tot.»

Beide Ärzte sitzen da wie erstarrt. Der Jüngere hält noch immer sein Päckchen Zucker.

«Wie erklären Sie sich das? Auf dem Totenschein steht Herzstillstand, aber ein Herzinfarkt war es nicht. Warum ist ihr Herz stehen geblieben? Könnte es eventuell eine Lungenembolie gewesen sein? Ausgelöst durch den langen Flug? Das meinte der Lebensgefährte von meinem Bruder, Phil. Er ist allerdings Augenarzt.»

Die Ärzte sehen einander an, nicht überlegend, sondern in Alarmbereitschaft: Wie kommen wir hier raus?

«Es ist keine Autopsie vorgenommen worden?», fragt der Jüngere und leert endlich den Zucker in sein Tässchen.

«Nein.»

«Das tut mir schrecklich leid», sagt der Ältere. «Das muss ein furchtbarer Schock gewesen sein.»

«Ohne ihre Krankengeschichte und einen vollständigen Arztbericht ...», sagt der andere und wendet die Handflächen nach oben.

«Am ehesten wohl wirklich eine Embolie.»

«Würden Sie uns bei Gelegenheit die Rechnung bringen?»

Während ich sie noch ausdrucke, stürzen sie ihren Espresso hinunter, werfen zwei Zwanziger auf den Tisch und verlassen fluchtartig das Lokal.

Ihre Freundin Janet war bei meiner Mutter in der Inselklinik geblieben. Meine Mutter hat nicht gelitten, sagte sie mir. Sie hatte keine Schmerzen. Sie döste nur. So eine Art Halbschlaf. Dann setzte sie sich auf, sagte, sie müsse telefonieren, legte sich wieder hin und war tot. Alles ganz friedlich, sagte Janet. So ein sonniger Tag.

In meinen Telefonaten mit Janet habe ich ihr mehr zu entlocken versucht als nur friedlich und sonniger Tag. Ich wollte alle Einzelheiten: die genauen Worte meiner Mutter, den Geruch in der Klinik, die Farbe der Wände. Haben draußen Kinder Ball gespielt? Hat sie Janets Hand gehalten? Wen wollte sie anrufen? War etwas zu hören, irgendein Laut, als ihr Herz zu schlagen aufhörte? Warum stand es plötzlich still? Ich wollte es hören, wie meine Mutter es erzählt hätte. Sie liebte Geschichten, sie liebte Geheimnisse. Jeder noch so kleine

Vorfall wurde spannend bei ihr. In ihrer Version hätte der Arzt den Schwestern auf den Hintern geschaut und drei Hühner gehalten, die nach Tolstoi-Figuren benannt gewesen wären. Janet hätte einen Hitzeausschlag am Hals gehabt. Ich wollte die Geschichte ihres Todes von ihr hören und von niemandem sonst.

Ihr Koffer kam drei Tage nach der Beerdigung bei Caleb und Phil an. Caleb und ich öffneten ihn gemeinsam. Wir packten ihre gelbe Regenjacke aus, ihre beiden Baumwollnachthemden, den rosa-weiß karierten Badeanzug. Wir drückten die Gesichter an jedes einzelne Teil, und jedes Teil roch nach ihr. Wir fanden eine Papiertüte mit Mitbringseln darin, ein Paar perlenverzierte Ohrringe und ein Männer-T-Shirt – Geschenke für uns. Als der Koffer leer war, tastete ich in den Innentaschen herum. Ich war mir so sicher, dass irgendetwas da sein musste, ein paar Zeilen oder wenigstens Worte des Abschieds, der Vorahnung, ein «im Falle dass». Doch das Einzige, was ich fand, waren zwei Sicherheitsnadeln und eine dünne Haarspange.

Die restliche Woche läuft schlecht. Ich trete beim Schreiben auf der Stelle. Jeder Satz kommt mir platt vor, jedes Detail aufgesetzt. Wie gejagt jogge ich den Fluss entlang, bis Watertown, bis Newton, zehn Meilen, zwölf Meilen, und für ein paar Stunden hilft es, aber dann fangen die Bienen wieder zu krabbeln an. Ich scrolle durch die 206 Seiten, die ich schon im Computer habe, überfliege die handgeschriebenen Seiten, die seit Red Barn dazugekommen sind. Ich finde nicht einen Moment, nicht einen Satz, der etwas taugt. Selbst die Szenen, an die ich mich immer geklammert habe, wenn alles andere verloren schien – diese ersten Seiten, noch in Pennsylvania, und das Kapitel in Albuquerque, das aus mir herausströmte wie vom Himmel geschenkt –, lassen mich jetzt kalt. Ich sehe nichts als endlose Wortketten, wie unter einem Wahn hingeschmiert. *Ich vergeude mein Leben. Ich vergeude mein Leben.* Die Worte hämmern wie ein Herzschlag. Drei Tage ununterbrochen schüttet es, und in meinem Schuppen verbreitet sich ein Geruch wie von gärendem Kompost. Ich komme durchweicht im Iris an und schaffe es kaum, bis zum Heimradeln wieder trocken zu werden. Ich falte meine weiße Bluse noch sorgfältiger in den Rucksack als sonst, aber sie knittert trotzdem, und ich fange mir einen Rüffel von Marcus ein. Auf jedem Weg muss ich an der Sunoco-Tankstelle vorbei, an den hässlichen Tagetes in ihrer Betoneinfassung, und in den Regen mischen sich heiße Tränen. Die Aussicht auf das Date mit Silas Ende der Woche, wegen dem ich einen lukrativen Freitagabend gegen Montagmittag getauscht habe, macht mir Beklemmungen. Aber zwischendurch fällt mir unversehens seine Stimme am Telefon ein, die

Scharte im Zahn, und etwas regt sich in mir, das fast etwas wie Vorfreude sein könnte.

Harry und ich schieben zwei Doppelschichten miteinander, Dienstag und Donnerstag. Ich bin keine sehr effiziente Bedienung, wenn wir zusammen eingeteilt sind – wir verquatschen uns, schwatzen den Sous Sandwiches oder Krabbenpuffer ab, rauchen mit Alejandro auf der Feuertreppe und sind nie da, wenn Marcus uns sucht –, aber ich bin eine fröhlichere Bedienung, Harrys Charme färbt auf mich ab. Ich arbeite zwar schlechter, aber meine Trinkgelder sind höher.

«Er ist aber kein Pannacotta-Fall, oder?», sagt er Donnerstagmittag bei einer schnellen Vichyssoise und einem Eiskaffee, während Marcus in seinem Büro ein Einstellungsgespräch führt.

Nach unserer ersten gemeinsamen Schicht hat mich Harry zum Essen eingeladen. Er war gut aussehend und witzig, mit einem britischen Akzent, den ich sehr sexy fand, und perfekter Heterofassade. Er sei in Lahore geboren, erzählte er mir, aber schon mit drei nach London gekommen.

«Nordostlondon?», fragte ich, weil er exakt so wie ein Nordostlondoner klang, den ich in Paris gekannt hatte.

«Stimmt. Redbridge. Bist du Henry Higgins, oder wie?»

Zum Engländer geworden sei er mit neun, sagte er, nachdem er die Schule gewechselt und seinen Namen von Haroon zu Harry geändert hatte. «Meine Haut wurde wie von Zauberhand heller. Ich weiß auch nicht, wie das zuging. Ab da war ich einfach einer von den Jungs.»

Ich beschloss, ihm beim Dessert von Luke zu erzählen, ihm zu sagen, dass ich noch nicht bereit für etwas Neues war. Aber als unsere Pannacotta kam, erwähnte er einen Ex namens Albert. Mir fiel die Kinnlade herunter. Später tauften wir es die Pannacotta-Offenbarung.

«Wer?», frage ich jetzt.

«Dieser Silas.»

«Shit, ich hoffe nicht. Sonst trete ich ihn dir ab.»

«Einen Schriftsteller? Nein danke.»

«Wieso nicht?»

«Ich will niemanden, bei dem sich alles hier oben abspielt.» Seine Finger flattern um sein glänzend schwarzes Haar. «Ich brauche eine richtige Dampframme. Schriftsteller sind keine Dampframmen. Jedenfalls nicht die guten. Und mit einem schlechten Schriftsteller könnte ich nicht zusammen sein. Gott, wäre das furchtbar.» Er bringt seinem Zweiertisch die Rechnung. «Außerdem», sagt er, als er zurückkommt, «will *ich* der Sprachkünstler sein. Ich muss dominieren, verbal, meine ich. Dein Dreier will heißen Tee. Sag ihnen, draußen sind über dreißig Grad, ihre Lippen werden schmelzen wie Wachs.»

Marcus kommt aus dem Büro, während ich den Tee an den Tisch bringe und Harry eine Bestellung aufnimmt, und findet unsere Vichyssoise-Schälchen. «Nie wieder teile ich euch zwei zusammen ein.» Das sagt er immer. Wir stehen da wie zwei Erstklässler. Hinter seinem Rücken schneiden wir Grimassen.

Als ich an diesem Abend nach Hause komme, nach einer Jubiläumsfeier im unteren Saal mit einundsechzig Gästen, ist auf meinem Band eine Nachricht von Silas.

«Casey, tut mir leid, es ist was dazwischengekommen. Ich bin erst mal nicht in Boston. Wie lang, weiß ich noch nicht.» Er hat den Mund ganz dicht am Hörer, hinter ihm zischen Autos vorbei. «Es tut mir echt leid, dass ich dich morgen nicht treffen kann. Das ist das Einzige, was ... Keine Ahnung. Ich kenn dich ja kaum. Aber ... Ich muss ... Es ging nicht anders. Gut, aber ich ruf dich an, wenn ich wieder da bin. Denk jetzt nicht ... Nein, das kann ich dir auch ... Pass auf dich auf.» Eine Pause, dann: «Scheiße», und der Hörer kracht auf die Gabel.

Und zack, der nächste Flop», sage ich zu Muriel.

«Vielleicht ist es ein Notfall in der Familie oder so was?»

«Nein. Äh, ich bin erst mal nicht in Boston, äh, keine Ahnung, wie lang, äh ...»

Ihr Blick ist skeptisch.

«Ich würde einfach gern mal jemanden kennenlernen, der weiß, was er will. Nichts mit ‹Ich muss zurzeit ganz, ganz langsam machen› oder ‹Ich muss nur mal eben auf Tauchstation gehen›, Herrgott!»

«Schreib Silas nicht gleich ab.»

«Der Mann ist für mich gestorben.»

«Ich zeig dir eine Geschichte, die er geschrieben hat.»

«Lass es. Ich will sie nicht sehen.»

Muriel will nicht, dass mein freier Freitagabend komplett für die Katz ist, und lädt ein paar Leute zu sich zum Essen ein.

Harry tauscht seine Schicht mit Yasmin und begleitet mich. Er flirtet schamlos mit sämtlichen Heteromännern. Von Schwulen hat er die Nase voll, sagt er. Der Provincetown-Ausflug mit dem neuen Hilfskellner war ein Reinfall. Bei Muriel gibt es marokkanisches Hühnchen, Couscous und Sangria. Über der Couch liegt ein Batiktuch.

«Die perfekte Multikulti-Boheme», sagt Harry.

Fast alle Freunde von Muriel sind Schriftsteller, echte Schriftsteller, nicht so wie meine Freunde von früher, die vom Schreiben genesen sind wie von einer Grippe. Sie hat ihren Schreibtisch von der Wand weggerückt, mit einem Sari abgedeckt und zum Büfett umfunktioniert. Ich stehe mit meinem Teller neben einem Typ, der sich Jimbo nennt und letztes Jahr einen Roman herausgebracht hat. *Motorrad-Mama.* Die Kritiken waren ambivalent, weiß ich von Muriel, trotzdem hat er einen sechsstelligen Vorschuss für sein nächstes Buch kassiert.

«Ein trüber Sud voll unbestimmbarer Tierabfälle, schwierig», sagt Jimbo und stößt mich mit der Schulter an. Es ist offenkundig, dass er sich nicht sicher ist, ob wir uns schon mal getroffen – oder miteinander geschlafen – haben oder nicht. Die Antwort lautet beide Male Nein, und ich ignoriere ihn. «Rudy», sagt er unnötig nah an meinem Ohr zu dem Menschen auf meiner anderen Seite, «das ähnelt verdächtig dem Fraß, den wir im A. D.-Klub vorgesetzt bekommen haben, wenn Pepe freihatte.» Falls irgendjemand hier im Raum noch nicht weiß, dass er in Harvard studiert hat. Und mit erhobener Stimme redend entfernt er sich.

Die einzige andere Person hier, die schon ein Buch veröffentlicht hat, ist Eva Park. Ihre Kurzgeschichtensammlung ist fantastisch, hat letztes Jahr eine Menge Aufmerksamkeit erregt und ihr den PEN/Hemingway Award eingebracht. Jetzt sitzt sie unbehaglich auf einem zu niedrigen Hocker und lässt sich von zwei von Muriels Kollegen erklären, warum ihr Buch ein Paradestück zeitgenössischer Prosa ist. Ich habe Eva vor sechs Jahren getroffen, als sie noch mitten im Schreiben war. Es seien keine *Geschichten*, sagte sie zu mir, sondern kleine, harte Polypen, die sie aus ihrem Gehirn herauszwicken müsse. Eine nervöse Energie loderte damals in ihr. Davon ist jetzt fast nichts mehr zu ahnen. Sie sitzt auf diesem Hocker, als wäre ihr der Erfolg peinlich, und wirkt fast unangenehm berührt von all den Komplimenten, die Muriels Kollegen ihr machen. Männer tun sich leichter mit dem Ruhm. Am anderen Ende des Zimmers schwenkt Jimbo eine Wodkaflasche durch die Luft und ruft, dass die Graugans fliegen muss.

Muriel winkt mich zur Couch herüber und zieht mich zwischen sich und ihren Studienfreund George, der am Nachmittag unangekündigt bei ihr angerückt ist, was anscheinend öfter passiert. Sie hat mir von ihm erzählt. Er hat ein gebrochenes Herz und lebt in North Carolina. Wir sitzen eng zusammengepfercht und müssen uns voneinander wegbeugen, um uns richtig sehen zu können. Er hat ein glattes, pausbackiges Gesicht und eine Brille mit Goldrand. Große, runde Augen schauen hinter den Gläsern hervor.

Harry sitzt auf Muriels anderer Seite, und sie stecken angeregt die Köpfe zusammen, um George und mich in eine Unterhaltung zu zwingen. Teile seiner Geschichte kenne ich schon. Er und seine Frau hatten sich zusammen für das Schreibprogramm in Ann Arbour eingeschrieben, er, wie Muriel auch, für Belletristik, sie für Sachbuch. In ihrem zweiten Jahr entwickelte die Frau eine schwere Migräne und wurde zu einem Spezialisten überwiesen. Beim dritten Termin schloss der Arzt die Tür ab, und sie hatten Sex. Auf der Untersuchungsliege mit dem raschelnden Papier. Der Arzt immer im Stehen. Ich sollte diese Einzelheiten nicht wissen, aber ich weiß sie. Alle Glieder der Kette sind Schriftsteller – die Ehefrau, George, Muriel –, weshalb sämtliche Details mitüberliefert wurden. Jetzt lebt die Frau migränefrei an der Seite des Arztes, und der unglückliche George führt die Erstsemester der Uni Greensboro in die Komparatistik ein.

«Dein Roman handelt von Kuba, sagt Muriel», beginnt George.

Mir wird plötzlich bewusst, dass die Kette in beide Richtungen geht und er im Zweifel auch von Luke weiß, dass meine Red-Barn-Pikanterien sicher ähnlich getreu weitererzählt worden sind.

«Er handelt nicht in dem Sinn von Kuba, er spielt nur dort.»

«Wie das?»

«Meine Mutter hat da ihre Jugend verbracht. Ihre Eltern waren Amerikaner, aber nach dem Krieg hat ihr Vater eine Arztpraxis in Santiago de Cuba aufgemacht. Es gab diesen Punkt in ihrem Leben, mit siebzehn, wo sie sich entscheiden musste, ob sie sich mit ihrem Freund den Partisanen in den Bergen anschließen oder mit ihren Eltern aus Kuba weggehen sollte. In meinem Buch entscheidet sie sich für die Liebe.»

«Und die Rebellion.»

«Ja.» Liebe und Rebellion. Ich schiebe ein paar Stücke Huhn auf meinem Pappteller hin und her. Ich muss das Thema wechseln. Über mein Buch zu reden fühlt sich für mich an, als würde mir die Haut abgezogen. «Vor ein paar Wochen kam John Updike in das Restaurant, in dem ich arbeite, und genau in dem Moment, als ich den Salat serviere, sagt die Frau neben ihm, wie großartig sie den *Zentaur* findet, und er schüttelt den Kopf und sagt, den *Zentaur* hätte er nur geschrieben, weil er damals keine bessere Idee hatte. So geht es mir mit meinem Buch auch ein bisschen.» *Liebe und Rebellion.* Ganz verkehrt klingt es nicht.

«Hast du Updike gesagt, dass du schreibst?»

«Nein.» Ich muss lachen. «Um Gottes willen.» Allerdings habe ich, als der *Zentaur*-Verehrerin die Gabel herunterfiel und ich sie für sie aufhob, unterm Tisch heimlich eine der Lederquasten an Updikes Schuh berührt, als Glücksbringer. «An was sitzt du gerade?»

«Ach.» Er senkt den Blick auf seine Finger, die eine Serviette malträtieren. «Ich stecke momentan ein bisschen fest.»

«Mit was?»

«Einer Geschichte.»

«Worum geht es darin?»

Die Frage trifft auch bei ihm ganz klar einen wunden Punkt. «Um eine Art Kunstraub in der Goldenen Horde im Jahr 1389.»

Eine Sekunde hoffe ich, dass er Witze macht, leider vergebens.

«Oh. Wie lange arbeitest du schon daran?»

«Drei Jahre.»

«Drei *Jahre*?» Ganz so entgeistert wollte ich es nicht klingen lassen. «Dann muss es ja inzwischen mindestens eine Novelle sein.»

«Es sind elfeinhalb Seiten.»

Das ist ein Detail, das Muriel mir vorenthalten hat, bizarrer und intimer und, zumindest für mich, bestürzender als die Untreue seiner Frau. Ich weiß nicht, was ich sagen soll.

«Kellnerst du morgen Abend auch?», fragt er.

«Ja.»

«Und übermorgen?»

«Ja. Eigentlich jeden Abend. Wieso?»

«Ich versuche, mich mit dir zu verabreden.»

Aber ich kann mich nicht mit einem Mann treffen, der in drei Jahren nur elfeinhalb Seiten geschrieben hat. So etwas überträgt sich.

Der August kommt, und das Iris wird zur Hochzeitsfabrik: Probeessen, Hochzeitsempfänge, dazu die eine oder andere kleine Trauung auf der Dachterrasse. All dies sind geschlossene Gesellschaften, und zu den Champagnerflöten auf ihren eigens dafür bestimmten Silbertabletts tragen wir Austern, Krabbentoast, gefüllte Feigen und Risottobällchen herum. Wenn schließlich alle an ihren Plätzen sitzen, servieren wir die Salate, die Hauptgerichte, die Desserts. Wir schenken Wasser und Wein nach. Dazwischen liegen lange Zeiträume, in denen wir an der Wand aufgereiht stehen und die Hochzeitsgesellschaft beobachten, jeder mit seiner eigenen Art von Zynismus.

Die Kellnerschaft im Iris ist nicht jung. Die meisten von uns sind Ende zwanzig oder irgendwo in den Dreißigern, plus Mary Hand natürlich. Verheiratet ist nur Victor Silva. Für Dana sind sämtliche Brautjungfern Zicken, mit denen sie sich früher oder später anlegt. Harry hält alle Bräutigame für verkappte Schwule, die ihn anbaggern. Mary Hand ratscht mit den Musikern in ihrer Ecke und sorgt dafür, dass sie ordentlich zu essen und noch ordentlicher zu trinken bekommen. Und ich befinde die Brautleute regelmäßig für zu jung. Sie wirken so unvertraut miteinander. Sie beäugen sich nervös.

Keine dieser Feiern im August gibt mir das Gefühl, Heiraten könnte etwas Erstrebenswertes sein. Es war sowieso nie eins meiner Ziele. Meine Eltern waren achtzehn Jahre miteinander verheiratet, und ihr Beispiel schreckt eher ab.

«Ich fand ihre Haare gut», sagte mein Vater einmal, als ich dahinterzukommen versuchte, warum er sich in dem Golfklub in Cape Cod vorgedrängt hatte, um meine Mutter anzusprechen. Sie war bei einer Kommilitonin zu Besuch, und er spielte bei einem Turnier mit. Er krebse jetzt seit fast einem Jahrzehnt in der unteren Liga herum, sagte er ihr, und wenn er es dieses Jahr nicht endlich in die PGA League schaffe, würde er ganz aufhören. Was er dann vorhätte, wollte meine Mutter wissen. «Dich heiraten», war seine Antwort.

Meine Mutter sagte, sie hätte sich durch ihre Reiselust ködern lassen. Golf unterrichten könne er überall, so mein Vater. Zum Lehrer tauge er sowieso besser als zum Spieler. Sie könnten ein, zwei Jahre in Südfrankreich leben, Griechenland, Marokko. Danach vielleicht Asien. In Japan sei das Interesse an Golf sehr groß, sagte er. Und bis dahin wäre vielleicht auch Kuba wieder ein offeneres Land. Dann könnten sie sich möglicherweise dort niederlassen. Sie brach ihr Studium ab, um ihn zu heiraten, aber nach den Flitterwochen überraschte er sie damit, dass er ein Haus nördlich von Boston kaufte. Er kam an der örtlichen Highschool unter, und sie zogen nie mehr irgendwo anders hin. Meine Mutter wurde zur Radikalen in unserem konservativen Städtchen, verteilte Flugblätter und mietete Kleinbusse, um zu Protesten gegen Diskriminierung, Vietnam und Atomkraft zu fahren. Manchmal saßen in diesen Bussen nur Caleb und sie.

In die St. Mary-Kirche begann sie zu gehen, um sich auf Ehe und Treue zu besinnen und den Willen Gottes besser zu verstehen. Doch stattdessen fand sie nach sechs Monaten Kirchgang Javier Paniagua. Er war der neue Chorleiter, sechsundzwanzig Jahre alt – meine Mutter war siebenunddreißig. Er spielte Folksongs auf der Gitarre und beaufsichtigte nach den Gottesdiensten den Spielplatz. Ich erinnere mich noch genau an seinen Einstandstag – ich war elf –, weil ich nach der Messe länger draußen spielen durfte als sonst. Normalerweise rief meine Mutter vom Rand des Parkplatzes nach mir, und ich lief sofort zu ihr. Sie war damals immer angespannt und ungeduldig, knirschte mit den Zähnen und riss mir fast den Arm ab, wenn ich sie warten ließ. Aber an dem Tag stöckelte sie durch das dürre Gras und die Holzspäne, in denen ihre Absätze tief einsanken, um ihn auf ein Lied anzusprechen, das er gespielt hatte. Sie kenne dieses Lied von früher, aus ihrer Jugend in Santiago de Cuba, sagte sie ihm, und das war der erste Schritt.

Anfangs war mein Vater belustigt von der neu entdeckten Frömmigkeit meiner Mutter. Sie war ihm weniger suspekt als das Protestieren. An Weihnachten und Ostern kam er sogar mit in die Messe. Aber nach ein paar Jahren reichte es ihm. Statt von St. Mary sprach er nur noch von St. Fairy und spottete über Father Ted, einen rotgesichtigen Mittfünfziger, der aussah wie Captain Stubbing aus *Love Boat*. Father Ted macht ins Bett, reimte er, um von mir einen Lacher zu ernten. Er verstand bis zuletzt nicht, dass die wahre Gefahr von dem lockigen Jüngelchen mit der Gitarre ausging.

Javier blieb fast fünf Jahre in der Gemeinde – ich weiß nicht, was er an den Tagen machte, die keine Sonntage waren, oder wann ihre Liebesaffäre begann –, bis Krebs bei ihm diagnostiziert wurde, die gleiche Form von Leukämie, an der schon zwei andere Piloten gestorben waren, die zusammen mit ihm über Südvietnam chemische Kampfstoffe abgeworfen hatten. Nachdem die Behandlung in Boston erfolglos geblieben war, brachte meine Mutter ihn heim zu seiner Familie nach Phoenix und blieb dort bis zu seiner Beerdigung anderthalb Jahre später.

Ich war mit der Zehnten fast fertig, als sie im späten Frühling zurückkam. Sie mietete ein kleines Haus am Stadtrand. Mein Vater und ich lebten inzwischen bei einer Frau namens Ann, und den beiden war es nur recht, als ich zu meiner Mutter zog. Sie war mir fremd geworden. Sie trug Bluejeans und perlenbesetzte Gürtel und weinte viel.

Aber sie gab sich Mühe mit mir. Ich hatte ein Foto von Lady Di aufgehängt, und als sie und Prinz Charles im Juli heirateten, weckte meine Mutter mich morgens um sechs mit Himbeer-Scones und einer Kanne englischem Frühstückstee. Solange die Kutsche durch London rollte, war sie ganz bei der Sache, aber als das Brautpaar die Kathedrale erreichte und die Kameras ihre Gesichter in Nahaufnahme zeigten, schlug die Stimmung meiner Mutter um. Sie hat Todesangst, sagte sie. Und schau ihn an, so kalt. Das arme Mädchen. Das arme Mädchen, sagte sie immer wieder. Meine Mutter war im gleichen Alter wie Diana, als sie meinen Vater heiratete. Bring dich nur selbst nie in eine solche Situation, um gar keinen Preis, sagte sie zu mir, während Diana mit ihrer endlosen Schleppe langsam die Stufen emporschritt. An der Ehe ist nichts, aber auch gar nichts märchenhaft, sagte meine Mutter.

Ich kroch ins Bett zurück, bevor sie das Ehegelübde ablegten.

Wenn ich mich im Iris über den Tisch beuge, um ein Glas aufzufüllen oder eine erloschene Kerze neu anzuzünden, kann ich die Hochzeitsgäste reden hören.

«Eigentlich hatte sie ja was mit seinem Mitbewohner.»

«Er hat darauf bestanden, dass sie bei dem Ehevertrag noch mal zwei Nullen dranhängt.»

«Ist es denn so unmöglich, in dieser Stadt einen Katholiken aufzutreiben?»

«Sie sagt, im Bett ist er wie ein Kosak.»

«Ein *was*?»

«Na ja, total steif eben. Wie so eine Puppe, die sich nicht verbiegen kann.»

Und die Trinksprüche enthüllen alles: das böse Blut zwischen den beiden Familien, die Seitensprünge, die unerwiderte Liebe, die Entgleisungen, die Geständnisse in letzter Minute – verpackt in betrunkenen Exkursen, die in zuckersüße Plattitüden münden. Das Hochzeitszeremoniell ist eine so teure wie öde Angelegenheit. Nur wenn die Brautmutter das Wort ergreift, verlässt mich meine Abgebrühtheit. Egal was sie sagt, egal, wie unbeholfen die Ausdrucksweise, wie unterkühlt, fade oder abgedroschen der Inhalt, ich muss weinen. Harry hält meine Hand.

Der August will nicht enden.

Und auch meine Freundinnen von früher heiraten. Kuvert um Kuvert holen die Einladungen mich ein, mir nachgeschickt aus Oregon, Spanien, Albuquerque.

Dummerweise erreicht die eine oder andere mich noch vor dem Termin.

Ich kreuze das Absagekästchen auf der Antwortkarte an und bedauere ohne Angabe von Gründen. Ich führe weder meine Schulden ins Feld noch die Hochzeiten anderer, für die ich längst eingeteilt bin, noch mein Unverständnis dafür, dass sie sich freiwillig einem sinnentleerten, frauenfeindlichen Ritual unterziehen, das nur im Unglück enden wird.

Einfach ein Kästchen ankreuzen ist leicht. Schwieriger wird es, wenn mich jemand am Telefon erwischt. Tara aus der Mittelstufe ruft an und setzt mich unter Druck. Ich soll ihre Trauzeugin sein. Im November. In Italien. Sie weiß von meiner Situation. Ich begreife nicht, warum sie es uns beiden so schwer macht.

«Ich weiß schon, was du jetzt sagen wirst», sagt sie. «Aber das ist echt alles supergünstig. Ich kriege diesen Megarabatt bei den Kleidern, die kosten jetzt nur noch dreihundert. Und sie sind total klassisch, so ein ganz zartes Lila, das heißt, du kannst es später kürzen und auch nach der Hochzeit noch tragen. Und wir haben einen Spitzendeal für diese Villa in der Nähe von Rom, absolut traumhaft. Mahlzeiten inklusive. Wir zahlen nur vierhundert die Nacht, und normal wären es so was um die achthundert. Und bei den Flugtickets haben wir auch einen Sammelpreis ausgehandelt – Business Class. Wenn du bis Ende der Woche buchst, sind es nur siebenhundertfünfzig.» Sie redet, als ginge es nicht um Dollar, sondern um etwas kinderleicht zu Beschaffendes, Haare auf meinem Kopf, die ich nur abschneiden und ihr geben muss.

«Du machst dir keine Vorstellung, was für astronomische Summen das für mich sind.»

«Ich brauche dich aber! Du musst da sein! Kneifen gilt nicht, Casey!» Das Kleinmädchenquengeln in ihrer Stimme erinnert mich daran, wie sie früher ihre Mutter bearbeitete, bis sie bekam, was sie wollte. «Du kannst doch die Hochzeit deiner besten Freundin nicht verpassen.»

Beste Freundin? Sie ist eine gute Freundin. Eine alte Freundin. Allein schon der Geruch bei ihnen im Wohnzimmer würde mir mit einem Schlag drei Jahre meines Lebens wiederbringen, aber das liegt Äonen zurück.

«Ich gäbe viel darum, dabei sein zu können, wenn du an diesem wunderschönen Ort deinen Traummann heiratest.» Brian, ein Stoffel mit der Dynamik eines Bären im Winterschlaf. «Aber ich habe keine tausendachthundertfünfzig Dollar. Ich habe nicht mal einhundertfünfzig Dollar.»

«Also spendieren kann ich es dir nicht. Wir zahlen schon alles für meine Schwestern.»

«Darauf wollte ich auch nicht hinaus, ich würde so etwas nie annehmen.»

«Du hast doch einen Job. Wir verpassen uns seit zwei Wochen am Telefon, weil du diese zigtausend Schichten hast. Wofür gibst du denn sonst dein Geld aus? Das ist eine von diesen selbstsüchtigen Entscheidungen, die du bis an dein Lebensende bereuen würdest. Wir müssen füreinander da sein. Du musst das irgendwie hinkriegen, Casey, Hindernisse hin oder her. Du zahlst einfach mit Kreditkarte und kommst zu meiner Hochzeit.»

«Meine Karten sind alle überzogen. Ich kann nicht noch mehr Schulden anhäufen, ich zahle mit Mühe und Not die laufenden Zinsen.»

«Also echt, Casey. Meinst du nicht, es wird langsam Zeit, erwachsen zu werden? Wie lang willst du dich denn noch vor der Verantwortung drücken? Irgendwann muss jeder im richtigen Leben ankommen. Du kannst nicht ewig in deinen Traumwelten leben. Andere Leute haben *richtige* Jobs, mit denen sie *richtiges* Geld verdienen, so dass sie *richtige* Freundinnen sein können, wenn ihre beste Freundin heiratet. Ich bin sogar aus meinem Urlaub auf den *Bermudas* nach Phoenix geflogen, um zur Beerdigung deiner Mutter zu kommen. Und billig war das nicht, bei nur drei Tagen Vorlauf!»

Meine Armunterseiten fangen an zu kribbeln.

«Hatte deine Mutter eigentlich irgendeine Ahnung, wie tief du dich reingeritten hast?»

Ohne diese letzte Bemerkung wäre es vielleicht noch gut gegangen.

«Hast du den Flug selbst bezahlt, Tara?»

«Wie meinst du das?»

«Dieser Flug von den Bermudas nach Phoenix. Hast du den ganz allein bezahlt?»

Schweigen.

«Und wenn wir Brians Gehalt bei Schwab und die kleinen Zuschüsse von deinem Vater abziehen würden, wie weit kämst du dann mit deinem Teilzeitjob bei diesem Nonprofit-Verein? Könntest du dir dann die Bermudas noch leisten? Oder deine Dreizimmerwohnung in SoHo? Meinst du, du bist erwachsener, weil dir zwei Männer die Illusion von Eigenständigkeit finanzieren?»

Sie legt auf.

Mein Freundeskreis verkleinert sich drastisch durch diese Hochzeiten. Unterm Strich bleiben mir nur Muriel und Harry.

Am letzten Augusttag komme ich morgens zur Arbeit, und die Kellner drängen sich alle um die Bar. Im ersten Moment denke ich, ich hätte eine Versammlung verschwitzt, aber sie stehen um Mia, die etwas laut vorliest. «Wie die Polizei mitteilte, prallte der Mercedes im

Alma-Tunnel nahe der Place de l'Alma am rechten Seineufer an einen Pfeiler.» Ich schiebe mich zwischen Mary Hand und Victor Silva hindurch, um zu sehen, worum es geht. «Entsetzten Augenzeugen zufolge schwamm die Limousine von Blut.»

Die Titelseite des *Boston Globe,* die auf dem Tresen aufgefaltet ist, zeigt in Großaufnahme ein schwarzes Autowrack. Die Schlagzeile darüber: DIANA IST TOT.

Das Schwerste ist es, jeden Tag wieder, in den Text hineinzukommen, die Membran zu durchstoßen. Das Zweitschwerste ist es, wieder herauszufinden. Manchmal versinke ich zu tief und tauche zu ruckartig wieder auf. Dann fühle ich mich nackt und weit offen. Die ganze Welt fühlt sich unfertig an, formbar. Nachdem ich vom Schreibtisch aufstehe, rücke ich erst einmal alles im Zimmer gerade. Der Teppich muss exakt parallel zu den Bodenbrettern liegen. Meine Zahnbürste im rechten Winkel zum Rand der Ablage. Kein Kleidungsstück darf auf links gedreht sein. Der Saphir meiner Mutter muss mittig am Finger sitzen.

Als ich fünfzehn war, brachte die Freundin meines Vaters, Ann, meine Pullover in die Reinigung. Meine Mutter hatte sie immer mit Wollwaschmittel gewaschen und zum Trocknen auf ein Handtuch gelegt, aber jetzt waren sie und Javi in Phoenix, und mein Vater und ich wohnten bei Ann, die meine Pullis einsammelte, während ich in der Schule war. Ein paar Tage später kamen sie dann in langen Plastikhüllen zurück, auf pappüberzogenen Kleiderbügeln, die Ann an meine Schranktür hängte. Mir war ihre Form nicht geheuer, der geschwollene obere Teil mit den Pullis darin und darunter die leere, durchsichtige Folie, schlaff herabhängend wie Quallenarme. Sie machten mir Angst, diese Hüllen. Ich zog sie von den Pullis ab und verknotete jede mehrfach, bevor ich sie ganz unten in den Mülleimer stopfte. Meine Angst war, mich damit im Schlaf zu ersticken.

Ich wollte nicht sterben. Ich war zwar nicht glücklich in Anns großem Haus, ohne Caleb, der auf dem College war und nie anrief, aber unglücklich war ich auch nicht. Ich fühlte insgesamt sehr wenig. Und doch quälte ich mich nachts mit dieser Angst, irgendwo in mir könnte jemand sein, der sterben wollte.

Als meine Mutter aus Arizona zurückkam, fragte sie mich, ob ich mit jemandem reden wolle, einem Fachmann, wie sie sagte. Ich weiß nicht, wie sie darauf kam oder was die Frage auslöste, aber mich verstörte die Vorstellung, dieser Fachmann könnte in mich hineinschauen und diese zweite Person in mir finden, die Person, die all das fühlte, was ich in mir unterdrückte. Meiner Mutter ging es sehr schlecht nach ihrer Rückkehr, und der Scheidungskrieg mit meinem Vater belastete sie zusätzlich. Aus ihrem Bad drangen entsetzliche Laute, Geräusche, die ich nicht mit meiner Mutter in Verbindung brachte. Sie trauerte, aber ich begriff damals noch nicht, was Trauer mit einem macht. Ich sagte ihr, sie bräuchte einen Psychiater, nicht ich.

Eine gute Freundin im College studierte Psychologie und probierte an mir den Minnesota-Persönlichkeitstest aus. Hinterher zeigte sie mir das Auswertungsdiagramm mit den Skalen. Alle waren im mittleren, normalen Bereich, nur zwei schlugen weit nach oben aus. Das eine war die Skala «Abwehrhaltung gegen den Test», das andere die für Schizophrenie. Und mir fielen die Reinigungshüllen wieder ein, die ich in dem Jahr, als meine Mutter weg war, so penibel verknoten musste, bevor ich ins Bett ging, und dieser Verdacht damals, in mir könnte eine fremde Person stecken. Diese Angst war nie wiedergekommen, und auch sonst, glaube ich, habe ich nie irgendwelche Anzeichen von Persönlichkeitsspaltung an den Tag gelegt, aber dieses eine Jahr, als meine Mutter weg war, war auch das Jahr, in dem ich zu schreiben anfing, und vielleicht lenkte ich mein Schizophreniepotenzial dadurch ja um.

Während der Zeit, als meine Mutter im Westen war, hielt ich eine ähnlich zwanghafte Ordnung aufrecht wie jetzt manchmal nach dem Schreiben. Ich musste den rechten Schuh immer vor dem Linken anziehen. Kein T-Shirt durfte von innen nach außen gestülpt herumliegen. Wenn ich alle Regeln befolgte, dann würde meine Mutter ganz sicher aus Phoenix zurückkommen. Und nun mache ich es wieder so, erlege mir Regeln auf, obwohl nichts, was ich tue, meine Mutter zu mir zurückbringen kann.

Als ich vor ein paar Jahren bei ihr war, nahm sie mich in den Arm und sagte: «Wenn du morgen abfährst, dann werde ich hier am Fenster stehen und mir sagen: Gestern war sie noch hier, ganz nah bei mir.»

Und jetzt ist sie tot, und ich sage mir das immerfort, ganz gleich, wo ich stehe.

Adam bringt mir meine Post. Er kann mich durchs Fenster am Tisch sitzen sehen, deshalb muss ich ihm aufmachen. Er drückt mir eine Postkarte und vier Briefe von Inkassounternehmen mit drohenden blutroten Stempeln in die Hand.

«Ich habe fast das Gefühl, ich gewähre einer gesuchten Verbrecherin Unterschlupf», sagt er. «Wie kannst du nachts schlafen?»

«Meistens gar nicht.»

Ich sehe ihm an, dass er mir nicht glaubt. Für ihn bin ich jung und durch meine Jugend vor allem gefeit.

Er zeigt auf den Umschlag mit dem EdFund-Stempel. «Diese Typen von den Studiendarlehen schrecken vor nichts zurück. Gegen die hagelt es Klagen wegen rechtswidriger Praktiken.»

Ich muss mit dem Schreiben weiterkommen.

«Hattest du an der Duke nicht ein Vollstipendium? Irgendwann warst du doch landesweit auf Platz eins oder zwei?»

«Mit vierzehn», sage ich.

«Aber ist Golf nicht eine von diesen Sportarten, wo du, wenn du gut bist, nur besser wirst?»

«Nicht, wenn du deine Schläger verkaufst.»

Er denkt, wenn er schweigt, sage ich mehr.

«Tja», sagt er schließlich. «Besitz belastet schon auch.» Sein gieriger Blick wandert über das Nichts, in dem ich hause. «Hier drin riecht es nach Freiheit, Casey. Das ist ein Duft, den du erst riechen lernst, wenn er verflogen ist.»

Ich kann ihn einwandfrei riechen: schwarzer Schimmel und der Benzingestank, der von der Garage herüberzieht.

Ich befördere die Briefe in den Müll und nehme die Postkarte mit zum Schreibtisch. Auf der einen Seite ist ein Foto: schroffe, schneebedeckte Berge, die hinter sanfteren braunen Bergen aufragen, und davor eine leuchtend grüne Wiese mit Blumen und einer weidenden Kuh. WILLKOMMEN IN CRESTED BUTTE, lese ich unten am Rand. Crested Butte?

Auf der Rückseite steht in enger Kugelschreiberschrift:

*Ich fahre und fahre, immer weiter nach Westen. Ich musste die Berge sehen, den Himmel. Wenn ich wieder da bin, kann ich dir das hoffentlich besser erklären. Bei dem Mann, der mir diese Karte verkauft hat, lag ein Hund hinterm Ladentisch, und ich musste an Adams Hund denken. Das Einzige, worum es mir leidtut, ist das geplatzte Treffen mit dir.*

Ich lasse die Karte zu den Mahnschreiben in den Papierkorb segeln.

In dieser Woche gehe ich mehrmals in die Stadtbibliothek, um zu Kuba zu recherchieren, und jedes Mal lande ich bei den Biografien, wo ich von Schriftstellern und ihren toten Müttern lese.

George Eliots Mutter starb an Brustkrebs, als Eliot sechzehn war. «Mutter ist tot», sind ihre einzigen überlieferten Worte zu dem Thema. Sie war aus dem Internat heimgeholt worden, als ihre Mutter erkrankte, und ihr Tod beendete Eliots Schullaufbahn ein für alle Mal. Sie wurde die Gefährtin ihres Vaters im Haus und bei der Arbeit, begleitete ihn auf seinen Reisen nach Coventry, stopfte seine Kleider und las ihm an den Abenden Walter Scott vor.

D. H. Lawrence sagte einer jungen Frau, die ihn liebte, er würde ihre Liebe nie erwidern können, da er seine Mutter liebe «wie eine Geliebte». Er war vierundzwanzig, als in ihrem Unterleib ein Tumor entdeckt wurde. Ihre letzten drei Wochen hindurch saß er an ihrem Bett, wo er las, malte und die Anfänge seines Romans *Söhne und Liebhaber* schrieb. Während dieser Zeit wurden die Druckfahnen seines ersten Romans *Der weiße Pfau* geliefert. Seine Mutter sah auf den Einband, auf die Titelseite, schließlich auf ihn. Er konnte spüren, dass sie an seiner Begabung zweifelte. Ihre Schmerzen verschlimmerten sich, und er musste mit ansehen, wie sie sich quälte. Er flehte den Arzt an, sie mit einer Überdosis Morphium zu erlösen, doch der Arzt weigerte sich, also verabreichte Lawrence ihr die Dosis selbst. Später schrieb er: «Nach dem Tod meiner Mutter begann die Welt sich rings um mich aufzulösen; schimmernd, wunderschön zerging sie zu nichts.

Bis ich mich selbst fast mit aufgelöst hatte und, mit sechsundzwanzig, ernstlich krank war. Danach kehrte die Welt langsam wieder zurück: oder ich kehrte zurück: aber zu einer anderen Welt.»

Edith Wharton wurde als Kind von ihrer Mutter ausgeschimpft, wenn sie allein sein wollte, um sich Geschichten auszudenken, und durfte keine Romane lesen, bis sie verheiratet war. Als ihre Mutter starb, schickte Wharton ihren Mann zur Beerdigung; sie selbst blieb zu Hause und schrieb. Sie war fünfundvierzig, ein Jahr später erschien ihr erster Roman.

Marcel Proust war vierunddreißig, als seine Mutter starb. Er hatte sein Leben lang mit ihr zusammengelebt. Nach ihrem Tod begab er sich in ein Sanatorium für Nervenleiden außerhalb von Paris, wo man ihm das Schreiben verbot. Er erwog, sich umzubringen, wollte seine Mutter jedoch nicht doppelt töten, indem er seine Erinnerung an sie auslöschte. Nach der Entlassung aus der Klinik begann er einen Aufsatz über den Schriftsteller Sainte-Beuve, für den er aus einer fiktiven Unterhaltung mit seiner Mutter schöpfte. In dem Aufsatz lässt er Erinnerungen an seine Kindheit lebendig werden, daran, wie er seiner Mutter gute Nacht zu sagen pflegte, und daraus entsteht der Anfang von *In Swanns Welt.*

«Halt dich schön aufrecht, mein Geißlein», waren Julia Stephens letzte Worte zu ihrer dreizehnjährigen Tochter Virginia. Danach lag Woolfs Mutter mehrere Tage im Bett aufgebahrt, und als Virginia zu ihr gebracht wurde, um sie ein letztes Mal zu küssen, war sie, statt wie zuvor auf der Seite, auf dem Rücken gelagert, inmitten ihrer Kissen. Ihre Wange fühlte sich körnig an, wie aus kaltem Eisen, schrieb Woolf später. Wenige Tage darauf holte Virginia ihren Bruder vom Zug ab. Die Sonne ging gerade unter, und die Glaskuppel der Paddington Station glühte flammend rot. Der Tod ihrer Mutter, schrieb sie rückblickend, habe ihre Wahrnehmung intensiviert, «als hielte jemand vor alles, was verborgen im Schatten gelegen hatte, ein Brennglas». In diesem Sommer erlitt sie ihren ersten Zusammenbruch. Er dauerte zwei Jahre.

Ich serviere Tisch 13 ein Brattäubchen alla turca und zweimal den schwarz glasierten Blaubarsch. Sie diskutieren über das Vermächtnis von Ronald Reagan, und die Frau nennt ihn einen alt gewordenen Fred Feuerstein, was ich ziemlich treffend finde, aber ihre beiden Begleiter hören es nicht. Ich stelle die Taube vor ihr hin, und ein unheimlicher Laut erfüllt plötzlich den Raum, wie eine Invasion Außerirdischer.

*Uuuuuuuuuuuuuuuuuuuuuuuuuuuuuuu.*

Ein schmaler Junge mit Smoking und roter Schmalzlocke kommt in die Mitte des Speisesaals gerannt, die Leute zucken zusammen und starren, und der Rotschopf breitet die Arme aus.

«*Here's my story, sad but true*», singt er schmachtend, «*about a girl that I once knew.*»

Die Wände entlang summen andere Jungen im Smoking noch immer ihr «Uuuuuuu». Als der Rhythmus anzieht, schalten sie um auf «hey hey» und «bop bop» und «whoa oh, oh, oh» und beginnen, auf den Sänger vorzurücken, und im Speisesaal bricht Applaus aus, der noch anschwillt, als sie alle miteinander einen perfekten Kreis bilden und ihr Pseudo-Fünfzigerjahre-Lächeln lächeln.

Die Harvard Krokodiloes sind wieder im Lande.

Ich boniere die Hauptgerichte für meinen Sechsertisch. Dana fegt mit einem Stapel abgeräumter Teller an mir vorbei und stößt die Tür zur Küche auf.

«Hat einer hier 'ne Knarre mit zwölf Kugeln?», höre ich sie zu den Köchen sagen, bevor die Tür zuschwingt.

Die Kroks singen «Mackie Messer», «In the Mood» und «The Lion Sleeps Tonight». Bei «Earth Angel» zerren sie eine ältere Frau von ihrem Stuhl hoch und setzen sie dem Jungen mit der Schmalzlocke aufs Knie, während die anderen sie mit anbetenden Blicken umringen, um sie dann, mit dem letzten Ton des Liedes, in einer einzigen fließenden Bewegung zurück auf ihren Platz zu wirbeln. Die Köpfe gesenkt wie zum Gebet, weichen sie langsam immer weiter zurück, bis auf den kleinsten von ihnen allen, einen pausbäckigen Lockenkopf, der vortritt, den Mund öffnet, eine Kunstpause macht und dann zu singen beginnt.

«*By yon bonnie banks, and by yon bonnie braes, where the sun shines bright on Loch Lomond*», singt er, sehr langsam und mit hoher, klarer Stimme. Ich bin mit einer Crema catalana zu meinem Zweiertisch unterwegs, aber ich erstarre mitten in der Bewegung. Es ist, als hielten alle im Raum unisono den Atem an. Sogar Dana hinter der Bar hört auf, den Whiskey zu verrühren, den sie sich in den Kaffee gegossen hat.

Beim Refrain fallen auch die restlichen Kroks ein: «*You take the high road and I'll take the low road*», aber nur ganz leise, ein verhaltenes, tiefes Summen, das die hohe, helle Stimme des Jungen noch hervorhebt. Er singt alle drei Strophen, und den letzten Refrain übernimmt er selbst.

*For me and my true love will never meet again*
*By the bonnie bonnie banks of Loch Lomond.*

Als er endet, ist das Schweigen lang und absolut. Dann tosender Beifall. Die Kroks wissen, wann sie aufhören müssen. Sie winken noch einmal und traben zur Tür hinaus.

Im Saal bleibt es still. Ich liefere das Dessert an Tisch 9 ab, und die beiden Damen dort tupfen sich die Augen. Nachdem ich den Teller mit den zwei Löffeln zwischen sie gestellt habe, tupfe ich mir meine auch. Fünf Minuten später halten sich die Gäste mit umso lauteren Stimmen und umso mehr Wünschen schadlos.

Nur ich fange mich nicht mehr. Ich bekomme den Klang nicht aus meinem Kopf. Ich suche im Kühlraum Zuflucht, aber die Köche haben schon mit dem Abbauen begonnen, ständig fliegt die Tür auf. Also verbringe ich den Rest meiner Schicht, wenn ich nicht gerade bediene, in der Hocke vor dem Wäscheschrank im Servicebereich und hantiere sinnlos mit den Stößen von Tischdecken und Servietten herum.

Als endlich alles vorbei ist und ich ins Freie komme, kette ich mein Rad ab, aber ich steige nicht auf. Ich will nicht nach Hause, ich kann so aufgewühlt nicht ins Bett gehen. Langsam schiebe ich das Fahrrad hinunter zum Fluss.

Die Uni fängt wieder an. Seit gestern Morgen verstopfen in zweiter Reihe geparkte Kombis die Straßen, bis unters Dach vollgepackt mit Plastikkisten und Steppdecken. Horden von Studenten pilgern durch die Straßen, schreien zu anderen Horden hinüber, die vor den Bars herumstehen. Aus offenen Wohnheimfenstern tönt Musik. Auch der Lehmweg am Fluss ist voller Leute, Erstsemester, die noch nicht wissen, wohin mit sich. Ich schiebe langsam, höre meine Räder ticken.

Mir begegnen Jogger, Walker, Radfahrer. Zwei Jungs mit Stirnbändern lassen eine Frisbeescheibe übers Gras segeln. Eine Gruppe Mädchen liegt am Boden und schaut zum Mond auf, der beinahe voll ist. Sonst war ich hier um diese Nachtzeit immer allein. Ich wünsche mir den Sommer jetzt schon zurück.

*And I'll be in Scotland before ye.*

Eine Frau joggt an mir vorbei, die Kapuze tief in die Stirn gezogen, die Fäuste geballt. Unsere Blicke treffen sich einen Sekundenbruchteil. Hilfe, scheinen wir einander zuzurufen.

Hinter der Fußgängerbrücke verläuft sich die Menge. Ich halte nach den Gänsen Ausschau, aber ich sehe sie nirgends. Sind sie schon in den Süden aufgebrochen?

Ich finde sie kurz vor der nächsten Brücke, eine riesige, wogende Schar, schnaubend und prustend wie eine Schweineherde. Sie sind unten an der Böschung, watscheln dort durch das struppige Ufergras. Manche, halb im Wasser, schlagen klatschend mit den Flügeln. Andere picken am Boden. Ich gehe näher heran, und einige der Köpfe heben sich hoffnungsvoll. Futter habe ich keines für sie, aber wenn man den unbezähmbaren Drang hat, sehr laut ein schottisches Volkslied zu singen, dann ist das hier der perfekte Ort. Noch mehr Köpfe heben sich. Meine Mutter hat mir einmal gesagt, ich hätte eine schöne Singstimme. Ich sang im Auto einen Olivia-Newton-John-Song mit, und genau das hatte ich von ihr hören wollen. Ich sang nicht einfach bloß vor mich hin, ich hatte es auf ein Kompliment angelegt. Meine Stimme ist nichts Besonderes, aber wenn die eigene Mutter einem so etwas sagt, selbst wenn man ein bisschen nachhelfen musste, fällt es schwer, es nicht zu glauben.

Ich singe für die Gänse. Und ich spüre meine Mutter. Es fühlt sich anders an, als an sie zu denken oder mich nach ihr zu sehnen. Ich spüre sie ganz nah bei mir. Ich weiß nicht, ob sie der Fluss ist, die Gänse, der Himmel, der Mond. Ich weiß nicht, ob sie in mir ist oder irgendwo außerhalb, aber sie ist da. Ihre Liebe erreicht mich. Und meine Liebe erreicht sie. Eine kurze, mühelose Berührung.

Ich singe das Lied zu Ende und schiebe mein Rad wieder die Böschung hoch. Ein paar Gänse recken die Köpfe nach mir. Ihre Hälse sehen blauschwarz aus im Mondlicht, die Kinnbänder blässlich blau.

Ein paar Tage darauf fährt mich ein Auto an. Ich bin gerade dabei, mir beim Hundespaziergang einen kleinen Aufbauvortrag zu halten. Ich hatte ein paar unproduktive Tage, am liebsten würde ich ein Kapitel zurückgehen, um daran zu feilen, aber das darf ich nicht. Ich muss weiterkommen, ich muss zum Ende kommen. Maler, sage ich mir, ohne viel vom Malen zu verstehen, Maler beginnen auch nicht auf der einen Seite der Leinwand und arbeiten sich Zentimeter für Zentimeter hinüber zur anderen Seite. Sie schaffen eine Grundierung, einen groben Umriss, eine erste Einteilung in Hell und Dunkel. Sie komponieren ihr Gemälde langsam, Schicht um Schicht. Das hier ist nur meine erste Schicht, sage ich mir, während mich der Hund um eine Ecke zerrt. Seine Krallen kratzen laut über den Gehweg. Sie muss noch nicht gut oder vollständig sein. Es macht nichts, wenn sie noch keine feste Form hat, sondern als zäher, unkontrollierbarer Brei in alle Richtungen läuft, sage ich mir. Es macht nichts, dass ich nicht recht weiß, was der nächste Schritt ist, dass er vielleicht ganz anders aussehen wird, als ich jetzt denke. Ich muss Vertrauen in mich … die Leine rutscht mir aus der Hand, der Hund jagt über die Straße, einem Eichhörnchen nach, und ich hinter ihm her, direkt in ein silbernes Auto.

Ich finde mich auf dem Boden wieder, nicht mehr ganz an derselben Stelle wie vorher. Es sieht bestimmt schlimmer aus, als es ist. Das Auto hat angehalten, eine Frau kommt herausgestürzt, entschuldigt sich viele Male mit karibischem Akzent, zieht mich hoch und nimmt mich in den Arm. Jemand anders fängt den Hund wieder ein. Ich weine, aber nicht vor Schmerzen. Meine Hüfte und das Handgelenk tun ein bisschen weh, mehr ist es nicht.

«Wir fahren ins Krankenhaus», sagt sie, «jetzt sofort.»

Aber ein Krankenhaus kommt für mich nicht infrage, und zum Glück brauche ich ja auch keines. Sie besteht darauf, nur zur Sicherheit, sagt sie. Manchmal gibt es innere Verletzungen. Ich muss ihr erklären, dass ich das Geld dafür nicht habe.

«Ich zahle für Sie! Ich bezahle alles!»

Aber als ich ihr sage, dass ohne Versicherung schon das Röntgen Hunderte kostet, bekommt sie Angst und steigt wieder in ihr Auto.

In der Arbeit nehmen die Schmerzen im Handgelenk zu, und am Ende des Abends trägt der Hilfskeller fast sämtliche meiner Gerichte zu den Tischen. Gebrochen fühlt es sich nicht an. Ich hatte noch Glück. Wenn mir mehr passiert wäre, hätten die Kosten mich ruiniert.

Als wenige Abende später Liz und Pat Doyle wiederkommen und mir von einem Job erzählen, einem richtigen Job mit Sozialleistungen, bin ich dafür empfänglicher, als ich es vor dem Unfall gewesen wäre.

«Ich habe gleich an dich gedacht, deine Mum hat diesen Verein nämlich mit aus der Taufe gehoben», sagt Liz. «Und es liegt dir bestimmt. Sie brauchen jemanden, der gut schreiben kann.» Sie schiebt mir eine Visitenkarte hin: LYNN FLORENCE MATHERS. FAMILIEN IN NOT. «Lynn ist eine tolle Frau. Ihr werdet euch prima verstehen.»

Muriel besteht darauf, dass ich für das Vorstellungsgespräch Seidenstrümpfe und ihre beigen Pumps anziehe. Jetzt passe ich zu den anderen Frauen auf der Boylston Street, aber ich fühle mich wie kostümiert.

Lynn hat meine Mutter nie kennengelernt, aber sie hätte ihr gefallen: schlagfertig, direkt, mit einem dünnen, aber reizvollen Anstrich von Weiblichkeit, der eine maskuline Selbstgewissheit und Resolutheit überdeckt.

«Hier, setzen Sie sich», sagt sie und zeigt auf einen grünen Polsterstuhl. Sie selbst lässt sich in ihren Schreibtischsessel fallen. Ich schiebe ihr meinen Lebenslauf hin. Sie überfliegt ihn und reicht ihn mir zurück. «Sie sind mehr als überqualifiziert. Hablas espagñol?»

«Si. Viví dos años a Barcelona con mi novio Paco que era un profesor de Catalan pero me hizo loca y tuve –»

«Halt, halt, halt. Sie haben mich schon bei Barcelona abgehängt.» Sie lispelt das c übertrieben stark.

Sie gibt mir ein Steuerformular und erzählt mir von der Krankenversicherung, die sie anbieten – «Gold wert», sagt sie – und den anderen Leistungen.

Muriel hat mir eingeschärft, nach der «Mission» ihres Vereins zu fragen, also frage ich.

«Den überflüssigen Krempel reicher Leute an arme Familien vermitteln, die ihn dringend brauchen.» Sie nimmt drei weiße Blätter aus ihrer Schublade. «Hier, nur der Form halber. Ich habe keine sehr klare Vorstellung von einem Master in Creative Writing, aber ich bin mir sicher, Sie können uns alle hier in Grund und Boden schreiben.» Sie legt eine Karteikarte dazu und steht auf. «Mr und Mrs Richard Totman aus Weston haben einen alten Kühlschrank gespendet, der nach Roxbury vermittelt wurde. Können Sie ihnen einen kurzen Dank schreiben?»

Ich folge ihr über den Gang in ein fensterloses Kabuff mit einem Tisch, einem Stuhl und einer Schreibmaschine. «Bringen Sie's mir einfach raus, wenn Sie fertig sind.» Sie zieht die Tür hinter sich zu.

Ich betrachte die Karteikarte. Darauf stehen die Anschrift des Vereins und die der Totmans. Wie sieht noch mal der Briefkopf eines formellen Geschäftsbriefs aus? Krampfhaft versuche ich mich an all die Schreiben von offiziellen Stellen zu erinnern, die freundlicheren, bevor die Inkassobüros übernahmen. Ich entscheide mich für eine Variante und gehe es an. Es ist eine elektrische Schreibmaschine, und ich brauche eine Weile, um herauszubekommen, wie man sie einschaltet. Sie hat einen von diesen Kugelköpfen in der Mitte, auf dem alle Buchstaben stehen, die Tasten reagieren schon auf die kleinste Berührung. Die ersten beiden Blätter sind im Nu verschlissen, weil ich ständig an Buchstaben komme, die ich gar nicht schreiben will. Beim letzten Blatt passe ich höllisch auf und schaffe es, beide Adressen fehlerfrei zu tippen, eine unter der anderen, links oben auf der Seite. Keine Ahnung, ob das korrekt ist. Ich fange an:

*Sehr geehrte Mrs Totman,*
*sehr geehrter Mr Totman*

Oder hätte ich besser «Mrs *Richard* Totman» schreiben sollen? Meine Stiefmutter war jedes Mal empört, wenn ich einen Brief an Mrs Ann Peabody adressierte statt an Mrs Robert Peabody. Zu spät.

*wir bedanken uns sehr für den von Ihnen gespendeten Kühlschrank.*

Dann weiß ich nicht weiter. Am besten etwas über die Familie in Roxbury. *Er hat eine reizende Familie in Roxbury sehr glücklich gemacht*? Stimmt das überhaupt? Und «sehr» hatte ich oben schon. *Er steht jetzt in der Küche einer Familie in Not in Roxbury.* Dreimal «in» in einem Satz. *Es war sehr großzügig von Ihnen.* Schon wieder «sehr». Mein kleiner Finger stupst an eine Taste, und sechs Kommas schießen auf das Papier. Scheiße. Ich schaue mich nach Tippex um. Nichts. Der Tisch hat eine einzelne schmale Schublade. Kein Tippex, aber ein kleiner Stoß Schreibpapier. Ich reiße das Blatt aus der Maschine und fange von vorn an.

Ich brauche acht Anläufe und fünfundvierzig Minuten. Lynn telefoniert, als ich aus meiner Klausur komme. Sie fragt mich mit Blicken, was los war, aber ich weiß nicht, wie ich ihr mit Blicken antworten soll, und sie gibt mir kein Zeichen zu warten. Also lege ich ihr den Brief auf den Schreibtisch und gehe.

Am liebsten würde ich jede einzelne Stufe küssen, als ich an diesem Abend in meinen ausgelatschten schwarzen Turnschuhen die Treppe zum Restaurant hinaufsteige. Ich muss nie wieder in das Büro in der Boylston Street zurückkehren, um in unbequemen Kleidern in einem fensterlosen Kabuff zu sitzen und zu tippen. Ich darf mich bewegen und reden und lachen und bekomme leckeres Essen umsonst. Und ich muss meinen Morgen nicht opfern, meinen kostbaren Morgen.

Victor Silva, der mir vor Kurzem erst erzählt hat, dass er Lyrik und Essays schreibt, erscheint verspätet in seinem riesigen schwarzen Cape und hört mit, wie ich Harry von dem Vorstellungsgespräch berichte.

«Warum in Gottes Namen bewirbst du dich für einen *Bürojob*?»

«Finanzielle Sicherheit? Krankenversicherung? Finger, die nicht nach Aioli stinken?»

Er umfasst meine Finger wie einen Strauß. «Aber ich liebe den Duft deiner aioligeschwängerten Griffel», sagt er mit dem brasilianischen Akzent seiner Frau, dann, in seinem besten Shakespeare-Ton: «Dumpf im Büro sich plagen kerkert ein nur / die raschen Lebensgeister im Geblüt.» Und mit seiner normalen Stimme: «Du weißt schon, dass du dich hier krankenversichern kannst?»

«Was?»

«Und zu gar keinen so schlechten Konditionen. Wir sind beide hier versichert. Bias Versicherung bei Polaroid taugt gar nichts.»

«Ist das dein Ernst?»

«Könnte ich diese arglosen Rehaugen belügen?» Mit langen Schritten trägt er seine beiden Kännchen Tee weg.

«Er hat so ein asexuelles kleines Schriftsteller-Faible für dich, merkst du das?»

«So würdest du das nennen?»

Ich frage Marcus wegen der Versicherung. Sie nennt sich Cambridge Pilgrim Plan, und die Abzüge sind verschmerzbar.

«Warum hast du mir das nicht schon bei der Einstellung gesagt?»

«Weiß nicht. Vermutlich, weil du so aussiehst, als würden sich bei dir Mommy und Daddy um diesen ganzen lästigen Kleinkram kümmern.»

«Verdammt, meine Mutter ist tot und mein Vater ein Perversling. Meld mich bei dieser scheiß Versicherung an!»

Im Iris geht es ruppig zu, aber besser, als reichen Leuten in Weston Dankesbriefe zu schreiben, ist es allemal.

Drei Tage später, nach dem Hundegang, aber noch vor meinem Tee und dem Müsli, mitten in meinem Schreibmorgen und, wie ich dachte, mitten in einer Szene, setze ich einen Punkt hinter einen Satz. Ich nehme die Hand ein Stück weg vom Papier und lese ihn. Es ist der letzte Satz meines Buches. Ich habe nichts hinzuzufügen. Das ist es. Meine Grundierung steht.

Der Brunch an diesem Sonntag ist die Hölle. Es regnet, womit die Terrasse wegfällt, und wir müssen zusätzliche Tische nach unten schleppen und sie in der engen Klubbar aufstellen. Wir sind schon am Ende, bevor wir aufmachen. Harry hat einen Typen aufgerissen, der in Harvard Design studiert, und die beiden verbringen den Tag im deCordova-Museum. Die Twisted Sister ist verkatert und stürmt Befehle blaffend die Treppen hoch und runter, als wären sie die Einzigen, die hier einen Finger krumm machen, während Mary Hand und ich schweigend sämtliche Tische decken und dekorieren. Yasmin ist krank, und Stefano, der Bereitschaft hat, hebt nicht ab. Alle schauen wir immer wieder ins Reservierungsbuch, ob die Zahlen seit dem letzten Mal nicht vielleicht doch zurückgegangen sind.

Die Gäste fallen alle gleichzeitig ein, hungrig und schlecht gelaunt. Unsere Klientel sind Leute, die sich für gewöhnlich nicht eben kasteien, aber sonntagmorgens haben sie sich oft alle Freuden versagt, und nicht nur die Katholiken, die nüchtern sein müssen, um die Hostie zu empfangen. Manche haben sogar mit der ersten Tasse Kaffee bis jetzt gewartet, und so kommen sie im Iris an, ausgehungert und nach Koffein lechzend.

Brunch bedeutet auch, dass ich mit Clark zusammenarbeiten muss, dem Frühstückskoch. Die ersten Male schien er mir ähnlich nett wie Thomas. Er rückte die Extraportion Romanesco heraus, die eine Frau zu ihren Krabbenpuffern verlangte, und nahm anstandslos ein zu durchgebratenes Lendensteak zurück. Er sagte, mit meinem langen Hals würde ich ihn an den Road Runner aus den *Looney Tunes* erinnern, und machte *Beep-beep*, wenn ich meine Bestellungen abholte.

Aber dann, nach einem desaströsen Brunch vor einem Monat, bei dem ich meine Eier Benedict fallen lassen und einen Nizzasalat vergessen hatte und mein Körper surrte wie ein ganzer Bienenstock, fand er mich auf einer Milchkiste im Kühlraum, und als ich aufstehen wollte, ließ er mich nicht. Er fasste mir ins Haar und schnaufte mir über Gesicht und Hals. Er stank nach dem Tequila aus seinen Mexican Coffees.

«Blasen ist wahrscheinlich mehr deins als Kellnern, hm?» So, wie er grinste, musste dieser Spruch in der Vergangenheit tatsächlich schon gewirkt haben.

«Ganz sicher nicht», sagte ich, duckte mich unter seinem Arm hindurch und schob die schwere Tür auf.

Am nächsten Tag kam ich früher, um Marcus zu sagen, was passiert war.

Er lachte. «Großer Gott, Casey. Du bist mit einer so scheißernsten Miene hier reingekommen, dass ich schon dachte, du hättest wen umgebracht! Er hat einen *Scherz* gemacht. Glaub mir, Clark hat keine Schwierigkeiten, einen geblasen zu kriegen.»

Später hörte ich ihn und Clark in der Küche laut miteinander lachen.

Seitdem zahlt es Clark mir mit allen Mitteln heim.

Irgendwie landet alles bei mir. In nur einer Viertelstunde bekomme ich drei fünfköpfige Familien unten und zwei Zweiertische oben aufgedrückt, während Dana und Tony zu zweit eine Zwölfergruppe bedienen.

Fabiana teilt mir noch einen Dreiertisch zu. «Du Sadistin», flüstere ich, als ich mein Tablett mit Samosas und Bloody Marys an ihr vorbeitrage.

«Außer dir sind alle noch kaputt von gestern Nacht. Du hältst für uns die Fahne hoch.»

Von dem neuen Dreiertisch schauen zwei kleine Jungen zu mir herüber. Kinder leiden beim Brunch immer am meisten. Ihre Gesichter würden sich auf UNICEF-Plakaten gut machen. Aber sie müssen sich noch gedulden. Einer von meinen Fünfern unten wartet auf seine Hauptgerichte. Im Iris dürfen wir keine Tabletts für das Essen benutzen, nur die kleinen rot lackierten für die Getränke. Die Teller stehen schon lange genug unter der Wärmelampe, um sich ordentlich aufzuheizen, aber ich habe nicht die Zeit, ein Tuch zu holen. Ich lade mir vier auf den Unterarm und nehme den letzten in die linke Hand, trete die Küchentür auf und falle fast über einen der kleinen Jungen. Zwei Omeletts schlittern quer über die Teller, halten aber gerade noch rechtzeitig an.

«Entschuldigung, Miss», sagt er. Er trägt eine rote Fliege und ein orange-weiß kariertes Hemd. Sein widerspenstiges Haar ist mit einem nassen Kamm glatt gestriegelt und noch feucht. Sechs Jahre, vielleicht sieben. «Mein Dad hat heute Geburtstag.» Er streckt mir ein Bündel Geldscheine hin. «Kann ich für unser Essen bezahlen?»

«Kannst du. Aber erst, wenn ihr bestellt habt. Wenn wir wissen, wie viel es kostet.» Die Teller brennen sich in die Innenseite meines Arms.

Seine Mundwinkel zucken. Mehr als diese Sätze hat er nicht eingeübt, er hat keinen Plan B.

«Weißt du was?» Ich stelle den Teller in meiner Linken auf dem Tresen ab. «Gib's mir ruhig jetzt gleich. Und wenn was übrig bleibt, kriegst du es von mir wieder. Ich bringe euch keine Rechnung. Klingt das gut?»

Er nickt, händigt mir das Geld aus und kehrt auf schnellem, wenngleich nicht ganz direktem Weg zu seinem Tisch zurück.

Die Familie unten in der Klubbar will noch Ketchup, einen Nachschlag Caesar-Dressing, einen Arnold Palmer und einen Pinot Grigio, aber als ich zurück in den zweiten Stock komme, kann ich die Jungen mit ihren Fliegen um den Hals nicht schon wieder ignorieren. Ich weiche Mary Hand aus, die ihrem Achter die Salate serviert, und bremse schwungvoll an ihrem Tisch.

Die Jungen sehen beide gleichzeitig von ihren Speisekarten hoch. Der Vater schaut nicht auf. Aber ich erkenne ihn trotzdem. Der Vater ist Oscar Kolton.

«Guten Tag allerseits.» Ich halte den Kopf nach rechts gewendet, zu den Jungen hin, und hoffe nur, dass ich ihre Getränkebestellung aufnehmen kann, bevor mein ganzes Gesicht glüht wie eine Tomate.

Schriftsteller zu bedienen wird mir regelmäßig zum Verhängnis. Vor ein paar Wochen saß Jayne Anne Phillips an einem meiner Tische, und sooft ich mich ihr näherte, lief ich flammend rot an. Ihr *Himmlisches Tier* ist so etwas wie meine Bibel. Als ich ihr und ihren beiden Freundinnen den Tee brachte, klapperten die Tassen auf ihren Untertassen, als ich sie abstellte. Ich werde Mary Hand bitten müssen, dass sie mir Oscar Koltons Tisch abnimmt.

«Tag», sagt der größere Junge, der mit dem Geld.

«Was darf's sein? Heiße Schokolade, heißer Kaffee, heißer Tee?»

«Heiße Schokolade? Im Sommer?», sagt der Kleinere.

«Jetzt ist kein Sommer. Jetzt ist Herbst», korrigiert ihn sein Bruder.

«Oh, Entschuldigung», sage ich, «ich habe früher in diesem Wintersportort in New Mexico gearbeitet, und manchmal rutscht es mir immer noch so raus: heiße Schokolade, heißer Kaffee, heißer Tee.» Erst kommt das Erröten, dann das unkontrollierte Geplapper. «Ich kann sie auch kalt bringen, wenn ihr wollt.»

«Keine Schokolade», sagt Oscar, immer noch ohne aufzublicken zum Glück. «Für mich einen Kaffee. Schwarz.»

«Und für euch zwei?»

Schweigen. Natürlich wollen sie Schokolade.

«Zweimal Orangensaft», murmelt Oscar, dreht die Speisekarte um, nur um die Rückseite leer zu finden, und legt sie mit einem Stirnrunzeln wieder andersherum hin.

Mary Hand bekommt noch eine Sechsergruppe aufgebrummt, also kann ich ihn nicht auf sie abwälzen. Ich versorge den Tisch in der Klubbar mit seinen Getränken und Würzmitteln und laufe wieder nach oben, um ihnen O-Saft und Kaffee zu bringen. Sie haben ihre Speisekarten säuberlich an der Tischkante aufeinandergeschichtet. Ohne die Karten wissen sie nicht, wo sie hinschauen sollen. Ich stelle die Saftgläser vor die Messer der Jungen und schenke Oscar aus einer unserer versilberten Kannen Kaffee ein. Sie starren schweigend auf meine Hände. Selbst im Chaos und Krach des Sonntagsbrunches sticht mir der leere Stuhl ins Auge, dieses Loch, wo eigentlich die Mutter sein sollte.

Oscar greift nach der Tasse, ehe ich sie ganz vollgießen kann. Er trinkt einen großen Schluck und hält sie dann in beiden Händen vor sich. Ich muss daran denken, wie er sie während Silas' Geschichte hinter dem Rücken hatte und niemand wusste, was das bedeutete.

«Jungs», sagt er.

«Ich hätte bitte gerne die Eier mit Würstchen und dann noch ein Brötchen und Obst», sagt der Große.

«Rühreier, Spiegeleier oder pochiert?»

Er sieht seinen Vater an.

«Pochiert ist wie gekocht, nur ohne die Schale. Das magst du eher nicht, das ist innen flüssig.»

«Rühreier bitte.»

«Und du?»

Der Kleinere guckt mich stumm an. Er hat seinen Text vergessen. Seine Augen füllen sich mit Tränen, und er versteckt das Gesicht in der Armbeuge.

Ich probiere es mit Raten. «Vielleicht Blaubeerpfannkuchen mit gebratenem Speck?»

Vehementes Nicken.

«Eine Gedankenleserin», sagt Oscar unbeeindruckt. «Ich nehme die pochierten Eier.» Er gibt mir die Speisekarte zurück. «Aber nur, weil das immer so vornehm klingt.» In seinen Augen blitzt es kurz auf – ein ganz helles Grün.

Ich mache eine Eilbestellung daraus. Von Mary Hand erfahre ich, dass Oscar und seine Familie früher jedes Jahr zum Muttertag hier waren. «Dachte nicht, dass ich die noch mal sehen würde.»

«Er hat Geburtstag. Die Jungs zahlen.» Ich halte den Packen Geldscheine hoch.

«Niedlich», sagt sie trocken, während sie ihre Mammutbestellung boniert.

Marcus biegt um die Ecke. «Du weißt, dass das Oscar Kolton ist, oder?»

«Ja, weiß ich.»

Als ich wieder mit der Kaffeekanne komme, ist Oscar mit beiden Kindern am Fingerhakeln. Alle drei lassen los, damit ich nachschenken kann.

«Du musst ‹Danke› sagen, Papa», sagt der Jüngere.

«Danke.»

Sie verhaken die Finger wieder ineinander.

Ich packe mir die nächste Ladung auf den Arm und bringe sie nach unten, räume Teller ab, gieße Kaffee nach, hole die Dessertkarten, begrüße zwei neue Gäste, die Fabiana an den Tisch neben den Toiletten gequetscht hat. Gory, ganz in Weiß, weil er am Nachmittag bei einem Krocketturnier in Lennox antritt, bleibt an Oscars Tisch stehen. Ein paar Köpfe ringsum wenden sich.

«Deine Benis warten», sagt Tony, der an mir vorbeifegt, fünf Eisbomben auf einem Arm.

«Was ist das für eine Kellnerin, die nicht mal ihr Essen abholen kann», schimpft Clark, als ich in die Küche komme. Er schlägt durch die Durchreiche mit einem Lappen nach mir und erwischt etwas von der Hollandaise, die mir auf Backe und Kragen spritzt. Es brennt. Ich reibe sie weg, und meine Augen tränen, aber ich mache mit meinen Eiern Benedict kehrt, bevor er es sehen kann.

«Verklemmte Zicke!», ruft er mir nach, während ich durch die Tür rumple.

Ich muss zusehen, dass ich die Enttäuschung gleichmäßig verteile, allen Beteiligten nur ein bisschen ungerecht werde. Als ich unten ankomme und Tisch 4 sein Essen bringe, wartet Tisch 6 darauf, den Nachtisch zu bestellen. Inzwischen werden die Speisen für Oscar und seine Söhne bereitstehen, aber ein Gast an Tisch 6 kann sich nicht entscheiden, ob er den Vanille-Pekan-Pie oder das Kompott nehmen soll.

Clark erwartet mich schon an der Tür. Sein Gesicht ist glitschig von Schweiß und Fett. «Ich breche mir hier einen ab, um deine Eilbestellung fertig zu kriegen, aber Madame ist sich zu fein, um sie abzuholen.»

«Willkommen beim Brunch. Ich muss an acht Tischen gleichzeitig sein, oben und unten, und wenn ich es mal nicht bin, geht sofort das Trinkgeld runter. Da *kann* es vorkommen, dass ein Pfannkuchen drei Minuten am Küchenpass stehen bleibt. Dich möchte ich gern als Bedienung sehen. Da kannst du nämlich nicht nur rumstehen und Eier aufschlagen und Leute anscheißen.»

Angus, mein einziger Verbündeter in der Küche, wenn Thomas nicht kocht, stößt einen langen Pfiff aus.

Clark fährt herum und schnauzt ihn an, er soll den Rand halten.

«Du kleine Dreckschlampe! Ich sorg dafür, dass du fliegst.»

«Glaubst du, ich hab Angst vor einem verfickten *Frühstücks*koch?», sage ich und dränge mich an ihm vorbei, um meine Bestellung zu holen.

Draußen im Saal sage ich den Jungen, dass die Teller sehr heiß sind und sie sie nicht anfassen dürfen. Oscars Eier stelle ich als Letztes hin. Sie sehen steinhart aus. «Nicht ganz die vornehme Art, fürchte ich. Der Koch heute ist ein unfähiges Arschloch.»

Die Jungs schauen mich groß an.

Um Oscars Mund zuckt es.

«Ich meine, ein Trottel. Er ist ein Trottel. Pardon.» Ich sehe die Jungen an. «Das hätte ich nicht sagen sollen, das ist ein scheußliches Wort. Er ist ein Mensch mit einer ziemlichen Wut im Bauch, und die lässt er meistens an mir aus.»

«Vielleicht ist er heimlich in Sie verliebt», sagt Oscar.

Das ist eine so onkelhaft-naive Bemerkung, dass ich mich frage, ob er nicht älter ist, als er aussieht. «Ganz sicher nicht», sage ich. «Er hat einen echten Hass auf mich beziehungsweise auf das, was ich für ihn verkörpere. Ich glaube er, er steht auf *sie*» – ich deute auf Dana –, «aber sie steht auf *ihn*.» Ich zeige auf Craig an der Bar. «Wobei ich ihn für einigermaßen asexuell halte.»

Noch mehr große Blicke. Ich bin keine Kinder gewohnt. «Ketchup?»

«Auf Eier?», fragt der Ältere.

«Ganze Heerscharen von Menschen schwören auf Eier mit Ketchup.»

«Echt?» Misstrauisch sieht er seinen Vater an.

«Tatsache», sage ich.

«Wir sind nicht Teil dieser Heerscharen», sagt Oscar.

«Ich auch nicht. *Bon profit.*» Ein bisschen Katalanisch wird Oscar ja wohl zuzumuten sein. Ich habe es eilig, von ihnen wegzukommen. Der Hollandaise-Spritzer brennt mir auf der Wange, und ihre Nettigkeit nach Clarks Pöbeleien schnürt mir die Kehle zu.

Ich fertige meine restlichen Tische ab, während sie essen.

«Ist das etwa ein Lächeln?», fragt Tony, als wir an der Bar auf unsere Drinks warten und ich einen Eiswürfel auf den Verbrennungen an meiner rechten Arminnenseite hin und her schiebe.

«Spinnst du? Setz deine Fensterglasbrille auf, Vierauge.»

«Du lächelst, und ich hab dich noch nie lächeln sehen.»

«Blödsinn.»

«Jedenfalls, wenn Harry nicht da ist. Harry kriegt dich zum Lächeln.»

«Harry ist einfach sehr witzig.»

«Findest du? Ich finde ihn einen arroganten Schnösel.»

Tony hat mehrmals versucht, bei Harry zu landen, ohne Erfolg.

«Das ist nur sein Akzent.»

«Die Kids da drüben starren dich an.»

Ich schaue hin, und sie senken den Blick.

Craig schiebt mir meine Screwdrivers hin.

«Teilst du dir nachher ein Apfeltörtchen mit mir?», frage ich.

«Gern», sagt Tony.

Ich habe ihn überrascht. Plötzlich scheint es so einfach, Leuten eine Freude zu machen.

Als er einmal seine Pfannkuchen mit Speck im Bauch hat, blüht Oscars Jüngerer auf.

«Was magst du lieber, Säugetiere oder Amphibien?», will er von mir wissen.

«Säugetiere.»

«Kartenspiele oder Brettspiele?»

«Beides.»

«Du kannst nur eins sagen.»

«Karten.»

Ich weiß, dass meine Desserts in der Küche warten und dass zwei Tische unten in der Bar die Rechnung bestellt haben.

«Du hältst sie von der Arbeit ab, Jasper.»

Jasper. Er sieht genauso aus, wie man sich einen Jasper vorstellt. Kleines knautschiges Gesicht mit vollen Lippen, langen Wimpern und so grünen Augen wie sein Vater.

«Blau oder rot?»

«Blau.»

«Tante Sue oder Tante Audrey?»

«Tante Audrey.»

Sie lachen, Jasper am lautesten.

«Tennis oder Golf?»

«Tennis. Aber ich spiele beides nicht.»

«Woher weißt du dann, was du lieber magst?»

«Weil ich Golf hasse.»

Das erschüttert ihn sichtlich. «Auch Minigolf?»

«Minigolf geht.»

«Mein Papa ist der beste Minigolfer, den es gibt. Keiner kann ihn besiegen.»

«Ich schon.» Ich weiß nicht, was mich reitet, das zu sagen. Außer dass es stimmt.

Beide Jungen protestieren in solcher Lautstärke, dass die anderen Gäste sich umdrehen. «Kannst du nicht!»

Sie schauen ihren Vater an, damit er etwas zu seiner Verteidigung sagt. Er zuckt die Achseln. Es ist kein richtiges Grinsen, das er im Gesicht hat, aber er hat seinen Teller weggeschoben und die Hände vor sich gefaltet. Wenn ich das Muriel erzähle!, denke ich. Ich stelle das Geschirr zusammen und trage es weg.

Als ich wiederkomme, habe ich die Dessertkarten dabei. «Nachdem die heiße Schokolade vorhin tabu war, weiß ich ja nicht, ob das mit dem Nachtisch was wird ...»

Ihre Blicke richten sich auf Oscar.

«Der Nachtisch wird was.»

Sie jubeln. Ich verteile die Karten. Hinter Oscars Rücken stecke ich eine imaginäre Kerze in etwas und blase sie aus. Der Größere nickt diskret, aber Jasper entfährt ein Quietscher. Oscar dreht sich um, und ich wende den Blick ab, aber als er sich wieder wegdreht, zwinkere ich den Jungen zu.

Jasper will die Crème brûlée mit Basilikum und Lavendel, sein Bruder entscheidet sich für den Eisbecher Tahiti, und Oscar bestellt die Keks-Medaillons. Kekse bieten keine optimalen Voraussetzungen für Kerzen, also gehe ich zu Helene, unserer Chefpâtissière, in ihrer Nische hinter der Küche. Es ist eine eigene Welt hier hinten. Bei Helene ertönt Klassik. Ihre Truppe trägt weiße Kochmützen anstatt Kopftüchern, und ihre weißen Schürzen sind sauber bis auf kleine künstlerische Spuren von Schokoladen- und Himbeersoße.

Mary Hand ist da und packt sich eine ganze Ladung Desserts auf. «Ein Hansdampf in allen Gassen», sagt sie und zieht ab.

Helene steht über eine Reihe von Birnenkompotten gebeugt, in deren Mitte sie je eine Brombeere platziert.

Ich zeige auf den kleinen Apparat, der meinen Bon ausdruckt. «Kriegen wir irgendwie eine Kerze oder zwei auf diesen Keksteller?»

Sie nickt. Ich warte.

Igor reißt den Zettel ab und legt ihn neben die anderen. Er könnte einem altmodischen Bilderbuch entstammen mit seinem Stupsnäschen und den langen Spinnenfingern. Seine Bewegungen sind die eines Tänzers. Er ist sicher zwanzig Jahre jünger als Helene, aber die zwei sind ein Gespann, seit das Restaurant in den frühen Achtzigern eröffnet wurde.

Ihr kleiner Kühlraum hat eine Glastür, hinter der es wie in einem Juwelierladen aussieht mit all den Baisers und Feuilletines, Karamellhippen und Schmetterlingen aus weißer Schokolade. Igor nimmt eine Crème brûlée, stellt sie auf einen Unterteller mit Zierdeckchen und erhitzt die Oberfläche mit einer blauen Flamme, bis der Zucker glüht und sich verflüssigt. Als Nächstes holt er einen Teller aus dem Regal und drückt mit einer großen Spritztülle eine dicke Spirale Mokkacreme in die Mitte. Diesen Teller schiebt er zu Helene hinüber, die ihm gleichzeitig den Eisbecher hinüberschiebt. Sie arrangiert drei Cookies um die Mokkacreme und steckt eine riesige Wunderkerze hinein, während er sowohl Eisbecher als auch Crème brûlée mit glasierten Himbeeren bestreut. Sie lehnt sich nach rechts weg, damit er die Spitze der Wunderkerze mit seinem Flammenwerfer anzünden kann, und beide wischen die Stahltheke sauber, sowie ich die Teller anhebe. Ich lasse ihre Chopin-Nocturnes hinter mir, tauche kurz in Led Zeppelin ein – «I'm gonna give you my love», brüllt Clark die Steaks auf dem Grill an – und kehre zurück in Craigs Sinatra-Mix, der im Gastraum läuft.

Ich nähere mich Oscar von hinten, damit die Kinder zuschauen können. Der Große hält sein Grinsen im Zaum, aber als Jasper die Funken sieht, die in alle Richtungen sprühen, kichert er und schlenkert wie wild mit den Füßen.

«O nein», sagt Oscar, der sich nun umdreht. «Nicht singen. Bitte nicht singen», sagt er, aber seine Söhne und ich kümmern uns nicht darum, die Leute am Nachbartisch fallen ein, gefolgt von den beiden Kroks an Tisch 4, die mit ihren Eltern da sind, und dann Tony, Craig und Gory, bis mehr oder weniger der ganze Saal singt. Oscar fixiert mich mit anklagendem Blick, und ich bin mir nicht sicher, ob seine Söhne vor lauter Lachen überhaupt noch mitsingen können. Hinterher klatschen alle, und Oscar versucht, die Wunderkerze auszublasen, muss aber warten, bis sie von selbst herunterbrennt.

«Da habt ihr mich ja übel reingelegt», sagt er.

«Bist du jetzt böse, Papa?»

«Auf *euch* bin ich nicht böse.»

«Du darfst gar nicht böse sein, Papa, auf niemand.»

Oscar beugt sich vor und streicht dem Großen über den Ärmel. «Unsinn, John, ich bin nicht böse. Ich hab doch nur Spaß gemacht. Das ist der beste Geburtstag, den ich je hatte.»

Jasper trommelt mit seinem Löffel auf der braunen Zuckerkruste herum.

«Das mache ich auch immer», sage ich zu ihm. «Es ist wie Eis, nicht wahr, obwohl es ja eigentlich das Gegenteil ist. Durch Hitze entstanden, nicht durch Kälte.»

«Mmm», sagt er, fischt ein gezacktes Bruchstück heraus und versucht, mich durch es hindurch anzuschauen.

Ich merke, dass ich nur dastehe, ohne etwas zu tun. «Darf es denn noch irgendwas sein?», frage ich, nun wieder mit meiner Kellnerinnenstimme. Es scheint sie alle drei aufzuschrecken, sie schütteln den Kopf.

Ich bleibe im Servicebereich und trockne die gespülten Gläser ab, die Alejandro herausgebracht hat, beschämt über mich selbst. Das ist ein Problem, das ich manchmal habe: ich werde anhänglich. Die Familien anderer Leute sind mein großer Schwachpunkt.

Als Mary Hands Sechsertisch aufbricht, helfe ich ihr beim Abtragen. Oscar winkt nach der Rechnung. Ich drucke sie aus, lasse sie aber in meiner Tasche verschwinden. Siebenundachtzig fünfzig. Ich hole den Packen Geld heraus, den John mir gegeben hat. Es sind fast lauter Ein-Dollar-Scheine, vierundzwanzig alles in allem. Zwei von meinen Tischen in der Klubbar haben mir mein Trinkgeld in bar gegeben, deshalb kann ich es problemlos ausgleichen.

Ich bringe ihm eins von unseren kleinen Rechnungstabletts mit drei After Eight darauf. «Ihre Söhne haben im Voraus bezahlt. Alles Gute zum Geburtstag.»

«Was?», sagt er, aber ich habe mich bereits abgewandt.

Ich kann sehen, wie er mit ihnen verhandelt. Die Jungen grinsen. Jaspers Beine schlenkern unterm Stuhl hin und her. Oscar steht auf, John ebenfalls, nur Jasper bleibt sitzen. Sein Bruder pufft ihn, und er versucht zurückzupuffen, verfehlt John aber. Oscar macht John ein Zeichen, dass er zur Seite gehen soll, bückt sich, hebt Jasper hoch und schwingt ihn sich auf die Schulter, so mühelos, als wäre er ein Stück Stoff. Dann schaut er zurück, Richtung Servicebereich. Ich stehe hinten am Fenster und rolle Gedecke, und er dreht sich nicht weit genug um, um mich zu sehen. Dann sind sie weg.

Ich decke den Tisch ab: das sauber ausgekratzte Martiniglas, die abgefackelte Wunderkerze zwischen den Kekskrümeln, die Basilikum-Lavendel-Creme, die unberührt ist bis auf die Eisschicht aus Zucker. Iván, der Hilfskellner für den Brunch, kommt und hilft mir mit dem Rest, den Blumen, Salz, Pfeffer, Zucker. Wir ziehen das rosa Tischtuch ab, sodass nur das untere, weiße bleibt. Ich bringe das Geschirr nach hinten zu Alejandro, und als ich wieder herauskomme, sagt Mary Hand: «Zwischen Marcus und deinem neuen Freund scheint es ein kleines Scharmützel zu geben.» *Ein kleines Scharmützel im Bürgerpark.* Die Erinnerung sackt durch meinen Körper wie ein Stein.

Am Eingang steht Oscar und zeigt auf mich. Marcus will ihn offenbar zurückhalten, aber Oscar klopft ihm nur auf den Arm und schiebt sich an ihm vorbei. Ich komme ihm auf halbem Weg entgegen. Sämtliche Tische sind jetzt leer, alles weggeräumt, Craig ist gegangen, und es spielt keine Musik mehr. Ich höre seine Söhne auf den Stufen herumpoltern. Er schnauft schwer durch die Nase. Man könnte fast denken, etwas Fürchterliches wäre passiert, aber ich weiß ja, dass es nur um das Geld geht.

«Hallo», sagt er völlig außer Atem. Es kommt mir vor, als wären wir allein in einem engen Gang und nicht in einem riesigen Speisesaal. Er steht dicht vor mir, Hände tief in die Hosentaschen gestoßen, Schultern hochgezogen. Ohne die Kinder wirkt er jünger, beinahe jungenhaft. «Die haben Sie ja ganz schön reingelegt.»

«Aber doch nicht mit Absicht.»

«Da wäre ich nicht so sicher. John kann schon ziemlich gut rechnen.»

«Die Preise sind winzig klein gedruckt und ganz außen am Rand. Und nirgends Dollarzeichen. Da hat er sie wahrscheinlich übersehen oder nicht richtig verstanden.»

Er nickt skeptisch. «Und Sie haben es ihm durchgehen lassen.»

«Er hatte eine Fliege umgebunden.»

Er schaut auf seine Füße, ein unterdrücktes Grinsen um die Lippen. Er trägt ramponierte Wanderschuhe mit roten Schnürsenkeln. Jetzt hebt er seinen Blick, aber nicht den Kopf, und seine Augen wirken noch grüner, weil das Licht von der Terrasse über meine Schulter fällt. «Gut, ich möchte ihm natürlich lieber Begriffsstutzigkeit unterstellen als Gewissenlosigkeit. So oder so schulde ich Ihnen dreiundsechzig fünfzig plus Trinkgeld.»

«Ich habe schon abgerechnet.»

Er hält mir mehrere Zwanziger frisch aus dem Geldautomaten hin. «Bitte nehmen Sie das.»

Ich schüttle den Kopf. «Alles Gute zum Geburtstag.»

«Ich gehe hier nicht weg, ehe Sie es nicht genommen haben.»

Ich weiche einen Schritt zurück. «Ihre Jungs wollten Sie einladen. Ich habe ihnen nur ein bisschen ausgeholfen. Meine Arbeit wartet.»

«Dann muss ich es eben einfach hier liegen lassen.» Er lässt die Scheine auf den Boden fallen. Sie fächern sich auf. Vier Zwanziger.

«Ich werde es nicht aufheben.» Ich drehe mich um und gehe zurück in die Küche.

Ein ganzes Stück später kommt Marcus zu mir, in der Hand einen rosa Umschlag mit einer weißen Iris in der Ecke.

«Lass die Gäste ihre Mahlzeiten selbst bezahlen, geht das? Auch wenn sie aussehen wie Kevin Costner.»

Kevin Costner? Oscar Kolton sieht viel besser aus als Kevin Costner.

Er gibt mir den Umschlag.

In kleiner, aufrechter Handschrift steht darauf:

Casey
(interessanter Name)

Ich mache ihn nicht auf. Ich stecke ihn nur schnell in die Schürzentasche und arbeite weiter.

Das Tageslicht draußen trifft mich unerwartet. Über dem ganzen Treppauf und Treppab habe ich vergessen, dass wir Mittag haben, nicht Abend. Auf dem Platz ist nichts los, und ich gehe zu Fuß Richtung Fluss. In einer knappen Stunde muss ich wieder zurück sein. Ich habe meine Arbeitskleidung noch an. Die Sonne ist herausgekommen und hat die Regennässe fast vollständig weggebrannt. Ich spüre ihre Strahlen auf meinem Rücken, die erwärmte Luft an meinen Armen. Ich steige hinauf zur Larz Anderson Bridge und denke dabei an Faulkner und Quentin Compson, erinnere mich an Quentin wie an eine alte Liebe, mit einem Herzen, das schwer ist von Gefühl: Quentin, dem Südstaatenehre und Südstaatenschuld zu einer so erdrückenden Last wurden, dass er an seinem letzten Morgen die Uhr seines Großvaters nahm, ihr Glas an der Ecke der Kommode einschlug, die Zeiger abknickte und dann, nachmittags, sogar noch seinen Hut abbürstete, bevor er sein Wohnheim in Harvard verließ, um sich umzubringen.

In der Mitte der Brücke ziehe ich mich auf das breite Geländer hoch, schwinge die Beine über den Rand und suche das Wasser nach Quentins Leichnam ab. Wie erschafft ein Mann im Mississippi der Zwanzigerjahre eine Figur, die sich für eine Kellnerin im Jahre 1997 lebendiger anfühlt, an die sie zärtlicher, inniger denkt als an fast alle Jungen, die sie je kannte? Wie gelingt einem eine solche Figur? Der Beton ist warm. Leute gehen hinter mir auf dem Gehsteig vorbei. Ein rascher Stoß, und ich würde hinabstürzen wie Quentin. Aber ich würde nicht sterben. Es sind höchstens sieben Meter, beide Ufer für einen Schwimmer leicht zu erreichen. Quentin hatte sich Bügeleisen an die Knöchel gebunden, um zu ertrinken.

Ich öffne den Umschlag. Vier Zwanziger und ein Briefchen. Ich habe auf ein Briefchen gehofft.

*Casey,*
*Sie können sich vermutlich kaum retten vor alten Säcken, die mit Ihnen Minigolf spielen wollen.* █████ *John und Jasper sind keine alten Säcke, das macht immerhin zwei von drei. Sie haben mich den ganzen Weg die Treppe hinunter bestürmt, Sie zu fragen. Also frage ich hiermit.* ~~538 9771~~. *Ich versuche Sie in den nächsten Tagen im Iris anzurufen.* █████ *Wir spielen gern im King Putt an der Route 12. Jede Menge Mumien und giftige Nattern.*
*Oscar K.*

Den Rest meiner Pause bleibe ich auf der Brücke sitzen. Ich lese Oscars Brief noch einmal. Zu meinen Füßen schiebt sich der Bug eines Ruderboots mit zwei kraftvollen Zügen unter der Brücke hervor. Ein Achter, eine Frauenmannschaft, die verzerrten Gesichter mir zugewandt, im Gleichtakt stöhnend, sooft sie die Riemen unter Einsatz ihrer ganzen Körperkraft durch das Wasser ziehen, das von hier oben gesehen zäh wie Zement scheint. In den kurzen Pausen zwischen den Ächzern, während die Sitze zurückrollen, ruft die Steuerfrau, im Bootsheck verstaut wie eine Erdnuss mit Kappe, durch ihr Megafon: «Und zwei ... und eins ... und durchziehen!» Und der Achter schnellt vorwärts, ihre Schläge werden heftiger, die Geräusche immer ferner und das Boot kleiner und kleiner, bis es unter der Weeks Bridge durchgleitet und verschwindet.

Ich hole Oscars Brief wieder heraus. «Also frage ich hiermit» – die Formulierung gefällt mir. Mir gefällt die Vorstellung, wie er bei Marcus im Büro sitzt und Wörter durchstreicht, weil er nicht um einen weiteren rosa Restaurant-Briefbogen bitten will, so wie ich bei meinem Brief an Mr und Mrs Richard Totman aus Weston. Es tut mir gut, denken zu können, dass der Autor von drei Büchern sich mit einem Briefchen an eine Bedienung abplagt. Seine Telefonnummer hat er nicht so dick ausgestrichen wie die anderen Wörter. Ich habe mir geschworen, nie wieder einen Golfball anzurühren, aber für ihn und diese kleinen Jungen muss ich meinem Eid vielleicht doch untreu werden.

Zum dritten Geburtstag bekam ich von meinem Vater eine Garnitur Plastikschläger in einer karierten Golftasche. Es war ein Schälchen dabei, in das man den Ball schlagen sollte, und mein Vater stellte es in ein paar Schritt Entfernung auf den Teppich und zeigte mir, wie ich schwingen muss, und ich schwang, und der Ball rollte ins Loch. Mein Vater sagt, ich hätte meine anderen Geschenke gar nicht mehr ausgepackt, sondern bis zur Schlafenszeit mit dem Golfset gespielt. Meine Mutter sagt, mein Vater hätte mich gezwungen, bis zur Schlafenszeit mit dem Golfset zu spielen. Bevor ich denken konnte, bestand mein Leben außerhalb der Schule bereits nur noch aus Golf. Mit vier spielte ich in der örtlichen U8-Liga, mit sechs nahm ich an landesweiten Turnieren teil. Wie so viele Eltern wollte mein Vater mir die Möglichkeiten verschaffen, die er selbst nicht gehabt hatte, damit ich das erreichen konnte, was er selbst nie erreicht hatte.

Caleb hat mir die viele Zeit, die mein Vater mit mir verbrachte, nie missgönnt, sagt er. Bevor ich alt genug wurde, war immer er auf den Übungsplatz mitgeschleppt worden. Bis heute imitiert er genüsslich den Gesichtsausdruck unseres Vaters, als er, Caleb, den Ball siebzehn Mal hintereinander verfehlte. Es war eine Erlösung für ihn, als ich seinen Platz einnahm und alle ausstach. Das waren gute Jahre, sagt er. Bis Vaters Freund Stu ein Internat in Virginia empfahl, das nur Jungen aufnahm und das aus Caleb einen Mann machen sollte. Meine Mutter war strikt gegen den Plan, dennoch wurde Caleb, als ich acht war, dorthin verfrachtet.

Mir schien immer, dass es mein Golfspiel war, das zwischen meinen Eltern stand und sie so bitter gegeneinander machte. Meine Mutter sagte, er habe mir mit seiner Obsession meine Kindheit geraubt; mein Vater sagte, meiner Mutter habe mein Erfolg nicht ins Konzept gepasst, weil ihr proletarischer Wunschtraum nun mal der gewesen sei, Revolutionäre großzuziehen.

Wir waren in Florida beim Palm Beach Junior Invitational, als meine Mutter ihre Sachen packte und mit Javier die Stadt verließ. Ich war nicht in Bestform gewesen, aber eine meiner Hauptkonkurrentinnen hatte einen Magendarminfekt bekommen, und die andere hatte im Graben von Loch 7 ein Alligator erschreckt, und so hatte ich gewonnen. Auf dem Heimflug lachte ich mich fast kaputt über meinen Vater, der sich die Sicherheitsanweisungen vors Gesicht hielt und die sich langsam aus dem Wasser hebenden Alligatoraugen nachahmte. Meine Mutter hatte ein paar Lichter brennen lassen, deshalb begriffen wir es nicht gleich. Wir mussten erst die Nachricht auf dem Anrufbeantworter hören, einem dieser altmodischen Modelle mit einer kleinen Kassette darin. Mein Vater schlug nach ihrer Stimme, und der Apparat flog krachend an die Wand, noch bevor sie zu Ende geredet hatte. Am nächsten Tag wollte ich auch den Rest hören, aber die Abspieltaste rastete nicht mehr ein.

Später sagte meine Mutter, der Grund für die Trennung war nicht ihre Liebe zu Javier. Diese letzten Jahre mit meinem Vater seien sogar die einfachsten gewesen. Javi machte sie glücklich, und das strahlte in alle Bereiche ihres Lebens aus, selbst ihre Ehe. Unhaltbar sei die Situation geworden, als er todkrank war. Sie konnte ihre Verzweiflung nicht so mit meinem Vater teilen, wie sie ihr Glück geteilt hatte.

Es folgten ein paar Wochen, in denen sich in unserem Kühlschrank die Auflaufformen der Nachbarinnen stapelten und Männer bei uns im Wohnzimmer saßen und meinem Vater Drinks verabreichten. Als diese Phase vorbei war, kam der Katzenjammer, und er weinte vor dem Fernseher in die Fertiggerichte, die ich uns warm machte. Ich war zu der Zeit in der Neunten, mein erstes Jahr auf der Highschool, an der er arbeitete. Er unterrichtete zwei Klassen in Mathematik und trainierte die Jungen, je nach Jahreszeit, in Football, Basketball und Baseball. Zum Golf gingen wir nach dem Schulsport und am Wochenende. Nun, da meine Mutter weg war, stockte er meine Übungs- und Turnierstunden noch weiter auf, und er begann mit mir die Colleges abzuklappern, damit ich die Trainer dort kennenlernen und ein paar Runden mit der Mannschaft spielen konnte. Manchmal hörte ich ihn mit einem der Trainer reden, ihm die Geschichte von seiner Frau erzählen, die mit einem sterbenden Priester durchgebrannt sei, auch wenn Javi nur ein agnostischer Folksänger war. Aber so klang es natürlich nach mehr. Ich hatte Angst, mein Vater würde mir mit dieser Tränendrüsentour alles kaputt machen, aber im Herbst der zehnten Klasse bekam ich eine Zusage für ein Vollstipendium an der Duke University.

In diesem Jahr fing er außerdem an, ein paar Jungs aus der Schulmannschaft zu uns nach Hause einzuladen, Elft- und Zwölftklässler, die mich einschüchterten. Mein Vater teilte Biere an sie aus, während sie gemeinsam Sport guckten, und von meinem Zimmer aus konnte ich ihre anfeuernden Rufe und ihr kollektives Aufstöhnen hören. In der Schule hatte ich mich in den Freistunden manchmal in das Kellerbüro meines Vaters gesetzt und auf der Couch Hausaufgaben gemacht, aber auch dort hingen sie neuerdings herum, diese Halbstarken mit ihren tiefen Stimmen und ironischen Sprüchen. Zu anderen Zeiten, wenn ich wusste, dass er weder im Unterricht noch beim Training war, fand ich seine Bürotür abgeschlossen, was sie früher nie gewesen war, und kein Laut drang heraus. Auf dem Golfplatz war er nach der Schule oft zerstreut und lethargisch, verzählte sich bei meinen Schlägen oder schlurfte hinter mir her, statt vornewegzueilen wie früher, und ich begann mich zu fragen, ob er sich mit diesen Oberstuflern vielleicht zudröhnte.

Einige Wochen, bevor meine Mutter an die Ostküste zurückkam, ging ich nachmittags hinunter in sein Büro, weil mir nicht gut war. Ich war vom Basketballtraining befreit worden und musste mich irgendwo hinlegen. Seine Tür war zu, aber nicht abgesperrt. Der Raum lag im Halbdunkeln, und ich ließ das Licht ausgeschaltet. Ich legte mich auf die Couch, rutschte tief hinab in die Polster. Es war zu laut zum Schlafen. Nebenan war die Mädchenumkleide, wo sich die Schulmannschaft gerade fertig machte und das Juniorteam und die U16 vom Training zurückkamen, und man hörte Rufe und Geplätscher, Metalltüren flogen krachend auf und zu. Mein Vater musste schon bei seinem Team in der Turnhalle sein. Irgendwoher drang Gemurmel, unterdrücktes Lachen. Nach ein paar Minuten hörte ich die Tür der Abstellkammer hinter der Couch aufgehen. Drei Jungen durchquerten das Büro, schon in ihren Sportsachen. Mein Vater kam als Letzter heraus. Er räusperte sich, schnallte seinen Gürtel zu und folgte ihnen. Sie schienen es alle eilig zu haben. Sie sahen mich nicht. Ich hörte sie den Gang entlanggehen und die schwere Tür zur Turnhalle aufstoßen. Ich stand auf und schlich in die Kammer. An der hinteren Wand glommen Lichtpünktchen. Mehrere Löchlein waren in die Bretter gebohrt, Gucklöcher, jedes mit hervorragendem Blick hinüber zu den Mädchen.

Sobald meine Mutter zurückkam, schlief ich nicht eine einzige Nacht mehr mit meinem Vater unter einem Dach. Ich zeigte dem Direktor die Löcher in der Wand der Umkleide, und noch im selben Frühjahr trat mein Vater seinen vorgezogenen Ruhestand an. Ich nahm an keinen Turnieren mehr teil, aber das Angebot von Duke stand, und ich schrieb mich dort ein, bekam mein Stipendium allerdings aberkannt, als ich nach der ersten Woche aus der Mannschaft ausschied. Von meinem Vater brauchte ich keine Unterstützung zu erwarten, wenn ich nicht Golf spielte, so viel stand fest, also behalf ich mir mit einem Job in einem Barbecue-Restaurant und dem ersten der vielen Darlehen, die zu dem Schuldenberg anwuchsen, den ich nun mit mir herumschleppe. Aber auf den Golfplatz konnte ich keinen Fuß mehr setzen. Mir wurde schon schlecht, wenn ich einen Schläger nur anfasste.

In der Post liegt meine Cambridge-Pilgrim-Versicherungskarte. Sie hat einen großen schwarzen Pilgerhut mit weißer Schnalle als Logo. Ich male ihn für Caleb ab und schicke ihn ihm. Nach dem Studium hat Caleb ein paar Jahre in Boston gewohnt und immer wieder gestaunt, wie gern sich hiesige Unternehmen mit den Pilgervätern schmücken, diesen spaßbefreiten Knausern. Unter meine Zeichnung schreibe ich: «Bald bin ich so gesund wie ein Pilger! Durchschnittliche Lebenserwartung: 34 Jahre.»

Trotzdem bin ich stolz auf meine Karte und erleichtert, dass ich jetzt endlich ein paar Dinge abklären kann. Ich habe einen Leberfleck, der die Farbe verändert hat, und meine Periode ist viel heftiger und schmerzhafter als früher. Ich habe seit fünf Jahren keine Arztpraxis mehr von innen gesehen, seit dem Masterstudium, als ich das letzte Mal krankenversichert war.

Als Erstes muss ich zum Allgemeinarzt, der mir die Überweisungen ausstellen soll.

Alles an mir ist spitz, meint der. Als er mir in die Augen leuchtet, merkt er an, dass meine Augäpfel spitz zulaufen. Und als er mir in die Ohren leuchtet, findet er den Knick in meinem Gehörgang doch sehr spitz.

«Ich komme mir wie eine schlecht gezeichnete Comicfigur vor», sage ich hinterher zu Harry.

Die nächste Station ist der Dermatologe, dessen Haut so hell wie Quarz ist, keine Sommersprosse, kein Muttermal. Mir ist unbegreiflich, wie ein so sonnenloses Leben möglich sein soll, und ich schäme mich für meine Haut, die ich während meiner Highschoolzeit jeden

Sommer nach allen Regeln der Kunst verbrannt habe, auf dass meine Bräune mir im Herbst einen Freund bescheren möge, was nie der Fall war. Den Rest besorgte das Golfen, all die Zeit an der stechenden Sonne Georgias oder Kaliforniens in ärmellosen Oberteilen und ohne Golfmütze, denn die lehnte ich rigoros ab.

Ich hatte gehofft, ihm einfach den Leberfleck an meinem Arm zeigen zu können, aber stattdessen muss ich mich unter einer Batterie gleißender Lampen auf den Bauch legen. Er schiebt mir den blauen Untersuchungskittel bis zum Hals hoch. Er macht kein Hehl aus seiner Missbilligung. Er spart nicht mit tadelnden Geräuschen. Er piekt an etwas an meinem Schulterblatt herum und hält seinen Vergrößerungszylinder dicht daran. Er piekt noch einmal und macht dann weiter, den Rücken, die Beine, immerzu kratzend und schabend. Er befiehlt mir, mich umzudrehen, und schiebt wieder das Hemd hoch. Sie nimmt viel Zeit in Anspruch, diese Untersuchung meiner Vorderseite. Er drückt seine Lupe an meine Stirn, Schläfe, Brust, die Arme. Er nimmt sich den seltsamen Leberfleck vor und beschäftigt sich länger damit, wendet sich dann meinem Bauch und den Beinen zu und interessiert sich sehr für die Schienbeine und sogar einen großen Zeh.

Er hält mir einen Vortrag über Sonnenschäden. Ich darf mich nie wieder uneingecremt der Sonne aussetzen, sagt er; ich hätte als Jugendliche auf meine Mutter hören sollen. Ich sage ihm nicht, dass ich ohne meine Mutter nie gewusst hätte, wie man die Strahlung mittels Babyöl und reflektierender Alufolie noch verstärkt.

Bei drei Leberflecken müssen sie eine Gewebeprobe entnehmen, kündigt er an und tritt auf den Gang, um die Arzthelferin zu holen.

«Heute?», frage ich ihn, als er wieder hereinkommt.

Aber er ist schon dabei, Skalpelle auf einem Tablett bereitzulegen.

Ich verlasse die Praxis mit drei tiefen Löchern in der Haut, die mit steifem schwarzem Faden vernäht sind. Die Auswertung hat er bis Freitag, sagt er mir.

Mich auf den Frauenarztstuhl zu legen ist schmerzhaft, weil zwei der Löcher auf meinem Rücken sind. Auf der Liste mit Praxisadressen stand Fran Hubert, weshalb ich mit einer Frau gerechnet habe, aber es handelt sich um einen Tippfehler. Dr. Hubert heißt Frank. Nicht ganz überraschend ist die Auswahl an Ärztinnen bei den Pilgern eher gering.

Der Arzt bestreicht das Spekulum mit kaltem Gel und führt es in mich ein. Er hat eine spiegelnde Glatze voller Muttermale, die so groß und so verfärbt sind, dass den Hautarzt der Schlag treffen würde.

«Und Sie sind also Schriftstellerin.» Mittels Knopfdruck fährt er das Spekulum aus, und durch meinen Unterleib schießt ein Schmerz wie ein heftiger Menstruationskrampf. Ich fühle mich wie ein Auto, das für den Reifenwechsel aufgebockt ist. «Was haben Sie schon veröffentlicht?»

«Nichts Richtiges. Vor ein paar Jahren eine Kurzgeschichte in einer kleinen Zeitschrift.»

Er hört nur mit halbem Ohr hin. Er befreit ein langes Wattestäbchen aus seiner Hülle und schiebt es in mich hinein. «Ihr Gebärmutterhals läuft sehr spitz zu.»

Dreckspilger.

Er zieht das Wattestäbchen wieder heraus und verwahrt es in einem Plastikröhrchen. «Und, schreiben Sie an dem Großen Amerikanischen Roman?»

Die Frage habe ich ein paarmal zu oft gehört. «Und Sie, finden Sie ein Mittel gegen Eierstockkrebs?»

Er zieht das Spekulum aus mir heraus, und sofort ist das Druckgefühl weg.

Er lässt sich in seinen runden Drehsessel zurückfallen und schaut mir zum ersten Mal ins Gesicht. «Touché.»

Die Ergebnisse von meinem Abstrich kommen in einigen Tagen, sagt er. Ich vergesse völlig, die starken Blutungen und die Schmerzen zu erwähnen.

Nachdem die Tische fürs Abendessen gedeckt sind, bestellt Tony für alle beim Chinesen, und Harry und ich gehen das Essen abholen. Duran Duran läuft, während wir an der Kasse warten, also tanzen wir ein bisschen, und Harry wirbelt mich herum, und ich zucke zusammen und erzähle ihm von meinen Wunden an Schulter, Rücken und Bein.

«Armes Herzblatt», sagt er und umarmt mich behutsam.

Auf dem Rückweg singen wir aus vollem Hals «My Name Is Rio», und als wir die Treppe heraufkommen, drückt mir Marcus einen Zettel in die Hand: «Oscar hat angerufen.» Keine Nummer. Sein Briefchen liegt bei mir zu Hause.

«Hat er gesagt, er probiert es noch mal?»

«Nein.»

Ich wende mich schon in Richtung Gastraum, da ruft Marcus mich zurück. Aus irgendeinem Grund denke ich, jetzt höre ich noch etwas über Oscar, was er gesagt hat oder was für ein Mensch er ist, dass ich mich von ihm fernhalten oder ihn mir schnappen soll. Stattdessen sagt er: «Was immer das da drunter ist, deck es sofort ab. Das ist ekelhaft. Betrachte dich als offiziell abgemahnt.»

Hinten im Servicebereich schaut Harry nach und erklärt mir, dass die Vaseline, die ich auf meine Wunden schmieren muss, Fettflecken auf meiner Bluse hinterlassen hat, durch die man zwei blutige Löcher und schwarze Borsten sieht. Pflaster hat mir der Hautarzt verboten, also tackern wir eine Papierserviette unter meine Bluse und nehmen unser Essen mit hinaus auf die Dachterrasse. Es ist erst halb fünf, die Sonne steht noch hoch am Himmel und wärmt, aber man spürt schon, wie sie an Kraft verliert, sich von uns entfernt. Um diese Tageszeit mussten wir bis vor Kurzem noch in den Schatten fliehen.

Thomas öffnet die Schiebetür. «Casey, Leitung 2 für dich.»

Harry pfeift durch die Zähne, und Tony sagt: «Was?» Und Harry sagt: «Sie hat diesen Mann, der hinter ihr her ist.» Und ich sage: «Stimmt doch gar nicht», und versuche meinen Sturmschritt zur Tür zu bremsen. Und Tony sagt: «Sie hat bestimmt hundert Männer, die hinter ihr her sind.» Er ist wie ausgewechselt, wenn Dana nicht in der Nähe ist.

Ich gehe an das Telefon an der Bar.

Es ist der Hautarzt. Zwei von den drei Leberflecken sind Krebsvorstufen. Der dritte ist ein Plattenepithelkarzinom, und obwohl er es vollständig erwischt hat, sollte ich es doch noch ein bisschen weiter abtragen lassen, nur zur Sicherheit. Diesen Hautkrebstyp, sagt er, kenne er eigentlich nur von wesentlich älteren Patienten. Er wiederholt, dass ich meine Haut nie wieder ungeschützt der Sonne aussetzen darf. Er sagt: «Ich weiß schon, Sie sind im Rausch von Jugend und Unsterblichkeit, aber das ist der sichere Weg zum Tod.»

Ich erzähle es Harry, und er umarmt mich noch mal behutsam. Und als später ein alter Mann an Harrys Ecktisch seine quirlige Art moniert, gibt er zurück, dass er einfach im Rausch von Jugend und Unsterblichkeit ist. Der Mann beschwert sich beim Hinausgehen bei Marcus, und jetzt hat auch Harry seine Abmahnung.

Am nächsten Tag fasse ich den Entschluss, Oscar zurückzurufen. Ich habe eine Doppelschicht und trage das Briefchen mit seiner Nummer in der Schürzentasche mit mir herum, aber während der Mittagsschicht schaffe ich es nicht, mir den entscheidenden Ruck zu geben. In der Pause laufe ich hinüber zu Bob Slate und kaufe einen Packen Papier – ich habe mein letztes Kapitel heute Morgen fertig getippt, sodass ich jetzt ausdrucken kann –, und als ich zurückkomme, sagt Marcus mir, dass Oscar angerufen hat.

Harry erscheint zur Abendschicht, kippt meinen Kaffee weg und organisiert mir bei Craig ein Glas Rotwein. «Das trinkst du jetzt, und dann rufst du an.» Aber mich beschwingt Alkohol nicht, er macht mich erst müde, dann weinerlich, und zum Schluss kotze ich.

Während ich noch trinke, klingelt das Telefon. Wenn man bewusst hinhört, klingelt das Telefon im Iris ununterbrochen. Tag und Nacht rufen Leute an, um zu reservieren. Manchmal soll es ein Tisch noch am selben Abend sein, manchmal einer in einem Jahr. Die Menschen planen wie die Verrückten. Wer sagt, dass sie in einem Jahr noch hier leben oder dass sie überhaupt noch leben? Ich bin zu abergläubisch, um so weit vorauszuplanen. Ich hatte auch noch nie einen Terminkalender, ich behalte alles im Kopf.

«Marky Marcus auf elf Uhr», warnt Harry.

Ich schiebe mein Glas hinter den Computer.

«Casey. Telefon. Schon *wieder.*»

Ich nehme den Anruf an Helenes Apparat entgegen. Sie ist allein und löffelt Mousse in niedliche kleine Näpfchen.

Mein Herz rast. Der Wein hat nichts geholfen.

Es ist der Frauenarzt, der mir eröffnet, dass ich eine hochgradige zervikale Dysplasie habe, die dringend abgetragen werden muss. Seine Sprechstundenhilfe wird mich morgen anrufen und mir einen Termin geben.

Ich kehre zurück zum Servicebereich. «Alle wollen sie irgendwas abtragen.»

«Wenn bei dir aber auch alles so spitz zuläuft», sagt Harry.

«Als ob ich ein angeschimmelter Käse wäre.» Ich nehme den Wasserkrug, um ihn zu dem Tisch zu bringen, den Fabiana mir gerade zugeteilt hat. «Versichert sein nervt.»

Danach bleibt mir keine Sekunde mehr Zeit für irgendwelche Telefonate, bis es schließlich hoffnungslos zu spät ist, um einen Mann mit zwei kleinen Kindern anzurufen.

Ich komme gegen Mitternacht heim, erschöpft, ein Kribbeln unter der Haut. Ich ziehe meine Arbeitskleider aus, dusche mich, schmiere mir Vaseline auf meine Einschusslöcher. Mit den schwarzen Borsten sehen sie fast wie Spinnen aus. Das Telefon klingelt. Welcher Arzt fehlt jetzt noch?

«Ein Mensch namens Harry mit einer weichen, koketten Stimme hat mir Ihre Privatnummer gegeben», sagt er. «Und mir versichert, dass es nicht zu spät zum Anrufen ist. Und», sagt er, als von mir nichts kommt, weil mir die Kehle brennt vor Rührung über Harrys Fürsorglichkeit, «er schien von mir zu wissen, was ich als gutes Zeichen interpretiert habe. Sind Sie da?»

«Ja, natürlich.» Ich reiße mich zusammen.

«Gut. Meine Mutter hat mir gesagt, dass ich meine Kinder nicht vorschieben darf, um mich bei Frauen anzubiedern, und dass es für Minigolf noch zu früh ist. Das wird Sie jetzt sicher sehr enttäuschen.»

Zu meiner Überraschung tut es das.

«Deshalb dachte ich, wir könnten vielleicht am Samstag ganz erwachsen im Arboretum spazieren gehen. Sie sind erwachsen, oder? Ich meine, Sie sehen nur so jung aus? Sie sind nicht noch auf der Highschool oder so?»

«Wäre College ein Ausschlusskriterium?»

Schweigen. «Ja. Ja, ich fürchte schon.»

«Ich bin einunddreißig.»

«Gott sei Dank.» Er klingt aufrichtig erleichtert.

«Wie alt sind Sie?»

Wieder eine Pause. «Fünfundvierzig.»

Älter, als ich dachte.

«Ist das ein Ausschlusskriterium?», fragt er.

«Kommt drauf an, für was.»

Oscar wartet vor dem Eingang des Arboretums, neben sich einen trüb blickenden Basset. Der Hund erinnert mich an ein Spielzeug, das ich als Kind hatte, ein Plastikhund an einer Schnur, dessen Ohren hoch- und runterklappten, wenn ich ihn hinter mir herzog.

Ich fahre an ihnen vorbei bis zu einem Straßenschild, an dem ich mein Rad festsperren kann.

«Sind das Sie?», fragt Oscar. Sehr erfreut wirkt er nicht.

«Ja.» Ich wickle das Schloss langsam von der Sattelstütze. Ich weiß nicht, ob ich wirklich hier sein möchte.

Ich kann ihn hinter mir spüren. «Du hast ja Haare», sagt er. «Die waren beim letzten Mal irgendwie hochgesteckt.»

«Vorschrift im Iris.» Ich schiebe die beiden Enden der Spirale ineinander und verdrehe die Zahlen. «Und du hast einen Hund.»

«Das ist Bob. Bob der Hund.»

Ich weiß nicht so recht weiter, nachdem das Rad einmal abgesperrt ist, also kauere ich mich hin und streichle dem Hund über den Kopf, der sich leicht fettig anfühlt. Der Hund drückt ihn mir in die Handfläche wie eine Katze.

«Wir haben nicht die innigste Beziehung. Das sollte ich gleich dazusagen.»

«Na, willst du ein bisschen herumtoben, Bob der Hund?»

«Bob ist kein Hund, der herumtobt.»

«Was für ein Hund ist Bob denn?»

«Bob ist ein eingebildeter Kranker.»

Ich richte mich auf, renne durch die Säulen des Tors und drehe mich mit Schwung um. «Na komm, Bob!» Bob schaut kurz, aber sein

Körper bleibt der Straße zugewendet. Ich gehe wieder in die Hocke und klopfe mit der flachen Hand auf das Pflaster. «Auf geht's, alter Junge!» Der Hund sitzt da wie festzementiert.

Oscar betrachtet mich. Er fällt schon erste Urteile, das merke ich. Zwischen unserem Telefonat und heute hat er sich die Sache mit mir ausgeredet, und jetzt schwenkt er langsam wieder um. Ich hocke da und mache mir klar, wie sehr man als Frau von früh an darauf geeicht ist, wahrzunehmen, wie andere einen wahrnehmen, und darüber auszublenden, wie man selbst andere sieht. Oder man vermischt beides zu einem schrecklichen Durcheinander, das man dann kaum entwirrt kriegt.

Bob stürmt los, auf mich zu. Oscar am anderen Ende der Leine wird fast umgerissen. Ich lasse mir von Bob das Ohr beschnüffeln. Dann stehe ich auf, und der Spaziergang beginnt.

«Also», sagt Oscar.

«Also.» Ich sehe ihn an. Er ist kein großer Mann, unsere Augen sind fast auf gleicher Höhe. Ein ungewohntes Gefühl.

«Da wären wir.» Seine Pupillen sind heute sogar noch heller, die Augenränder dunkel. «Auf den Hund gekommen.»

Der Hund verfolgt jetzt irgendeine Fährte, den Kopf tief zwischen den Schulterblättern, Schnauze einen halben Zentimeter überm Asphalt. Oscar mustert mich im Gehen. Er ist viel lockerer, als er es mit seinen Söhnen oder am Signiertisch war. Sein Blick ist amüsiert, als gäbe ich gerade etwas Lustiges von mir, als verbände uns schon eine lange Reihe kleiner Scherze.

«Ich sag's lieber gleich, ich habe ein bisschen Angst vor Bäumen», sagt er.

Wir sind umringt von Bäumen. Das hier ist ein Arboretum. An jeden ist eine kleine Messingplakette mit seinem Namen genagelt. Wir sind im Ahorngarten: Koreanischer Fächerahorn, Roter Schlangenhaut-Ahorn, Feuerahorn. «Ist das eine Art Konfrontationstherapie?»

«Hauptsächlich sind es die Löcher in den Bäumen. Als Kind saß ich einmal auf einem Eichenast, und da war dieses Loch im Stamm, in das habe ich reingeguckt, und ehe ich wusste, wie mir geschah, lag ich unten auf dem Boden. Zack. Ich gucke rein» – er macht ein Gesicht wie Jasper – «und in der nächsten Sekunde starre ich hoch in den Himmel, und meine Mutter im Haus schreit wie eine Irre. Sie kommt nicht zu mir gestürzt, nichts dergleichen. Sie schreit einfach nur.»

«Was war passiert?»

«Eine Eule hatte mir in die Stirn gehackt.» Er bleibt stehen, um mir die Stelle zu zeigen: eine tiefe Scharte direkt am Haaransatz.

«Oje.»

Er lächelt, als ich sie antippe.

Wir gehen weiter.

«Casey und wie noch?», fragt er.

«Peabody.»

«Ah. Sehr apart», sagt er. «Die Mayflower lässt grüßen. Peabody. Das ist einer von diesen Namen, die sich ganz vorn im Mund abspielen. Peabody.» Er sagt es schnell, übertrieben labial. «Im Gegensatz zu Kolton, wo alles weit hinten passiert.»

Ich spreche beide Namen und lache. Es stimmt.

Er und seine Söhne sammeln solche Wörter, erzählt er mir – Namen, die einem praktisch von den Lippen springen. Er zählt ein paar auf: Peperell, Biddeford, Mattapoisett, Zimtbonbon.

«Sag bloß, du lässt sie Zimtbonbons essen.»

«Wie?»

Ich mache sein Knurren nach: «Keine Schokolade! Während du selber dir drei Päckchen Zucker in den Kaffee schüttest.»

Er lacht. «Also, wer bist du? Wo kommst du her?»

«Du hast mich schon mal gesehen. Beziehungsweise ich dich.»

«Wo?»

«Bei deiner Buchpräsentation. Avon Hill.»

«Jetzt im Sommer?»

Ich nicke.

«Bei der warst du nicht.»

«Doch.»

«Glaub mir, das hätte ich bemerkt.»

«Ich war da. Schickes Haus. Mansardendach. Du hast im Esszimmer gesessen und Bücher signiert.»

«Hat das Iris da das Catering gemacht?»

«Ich hab nicht gekellnert. Ich war mit meiner Freundin Muriel da.»

«Muriel. Muriel Becker?»

Ich nicke.

«Die ist eine Freundin von dir?»

«Praktisch meine einzige Freundin hier. Außer ihr habe ich eigentlich nur Harry.»

«Harry vom Telefon?»

«Mmh.»

Er macht die Augen schmal. «Du bist mit Muriel befreundet. Doch, okay, das passt. Sie schreibt gute Sachen.»

«Ich weiß.»

Er bleibt abrupt stehen. «Schreibst du etwa auch?»

Ich hatte schon befürchtet, dass ihn das abschrecken könnte. «Ich bin Kellnerin.»

«Du schreibst.» Es passt ihm wirklich nicht. Er wirft den Kopf zurück. «Die erste Frau, bei der sich mir nicht die Nackenhaare aufstellen, und sie schreibt.»

«Hast du damit ein Problem?»

«Ich würde mich nie mit einer Schriftstellerin verabreden.»

«Wer sagt, dass das eine Verabredung ist?»

«Das ist eine Verabredung. Das ist meine erste Verabredung seit einer Ewigkeit. Bitte sag nicht, dass es keine Verabredung ist.»

Diesen Moment wählt Bob, um die Hinterbeine zwischen die Vorderbeine zu schieben und neben dem Stamm eines japanischen Flieders eine weiche braune Wurst abzusondern. Oscar zieht ein Plastiktütchen aus der Tasche. Er steckt die Hand hinein, fasst den

Haufen, stülpt das Tütchen um, verknotet es zweimal, wirft es in einen Papierkorb schräg über den Weg und kommt zu mir zurück. «Bist du deshalb hier? Hast du deshalb im Restaurant so mit mir geflirtet?»

«Ich mit dir geflirtet? Mit dem grummeligen Vater, der einen nicht mal ansieht?»

Er schmunzelt ein bisschen.

«Ich fand deine Jungs nett, nicht dich. Ich würde auch nicht sagen, dass ich mit ihnen geflirtet habe, aber ich war gerührt von ihrer Sorge um dich. John hat sich so ins Zeug gelegt, um dir eine Freude zu bereiten.»

Er nickt. Ein frei laufender Dalmatiner kommt angesprungen, beschnüffelt Bobs Hinterteil und tänzelt davon. Oscar wischt sich mit dem Handrücken über die Nase. «Das heißt, du weißt das mit ihrer Mutter.»

«Ich habe versucht, euch durch einen schwierigen Tag zu helfen.»

«Und deshalb hast du Ja zum Minigolf gesagt – meinen Jungs zuliebe?»

«Das, und wegen des Briefchens, das du mir geschrieben hast. Mit den vielen Ausstreichungen.»

«Dieser Kerl stand hinter mir und hat jedes Wort mitgelesen. Ich konnte überhaupt nicht denken.» Er wischt sich wieder die Nase.

«Du bist ein bisschen eingerostet.»

«Ich weiß.» Er streckt beide Arme nach mir aus, aber Bob sperrt sich. Er lässt die Leine los, und der Hund bleibt stehen, setzt sich auf die Hinterbacken und schaut uns an. Oscar stützt die Unterarme auf meine Schultern, als hätten wir schon viele Male so gestanden. «Das von meinen Nackenhaaren, die sich bei dir nicht aufstellen, hast du gehört, oder?»

«Ich hatte immer nur Beziehungen mit Männern, die schreiben.» Ich hake meine Finger um seine Oberarme. Er ist kräftig, kompakt. Unsere Hüften sind gleichauf. «Und es ist immer schiefgegangen.»

«Dann bin ich also nur der Nächste in der Reihe.»

«Einer *endlosen* Reihe.»

Irgendein Raubvogel gleitet aus dem Wipfel eines Baums in unsere Richtung, und Oscar zuckt zusammen. Der Vogel schwingt sich auf einen anderen hohen Ast.

«Bäume scheinen dich wirklich ganz schön schreckhaft zu machen.»

«Darf ich dich bitte küssen, bevor sie alle angreifen?»

Ich nicke.

Er küsst mich, nimmt den Kopf zurück, küsst mich dann noch einmal. Keine Zunge. «Ich habe noch nie eine Kellnerin um ein Rendezvous gebeten.» Ein weiterer keuscher Kuss. «So agiere ich eigentlich nicht.» Seine Lippen sind weicher, als sie aussehen.

«Wie agierst du dann?»

«Ich war elf Jahre verheiratet. Meine Kenntnisse sind samt und sonders veraltet.»

Er hebt Bobs Leine auf, und wir gehen weiter. Wir biegen in den Koniferenpfad ein, ein schmales, einsames Weglein. Ich frage, woran sie gestorben ist. Krebs, sagt er und erzählt mir, dass er nach ihrem Tod drei Jahre lang nur wütend war. Es gab nichts anderes, sagt er. Keine Liebe, keine Trauer. Nur die Wut, wie eine große rote Alarmglocke, die drei Jahre lang ohne Pause durchschellte. Ich erzähle ihm, dass meine Mutter im Februar gestorben ist, und überlege, wie ich ihm das Gefühl beschreiben kann, aber es kommt nichts. Er entschuldigt sich, dass er nicht weiß, wie es sich anfühlt, die Mutter zu verlieren. Er sagt, mit das Schlimmste war für ihn, mit anzusehen, wie seine Söhne mit zwei und fünf Jahren etwas durchmachen mussten, das er selbst noch nicht erlebt hat. «Wenn meine Mutter einmal stirbt, werden sie mich trösten», sagt er.

Wir steigen einen Hügel hinauf, gehen einen anderen Pfad wieder hinunter und kommen im Bogen zurück zu den Fliederbüschen.

Oscar bleibt stehen. «Hier hatten wir unseren ersten Streit.» Sein

Schuh malt ein X. Dann macht er ein paar Rückwärtsschritte. «Und hier» – noch ein X – «haben wir uns wieder versöhnt.» Er tritt zu mir und nimmt meine Hand. «Im Frühling, wenn diese ganzen Fliedersträucher blühen, das ist ein unglaublicher Anblick. Dann kommen wir wieder hierher.»

Auf meinem Anrufbeantworter:

*«Hallo, Casey. Wie geht's dir? Ich bin wieder da, eben zurückgekommen, vor ein paar Minuten. Äh. Irgendwie war ich jetzt nicht auf den Anrufbeantworter eingestellt. Ich hatte gehofft, ich kann mit dir reden. Und dich sehen. Endlich unsere Verabredung nachholen. Meine Nummer ist noch die gleiche, 867-8021. Ich hoffe, bei dir läuft's so weit gut. Ich ... egal. Also bis dann.»*

Ich spiele es wieder von vorn. Dieses leicht Kratzige und das kleine Lachen, wie ein Schluckauf, mitten in dem Satz über den Anrufbeantworter, auf den er nicht eingestellt war. Ich höre es noch einmal und drücke dann Löschen.

Die Woche darauf habe ich meinen Termin für die Kauterisierung. Der Arzt und die Sprechstundenhilfe zeigen mir ein Poster an der Wand, auf dem der Gebärmutterhals abgebildet ist. Er sieht aus wie eine rosa Zigarette. Das untere Ende ist die Mündung, durch die ein Kind herauskommen würde. Diesen Teil werden sie anzünden.

Im Gebärmutterhals gibt es keine Nervenenden, erklären sie mir, deshalb muss die Stelle nicht betäubt werden. Dafür ertönt ein widerliches Schnappgeräusch, und der Raum füllt sich mit einem Gestank, den man so schnell wie möglich wieder vergessen möchte. Was für ein Beruf, denke ich: verbrannten Gebärmutterhals riechen.

Hinterher treffe ich mich mit Muriel bei Mr Bartley's.

«Es klang, wie wenn ein Käfer in einer Elektrofalle verbrutzelt. Und dazu ein Gestank, als würde man Haare und alte Turnschuhe und Lachsrogen zusammen verbrennen.»

Muriel schaut auf ihren Burger. «Nicht noch mehr Details, bitte.»

«Immerhin habe ich diesmal daran gedacht, ihn wegen meiner Periode und der Schmerzen zu fragen, und er meinte, ich wäre höchstwahrscheinlich eine ‹Kandidatin› für Endometriose. Die beeinträchtigt offenbar die Fruchtbarkeit. Keine Behandlung, keine Heilung. Sprich, ab jetzt darf ich mich vor dem Schwangerwerden und dem Nicht-Schwangerwerden gleichzeitig fürchten.» Ich esse zwei Pommes. Den Burger kann ich nicht anrühren. «Was macht dein Text?»

Sie schüttelt den Kopf. «Ich kriege diesen verdammten Krieg nicht zu Ende. Jeden Tag nehme ich einen neuen Anlauf, und nie wird es.»

«Es ist ja auch kein kleiner Krieg. Zwei Fronten. Den beendet man nicht mal eben so.»

«Ich glaube, es ist einfach Nervosität wegen dieser Szene.»

«Der am See?»

«Genau.» Muriel hatte die Idee mit der Szene am See vor allem anderen. Das ganze Konzept ist rund um diese Szene entstanden. «Ich habe dermaßen Bammel davor.»

«Geh sie an und bring es hinter dich.»

«Ich weiß selbst nicht, warum ich mich so anstelle. Wie ein Mann mit Potenzangst. Was ist, wenn ich ihn nicht hochkriege?»

«Deine Leser werden dich liebevoll in den Arm nehmen und dir sagen, dass es gar nichts macht und dass das jedem passieren kann.»

«Es ist das Herzstück des ganzen Buchs, diese Szene.»

«Unsinn. Vielleicht war sie's mal, aber sie ist es längst nicht mehr. Vergiss das. Du schreibst keine Short Story, bei der alles auf den einen, perfekten Höhepunkt zusteuern muss. Romane wuchern.»

«Ja, ja, ich weiß. Ein Roman ist eine lange Geschichte, die irgendwo aus dem Ruder gelaufen ist», zitiert sie. Es ist ein Spruch, der umgeht und schon den verschiedensten Schriftstellern zugeschrieben worden ist.

«Bring sie irgendwie runter an den See, dann machen die das schon.»

Beide hören wir uns immer so souverän an, wenn wir uns gegenseitig Tipps für unsere Bücher geben.

Der Kleinverlag, für den sie arbeitet, schickt sie zu einer Tagung nach Rom. Sie hat länger hin und her überlegt, ob sie Christian anbieten soll mitzukommen. Jetzt hat sie es schließlich getan, sagt sie.

«Er hat abgelehnt. Bei unserer ersten Verabredung erzählt er mir, dass Italien sein Traumland ist, und dann sagt er einfach so Nein.»

«Mit welcher Begründung?» Muriel so weit weg, die Vorstellung beunruhigt mich. Ein hohles, kaltes Gefühl macht sich in meinem Magen breit. Auf Reisen stirbt sich's so leicht.

«Italien ist das Land der Romantik, der *Dolce Vita*, hat er gesagt, kein Land für irgendwelche Geschäftsreisen. Ich habe ihm gesagt, dass ich nicht auf Geschäftsreise gehe, sondern zu ein paar literarischen Podiumsdiskussionen. Er meinte, er hätte keine Lust, mir hinterherzudackeln, wenn ich arbeite. Ich habe ihm gesagt, er ist engstirnig und sexistisch.»

«Er will einfach, dass es etwas ganz Besonderes ist. Er verreist doch so oft geschäftlich.» Christian entwickelt Embedded Firmware. Was das heißt, weiß ich nicht, aber er ist oft die halbe Woche unterwegs.

«Ja, nach Detroit und Dallas-Fort Worth.» Sie winkt ab. «Nein, das passt schon. Es schafft wenigstens Klarheit. Ich will jemanden, der mich unterstützt und der spontan sein kann, jemanden, der sich freut über so eine Gelegenheit. Das ist er nicht, und jetzt weiß ich es. Wie geht's dir mit dem Überarbeiten?»

Ich habe meinen Roman ausgedruckt und versuche jetzt beim Lesen so zu tun, als wäre ich jemand anderes, ein Fremder, der in der Buchhandlung zufällig darauf gestoßen ist. Ich kritzle wild darin herum, tippe meine Änderungen ein und drucke die Stellen neu aus. «Ich weiß langsam nicht mehr, ob ich den Text besser oder schlechter mache.»

«Gib ihn mir.»

«Noch nicht.»

«Casey, lass ihn mich einfach lesen.»

Ich möchte es. Ich möchte, dass sie ihn liest. Aber in ihrer ganzen Wohnung stapeln sich die Manuskripte, nicht nur vom Verlag, sondern von sämtlichen Schriftstellerfreunden, die sie alle um ihr Urteil bitten und denen sie nicht Nein sagen kann.

«Du brauchst ein zweites Paar Augen, Case. Wenn du ihn mir nicht bald zeigst, bin ich beleidigt.»

«Na gut.»

«Wann?»

«In ein, zwei Wochen?»

«Datum?»

«25. September.» Es klingt weit weg.

«Nächsten Samstag. Sehr gut.»

Der 25. ist schon nächsten Samstag?

Wir gehen zurück zu ihrer Wohnung. Ich erzähle ihr noch ein paar Einzelheiten von meinem Spaziergang mit Oscar, die ich beim Essen vergessen habe. Das Loch in seiner Stirn und die Kreuze, die er auf den Boden gemalt hat.

«Schon irr», sagt sie. «Als würdest du über einen völlig anderen Menschen sprechen als den von den Workshops.»

Wir schauen in einer Boutique vorbei, in der sie oft einkauft. Die Inhaberin ist groß, wie Muriel, und sämtliche Sachen dort sehen vor allem an großen Frauen gut aus. Die Kleider kosten über hundert Dollar, die Oberteile, sogar T-Shirts, über fünfzig. Ich könnte mir hier nicht mal ein Paar Socken leisten. Alles, was ich an besserer Kleidung habe, kommt von meiner Mutter. Wie Muriel dasteht und die Bügel auf der Stange durchschaut, erinnert sie mich plötzlich an sie. Die Ähnlichkeit ist mir vorher nie aufgefallen. Ich weiß nicht, woher Muriel das Geld für solche Kleider nimmt oder für ihre hübsche Einzimmerwohnung in Porter Square. Ich weiß nicht, wie andere Leute es schaffen, sich über Wasser zu halten, ihre Rechnungen zu bezahlen, nachts ruhig zu schlafen.

Sie probiert nichts an, und als wir wieder auf der Straße stehen, fragt sie: «Hast du seine Bücher denn schon gelesen?»

«Noch nicht, nein.»

«Wie kannst du sie nicht gelesen haben?»

«Weil das etwas mit mir machen würde. Entweder im Positiven oder im Negativen. Bücher tun das nun mal.»

«Aber es sind wichtige Informationen.»

«Meinst du? Es passiert so schnell, dass man einen Menschen mit seiner Art zu schreiben verwechselt.» Wenn Oscar töpfern würde, dann könnte ich mir seine Tonschalen anschauen und sie schön oder scheußlich finden, und es hätte keinen Einfluss auf meine Gefühle für ihn. Ich wünschte, ich könnte Büchern so neutral gegenüberstehen wie Tonschalen.

«Willst du nicht wenigstens die Sexszenen lesen?»

«Bloß nicht!»

«Er schreibt viel über Sex.»

«Hör auf.»

«Darf ich dir nur diese eine Sache über seine Sexszenen sagen?»

Offenbar hat sie sich das schon eine ganze Weile aufgespart. «Nein. Na gut. Eine Sache.»

«Er benutzt ständig das Wort ‹säuerlich›.»

«Säuerlich?»

«Das ist mir einfach aufgefallen. Und zwar fast immer auf die Frau bezogen: säuerlich riechender Atem, säuerlich schmeckende Haut. Irgendwas ist immer säuerlich. Das scheint so eine fixe Idee von ihm zu sein.»

Sie sieht meinen Gesichtsausdruck und lacht los.

Oscar holt mich von meiner Freitagabendschicht ab. Seine Mutter übernachtet bei ihnen, damit er sich, wenn ich mit der Arbeit fertig bin, aus dem Haus stehlen kann. Sie hat einen Karottenkuchen gebacken, und er bringt ein großes Stück mit. Wir teilen es uns, während wir die Massachusetts Avenue entlangbummeln. Er schmeckt köstlich. Als wir aufgegessen haben und er das Zellophan in der Tasche zusammengeknüllt hat, nimmt er meine Hand. Seine ist rundlich und warm.

«Meine Mutter findet diese ganze Sache höchst bedenklich. Sie ist überzeugt, dass du mir das Herz brechen wirst.» Er lacht, als wäre das ein absurder Gedanke, und küsst mich. Ich muss lächeln beim Küssen, weil ich mir vorstelle, wie ich Muriel später erzählen werde, dass wir beide säuerlich geschmeckt haben, von dem Zitronenguss auf dem Kuchen, und er spürt mein Lächeln und lächelt auch.

Ich mag Oscars Art zu küssen. Er erzählt zwischendurch Dinge, die ihm gerade in den Sinn kommen, von einem Studenten von ihm, der zwölf Finger hatte, Johns T-Ball-Spiel heute Nachmittag, bei dem ihm Jasper die Zähne in den Oberschenkel geschlagen hat. Er vermittelt einem nicht das Gefühl, das einem so viele andere Männer vermitteln – dass es für sie nur das eine Ziel gibt, auf das sie zubrettern, ohne einen Blick nach rechts oder links und möglichst auch ohne zu viel überflüssigen Small Talk.

Wir trinken Bier im Cellar, und er bringt mich zurück zu meinem Rad vor dem Iris, wo auch sein Auto steht. Er schiebt mich an die Beifahrertür, Hände auf meinen Hüften.

«Dieses Hüftpaar», sagt er, «wie geschaffen zum Kindergebären.»

Ich lache. Meine Hüften sind eigentlich ziemlich schmal. Ich habe mich schon öfter gefragt, wie sich da ein komplettes Kind durchzwängen soll.

Wir küssen uns lange, und ich spüre die Beule, die sich zwischen meine gebärfreudigen Hüften drückt. Sie passt dort gut hin.

«Mmm», sagt er. «Gemütlich.»

Am nächsten Tag während der Mittagsschicht erzähle ich Harry von dem Treffen.

«Großer Gott», sagt er. «So läuft das bei euch Schriftstellern also? Einer sagt ‹gemütlich›, und schon rast ihr vor Liebe?»

«Ich rase nicht vor Liebe.»

«Ein Mittvierziger mit zwei gottverdammten Blagen, ich bitte dich!»

Später, als bei uns allen Land unter ist und ich für meinen Tisch mit den sechs Bibliothekarinnen hektisch die Teebox nachfülle, sagt er: «Schwing dein gebärwütiges Hüftpaar mal weg da, Süße. Ich brauche ein Steakmesser.»

Und als langsam Ruhe einkehrt, sagt er mir, dass draußen im Vorraum ein niedlicher Typ steht, der mich sprechen möchte.

«Siehst du? Er gefällt dir auch, gib's zu.»

«Ich glaube nicht, dass das dein Vaterkomplex ist.»

«Er sieht *viel* jünger als fünfundvierzig aus. Und verdammt, ich habe keinen Vaterkomplex.»

Ich lasse ihn kontrollieren, ob mir Mohnkörnchen zwischen den Zähnen stecken, und gehe zur Tür.

Es ist nicht Oscar. Es ist Silas. Sein Anblick versetzt mir einen Stoß. Er sieht jünger aus, magerer. Er hat eine schwarze Lederjacke an, eine alte, schwer zerfurchte mit verrosteten Reißverschlüssen an den Taschen.

«Tut mir leid, dass ich dich in der Arbeit überfalle. Ich wollte nur sichergehen, dass bei dir alles in Ordnung ist.»

«Kein Problem.» Ich mache eine Handbewegung zu meinen Tischen hinter der Tür. «Die meisten haben schon ihre Rechnungen. Wie geht's? Wie war deine Reise?» Ich versuche zu überschlagen, wie lange er mittlerweile wieder hier sein müsste. Bestimmt vierzehn Tage. Er hat mir zweimal auf Band gesprochen und dann aufgegeben. Mir reicht es mit Typen wie ihm, mal hüh und mal hott, erst hier und dann plötzlich weg. Ich habe meine Lektion gelernt.

«Gut. Gut.» Auf dem Empfangstisch liegt ein Stapel Visitenkarten, und er lässt sie unter seinem Daumen durchrattern. *Ffft. Ffft.* Er blickt auf. «Es tut mir leid, dass ich dich versetzt habe. Das wollte ich dir gern persönlich sagen. Ich verstehe vollkommen, dass du wütend bist oder ...» *Ffft.*

Marcus' Tür steht offen, und ich weiß, dass er jedes Wort mithört.

«Du musst mir nichts erklären.»

«Ich möchte es aber», sagt er, lauter als beabsichtigt. «Tut mir leid. Es ist nur ... Mich hat das ganze letzte Jahr immer wieder so ein Gefühl gepackt, wie so eine Art Anfall, weißt du, und es half nur, in Bewegung zu sein. Und dann ergab sich jetzt plötzlich die Möglichkeit, mal richtig rauszukommen, und ich dachte, ich muss das nutzen, obwohl ich dich wirklich treffen wollte, ganz ehrlich. Das wollte ich dir unbedingt noch mal sagen. Ich dachte, es wird ein besseres Treffen mit dir, wenn ich dieses Gefühl los bin.»

«Ich verstehe schon. Wirklich. Danke, dass du dir die Mühe gemacht hast.» Ich versuche, es endgültig klingen zu lassen, so als wäre der Schlussstrich gezogen, die Chance für immer vertan. Ich will zurück in den Gastraum gehen, aber mein Körper rührt sich nicht von der Stelle.

«Waren dir wenigstens ein paar Blicke in den Himmel vergönnt?», höre ich mich fragen.

Er grinst. «Ein paar schon.»

Ich hatte die Scharte im Zahn vergessen.

Shit.

«Na, manchmal hat er eben doch ein Einsehen.»

Er nickt. Auf meinen Tischen liegen sicher längst die Kreditkarten bereit. Gleich wird er die Treppe hinuntergehen und hinaus auf die Straße, und in meinem Magen tut sich eine Leere auf, obwohl er voll mit Helenes Mohnkuchen ist.

«Was meinst du also?», sagt er.

«Vielleicht sollten wir unseren Museumsbesuch nachholen.»

«Nächsten Samstag?»

Fabiana kommt und nimmt ihren Platz am Empfang wieder ein. Silas lässt den kleinen Stapel Karten los.

«Ja, gut. Aber ab drei Uhr muss ich arbeiten.»

«Ich bin um halb elf bei dir.»

Er rennt die Treppe hinab wie ein Schuljunge, schnell und ohne abzusetzen, ein einziges lautes Poltern. Die Tür unten kracht ins Schloss.

Vorwurfsvolles Starren empfängt mich, als ich wieder in den Speisesaal komme. Ich meide jeden Blickkontakt und eile nach hinten in den Servicebereich.

«Bitte sag nicht, dass du ihn dir durch die Lappen gehen lassen hast», sagt Harry.

«Hab ich nicht.»

«Oh, welch ein Luder du doch bist in deiner verfleckten Kellnerschürze», sagt er und schiebt mir die beiden Kreditkartenbelege hin, die er für mich schon herausgelassen hat.

Früh am Samstagmorgen drucke ich die Fassung für Muriel aus. Ich kann die Sätze nicht anschauen, die der Drucker da ausspuckt. Der Text ist mir fremd. Die ganze Handlung ist mir fremd. Mein Blick fällt auf den Namen Clara, und mir wird siedend heiß. Habe ich eine Hauptfigur ernsthaft *Clara* genannt? Nach fünfzig Seiten wird es schwül im Zimmer, und es riecht wie in dem Copyshop, wo ich während des Studiums gejobbt habe, nach feuchtem Papier und Toner und Abwärme. Der Stapel im Auswurfschacht wird zu hoch, einzelne Blätter landen auf dem Boden, und ich nehme den ersten Teil meines Buches, klopfe die Ränder zurecht und lege ihn mit dem Gesicht nach unten auf den Schreibtisch. Das mache ich fünfmal, bevor der Drucker die letzte Seite ausstößt und dann abrupt verstummt. Ein Tusch schiene mir angebrachter. Ich drehe den Papierberg um, und da ist er, mein Roman. Ich packe ihn in eine alte Pappschachtel, schreibe Muriels Namen darauf und stopfe das Ganze in meinen Rucksack, bevor ich anfangen kann, aufs Neue darin herumzukritzeln.

Ich radle zu ihrer Wohnung und lege mein Paket auf den Posttisch im Eingangsbereich. Auf dem Heimweg male ich mir aus, wie sie mir sagt, dass sie es nicht bekommen hat, und wie ich ein Jahr später mein Buch plötzlich im Buchladen sehe, unter dem Namen eines anderen Hausbewohners – sehr wahrscheinlich dem des Typen, der in der Zoohandlung mit den tropischen Fischen arbeitet und nicht zugeben wollte, dass er Muriels Weichspüler benutzt hat –, und wie ich ihn dann verklage, mit all den Seiten aus meinen Heften und in meinem Computer als Beweismaterial. Ein klarer Fall, wird mein Anwalt sagen. Aber ich habe natürlich kein Geld für einen Anwalt, ich müsste mich selbst vertreten. Oder ich könnte meine Freundin Sylvie in Virginia bitten, die Anwältin für Urheberrecht ist. Sie hat Kunstgeschichte und Schauspiel studiert, und ich habe sie in *Drei Schwestern* und in *Arcadia* gesehen und hätte sie beide Male fast nicht erkannt. Sie war ein völlig anderer Mensch auf der Bühne. Ich denke an sie in ihrer Kanzlei in Alexandria, wo sie für einige Stunden am Tag die Juristin spielt. Ich denke an all die anderen Menschen, die eine Rolle spielen und sich dabei immer weiter von sich selbst entfernen, von dem, was sie antreibt, was sie im Innersten ausmacht. Und ich denke an meinen Roman auf Muriels Posttisch und bete, dass der Kerl mit den Tropenfischen die Finger davon lässt.

Bei meiner Rückkehr riecht es immer noch nach Copyshop, und eine erste Welle der Panik überrollt mich: Ein anderer Mensch wird mein Buch lesen! In zwanzig Minuten holt Silas mich ab, darum bleibt mir keine Zeit, mich hineinzusteigern. Ich springe unter die Dusche, aber als ich herauskomme, ist meine Nase noch immer gerötet vom Fahrtwind. Zum Ausgleich übertreibe ich es mit dem Puder und suche dann eine saubere Bluse, von der ich mit ziemlicher Sicherheit annehmen kann, dass mich Silas nicht schon auf der Party darin gesehen hat. Der Party für Oscar. Der damals allerdings noch nicht Oscar war, sondern der Autor, der nebenan Bücher signierte, die ich mir nicht leisten konnte.

Silas fährt einen hellgrünen R5 mit einem großen rostigen Loch in der Beifahrertür. Auf der Innenseite klebt Isolierband.

«Der Wagen hat meiner Schwester gehört. Die Tür hat ein Ex-Freund von ihr aufgeschlitzt.»

«Womit?»

Er geht zurück zur Fahrerseite und steigt ein. «Mit einer Harpune. Er hat nautische Waffen gesammelt. Schau, sie hat sich bis hier reingebohrt.» Er berührt den Rand meines Sitzes, und als ich mein Bein wegnehme, klafft da ein Riss im Polster.

Ich trage einen Rock, deshalb ist mein Bein ungeschützt, und die Nähe seiner Finger löst ein winziges Ziehen in meinem Unterleib aus.

Im Kofferraum hört man Flaschen und Abfälle herumrollen, als er anfährt. Es riecht nach alten Socken hier drin, wie früher in Calebs Zimmer. Er trägt auch heute wieder die Lederjacke, sie knarzt, wenn er den Arm zwischen Schaltknüppel und Lenkrad hin und her bewegt. Ich weiß nicht, was wir miteinander reden werden. Mich bringt nicht nur der Sockenmief aus der Fassung, sondern auch das, was die Nähe seiner Hand mit mir macht.

Als wir schneller werden, fängt das Isolierband zu flattern an.

«Es war, als würde man einem Wikinger zusehen», sagt Silas. Ich stutze eine Sekunde und merke dann, dass er noch von dem Ex-Freund seiner Schwester redet. «Er hatte feuerrotes Haar und Arme wie Keulen. Ein Schlag hat nicht gereicht.»

«Saß deine Schwester drin?»

«Nein, nein. Sie war an dem Abend mit einem anderen Typen aus. Das war das Problem.»

Wir fahren auf dem Fenway, der hier vom Park gesäumt ist, grün und üppig, eine niedrige Steinbrücke wölbt sich über den Muddy River, Weiden perlen hinab ins Wasser. Boston sprüht und funkelt an diesem Morgen, und mein Körper fühlt sich leicht an, jetzt, wo das Buch bei Muriel ist. Ich möchte mir die Schuhe ausziehen und die Füße aus dem Fenster hängen. Selbst wenn Muriel es in der Luft zerreißt, geht doch etwas weiter. Vorwärts. Ich beschließe, Silas nicht zu sagen, dass ich es fertig geschrieben habe. Ich will nicht prahlerisch klingen.

«Und was gibt's bei dir Neues?»

Ich lasse mein Leben seit seiner Abreise Revue passieren. Bösartige Leberflecken. Verbrannter Gebärmutterhals. Oscar. «Ich habe meinen Roman fertig.» Das ist alles, was ich vorweisen kann.

«Du hast ihn *fertig*?» Er fährt herum und starrt mir ins Gesicht, bis ich auf die Straße zeige.

«Es ist alles noch Kraut und Rüben.»

«Du hast deinen ersten Roman fertig. Du hast einen ganzen verdammten Roman geschrieben.» Er schlägt mit beiden Handflächen aufs Lenkrad und starrt mich an.

Ich zeige wieder auf die Straße. «Ich habe ihn Muriel zu lesen gegeben.»

«Sie ist eine tolle Lektorin.»

«Ich weiß. Deshalb habe ich auch Angst.»

«Mensch, Casey. Das ist eine Riesenleistung.» Er scheint sich ehrlich für mich zu freuen. Das täte nicht jeder Mann.

Er kauft die Eintrittskarten, und wir klemmen die Blechplaketten an unseren Kragen fest. In der ganzen Zeit, seit ich wieder hier bin, war ich nicht mehr im Museum of Fine Arts.

Wir steigen die breite Marmortreppe hinauf.

«Meine Mutter hat mich immer hierher mitgenommen, als ich klein war. Ich durfte mir eine Handtasche aus ihrem Kleiderschrank ausborgen, so eine aus Hartleder, und ich habe sie genauso getragen wie sie ihre.» Ich klemme mir ein nicht existentes Handtäschchen unter den Arm.

«Wie hast du damals ausgesehen?»

«Buschige Rattenschwänze. Riesengroße Zähne», sage ich. «Und im Museumsladen durfte ich mir immer drei Postkarten aussuchen, die auf dem Weg zurück zum Auto in der großen leeren Handtasche herumklackerten.» Wir haben die oberste Stufe erreicht. «Ich wünschte nur, ich könnte mich erinnern, was wir miteinander geredet haben.»

«Ja, das ist komisch. Meine Schwester und ich sind mal quer durch die Staaten gefahren. Sie hatte lauter Hörbücher dabei, Riesenwälzer wie *Krieg und Frieden*, solche Sachen. Aber dann haben wir so viel geredet, dass wir gar nicht zum Kassettenhören gekommen sind. Es wurde so eine Art Witz zwischen uns – wenn uns der Gesprächsstoff ausgeht, sind die Hörbücher dran. Aber wir haben nur geredet und geredet. Und jetzt weiß ich nicht mehr, über was wir gesprochen haben.»

In der Luft zwischen uns liegt diese besondere Spannung, die man nur spürt, wenn man von seinen geliebten Toten spricht. Aber es ist schwer, danach weiterzureden.

Wir wandern durch die Kunst der Alten Welt, vorbei an einem babylonischen Löwen, etruskischen Urnen, einem nubischen Emaillearmband, Körperteilen griechischer Statuen: ein Fuß mit Sandale, ein muskulöser Männerhintern mit nur einem Schenkel. Es tut gut, Kunst zu sehen, sich wieder einmal zu vergegenwärtigen, welch natürlicher menschlicher Impuls Kunst immer schon war. Wir kommen zur europäischen Malerei mit ihren Heiligenscheinen und Engeln, der hochheiligen Geburt und dem blutigen Tod ein und desselben Mannes, wieder und wieder: ein ganzer Kontinent, der seit Jahrhunderten von einer einzigen Geschichte besessen ist.

«Ein reichlich löchriger Plot, muss man sagen», bemerke ich, als wir vor einem Fra Angelico stehen. «Wenn Jesus schon bei der Geburt so gefeiert wurde, warum kennen wir dann nur Geschichten über ihn als Säugling und dann kurz vor seinem Tod? Warum sieht man ihn nie als Achtjährigen?»

«Oder als verpickelten Teenager, der über alles, was Maria und Joseph sagen, die Augen verdreht.»

Manchmal gehe ich gegenläufig zu ihm durch den Saal, damit wir getrennt Eindrücke sammeln können. Manchmal verlieren wir uns aus den Augen und kommen ein, zwei Säle später wieder zusammen.

Wir schlendern hinüber zur Kunst Amerikas und verweilen vor Sargents *Die Töchter des Edward Darley Boit.* Drei der Mädchen blicken uns an. Die Älteste hat auf Durchzug geschaltet. Sie scheint fast zu dösen, den Rücken an eine mannshohe Vase gelehnt. Die Zweitälteste steht kerzengerade und unbehaglich neben ihr, die Dritte vor einem unsichtbaren Fenster ganz links, während die Vierte mit einer

Porzellanpuppe und höchst skeptischem Ausdruck auf dem Fußboden sitzt.

«Ob diese Kinder Tag für Tag in der gleichen Haltung Modell stehen mussten?», frage ich.

«Sehr fröhlich wirken sie jedenfalls nicht.»

«Nein, und nicht nur, weil sie diese komischen Posen einnehmen müssen. Sie stehen es durch, aber so richtig froh und glücklich geht es auch danach nicht für sie weiter.»

«Ist eine dabei, mit der du dich identifizierst?»

Ich betrachte die vier Mädchen. «Am ehesten wahrscheinlich mit ihr.» Ich zeige auf die zweite Tochter, steif, farblos. «Aber ich wäre gern die da, auf die das ganze Licht fällt.»

«Sie ist der Mittelpunkt des Ganzen, nicht? Auch wenn sie so weit am Rand steht.»

Wir beugen uns gleichzeitig vor, um sie zu studieren. Sie ist ein Kunstwerk für sich, mit dieser weißen Schürze, die jede winzigste Lichtbrechung einfängt.

«Sie weiß, dass es um sie geht, und sie ist sich nicht sicher, ob ihr das recht ist», sage ich. Unsere Schultern berühren sich nicht, aber seine Lederjacke knarzt dicht an meinem Ohr. Ich rieche seine Haut. «Aber irgendetwas arbeitet in ihr.»

«Schau dir ihren linken Fuß an. Gleich macht sie einen Schritt.»

«Wenn ich etwas schreiben könnte, das so gut ist wie das hier, diese Falten, wo der Gürtel die Schürze rafft.» Ich kann nur mit Mühe den Blick davon abwenden. Ich weiß gar nicht, warum mich dieses Detail so berührt, ich könnte es beim besten Willen nicht erklären. Es ist etwas Irrationales an der Schönheit, wenn sie einen so unversehens anspringt.

Nach den *Töchtern des Edward Darley Boit* drehe ich meine Runden in der gleichen Richtung wie Silas. Wir stehen lange vor van Goghs *Häusern in Auvers* und dann vor Matisse' *Vase mit Blumen*, ohne zu sprechen. Nach dem leuchtenden Chaos des van Gogh, wo es keine gedeckten Farben gibt, keine Übergänge, und die Welt vor den Augen des Malers in Fragmente zu zerfallen scheint, wirkt Matisse' Vase voll weißer Blumen neben einem Fenster am Meer heiter und leicht, als ob alles schweben könnte, wenn man es nur lässt.

Auf der Treppe hinunter ins Café sagt Silas: «Ich komme gern hierher. Es stimuliert mich, und es beruhigt mich, und beides genau im richtigen Maß.»

Er bestellt einen Kaffee, ich einen Tee, und wir sitzen auf modernen Plastikstühlen im Atrium. Ich fühle mich frei und beschwingt von all der Kunst, und dass Muriel meinen Roman lesen wird, quält mich nicht mehr.

Auf der Rückfahrt sind wir schweigsamer. Er schweigt entspannter als die meisten Menschen. In den Pausen will ich ihm schon fast beichten, dass es sich irgendwie ergeben hat, dass ich zweimal mit Oscar Kolton aus war. Aber das hieße zu früh zu viel voraussetzen – als sollte ihn das interessieren. Das hier ist der Typ, der sich einen Tag vor unserem ersten Date ins Auto gesetzt hat, um Tausende von Meilen nach Westen zu fahren.

Als wir in die Einfahrt einbiegen, höre ich drinnen den Hund bellen. Adam ist übers Wochenende verreist, und ich muss ihn hüten. «Möchtest du Adams Hund kennenlernen? Wir könnten ihn noch kurz ausführen.»

Er lacht. «Adams Hund. Mein Mitbewohner wartet schon seit einer Stunde auf das Auto. Aber Lust hätte ich schon. Ein andermal, ja?»

«Okay. Danke.» Ich steige schnell aus, bevor er auf die Idee kommen kann, ich würde auf etwas warten. Aber als er weg ist, wünschte ich, ich hätte mir etwas mehr Zeit gelassen.

Ich stecke den Schlüssel ins Schloss. Jetzt möchte ich meine Mutter anrufen, ich bin genau in der richtigen Stimmung, heiter, optimistisch. Wie spät ist es in Phoenix? Gleich Mittag. Die perfekte Zeit. Der Riegel schnappt zurück, und mir fällt wieder ein, dass sie tot ist.

Am selben Nachmittag, während wir im Iris die Tische herrichten, ruft Oscar an.

«Meine Mutter steht einsatzbereit neben mir», sagt er. «Sie ist gewillt, ihr wöchentliches Nähkränzchen ausfallen zu lassen, um ihrem liebeskranken Sohn beizustehen.» Eine Pause, in der er den Hörer abdeckt. «Ich soll dir sagen, dass es *kein* Nähkränzchen ist. Es ist eine *Film*gruppe. Bestehend aus *hoch*gebildeten Damen mit Doktortiteln, wie sie selbst eine ist, soll ich dir ausrichten. Morgen Abend. Könntest du da?» Er senkt die Stimme zu einem übertriebenen Flüstern. «Sie findet dich zu jung für mich.» Ein Protestruf im Hintergrund. «Sie sagt, das hätte sie nie gesagt.»

Er hat eine Mutter, und ich habe keine.

Der Kalender hängt vor mir an der Wand. Marcus hat gerade den neuen Schichtplan gemacht. Morgen Abend habe ich frei. «Ich muss nachschauen.»

Ich halte den Hörer zu. Ich bin allein im Büro, niemand kann mich sehen. Lange stehe ich so da, ohne einen klaren Gedanken. Eigentlich würde ich gern noch einmal Silas treffen, bevor ich Oscar wiedersehe. In meiner Lunge scheint ein unförmiger Kloß zu stecken, der kaum Platz zum Atmen lässt.

Marcus kommt hereingefegt. «Weg da von meinem Telefon.»

Ich nehme die Hand von der Sprechmuschel. «Doch, ich kann.»

Auf dem Rückweg in die Küche denke ich über eine Szene in meinem Buch nach. Dana will, dass ich mit ihr den Zwölfertisch decke, aber ich gehe stattdessen zur Bar, notiere mir Stichpunkte auf einer Cocktailserviette und schiebe sie in die Schürzentasche. Daheim in meiner Schreibtischschublade wartet schon ein ganzer Stapel Servietten und Belegkopien mit Notizen für meine nächste Fassung.

An diesem Abend werde ich die Beklommenheit nicht los. Normalerweise schaffe ich es, sie mir aus dem Leib zu laufen. In dem allgemeinen Trubel bleibt keine Zeit für irgendwelche wie auch immer gearteten Befindlichkeiten. Es gibt nur das Extrakännchen Vinaigrette für Tisch 21 und die Drinks für den Zweier und die beiden Runden Hauptgerichte, die parallel bereitstehen, plus das Geflachse mit Harry und Victor und Mary Hand, wenn wir uns am Computer oder am Küchenpass in die Quere kommen. Die Hektik strudelt alles andere weg. Aber nicht heute. Heute Abend reißt mich der Strudel nicht mit. Zum ersten Mal löscht der äußere Druck den im Innern nicht aus. Er verstärkt ihn.

Als der Abend um ist und wir abrechnen, tätschelt Harry mir den Kopf. «Was geht da drinnen vor?»

Ich weiß keine Erklärung, also sage ich: «Ich habe das Gefühl, ich sollte Oscar das von Silas sagen. Wegen der Kinder und allem.»

«Ihr wart spazieren und habt ein Bier zusammen getrunken. Pass bloß auf bei Männern, die dich vorschnell emotional vereinnahmen. Nestbauculatio praecox nennt man so was.» Er kichert über seinen eigenen Witz und steht auf, um die Küche auszuzahlen. Er hat ein Auge auf einen mürrischen Koch geworfen, und ich sehe ihm nach, wie er hoffnungsfroh die Schwingtür aufstößt. Er klingt oft so weise in Liebesdingen, aber in eigener Sache ist er um kein Haar klüger als ich.

Ich treffe Oscar vor einem kleinen Restaurant namens Arancia in einer Querstraße der Brattle Street. Ich wollte nicht, dass er mich abholt und sieht, wo ich wohne. Er würde hereinkommen und sich umschauen wollen.

Er unterhält sich mit einem Paar auf dem Gehsteig. Als er mich sieht, lässt er die beiden stehen.

Er küsst mich auf die Wange. «Unser drittes Rendezvous.» Er küsst meine Lippen. «Ich hab was für dich. Mach die Augen zu.»

Er setzt etwas auf meinen Kopf.

«Passt wie angegossen.»

Ich lange hin. Ein Fahrradhelm. Ich nehme ihn ab. Er ist silbern und blitzend und muss eine Stange Geld gekostet haben.

«Danke. Der ist ja hübsch.»

Er lacht. «Ich verspreche dir, das wird nicht das Hübscheste gewesen sein, was du von mir bekommst. Aber wenigstens muss ich mir jetzt keine Sorgen mehr machen, dass du dir einen Schädelbasisbruch zuziehst.» Er hakt mich unter, und wir gehen die Backsteinstufen zu dem Kellerlokal hinunter. Es ist winzig, acht Tische. Ein Samtvorhang an der Rückwand trennt den Gastraum von der Küche. Die Gerüche sind mediterran: Meeresfrüchte, erhitzter Balsamico, Feigen. Ich habe Hunger. Hoffentlich bestellt er zwei Gänge. Wir warten an der Tür, dass jemand sich unserer annimmt.

«Was waren das für Leute, mit denen du da geredet hast?»

«Tom und Phyllis McGrath. Sie waren auf ihrem Abendspaziergang.» Er zögert. «Sie liest gerade mein Buch. Hat mich von dem Foto erkannt.»

«Dieses Foto sieht dir kein bisschen ähnlich.» Ich verhärte meine Züge und blinzle wie der Marlboro-Cowboy.

«Das bin voll und ganz ich.» Er wirft sich in Positur.

«Du ähnelst dir kein bisschen.» Eine Frau an einem Dreiertisch beobachtet ihn. Er sieht gut aus, mit diesen Augen und dem dichten kupferbraunen Haarschopf. Ich senke die Stimme. «Kommt das oft vor, dass Leute dich erkennen?»

«Nicht oft genug», lacht er. «Hier schon ab und zu. Und mit hier meine ich, hier. In diesem Karree. Vielleicht noch im nächsten. Am Central Square kannst du's schon vergessen.»

Die Empfangsdame kommt hinter dem Samtvorhang hervor und führt uns an einen Tisch. Er ist rund, Holzplatte, kein Tischtuch, keine

Blumen. Statt einer Kerze eine kleine Lampe mit einer altmodischen Kette. Das Eindecken und Abräumen muss hier wie der Blitz gehen.

«Das Bild kennst du also, aber nicht das Buch?», konstatiert Oscar.

Die Feststellung überrumpelt mich. «Ich wollte es mir aus der Bibliothek holen.»

«Aus der Bibliothek. Sehr gut für meine Verkaufszahlen.»

Ein Kellner erscheint, nimmt unsere Gläser und schenkt uns Wasser ein, nennt uns die Tagesgerichte. Er ist älter als Oscar, sicher seit Jahrzehnten in der Branche, das sieht man. Die Lammnüsschen werden mit Tarteletts vom Spitzkohl und Stangenspargel serviert, sagt er uns.

Oscar hebt den Kopf. «Wer schreibt hier die Speisekarte, Hugh Hefner?»

Ich zucke innerlich zusammen. Mit diesem Profikellner legt man sich besser nicht an. Aber der Mann bricht in Lachen aus. Es ist ein lautes Lachen, es schallt durch den kleinen Raum. Er kriegt sich gar nicht wieder ein. «Den ganzen Abend warte ich schon drauf, dass irgendwer etwas sagt!»

Er lässt uns mit den Speisekarten allein. Ich sehe ihn nach hinten gehen und einem anderen Kellner Oscars Bemerkung wiederholen. Einem alten Herrn am Nebentisch ist der Pullover von der Stuhllehne gerutscht, Oscar hebt ihn auf, und sie wechseln ein paar Worte über den Wein auf dem Tisch des Mannes, der aus Australien kommt, wo Oscar, wie sich herausstellt, ein Jahr lang gelebt hat.

Der Kellner kommt zurück, und Oscar ordert eine Portion Miesmuscheln für uns beide und für sich den Wolfsbarsch. Ich bestelle die gegrillten Garnelen und die Tagliatelle. Ich sage ihm, er soll meinen Starter ruhig zusammen mit den Hauptgerichten abrufen. Er nickt und geht, und Oscar sagt: «Hört, hört, da spricht jemand die Eingeborenensprache.»

Ich frage ihn nach seinen Jungs.

Er nimmt meine Hand und streicht mit dem Finger über die Innenseite meines Handgelenks. «So zarte, samtige Haut.» Nach einer Weile sagt er: «Meinen Jungs geht es gut. Sie wissen, dass ich mich heute mit dir treffe. John kann sich immer noch sehr über deine Minigolf-Hybris entrüsten.»

Er ist kein großer Trinker, was ich angenehm finde. Wir trinken jeder ein Bier und gehen dann zu Wasser über. Unsere Muscheln kommen, mit einem Schwall von Wermut- und Schalottenduft.

«Am Mittwoch war auch deine Freundin Muriel wieder da.»

Ich habe das Thema der Mittwochsgruppe bewusst vermieden. Silas könnte dagewesen sein, was ein seltsames Gefühl ist. Und schon bei dem Wort «Muriel» wird mir flau im Magen.

«Was ist? Habt ihr zwei gestritten?»

«Ich habe ihr gerade meinen Roman zu lesen gegeben.»

«Mir hast du ihn nicht gegeben.»

«Nach deinem Ausraster im Arboretum? Bin ich lebensmüde?»

Er lacht, als wäre ihm das vollkommen entfallen. «Das war daneben. Tut mir leid. Und, hast du schon was gehört?»

«Kein Wort. Funkstille.» Eine neue Welle der Angst rollt an, mit erhöhter Voltzahl diesmal.

Er nickt, öffnet eine Muschel. «Diese ganzen Schriftsteller, mit denen du Beziehungen hattest», sagt er. «Irgendjemand Berühmtes dabei?»

Ich schüttle den Kopf. «Nur du. In einem Radius von zwei Karrees zumindest.»

Unsere Hauptgerichte werden serviert. Der Nachbartisch ist gerade am Aufbrechen, und der alte Herr bleibt stehen, um Oscars Wolfsbarsch zu begutachten, dessen Kopf träge über den Tellerrand hängt.

Oscar biegt den Fischkopf nach oben, sodass seine Augen den Mann anglotzen. «Die Iris mit angelaufener Metallfolie / unterlegt und gefüllt, / gesehen durch die Linsen / aus altem, zerkratztem Ofenglas.»

«Bishop», sagt der Mann. «Die Meisterin im Meistern von Verlusten.» Er ist so alt, dass er Elizabeth Bishop fast noch gekannt haben könnte.

«Wie wahr», sagt Oscar.

«Dann wünsche ich Ihnen und Ihrem Töchterchen noch einen wunderschönen Abend», sagt er und schlurft dem Rest seiner Gesellschaft nach. Die Frauen zupfen mit knotigen Fingern ihre Seidenschals zurecht.

Oscar beugt sich zu mir vor. «Hat er ‹Töchterchen› gesagt?»

«Ich würde sagen, ja.»

«Mein *Töchterchen*?»

Der Kellner nähert sich und will wissen, ob alles zu unserer Zufriedenheit ist.

«Na ja, mein Fisch ist tot», sagt Oscar. «Und sie ist *nicht* mein Töchterchen.»

Der Kellner lacht. Er scheint nach Gründen zum Bleiben zu suchen, so wie ich bei dem Brunch neulich. Ich bitte um noch etwas Parmesan, um ihn loszuwerden.

Als wir aufgegessen haben, trägt er unsere Teller ab und stellt eine Schokoladentarte und ein Mangosorbet vor uns hin. «Die schickt Ihnen unser Küchenchef. Er ist ein Bewunderer Ihrer Werke», sagt er zu Oscar.

Oscar ist angetan, aber nicht so überrascht oder geschmeichelt, wie ich erwartet hätte. «Meinen besten Dank», sagt er.

Die Desserts sind gut. Alles hat gut geschmeckt, aber nichts reicht auch nur entfernt an Thomas' Jakobsmuscheln oder an Helenes Bananenbrotpudding heran.

Als die Rechnung kommt, greife ich nicht einmal pro forma nach meiner Tasche. Ich habe gar keine Tasche dabei. Ich habe nur den Fahrradhelm unterm Stuhl.

«Ich mag dich noch nicht davonfahren lassen. Wollen wir ein bisschen gehen?»

Wir bummeln hoch zum Stadtpark. Studenten sitzen rauchend auf Bänken, barfuß, Knie vor der Brust. Ein paar andere werfen im Dunkeln einen Football hin und her. Es ist immer noch ungewohnt, nicht zu ihnen zu gehören, an einem Septemberabend nicht am Anfang des Studienjahrs zu stehen.

Bei einem Spielplatz hält er an und zeigt mir über den Zaun die Stelle am Klettergerüst, wo Johns Kopf mit dem eines anderen Jungen zusammengeprallt ist, und die Babywippe, in die sich Jasper letztes Jahr gezwängt hat und dann feststeckte.

«In der Zeit, die ich hier schon rumgesessen habe, hätte ich locker noch drei Bücher mehr schreiben können», sagt er.

Wir gehen unter einem Ahorn durch, der schon die ersten Blätter fallen lässt. Sie zerknicken unter unseren Füßen und strömen bitteren Herbstgeruch aus. Als Kind hatte ich Schwielen von den Stangen des Klettergerüsts, auf dem ich stundenlang Kunststücke vollführte, um meine Mutter zu beeindrucken. Sie und Javi taten wacker so, als wäre es meine Akrobatik, die sie so interessierte.

In der Chauncy Street zeige ich ihm, wo ich mit Nia, Abby und Russell gewohnt habe, und zwei Türen weiter zeigt er auf ein Haus, das er und seine Frau für ein Jahr als Frischverheiratete gemietet hatten. Ich frage nicht, wann das war. Ich will nicht wissen, ob wir zur selben Zeit hier gelebt haben. Wir kommen an den Häusern vorbei, die Harvard für die verheirateten Studenten bereitstellt; in einem davon haben seine Eltern während des Abschlussjahrs seines Vaters gewohnt, erzählt er, und seine Mutter hätte es einmal fast abgefackelt, als ihr ein Geschirrtuch in Brand geraten war – was ihr unlängst übrigens auch bei ihm daheim passiert ist, fügt er hinzu.

Vor einem Haus am Ende des Karrees bleibt er stehen. Unten brennt Licht, in der Ecke flackert bläulich der Fernseher. «Und hier wohnen wir.»

Es ist ein quadratisches Haus im Kolonialstil, schön symmetrisch: vier Fenster im Erdgeschoss, vier im ersten Stock, zwei Dachgauben.

Grau gestrichen, mit weißen Fenstereinfassungen und schwarzen Läden. Am Ende der kurzen Einfahrt eine Stange, deren schwarzer Sockel mit Sandsäcken beschwert ist, daran ein Basketballkorb mit Brett. Oscars Leben.

Ich schaue ihn an, während er hinschaut. Ich weiß nicht, was in ihm vorgeht. Er dreht sich mir zu. «Meine Mutter sieht die Nachrichten. Sie hat eine Schwäche für Ted Koppel.»

Drei von den oberen Fenstern sind dunkel, eins schimmert mattgrün. Ein Nachtlicht vielleicht.

«Schlafen die Jungs in einem Zimmer?»

«Wenn ich nicht daheim bin, schleicht sich Jasper zu John ins Bett. Irgendwann in den Morgenstunden rücken sie dann beide bei mir an.»

Es ist ihm wichtig, mir das hier zu zeigen. Ich nehme seine Hand, und er zieht mich an sich und küsst mich auf die Schläfe, und wir schauen zu den Fenstern hinüber, als gehörte das Haus mitsamt allem, was darin ist, uns beiden.

Ich treffe mich mit Silas in dem Kino in der Church Street. Wir setzen uns dicht vor die Leinwand. Er trägt eine gestreifte Wollmütze, die er den ganzen Film hindurch aufbehält, und unsere Körper berühren sich nicht. Noch nie im Leben war mir so bewusst, dass ich jemanden nicht berühre. Zweieinhalb Stunden Merchant Ivory ohne auch nur die winzigste Berührung. Danach fahren wir zu seiner Wohnung in North Cambridge. Über eine Linoleumstiege geht es hinauf in den dritten Stock. Er stochert mit dem Schlüssel im Schloss, und drinnen riecht es wie in seinem Auto, mit einem Zusatz von Tabak und Frühstücksspeck. Ich folge ihm einen Flur entlang, vorbei an zwei geschlossenen Türen. Hinter der zweiten täuscht eine Kopfstimme einen Orgasmus vor, lange und laut.

Silas drischt mit der Faust an die Wand. «Das hättest du wohl gern, Doug.» Er wartet am Ende des Gangs auf mich. «Tut mir leid.»

Wir gehen in die Küche. Er holt zwei Biere aus dem Kühlschrank und öffnet sie, indem er den Kronkorken unter einen Schubladengriff hakt. Die Verschlüsse fallen in seine offene Hand, und er wirft sie in den Mülleimer. Wir sitzen an einem klebrigen kleinen Tisch in der Ecke. Die beiden Stühle stehen nah beisammen, und er rückt sie nicht auseinander. Auf dem Tisch liegen eine Zeitung und ein Stift. Jemand hat mit dem Kreuzworträtsel angefangen. Er nimmt den Stift und zieht die Zeitung näher heran, und ich habe schon Angst, ich muss mit ihm Kreuzworträtsel lösen. Ich mag keine Kreuzworträtsel. Ich mag auch kein Scrabble oder irgendwelche anderen Sprachspiele, die Schriftsteller angeblich lieben. Aber er blättert zum Politikteil, zu einem Foto von Ken Starr, und malt ihm lange Locken, die wie Aale aussehen. Dann legt er den Stift abrupt weg.

Wir reden und knibbeln die Etiketten von unseren Flaschen ab. Er fragt, was Muriel zu meinem Buch gesagt hat, und ich muss gestehen, dass ich noch nichts gehört habe. Er merkt offenbar, wie sehr mir das Thema zusetzt, und erzählt mir stattdessen, dass sein Mitbewohner Doug in eine Lesbe verliebt ist, die manchmal bei ihm übernachtet, ohne dass zwischen ihnen etwas läuft, und dass Jim und Joan, seine anderen Mitbewohner, die das große Schlafzimmer für sich haben, Joans sämtliches Zeug in den Keller räumen müssen, sooft Jims Vater, der ein baptistischer Pfarrer ist, aus Savannah zu Besuch kommt.

«Wie sind deine Eltern so?», frage ich.

Er greift wieder nach dem Stift. «Unglücklich.» Er lacht. «Ich hab eigentlich nach einem anderen Wort gesucht, aber es gibt keins. Sie hätten sich schon vor ewigen Zeiten trennen sollen. Das hatten sie auch vor, glaube ich.»

«Bevor deine Schwester gestorben ist?»

«Hmm. Und jetzt sind sie ein hinkendes Doppelmonster.» Er malt eine Art Quasimodo mit zwei Köpfen, einem Buckel und mehreren Klumpfüßen. Er gibt mir den Stift. «Was ist mit deinem Vater? Versteht ihr euch?»

Mein Vater ist kein Thema fürs zweite Date. «Früher, ja. Aber er ist kein Mensch zum Gernhaben.» Ich zeichne meinen Vater im Profil, das dicke weiße Haar, das als Bürste steil hochsteht, die lange, gerade Nase mit der dünnen Spitze, den aufgerissenen Mund, der mich als Versagerin beschimpft. Silas nimmt mir den Stift aus der Hand und lässt aus dem Mund eine Sprechblase herauskommen, in die er schreibt: «Ich BIN kein ARSCHLOCH!» Ich hole mir den Stift zurück, male den beiden Quasimodo-Köpfen eine gemeinsame Sprechblase und schreibe: «Wir wissen noch nicht mal mehr, wer wir sind.»

Er lacht durch die Nase. «Das kann man so sagen.»

Wir sitzen so eng beisammen, dass unsere Arme sich streifen, endlich, und ich denke, vielleicht beugt er sich herüber und küsst mich, aber nichts passiert.

Auf dem Weg hinaus sagt er, er muss noch kurz etwas holen, und öffnet die Tür zu seinem Zimmer. Das Bett ist ungemacht, eine fusselige Fleecedecke auf einem hellblauen Leintuch. Ein schmaler Schreibtisch voller Papiere, davor ein Drehstuhl. Überall stapeln sich Bücher, und in der Ecke steht eine mechanische Schreibmaschine. Ich warte auf der Schwelle. Das Zimmer riecht nach ihm. Es ist ein guter Geruch. Ich könnte noch lange so stehen bleiben, aber er greift sich ein Buch von einem der Stöße und schließt die Tür wieder.

Im Treppenhaus gibt er mir das Buch. «Das habe ich bei Words-Worth gesehen.» Es ist ein broschierter Band mit kubanischer Plakatkunst. Ich blättere darin. Er enthält Fotos von Plakaten aus Havanna von den späten Fünfzigern bis in die Achtziger. Politische Parolen in schwungvollen, leuchtend orangen Schnörkeln, Gärten voller Pop-Art-Blumen, Variationen über Warhols Suppendose als Werbung für ein Filmfestival.

«Mensch, danke!» Ich schaue auf. Er ist schon halb die Treppe hinunter.

Er fährt mich zurück über den Fluss. Im Radio läuft Lou Reed. Wir sprechen nicht viel. Wenn er die Hand auf den Schaltknüppel neben meinem Bein legt, vibriert es in mir jedes Mal ein bisschen.

Du erntest, was du säst, singt er mit Lou mit.

In der Einfahrt nimmt er den Gang heraus. «Das war schön heute.»

«Fand ich auch. Danke.» Diesmal gebe ich ihm ein paar Sekunden Zeit, und in dem Moment, in dem ich die Hand nach dem Türgriff ausstrecke, fühle ich ihn zu einer Bewegung ansetzen, aber da ist es zu spät.

«Ich ruf dich an», sagt er. Die Tür fällt zu.

Ich winke.

Kieselsteinchen knallen und spritzen unter seinen Reifen weg, als er wendet.

Auf meinem Band Muriels Stimme: ES IST FANTASTISCH, CASEY. ES IST SAUGUT!

Ich sitze mit Muriel an ihrem Tisch am Fenster. Sie hat uns Tee in kobaltblaue Tassen geschenkt. Es ist ein kalter Morgen, der gusseiserne Heizstrahler hinter mir glüht und faucht. Muriel, in Jogginghose und Sweatshirt, trägt die Brille anstatt der Kontaktlinsen; ihre Haare stecken in einem Pferdeschwanz. So sehe ich sie nicht oft. Dieser lange Tisch ist ihr Schreibplatz. Der Gedanke drängt sich auf, dass mit ein klein wenig mehr Platz und Licht vielleicht auch mir das Schreiben leichter fiele. Ich wünschte, mein «Zimmer für mich allein» wäre nicht gar so dumpf und beengt.

Mein Manuskript liegt als Packen zwischen uns. Die erste Seite hat zwei Häkchen am Rand. Neben dem Stapel warten vier oder fünf Seiten mit Muriels Anmerkungen.

«Ich weiß nicht, ob ich dir das schon mal erzählt habe», sagt Muriel, «aber wenn ich etwas richtig Gutes lese, kriege ich dieses Kribbeln in den Knöcheln. Das erste Mal war mit neun, bei meiner ersten Elizabeth Bowen, als *Der letzte September* bei uns in der Bücherei versehentlich bei den Kinderbüchern gelandet war.»

Ich bin nervös. Ich weiß, sie hat gesagt, es gefällt ihr, aber ich weiß auch, dass diese vielen Anmerkungen nicht alle Lob sein können.

«Tut mir leid, dass ich zwei Wochen gebraucht habe. Ich dachte plötzlich, was ist, wenn ich es furchtbar finde? Ich hatte Angst, es könnte mir so gehen wie damals mit Jack.» Jack ist ein Arbeitskollege von ihr, der nicht mehr mit ihr spricht, seit sie ihm ihre Meinung über sein Buch gesagt hat. «Vorgestern Abend habe ich mich dann endlich rangetraut, und es war eine solche Erlösung. Meine

Knöchel haben gekribbelt wie verrückt.» Sie zieht den Packen näher zu sich heran und schiebt die Brille bis zur Nasenwurzel. «Kay Boyle hat einmal gesagt, eine gute Geschichte ist sowohl Allegorie als auch ein Stück echtes Leben. Die meisten Autoren können eins, aber nicht das andere. Aber du vereinst hier beides so wunderbar.» Sie streicht über das oberste Blatt. Sie schlägt die Seiten auf und zeigt mir die Stellen, die ihr besonders gefallen haben. Alles ist voll von ihren Häkchen. Unendliche Erleichterung durchflutet mich. Mein Herz schlägt langsamer, um mich das Gefühl besser auskosten zu lassen. Sie hat all meine Lieblingsstellen angestrichen, die, die mir so leicht von der Hand gingen, und die, mit denen ich mich so furchtbar geplagt habe. Clara ist eine so eigenwillige Figur, sagt sie, aber zugleich steht sie für alle Frauen, die sich an der jahrhundertealten Vorherrschaft der Männer die Zähne ausbeißen. Sie hat einiges über die männliche Dominanz in Claras Familie zu sagen. Sie hebt alle möglichen Zusammenhänge hervor, die ich gar nicht bewusst hergestellt habe.

Als sie mit mir die Szenen durchgeht, die gekürzt oder vertieft werden müssen, mir zeigt, wo eine Figur stärker ausgearbeitet werden sollte, beginne ich mitzuschreiben. Ihr entgeht keine der Stellen, wo ich die Gefühle einer Figur nur behaupte, statt sie sinnlich erfahrbar zu machen. «Sag uns nicht, dass sie unglücklich ist. Sag uns, dass sie ihre Finger nicht spürt. Emotionen schlagen sich im Körper nieder.» Sie hat mir mehrere Seiten über die Schlacht von La Plata gestrichen, für die ich wochenlang recherchiert habe.

«Und», sagt sie, «du musst die Vergewaltigung im Buch vorkommen lassen.»

«Nein.»

«Doch. Auf jeden Fall.»

«Ich kann's nicht. Und ich will's auch nicht.»

«Sie darf sich nicht hinter den Kulissen abspielen.»

Ich schüttle den Kopf. «Ich hab es versucht. Es haut nicht hin.»

«Dann versuch's noch mal. Du kannst nicht das ganze Buch durch so dicht an Clara dran sein und dich an dem Punkt einfach wegdrehen. Hat es mit deinem Vater zu tun?»

«Das ist nicht das Gleiche. Er hat niemanden vergewaltigt.»

«Er ist ein Spanner.»

Ich nicke. Ich spüre, wie mir die Röte ins Gesicht steigt.

«Nutz diese Gefühle», sagt sie. «Und zwar alle.»

Wieder im Gartenschuppen, setze ich mich mit den Blättern hin, die sie mir mitgegeben hat. Ich skizziere ein paar Ideen in meinem Heft, dann schlage ich eine neue Seite auf und starre sie lange Zeit an.

Wie viel Kraft es gekostet hat, etwas in sich zu vergraben, merkt man erst, wenn man es wieder ans Licht holen will.

Das Leder der Couch kühlte mir die Wange. Du glühst wie ein Backofen, meinte ich die Stimme meiner Mutter zu hören, wie in der Nacht damals, als ich zu ihr gekommen war und sie einen kalten Waschlappen holte, den sie mir auf die Stirn legte. Und urplötzlich fehlte sie mir wieder, mit einer Heftigkeit, die ich mir sonst eigentlich nicht mehr durchgehen ließ. Vielleicht weinte ich sogar ein bisschen. Zum Schlafen war es zu laut, ununterbrochen kamen und gingen die Mädchen drüben im Umkleideraum, knallten mit der Eisentür zur Turnhalle. Und dann diese Laute näher an meinem Ohr – Flüstern, Rascheln. Ich glaubte, sie wären in meinem Kopf.

Ich schreibe es alles, ich lasse nichts aus: das Fieber, die Couch, die Oberstufler in ihren Basketballshorts. Das widerliche kleine Klicken, mit dem sich mein Vater den Gürtel zuschnallte, als er als Letzter aus dem Abstellraum trat.

Am nächsten Morgen lese ich Muriels Anmerkungen und gehe das Manuskript nochmals vollständig durch – all ihre Kommentare und Häkchen, teils bis zu vier auf einer Seite. Sie hat es verstanden. Auf sie wirkt es. Und selbst wenn sie die Einzige bleibt: Muriel habe ich erreicht.

Ich backe einen kleinen Bananenkuchen in meinem Tischbackofen und bringe ihn vor der Arbeit bei ihr vorbei.

In dieser Woche gehe ich jeden Morgen gleich als Erstes mit Adams Hund in den Park. Er heißt Oafie, das weiß ich inzwischen von Adam. Die kühlere Luft macht mein Denken klarer, fokussierter. Im Park vollführt Oafie tollpatschige Sprünge mit der drahtigen Fifi und dem winzigen Hugo, und ich plausche mit den Besitzern, und nichts davon wirft mich aus der Bahn. Um halb sieben sitze ich dann am Schreibtisch und weiß, was ich zu tun habe. Es ist etwas völlig anderes, als ein leeres Blatt anzustarren. Jetzt habe ich etwas Ganzes, woran ich arbeiten kann.

Oscar ist auf Lesereise im Mittleren Westen, und nach einer meiner Abendschichten kommt Silas mit Baklava und einer Flasche Wein. Wir gehen hinunter zum Fluss.

Unser drittes Rendezvous, sage ich fast, aber bei Silas wäre das fehl am Platz. Unsere Treffen haben nicht diese Art von Bewusstheit. Wir gestehen uns nicht ein, dass sie stattfinden oder was sie darstellen. Etwas Zufälliges, Schwereloses umgibt sie, und das anzusprechen hieße, diese Leichtigkeit zu gefährden.

Er trägt einen dicken Wollpullover mit Zopfmuster und löchrigen Ärmeln. Er breitet eine Decke auf dem Gras aus, die Fleecedecke von seinem Bett. Ich setze mich im Schneidersitz darauf, und er liegt auf beide Ellbogen gestützt und lächelt, als ich ihm von Muriels Feedback und der Konzentration und Zielgerichtetheit erzähle, mit der ich in den letzten Tagen arbeiten konnte.

«Muriel ist gnadenlos», sagt er. «Es muss also wirklich gut sein.»

«Es ist immer noch ein komplettes Chaos. Aber mit ihren Anmerkungen kein ganz so hoffnungsloses Chaos mehr. Ich muss immer an dieses T.-S.-Eliot-Gedicht denken, das mit der Vision und der Wirklichkeit.»

«‹Zwischen Idee und Wirklichkeit / Zwischen Regung und Tat / Fällt der Schatten.›»

«Zitiert er mit sonorer Lehrerstimme. Aber ich habe tatsächlich das Gefühl, dass ich den Schatten ein klein wenig zurücktreibe.»

«Eliot würde sagen, das geht nicht.» Er isst seinen letzten Bissen Baklava und wischt sich die Hände an der Jeans ab.

«Scheiß auf Eliot. Bei mir geht das.» Ich esse meinen letzten Bissen und wische die Hände ebenfalls an seiner Jeans ab, weiter unten, eher am Knie.

Er lacht und dreht sich auf die Seite, das Gesicht zu mir.

«Wie schaffst du es, an der Highschool zu unterrichten? Ich könnte nie wieder einen Fuß in eine setzen, glaube ich.» Das Verlangen, näher bei ihm zu sein, lässt für wenig anderes in meinem Kopf Platz. Seine Locken fallen jetzt in der trockenen Herbstluft viel lockerer, eine hängt ihm über die Augenbraue.

Er will antworten, aber ein Stück weiter flussabwärts bricht plötzlich ein Riesenlärm los.

«Ach, meine Gänse», sage ich.

Wir lauschen ihrem Schnattern und Trompeten.

«Sollen wir vorgehen und schauen?»

«Können wir», sage ich, aber viel lieber würde ich mich zu ihm legen. Ich habe nur nicht den Mut.

Im Dunkeln gehen wir den Geräuschen nach. Ich erzähle ihm von meinen Heimfahrten auf dem Lehmweg, von der Nacht, als ich den Gänsen «Loch Lomond» vorgesungen habe. Ich erzähle ihm, wie dicht ich meine Mutter neben mir gespürt habe, oder in mir, und er sagt, er kennt das Gefühl. Er hatte es einige Male auf seiner Fahrt in den Westen, sagt er.

«Ist sie da gestorben? In Crested Butte?»

Er sieht mich überrascht an.

«Du hast mir von da diese Postkarte geschickt.»

Er nickt. «Ja. Wobei ich sie da nicht gespürt habe, sie war längst nicht mehr dort.»

«Was hast du dann gemacht?»

«In einem Zelt ein paar schlechte Gedichte geschrieben, einen Freund in Boulder besucht, danach meine Tante in Duluth, und von dort bin ich wieder heimgefahren.»

Wir gehen so eng nebeneinander, dass wir uns streifen. Eine andere Frau würde einfach seine Hand nehmen und sagen: Küsst du mich jetzt irgendwann mal? Aber diese andere Frau bin ich nicht. Mich überrascht es immer, wenn jemand mich küssen will, selbst dann, wenn dieser Jemand um Mitternacht mit Wein und einer Decke anrückt. Die Menschen ändern ihre Meinung. Zwischen Idee und Wirklichkeit fällt der Schatten.

Wir gehen ein Stück auf der Fußgängerbrücke und lehnen uns über die Brüstung, um dem Spektakel zuzuschauen. Es sind gar nicht viele Gänse, sieben oder acht, aber irgendetwas versetzt sie in Aufregung. Sie teilen Hiebe mit ihren Flügeln aus, schnappen einander nach den Hälsen.

«Worüber sie wohl zanken?»

«Vielleicht darüber, wann sie nach Süden fliegen sollen», sagt er.

«Sie sollen überhaupt nicht wegfliegen.» Die Vorstellung betrübt mich richtig.

«Sie kommen ja wieder.» Er stupst mich tröstend mit dem Ellbogen und lässt ihn neben meinem Arm liegen.

Wir beobachten sie eine Weile. Aus dem Augenwinkel beobachte ich auch Silas, seinen langen, über die Steinbrüstung gebückten Körper. Durch seinen Pullover hindurch kann ich seine Wärme spüren, rieche seinen Geruch.

Er richtet sich auf, stößt sich vom Geländer ab, dann beugt er sich wieder herab und küsst mich, als ginge es um eine Mutprobe. Keiner von uns weicht zurück. Ich dränge mich an ihn, und er schiebt mir die

Hand in den Rücken, und seine Finger klettern die Leiter meiner Wirbel bis ganz nach oben. Ich spüre ihn, alles an ihm spüre ich, und es ist mir noch längst nicht genug. Wir gehen ein paar Schritte und küssen uns wieder, heftiger, länger, gegen die Brüstung gelehnt.

«Gott, darauf warte ich jetzt schon so lange», sagt er in mein Ohr. Unsere Körper berühren sich genau im richtigen Winkel, und ich kann nicht mit Worten antworten.

Zurück gehen wir Hand in Hand, aber es fühlt sich an, als küssten wir uns noch immer. Mein ganzer Körper reagiert auf die Berührung unserer Hände.

Er lädt mein Rad in sein Auto und fährt mich über den Fluss. Die nächste Woche ist er mit seiner Neunten in Gettysburg, sagt er, Klassenfahrt. Er ruft mich an, wenn er zurück ist.

Er parkt in meiner Straße, und wir lassen uns Zeit. Kein Herumgerede, kein Herumgemache, unsere Küsse sind lang und intim, als würden wir uns mit ihnen alles sagen, was gesagt werden muss.

Als ich aussteige, bin ich so weich in den Knien, dass ich kaum die Einfahrt hochkomme.

In der Regel bremst ein Mann in meinem Leben mich beim Schreiben, aber zwei Männer, stelle ich fest, geben mir einen Energieschub. Die Emotionen werden verstärkt, ich kann dem Leser mehr bieten. Am Rand hat Muriel geschrieben: «Ausführlicher!» oder «Mach das stärker erfahrbar!», und ich versuche, die Momente zu spüren, noch intensiver in sie einzutauchen. Kleine unerwartete Bezüge spinnen ihre Fäden quer durch das Buch. Ich fühle mich wie ein Dirigent, wenn er zum ersten Mal alle Instrumente gleichzeitig hört. Ich lasse meine Gedanken zurückwandern zu all den Zimmern in all den Städten, in denen ich die einzelnen Teile meines Buchs geschrieben habe, erinnere mich an all die Zweifel und Tage der Stagnation und spüre wieder diesen Knoten der Sturheit tief in mir drin.

Die Vergewaltigungsszene habe ich bis zum Schluss aufgehoben. Ursprünglich sollte sie an einem Strand stattfinden, aber ich verlagere sie in den Lagerraum der Bank, in der Clara arbeitet, und ab da schreibe ich sie in einem Rutsch. Ich sehe sie, höre sie, schmecke sie. Sie sprudelt aus mir heraus wie ein Bach, der einen Staudamm durchbrochen hat. Als sie fertig ist, verfolgt mich das, was ich geschrieben habe, ein paar Tage, und ich schaue mich nachts beim Heimradeln ängstlich um.

Im Postamt warte ich in der Schlange, zwei Stapel mit je sechs Kartons zu meinen Füßen. In jedem Karton sind ein Ausdruck des Buches und ein Anschreiben an eine Agentur. Muriel hat mir ein paar Namen genannt, und die übrigen habe ich mir in der Bibliothek aus einem Handbuch zeitgenössischer Belletristik herausgesucht. Ich küsse verstohlen meine Finger und berühre damit jeden einzelnen Karton. Wenn es vorangeht, schiebe ich den Stapel mit dem Fuß ein Stück vor. Ich atme ein, und es passt so viel Atem in meine Lunge, dass ich erst jetzt merke, wie lange ich ihn angehalten haben muss.

Der Typ hinter mir liest die Adressen auf den beiden obersten Kartons. Er trägt einen Kamelhaarmantel und erinnert mich an eine Salinger-Figur, den Jungen, der Franny in New Haven vom Bahnhof abholt. Er sieht «Literaturagentur» und «New York, NY».

«Ah, der Große amerikanische Ro-»

«Ja, gut erkannt. Das ist er», sage ich.

Hinter dem Schalter hantiert eine korpulente Frau um ihre Brüste herum, die auf dem Schaltertisch aufliegen und ihr bei allem, was sie tut, im Weg sind. Sie hievt jeden meiner Kartons einzeln auf die Waage. Sie wird der letzte Mensch sein, der sie berührt, bevor sie ihre Reise antreten, und ich habe das Gefühl, dass sie ihr Wohlwollen brauchen.

«An diesem Buch habe ich sechs Jahre geschrieben», sage ich mit gedämpfter Stimme.

«Hmm.» Sie tippt irgendwelche Zahlen ein.

Ihre Gleichgültigkeit scheint mir wie ein schreckliches Omen. Ich weiß nicht, wie ich sie auf meine Seite ziehen soll. «Es spielt in Kuba.»

«Hmm.»

In drei lieblosen Packen befördert sie die Kartons in einen Behälter hinter ihr, der aussieht wie ein großer Wäschekorb.

Ich zahle bar, hauptsächlich in Ein-Dollar-Scheinen: 96,44 Dollar. «Haben Sie recht herzlichen Dank.»

Sie gibt mir die lange Quittung, die ihr Apparat ausgespuckt hat. «Na, dann hoffen wir mal, Ihre nächsten sechs Jahre werden ein bisschen spannender.»

Ich nähere mich mit der Wasserkaraffe einem Paar an Tisch 6. Es hat etwas von einer Traumsequenz, diese Verwandlung, die sie durchlaufen: von gebückt dasitzenden Fremden, einem Mann mit Platte am Hinterkopf und einer Frau in goldfarbener Jacke, in meinen Vater und meine Stiefmutter.

«Schau dich an», sagt mein Vater. Er legt seine Serviette auf den Tisch zurück und steht auf. Der alte Sporttrainer, reichlich morsch jetzt, das Gesicht kritisch verzogen wie früher, wenn ich ein Loch verfehlt hatte. Wir umarmen uns lose.

«Mach ihn aber nicht nass», sagt Ann, weil ich die Karaffe noch in der Hand halte.

«Keine Angst.»

Er kommt mir kleiner vor, seine Umarmung muskellos.

Ich beuge mich herab und gebe ihr einen Kuss. Sie riecht immer gleich, leicht metallisch. «Was macht ihr hier?»

Eigentlich verlassen sie Cape Cod während der Sommermonate nie.

«Wir haben gestern Abend mit Caleb gesprochen, und er hat uns erzählt, was du machst, also dachten wir, wir fahren mal rüber und sagen dir Hallo», sagt Ann.

«Meine Schicht geht bis um drei, aber vielleicht kann ich etwas früher Schluss machen.»

Sie wechseln einen Blick. «Wir wollen nicht in den Berufsverkehr kommen», sagt mein Vater. «Wir sind nur zum Mittagessen da.»

«Damit wir dich wenigstens mal kurz sehen. Es ist ja doch ein Weilchen her.» Sie macht eine Pause. «Und so vieles ist seitdem passiert.» Vor meinem Vater auf meine Mutter anzuspielen, ist immer riskant.

Ann hat Caleb und mir einen Beileidsbrief in ihrer beider Namen geschickt. Davon weiß mein Vater vermutlich gar nichts.

Ich habe sie lange nicht mehr gesehen. Drei Jahre vielleicht. Sie wirken älter, als würde etwas sie sacht zu Boden ziehen. Ob mein Vater wohl weiß, wie viele Haare ihm hinten am Kopf fehlen?

In ihrem Rücken teilt mir Fabiana noch einen Vierertisch zu, und ich bin froh, dass ich ihre Getränkebestellung aufnehmen und entfliehen kann.

«Irgendwas haben die vor», sage ich zu Harry.

Er späht zu ihnen hinüber. «Sie ist noch so ein kleiner Goldpokal für seine Sammlung, stimmt's?»

«Warum kreuzen sie hier auf?» Am liebsten würde ich Caleb anrufen, aber das wäre ein Ferngespräch, und ich habe zu viele Tische. «Was hat er ihnen gesagt?»

«Vielleicht einfach nur die Wahrheit? Dass du deine Mutter vermisst? Dass du knapp bei Kasse bist?»

Ich lache. «Wenn er so was gesagt hätte, wären sie hundertprozentig nicht hier.»

Ich schenke einen Kaffee für meinen Vater ein und bringe ihm die Tasse. Ann bestellt nie irgendwelche Getränke. Nicht einmal an ihrem Wasser nippt sie. Sie wird den Haussalat ordern und an den Karottenstiften knabbern. Mein Vater wird den Double Steakhouse Cheeseburger bestellen, die Brotdeckel abmachen und alles Fleisch und die handgeschnittenen Pommes in Ketchup ertränken. Das weiß ich jetzt schon, aber ich warte brav, bis sie es mir sagen.

«Willst du das nicht aufschreiben?», fragt er.

«Ich merk's mir.»

Sie beobachten mich, während ich an den anderen Tischen bediene. An einem sitzt ein Geschichtsprofessor aus Harvard, den ich schon öfter als Gast hatte. Er hat seine Frau und die beiden Enkelinnen dabei, und als ich seinen gigantischen Eisbecher vor ihm hinstelle, hutzelt er sich ganz klein zusammen und tut so, als käme er mit seinem Löffel nicht über den Becherrand, und ich lache mit den kleinen Mädchen. Ich spüre den scheelen Blick meines Vaters. Er war schon immer eifersüchtig auf andere Männer: bestimmte Golfprofis, Taras Vater, den Englischlehrer an der Highschool, den ich so mochte, Mr Tuck.

Mr Tuck bin ich vor einigen Jahren wiederbegegnet, in Madrid am Flughafen. Er hat mich in der neunten Klasse mit Faulkner bekannt gemacht, mit Caddy und Benjy und Quentin. In der Zehnten schrieb ich meine erste Kurzgeschichte für ihn. Wir saßen anderthalb Stunden zusammen in einer Flughafenbar. Er flog weiter nach Portugal, um seinen Sohn zu besuchen, der dort studierte, ich war mit Sack und Pack unterwegs nach Barcelona. Ich sagte ihm, dass er der Grund war, warum ich meinen Master in Creative Writing gemacht hatte, und erzählte ihm, dass ich an einem Roman schrieb. Er habe aufgehört, Romane zu lesen, sagte er. Sie taugten nichts mehr. Er erkundigte sich nach meinem Vater, und ich war nicht sicher, wie viel er wusste. Ihm gehe es gut, sagte ich, er sei nach der Pensionierung nach Florida gezogen und verbringe die Sommer auf Cape Cod. Nach seinem dritten Bier sagte er, dass nicht er es gewesen sei, der meinen Vater verpfiffen hatte. Er habe davon gehört – das Spitzeln, nannte er es –, aber er sei nicht der Verräter.

«Vielleicht kannst du ja auch so ein bisschen mit uns reden?», sagt Ann, als ich ihr Essen bringe.

«Kurz.» Ich sehe mich nach Marcus um. Ich werde ihnen nicht auf die Nase binden, dass ich abgemahnt worden bin. «Ich habe noch vier andere Tische, aber fürs Erste müssten sie alle versorgt sein.»

Ich warte darauf, dass sie reden, wenn es das ist, was sie wollen, aber sie sagen nichts, also frage ich, wie ihr Sommer war.

«Gut», sagt mein Vater zum Inneren seines blutigen Burgers. «Sehr gut.»

«Man sollte meinen, sie stecken euch in eine etwas farbenfrohere Arbeitskleidung», sagt Ann.

«Findest du es erfüllend, als Bedienung zu arbeiten?», fragt mein Vater. «Hast du dafür deine ganzen Abschlüsse gemacht?»

«Aber das Rosa ist hübsch.» Ann streicht über die Tischdecke. «So ein aparter Ton.»

«Glaubst du, du verdienst hier mehr als Patty Sheehan oder Annika Sörenstam? Wusstest du, dass das durchschnittliche Einkommen einer Profi-Golferin über hunderttausend Dollar beträgt?»

«Robbie.»

«Fünfmal Rolex Junior All-American, AJGA-Spielerin des Jahres, Gewinnerin von elf landesweiten …»

«Ich hätte nie …»

«O doch, das hättest du», sagt er und will sich schon aus seinem Stuhl hieven, ehe ihm wieder einfällt, wo er ist. «Du weißt gar nichts, weil du *hingeschmissen* hast.» Das schmale Gesicht, die gelblich-grünen Augen. Jetzt sieht er exakt so aus wie damals, all die zusätzlichen Jahre scheinen von ihm abgefallen.

«Robbie», sagt Ann in schärferem Ton.

«Wahrscheinlich könntest du keinen einzigen Ball mehr einlochen.»

«Wahrscheinlich nicht.»

«Findest du das lustig? Dass du all das, was du hattest, einfach weggeworfen hast? Um hier in dieser Klitsche zu landen?»

Das Iris ist nicht ganz sein Fall, mit seinen Blattgold-Leuchten und Mahagoni-Sideboards und Fenstern bis zum Boden.

«Rob», sagt Ann wieder und macht ihm ein Zeichen. Aber mein Vater schaufelt sich nur schwer schnaufend riesige Bissen Burger in den Mund.

Sie seufzt und nimmt meine Hand. «Ein schöner Ring.»

Ich schaue hin. Die Hand meiner Mutter. Der Ring meiner Mutter. Sie streichelt den Saphir an meinem Finger. Darauf haben sie es also abgesehen.

Der Professor winkt mit seiner Brieftasche. Ich ziehe meine Hand aus ihrer.

«Sie wollen den Ring», sage ich Harry, als ich die Karte des Professors in den Apparat schiebe.

«Den von deiner Mutter? Ganz schön frech.» Er hat ein Entenconfit für uns abgezweigt, und ich nehme mir eine Gabel und lasse mir rasch ein paar Happen im Munde zergehen.

Ich erzähle ihm von der Abstellkammer, davon, wie der Direktor mir nicht glauben wollte, als ich ihm die Gucklöcher meldete.

«Ach, Casey.» Er schaut um die Ecke. «Der Mann da mit den Hängeschultern?»

«Ann ahnt von nichts etwas. Es ist alles unter den Teppich gekehrt worden. Sie haben sogar eine kleine Abschiedsparty für ihn geschmissen, mit Kuchen.»

Ich bringe meinem Vater die Rechnung. Kein Nachschlag beim Kaffee, keine Dessertkarten, kein After Eight.

«Lass ihn Ann mal anprobieren», sagt er.

Ich schüttle den Kopf.

«Lass deine Stiefmutter den Ring deiner Mutter anprobieren.»

«Ich habe ihn seit ihrem Tod nicht abgenommen.» Erst in dem Augenblick, als ich es sage, merke ich, dass es stimmt. Ich halte gerade so viel Abstand zu ihnen, dass einer von ihnen ordentlich ausholen müsste, um mich zu erreichen.

«Warum hast du ihn überhaupt?»

«Weil sie ihn mir vermacht hat.»

«Mehr konnte sie dir wahrscheinlich auch nicht vermachen, so, wie sie gelebt hat. Casey» – er versucht zärtlich zu klingen –, «sie hat uns im Stich gelassen.»

«Ich weiß, Dad.»

«Ann war unsere Retterin. Sie hat uns bei sich aufgenommen. Und als ich dann meine Stelle verloren habe …» Seine Stimme schwankt. «Ich konnte ihr nie viel bieten.»

Ann stellt die Handtasche auf ihren Schoß. Ich schaue auf ihre Hände, dicke Klunker an fast jedem Finger, noch von ihrem Ex-Mann. Sie zieht ihr Scheckheft hervor. «Wie viel willst du?» Ihr Ex war ein Du Pont.

«Nein.»

«Komm schon», sagt mein Vater. «Nenn uns deinen Preis.»

Ich tippe auf das Tablett mit der Rechnung. «Neunundzwanzig fünfundsiebzig. Gute Heimfahrt.»

Statt das Geld einfach auf den Tisch zu legen, geben sie es beim Hinausgehen Fabiana. Es gibt ein kurzes Hin und Her, weswegen, kann ich nicht sagen, und dann sind sie weg.

Fabiana bringt mir ein Tablett mit meinem Trinkgeld. Nicht mal zehn Prozent.

Sie sticht meine Gabel in ein Stück Ente. «Was kennst du denn für Leute?»

Eigentlich dachte ich, wenn ich das Buch erst einmal aus der Hand gegeben hätte, würden die Bienen davonfliegen und mich zur Ruhe kommen lassen. Stattdessen werden sie schlimmer. Die ganze Nacht liege ich im Dunkeln auf meinem Futon und spüre sie unter meiner Haut herumwimmeln. Um mich zu beruhigen, stelle ich mir vor, wie die Agenten mein Manuskript lesen, doch meine Zuversicht, was das Buch angeht, schwindet rapide, schon bald packt mich beim bloßen Gedanken daran glühende Scham. Sechs Jahre, und *das* ist es, was ich vorzuweisen habe? Ich versuche es mir als Fertiges, Ganzes ins Gedächtnis zurückzurufen, aber es gelingt mir nicht. Ich denke an die ersten Seiten, und Panik schießt in meine Brust und brennt sich mir bis in die Finger- und Zehenspitzen. Ich schaue den Leuchtziffern des Weckers beim Umspringen zu, bis es hell wird.

Tagsüber fehlt mir die Arbeit am Text. Ich habe den Zugang zu einer Welt verloren, in der meine Mutter ein kleines Mädchen ist, am Fenster über ihr Buch gebeugt oder sich auf der Straße im Kreis drehend, so schnell, dass ihr die Zöpfe waagerecht vom Kopf abstehen. Außerhalb dieser Seiten ist sie tot. Die Prozession von Dingen, die den Tod meiner Mutter noch endgültiger machen, reißt nicht ab.

Der Frauenarzt hat mir eine Mammografie verordnet. Meine Brüste ließen sich schlecht tasten, weil das Gewebe so dicht sei. Wenigstens nimmt er nicht das Wort spitz in den Mund.

Die Labortechnikerin ist grob. Sie schubst und zerrt meine rechte Brust auf der Glasplatte zurecht, lässt die obere Platte per Knopfdruck herunterfahren, und als die Brust schon so gequetscht ist, dass ich es kaum mehr aushalte, quetscht sie sie noch ein bisschen mehr. Manchmal muss sie die Platte wieder ein Stück hochfahren, mein Fleisch noch tiefer hineinstopfen. Sie sollte als Töpferin oder als Köchin arbeiten. Ihre Handgriffe sind kraftvoll und bestimmt. Sie erinnert mich an die Köche im Iris, wenn sie die Kartoffeln aushöhlen und füllen.

Bei der letzten Aufnahme will sie, dass ich die Schulter zurückziehe, und als ich es ihr nicht recht machen kann, biegt sie sie selbst nach hinten. «Gut», sagt sie, nimmt aber die Finger nicht aus meiner Achselhöhle. Sie bewegt sie leicht hin und her. «Huch.»

«Was?»

Sie wackelt noch ein bisschen mehr. «Haben Sie das mal untersuchen lassen?»

«Was denn?»

Sie nimmt ihre Finger weg, und ich stecke meine hinein. «Ich spüre nichts.» Vielleicht gehört sie ja zu den Leuten, die anderen einreden müssen, dass sie krank sind – Münchhausen-Stellvertretersyndrom. Kein Wunder, dass sie sich zur Medizin hingezogen fühlt.

«Da.» Sie schiebt meine Finger tiefer in die Höhlung und führt sie über einen harten – es gibt kein anderes Wort dafür – Knoten. Meine ganze Hand zuckt weg davor, Verleugnung auf Muskelebene. Ich betaste meine andere Achselhöhle. Ich taste und taste. Man möchte einfach symmetrisch sein. Wenn schon Knubbel, dann doch wenigstens zwei. Nichts. Sie fühlt auch noch einmal nach.

«Zeigen Sie das mal Ihrem Arzt.»

«Können wir nicht gleich Aufnahmen davon machen? Um Zeit zu sparen?»

Sie lacht, als wäre das eine absurde Idee. «Nein.»

Ich rufe wegen des Knotens bei der Allgemeinarztpraxis an und werde gleich für den Nachmittag einbestellt.

Diesmal gerate ich an eine Ärztin. Sie trägt graue Filzhausschuhe und Haarspangen rechts und links. Ich komme mir vor, als wären wir beide Sechstklässlerinnen, die Doktor und Patient spielen. Eine Erklärung weiß sie auch nicht. Sie fragt mich, ob ich kürzlich mein Deo, meine Seife oder mein Parfüm gewechselt habe. Nein, habe ich nicht. Sie empfiehlt mir, zur Sicherheit alle Körperpflegeprodukte wegzulassen und in einer Woche wiederzukommen.

«Bis dahin werde ich ziemlich streng riechen», sage ich. Sie sagt, die Haare darf ich mir ruhig waschen, aber nur mit einem Shampoo, das ich schon kenne, und so weit nach hinten gebeugt, dass kein Schaum meinen Arm hinablaufen kann. Und keine Spülung benutzen. «Ein stinkender Struwwelpeter», sage ich.

Nach einer Woche ist der Knubbel unverändert groß und dazu wund von meinem ständigen Herumgefingere. Die Ärztin meint, ich soll mit meinem Antihygieneprogramm fortfahren. Und, fügt sie hinzu, als wäre ihr das eben erst eingefallen, einen Onkologen aufsuchen. Sie macht einen Vermerk auf meiner Karteikarte, und als ich gehe, sagt man mir, Donna wird mich innerhalb der nächsten achtundvierzig Stunden wegen eines Termins anrufen. Das tut sie. Mein Termin beim Onkologen ist in sieben Wochen. Ich rufe in seiner Praxis an und bettle um einen früheren Termin, aber die Sprechstundenhilfe erklärt mir schnippisch, dass ich noch von Glück reden kann: Ein anderer Patient hat abgesagt. Regulär ist erst wieder Ende des Frühjahrs etwas frei.

«Weil Krebs ja warten kann», sage ich. «Weil ein Tumor ja nicht wächst und streut und einen umbringt.»

Sie legt auf. Ich kann nur hoffen, sie streicht mich nicht einfach aus dem Kalender.

Ich versuche etwas Neues zu schreiben, aber es taugt nichts, und ich gebe nach ein paar Sätzen auf. Obwohl es mir lange Zeit nicht so vorkam, hatte ich bei dem alten Roman meinen Rhythmus gefunden. Ich kannte meine Figuren, ich wusste sie zu nehmen. Ich kannte den Ton ihrer Stimmen und die Art, wie sie sich bewegten, und alles andere fühlt sich künstlich und steif an. Ich sehne mich nach ihnen, nach Menschen, die mir anfangs genauso künstlich und steif erschienen und mir jetzt wie die einzigen Menschen vorkommen, über die ich je werde schreiben können.

Was hältst du davon», sagt Oscar, «wenn du Sonntagabend zu uns zum Abendessen kommst.»

«Oha!»

«Ich weiß.»

Ich bin an dem Apparat in der Küche. Thomas dreht Nirvana voll auf, und ich muss mir das freie Ohr zuhalten.

«Bist du noch da?»

«Im Schock.»

«Am Montag ist Schule, deshalb essen wir um Punkt sechs. Wie stehst du zu Hähnchensticks mit Gurkenscheiben?»

«Meine Leibspeise.» Mein Herz klopft. Hähnchensticks mit Gurkenscheiben. Mir war gar nicht klar, wie sehr ich auf diese Einladung gewartet habe.

Ich kehre in den Speisesaal zurück, wo ich mit Tony, Dana und Harry Gedecke rolle. Wir stehen um einen der runden Tische, Craig hat uns einen Krug Sangria gemixt. Angus aus der Küche, schon in Straßenkleidern, ist auch dabei, dazu Fabiana und der neue Kellner, James. Er ist ein melancholischer Schotte, schweigsam wie ein Grab. Harry ist hin und weg von ihm.

«Einer deiner Lover?», fragt Tony. Ich habe den Fehler gemacht, ihm an einem ruhigeren Abend letzte Woche von meinem Dilemma zu erzählen.

«Welcher?», will Harry wissen.

«Oscar. Ich soll mit ihm und den Kindern zu Abend essen.»

«Er hat Kinder? Bloß nicht», sagt Craig. «Schaff ihn dir vom Hals.»

«*Torn between two lovers*», singt Dana.

«Wie sind sie denn so?», fragt Angus. «Wir helfen dir, dich zu entscheiden.»

«Wer sagt, dass ich mich entscheiden will?» Aber ich werde meine Wahl natürlich treffen müssen. Ich habe die K.-o.-Runde erreicht. «Also, der eine ist in meinem Alter und ein klein bisschen skurril, wir reden viel über den Tod. Einen Tag vor unserem ersten Date hat er sich drei Wochen lang vom Acker gemacht, aber jetzt ist er zurück, und wenn wir uns küssen, weiß ich nicht mehr, wo oben und unten ist. Ich bin jedes Mal leicht überrascht, wenn er anruft, weil ich immer damit rechne, dass er wieder abtaucht.» Niemand sagt etwas, darum rede ich weiter. «Und der andere ist wie ein Hütehund. Er ruft zwischen unseren Verabredungen an und hinterlässt lustige Nachrichten, wenn ich bei der Arbeit bin, und macht kein Hehl daraus, was er für mich empfindet. Er ist etwas älter und hat zwei Kinder, und er kann extrem charmant sein.»

Sie scheinen mit ihrer Weisheit genauso am Ende wie ich.

«Der zweite ist dieser Schriftsteller, oder? Oscar Kolton», sagt Craig. «Ich hab gesehen, wie er dir an dem Tag neulich schöne Augen gemacht hat.»

«Nimm den, mit dem der Sex besser ist», sagt James – seine allerersten Worte an mich.

«Sex hatte sie bisher mit keinem von beiden», sagt Harry, was ihm nicht zusteht, aber eine Gelegenheit, James gegenüber von Sex zu sprechen, kann er natürlich nicht auslassen.

«Da haben wir das Problem doch schon», sagt James.

«Liebe ist ja nicht gleich Sex», wirft Craig ein.

«Immer nach dem gehen, was sie *sagen*, nicht nach dem, was sie *tun*», sagt Yasmin.

Angus lacht. «Nach dem, was *wir* sagen, solltest du jedenfalls nicht gehen.»

«Das, was man braucht, ist nicht zwingend das, was man will», steuert Dana bei.

«Die Wahl ist immer die zwischen Feuerwerk und Kaffee im Bett», sagt Fabiana. «Immer.»

«Ihr redet doch alle Bullshit», sagt Harry. «Der Einzige, der recht hat, ist James.» Er blickt von der Serviette hoch, die er faltet, aber James' Augen sind auf Angus gerichtet, der sein Sangria-Glas leer trinkt.

Craig mixt uns den nächsten Krug. «Stell dir vor, du hättest eine Mitbewohnerin, die so richtig scharf ist», sagt er zu mir. «Welcher von deinen Typen würde nicht mit ihr in die Kiste gehen?»

«Stell dir vor, du hättest ein Kind, das plötzlich über vierzig Fieber hat», sagt Fabiana. «Welcher würde nicht durchdrehen?»

«Oder stell dir vor, du hättest ein Kind, das von einem Dämon besessen ist und plötzlich anfängt, die Wände mit Blut vollzuspucken», sagt Angus.

«Oder ihr besteigt den Mount Everest, und dein Kind wird an der Kangshung-Wand von einer Lawine mitgerissen», sagt James. «Welcher reißt sich die Kleider vom Leib, um dir ein neues zu machen?»

«Hör zu, Casey Kasem», sagt Dana und wirft ihre letzte Gedeckrolle auf den Haufen. «Wenn du genug Zeit auf der Rennbahn verbringst, dann erkennst du dein Pferd. Du erkennst es einfach.»

Die Straßen sind ruhig am Sonntagabend. Ich überquere die Commonwealth Avenue ohne die übliche Warterei und habe die Boston University Bridge für mich allein. Es wird schon dämmrig, der Fluss glänzt rosa, und keine Boote stören die Stille. Ich komme zu der Sunoco-Tankstelle, wo ich Luke seiner Wege geschickt habe. Die Tagetes sind nicht mehr da. Ich könnte nicht sagen, wann ich aufgehört habe, sie wahrzunehmen. Die Erkenntnis verschafft mir ein unerwartetes Gefühl der Befriedigung. Ich radle an den Gänsen vorbei, nur eine Handvoll, die am Uferrand herumstaksen wie Schwimmer, die sich gegen die Kälte zu wappnen versuchen. Als Nächstes die Fußgängerbrücke, auf der Silas mich geküsst hat. Mein Inneres gerät ins Schlingern, aber er muss längst aus Gettysburg zurück sein und hat sich nicht gerührt, und auf mich warten Hähnchensticks mit Gurkenscheiben bei Oscar und seinen Jungs.

In ihrem Haus brennen alle Lichter. Ich lehne mein Rad an ein paar steife Büsche neben der Tür, und während ich noch nach einer Klingel oder einem Klopfer suche, öffnet sie sich einen Spalt. Eine Schnauze schiebt sich heraus.

«Hallo, Bob.»

Bob stößt einen Beller aus. Das Geräusch erschreckt ihn, und er verschwindet winselnd im Haus.

Die Tür geht eine Spur weiter auf, und über den Knauf reckt sich Jaspers Gesicht.

«Lass sie rein.» John schubst Jasper leicht zur Seite.

Ich trete über die Schwelle. Es sieht ganz anders aus als in meiner Vorstellung. Ich wusste gar nicht, dass ich eine Vorstellung hatte, bis sie nun widerlegt wird. Kein Windfang, keine Eingangsdiele, keine Türen oder Türstöcke. Von außen ist es ein Schindelhaus wie jedes andere, aber drinnen sind sämtliche Wände entfernt worden. Das Erdgeschoss besteht aus einem einzigen großen, strahlend weiß gestrichenen Raum mit einer nach links ansteigenden Treppe, die aussieht wie an Drähten aufgehängt und zu einer Galerie im ersten Stock hinaufführt. Die Küche ist eine Insel in der Raummitte mit einer Reihe knallroter Hocker davor. Oscar wendet mir den Rücken zu. Er beugt sich in den Ofen und stochert auf einem Backblech herum.

«Ist Casey im Haus?», fragt er.

«Casey ist im Haus», bestätigt John.

«Sie ist geradelt», meldet Jasper.

«Hatte sie ihren Helm auf?»

Ich halte ihn hoch.

«Ja!»

«Ich kann ihn dir abnehmen», bietet John an.

Beide Jungen tragen Kakihosen und weiße Hemden. Um ihre kleinen Taillen sind Gürtel geschnallt. Jaspers weißer Ärmel hat schon jetzt ein paar Schmierer. Bei allen dreien sind die Haare sauber gescheitelt und noch feucht.

Oscar richtet sich auf. «Jede Seite zwölf Minuten.» Sein Gesicht ist gerötet, und seine Augen blicken wild.

«Hallo.» Ich küsse ihn auf die Wange. Er fühlt sich steif und weit weg an. Aber gut sieht er aus mit seinem dunkelblauen Leinenhemd zu der Jeans.

Ich stelle meinen Rucksack auf einen der roten Hocker und bringe den Beutel mit den Chocolate Chip Cookies zum Vorschein, die ich in meinem Tischbackofen gebacken habe, immer drei Stück auf einmal. Ich öffne ihn. Jasper beugt sich vor und schnuppert. Erst nach dem Abendessen, belehrt John ihn, bevor er seinerseits den Kopf in die Tüte steckt.

Oscar macht sich im Kühlschrank zu schaffen.

An die Kühlschranktür sind Bilder geklebt, mit Wachsmalkreiden und Buntstiften gemalte Bilder, fast alles Variationen einer grünen Wellenlinie mit gelben Zacken an einem Ende.

«Ist das eine Schlange?»

«Nein!» Jasper langt sich ans Hirn. «Das ist ein Drache!»

«Ein feuerspeiender Drache?»

«Ja! Ein Drache, der ganz, ganz viel Feuer speit!»

«Schrei nicht so», sagt John.

Jasper hüpft auf und ab und flüstert: «Ganz, ganz viel Feuer speit er.»

Die Bilder sind am unteren Rand mit ZAZ signiert. «ZAZ?»

«Sein *nom de crayon*», sagt Oscar mit ganz passablem Akzent von der Spüle her.

«Was ist das?», will John wissen.

Oscar hat den Hahn aufgedreht, um die Gurken abzuwaschen, und antwortet nicht.

«*Nom de plume* ist französisch für Name, *nom*, der Schreibfeder, *de plume*», erkläre ich. «Manche Schriftsteller wollen ihre Bücher nicht unter ihrem eigenen Namen veröffentlichen, deshalb verwenden sie einen Namen, der nur für die Feder gedacht ist, einen Künstlernamen. Und *nom de crayon* hat euer Papa gesagt, weil Jasper nicht mit einer Feder gemalt hat, sondern mit Wachsmalkreide, und die heißt auf Französisch *crayon*. Wobei er das Wort hier sogar in einem Doppelsinn verwendet hat, denn *crayon* heißt gleichzeitig Buntstift, und Buntstiftbilder sind ja auch dabei.» Mir ist fast ein bisschen schwindlig nach meinen Ausführungen.

«Sie erweist mir viel mehr Ehre, als mir gebührt, Jungs. Ein sehr einnehmender Charakterzug.» Er wirft mir einen raschen Blick zu, bevor er anfängt, die Gurke zu schälen. Die Schale fällt in langen, dicken Streifen auf die Anrichte.

«Kann ich irgendwas helfen?»

«Kümmer du dich nur weiter um die Erleuchtung der Heiden.»

«Wir haben neue Trinkpäckchen», verkündet Jasper.

«Was ist denn ein Trinkpäckchen?»

Sie brechen alle in Gelächter aus. Sie halten es für einen Witz.

«Es gibt Kiwi-Erdbeere, Pfirsich-Mango und Trauben-Irgendwas», sagt John.

Ich entscheide mich für Trauben-Irgendwas, und die Jungen rennen zu einem Vorratsschrank und rangeln darum, wer mir meinen Saft bringen darf. Sie einigen sich darauf, dass John den Strohhalm aus dem Plastik pfriemeln und ihn durch das Löchlein an der Oberseite schieben wird, und überreicht werden soll mir das Ganze von Jasper.

«Man könnte meinen, Madonna beehrt uns», sagt Oscar.

«Don't cry for me, Argentina!», schmettert Jasper, während John das Trinkpäckchen bereit macht.

«Du schreist so, dass mir fast mein Ohr platzt. Da.»

Jasper nimmt den kleinen Karton und überreicht ihn mir.

«Tausend Dank.»

«Tausend Bitte.» Jasper hüpft immer noch auf und ab.

«Musst du mal?», fragt John ihn.

«Nein!»

Sie lassen mich nicht aus den Augen, während ich den Saft durch den winzigen Strohhalm sauge. Er schmeckt süß und nach Chemie. Oscars Hackmesser klackt auf dem Schneidebrett. Wir trinken unsere Saftpäckchen leer, schlürfen lautstark die letzten Tropfen heraus. Aus irgendeinem Grund bringt mich das auf die Spielkarten in meinem Rucksack.

Ich hole sie heraus und spüre einen Stich: Das letzte Mal, dass ich sie in der Hand hatte, war in dem Pavillon in Pawtucket.

«Du magst Karten lieber als Brettspiele», flüstert John.

«Mau-Mau!», ruft Jasper. «Kennst du Mau-Mau?»

«Klar kenn ich Mau-Mau.» Meine Mutter hat es mir beigebracht, als ich im Kindergarten die Windpocken hatte. Sie musste es ganze Tage ununterbrochen mit mir spielen.

Wir ziehen um in den Wohnzimmerbereich. Die Jungen halten auf die Couch zu, aber als ich mich auf den Teppich setze, kommen sie zu mir herunter, und wir kreuzen alle die Beine vor uns, sodass unsere Knie aneinanderstoßen.

«Wir hätten auch Stühle», sagt Oscar.

«Karten muss man auf dem Boden spielen.»

Es sind gute Karten. Alt und biegsam. Sie haben Pacos Großmutter gehört. Wir hatten mit ihr Chinchón gespielt, als wir bei ihr in Saragossa waren, und sie sind uns geblieben. Und mit Paco habe ich im Bett oft Gin Rommé gespielt. Das hatte ich vergessen. Manchmal fanden sich am Morgen noch Karten zwischen den Decken. Sie haben ein Korbmuster auf der Rückseite. Als ich sie in Pawtucket aus dem Rucksack holte, streckte Luke die Hand danach aus und sagte: «Ah – Rattan!», und ich verschluckte mich fast vor Lachen. Ich weiß gar nicht, warum.

Ich teile den Stapel und biege beide Hälften mit dem Daumen ein Stück hoch. Dann lasse ich los, und die Karten gleiten perfekt ineinander, schnell und geschmeidig. Ich schiebe die Finger unter die Außenkanten und biege sie steil zurück, und in sanftem Bogen verzahnen sich die Kanten. Es geht nichts über einen guten Pack Spielkarten.

Die Jungen starren mich an.

«Was ist?»

«Wie hast du das gemacht?»

«Das?» Ich teile den Packen und führe es noch einmal vor.

«Ja.»

«Mischt ihr in eurer Familie keine Karten?», rufe ich zu Oscar hinüber.

«Aber sicher mischen wir.»

«Wir machen es so.» John bildet zwei Stapel und versucht den einen seitlich in den anderen zu drücken.

«Stopp.» Vorsichtig nehme ich ihm die Karten weg. «Mach das nie wieder. So mischen nur alte Männer, das darf keiner, der nicht mindestens dreiundneunzig ist.»

«Altersdiskriminierung», kommentiert Oscar, der die Hähnchensticks umdreht. «Noch zwölf Minuten.»

«Also gut», sage ich ihnen. «Dann habt ihr jeder sechs Minuten zum Üben.»

Ich gebe die Karten Jasper, was John ungeduldig macht und Jasper verunsichert. Er ist es gewohnt, dass John ihm den Weg ebnet, sich vor ihm in unbekanntes Terrain wagt. Die ersten paar Male führe ich ihm die Hand, und wir machen es gemeinsam, dann nehme ich meine Hände weg. Seine Finger umspannen die Stapel nur ganz knapp, die Karten rutschen seitlich weg, und der Bogen reißt.

«Ich kann's nicht.»

«Probier's noch mal.»

Er versucht es.

«Es geht nicht.»

«Doch. Noch mal.»

Beim fünften Versuch klappt es. Ein Knattern, und dann das *Wusch.* «Schau, Papa. Schau!»

Oscar kommt und stellt sich neben den Teppich.

Nach ein paar Fehlschlägen schafft Jasper es wieder. Und wieder.

«Wow, Jaz. Ich bin beeindruckt», sagt Oscar. «Das hätte mir mit fünf auch mal einer beibringen sollen. Dann wäre ich jetzt nicht dreiundneunzig.»

Ich lächle, blicke aber nicht auf. Mir bleiben nur noch wenige Minuten für John.

Er lässt sich von mir nicht die Hand führen, aber nach einigen Versuchen hat er es heraus. Sie reichen die Karten zwischen sich hin und her, üben weiter, ihre kleinen Hände mit jedem Mal routinierter. John bekommt einen besonders langen Bogen hin, der mit einem befriedigenden *Drrrrrrr* in sich zusammenschnurrt.

Sie sehen sich an.

«Das ist so cool», sagt Jasper.

«Das ist so *mega*cool», sagt John.

«Also dann. A tavola», sagt Oscar.

«Mau-Mau spielen wir dann nach dem Essen», sage ich.

«Nach dem Essen wird vorgelesen, und dann geht's ins Bett», sagt Oscar. Er zeigt zu dem Platz, auf dem ich sitzen soll, ihm gegenüber, neben Jasper. «Fünf Gurkenscheiben pro Hähnchenstick», schärft er seinen Söhnen ein.

Wir reichen die Platten herum. Die Hähnchensticks sind golden und kross gebacken. Es gibt zwei verschiedene Dips für die Gurken, Ranch-Dressing und Italian. Alles schmeckt fantastisch. Ich lasse mir von den Jungen Geschichten erzählen: wie John einmal in den falschen Schulbus gestiegen ist, wie Jasper sich eines Nachmittags zu seinem Mittagsschlaf hingelegt hat und erst am nächsten Morgen aufgewacht ist, wie sie an einem Abend die Babysitterin ausgesperrt haben.

«Erzähl die Schwester-Ellen-Geschichte, Papa», sagt Jasper.

«Das ist eine Gutenachtgeschichte, keine Abendessensgeschichte.»

«Bitte!», ruft John.

«Bitte!», ruft Jasper. Er legt mir die Hand aufs Handgelenk. «Die ist so witzig.»

Oscar würde diese Geschichte lieber nicht erzählen, das sieht man. Er fixiert seinen Teller und schüttelt den Kopf, aber die Jungen lassen nicht locker, und er schaut John an und fragt: «Soll ich wirklich?»

John nickt.

«Als ihre Mutter, meine Frau, Sonya, im Krankenhaus lag, gab es gute Schwestern, und es gab nicht so gute.»

«Es gab lustige Schwestern, und es gab griesgrämige Schwestern», fällt John ein.

«Es gab dicke Schwestern, und es gab dünne Schwestern», sagt Jasper.

«Und es gab Schwester Ellen.»

«Schwester Ellen war böse.»

«Sie war fies.»

«Sie war verbiestert.»

«Sie hat alle gehasst.»

«Aber am meisten gehasst hat sie Kinder», sagt Oscar.

«Keine Kinder am Vormittag!»

«Keine Kinder am Nachmittag!»

«Ich musste sie hineinschmuggeln. Auf Tragbahren, in Wäschesäcken, in Staubsaugerbeuteln, unter den Plastikabdeckungen der Essenstabletts.»

«Papa kam allein rein, und Mama hat geweint: ‹Du hast die Jungs nicht mitgebracht!›»

«Und dann sprangen wir raus!»

«Und wenn Schwester Ellen kam, mussten wir unter Mamas Decke kriechen.»

«Wir mussten ganz, ganz still sein.»

«‹Ich rieche doch, dass hier Kinder sind!›, brummte sie.»

«Und dann sagte Papa: ‹Nein, nein, keine Kinder heute.›»

«Wir haben sie günstig zu stimmen versucht», sagt Oscar.

«Mama sagte: ‹Sie interessiert sich für Autos.›»

«Also hat Papa ihr ein Buch über Autorennen gekauft.»

«Mama sagte: ‹Sie interessiert sich für Raumfahrt.›»

«Also hat John ihr seine Lego-Astronautin gegeben.»

«Mama sagte: ‹Sie mag Tiere.›»

«Also hat Jasper ihr seinen Stoffhund mit den abgelutschten Ohren geschenkt.»

«Aber nichts konnte sie zufriedensetzen.»

«Zufrieden*stellen*.»

«Keine Blumen.»

«Keine Pralinen.»

«Keine Lollis oder Lakritz oder Lutschbonbons.»

«Aber dann.»

«Aber dann brachte Papa Mama eines Tages ein Eis mit.»

«Ein Pfefferminzeis.»

«Aber an dem Tag ging es Mama sehr schlecht.»

«Zu schlecht, um zu essen.»

«Sie zeigte auf Schwester Ellén.»

«Und Papa gab das Eis Schwester Ellen.»

«Und über Schwester Ellens Gesicht ging ein Lächeln.»

«Wie nie zuvor und nie danach.»

Auf einen Schlag verstummen sie alle, und eine schreckliche Stille breitet sich aus, in die ich nicht hineinreden möchte, aber ich weiß, ich muss es tun, eine Heidin, die nach der heiligen Liturgie sprechen soll.

«Das ist eine tolle Geschichte.»

«Aber es war wirklich so», sagt John.

Jaspers Hand umklammert noch immer mein Handgelenk.

«Teller abräumen», kommandiert Oscar.

John steht auf und nimmt zwei Teller. Jasper lässt mich los und nimmt die anderen zwei. Da sitzen wir, die Wassergläser zwischen uns. Oscar stützt das Kinn in die Hand. Er sieht mich an, Brauen hochgezogen. «Und das ist bereits die gekürzte Fassung.»

«Es tut mir so leid.»

Er nickt. Sein Blick ist ins Leere gerichtet.

John und Jasper streiten sich um den Brausehahn an der Spüle. Als Oscar es merkt, sagt er: «So. Ihr zwei geht jetzt rauf.»

Sie lassen los und trotten zur Treppe.

«Sagt Casey Gute Nacht.»

Sie sagen Gute Nacht, und ich wünschte mir, ich dürfte sie in den Arm nehmen, aber ich bleibe auf meinem Stuhl sitzen. «Schlaft schön, ihr zwei.»

Auf halbem Weg nach oben ruft John noch: «Danke, dass du uns gezeigt hast, wie man richtig mischt!»

«Rauf mit euch», sagt Oscar, und sie steigen die restlichen Stufen hinauf. Auf der Galerie hängen sie sich über das Geländer, und ich winke, und sie winken zurück, und Oscar befiehlt: «Gesicht waschen und Zähne putzen», und sie verschwinden.

Ich bringe das restliche Geschirr zur Spüle.

«Schau dich an», sagt er.

Ich trage die vier Gläser in einer Hand, die Gurkenschüssel, die Platte mit den Hähnchensticks und die Dips in der anderen.

«Da zeigt sich der Profi.»

Er klappt die Spülmaschine auf. Geschirrspülergeruch weht mir entgegen. Ich habe seit der Highschool nicht mehr in einem Haus mit Geschirrspüler gewohnt. Ich räume die Gläser in die Maschine und atme den Duft eines amerikanischen Haushalts ein.

«Das machen die zwei bei fast allen Frauen. Ihren Lehrerinnen, den Müttern ihrer Freunde. Du hast es im Iris ja auch schon erlebt. Sie schmeißen sich richtiggehend an sie ran. Es zerreißt mir das Herz – ich meine, wie soll das in zehn Jahren mit Mädchen in ihrem Alter werden? Dieses Gebettel um Liebe.»

«Die Mädchen werden Schlange stehen.»

Er schüttelt den Kopf. Er braust die Teller ab und packt sie in das Gestell. Ich will, dass er das Geschirr Geschirr sein lässt und mich hinüber zur Couch zieht.

Er spült die Salatschleuder aus, setzt sie wieder zusammen und gibt sie mir. Es ist eine solide, teure Salatschleuder. Ich drücke den roten Knopf in der Mitte, und der Innenkorb läuft an und kommt auf Touren wie ein gut gebauter Motor.

«Entschuldige.» Er nimmt mir die Schleuder aus der Hand. «Ich hatte vergessen, dass du ja nicht weißt, wo sie hingehört.»

Oben aus dem Bad kommen streitende Stimmen.

«Jungs!»

«Fertig», ruft John von der Galerie herunter. Jaspers Kopf ragt kaum über das Geländer.

Vielleicht kann ich den Jungen ja vor dem Ins-Bett-Gehen etwas vorlesen. Ich überlege, was wohl ihre Lieblingsbücher sind.

«Okay», sagt Oscar. Er wischt sich die Hände an einem Spüllappen ab. «Schön, dass du da warst, Casey.»

«Ich kann doch warten, oder ich lese ...»

Er schüttelt den Kopf. «Die Schlafenszeit ist immer noch ein bisschen schwierig.»

«Papa», quengelt Jasper.

«Ich komme.» Er beginnt die Stufen hinaufzusteigen und dreht sich dann um. Und da ist er wieder, der Oscar aus dem Arboretum, mit diesem kleinen Lächeln, als hätten wir schon jetzt eine gemeinsame Vergangenheit, Hunderte von kleinen Späßen, die wir teilen – als wünschte er sich vom Leben nichts anderes, als mich hier an seiner schicken Kücheninsel stehen zu sehen.

«Ich ruf dich morgen an.» Seine Hände heben sich kurz, eine hilflos-entschuldigende Geste.

Dann steigt er auch den Rest der Treppe hinauf, legt jedem seiner Söhne eine Hand auf den Rücken und schiebt sie den Gang entlang, außer Sicht. Die Spülmaschine beginnt ihr diskretes Stampfen.

Ich sammle meine Karten vom Teppich auf, wo ich mit den Jungs gesessen habe. Ihre Stimmen klingen bruchstückhaft zu mir herunter. Ich mische die Karten noch einmal durch, langsam, und packe sie wieder in den Rucksack, ziehe meine Jacke an, setze den Helm auf und gehe zur Haustür hinaus. Bob ist aus seinem Versteck gekommen und beobachtet mich von einem Stuhl beim Fenster. Ich schiebe mein Rad bis zum Ende der Einfahrt. Sehen kann ich sie nicht, aber ich weiß, in welchem Zimmer sie sind, weil sich das Licht hinter den Fenstern verändert. Fast meine ich, den Zahnpastaatem riechen zu können, spüre das Gewicht eines müden Kindes an meiner Schulter.

Silas ruft an, und wir treffen uns bei einem Koreaner in der Nähe des MIT. Er entschuldigt sich, dass er sich nicht eher gemeldet hat. Er ist mit einer Darmgrippe zurückgekommen, die während der Fahrt unter den Schülern umging, sagt er, und hat drei Tage lang nur gekotzt. Tatsächlich wirkt er ein bisschen fahl. Er ist frisch rasiert, und ich sehe die bläulichen Stoppeln unter der Haut. Normalerweise hat er gute Farben, von dem Sporttraining, das er nachmittags leitet. Er bestellt gedämpftes Gemüse mit Reis.

Während er von der Klassenfahrt erzählt – zweimal achtzehn Stunden im Bus und dazwischen sechs Nächte in einer Jugendherberge, wo er und die achtundsiebzigjährige Bibliothekarin siebenunddreißig Teenager bändigen mussten –, überlege ich krampfhaft, wie ich das Thema Oscar anschneiden kann. Ich muss sehen, ob es ihm etwas ausmacht. Das ist der einzige Weg, Klarheit über seine Gefühle zu erlangen. Allerdings schien mir das wesentlich leichter, als er mir noch nicht am Tisch gegenübersaß, die Ellbogen aufgestützt und mit unerwartet vertrauten Fingern die Plastikhülle seiner Essstäbchen zwirbelnd.

Jetzt fängt er von der letzten Mittwochswerkstatt an, die er besucht hat. «Muriel hat diese Stelle aus ihrem Roman vorgelesen, und ich schwöre dir, am Ende haben alle den Atem angehalten. Sogar Oscar.» Sooft er Oscars Namen sagt, spüre ich ein unangenehmes kleines Ziepen.

«Alles in Ordnung bei dir?», fragt er.

«Ja. Nur müde. Wie ist dein Gemüse?»

«Gut», sagt er, aber auch er hat nicht viel gegessen.

Nach dem Essen gehen wir zur U-Bahn. Keiner von uns schlägt etwas vor, um den Abend zu verlängern. Ich folge ihm die Treppe hinunter und durch das Drehkreuz. Ich muss stadteinwärts fahren, er stadtauswärts. Wo die Treppen zu unseren getrennten Gleisen abgehen, bleiben wir stehen. Hier? Soll ich es ihm *hier* sagen? Sollen wir *hier* reden? Eine Gruppe lärmender Jugendlicher drängt sich an uns vorbei, eine Bahn rumpelt durch einen Tunnel. Ich will, dass er mich küsst. Wenn ich jetzt Oscar ins Spiel bringe, küsst er mich bestimmt nicht.

«Ich schau besser, dass ich die noch erwische.» Er tippt mir leicht auf den Arm. «Bis bald.» Er nimmt immer zwei Stufen auf einmal und schafft es gerade noch durch die sich schließenden Türen.

Sieht ganz so aus, als hätte ich mir das mit dem Gesprächsbedarf nur eingebildet.

Die Post bringt mir meine erste Absage.

«Leider entspricht Ihr Text nicht ganz dem, was wir suchen», heißt es darin.

«Sprich, der Agent hat es nicht selbst gelesen», sagt Muriel. «Er hat seine Assistentin oder die Volontärin drangesetzt. Sonst würde da ‹ich› stehen und nicht ‹wir›.» Wir sitzen in ihrer Wohnung. Sie hat mir ein wunderbares Sandwich gemacht, aber ich muss es stehen lassen. Mein Appetit schwindet dahin, zusammen mit meinem Schlaf. «Wenn jemand dein Buch wirklich liest, dann bekommst du andere Reaktionen.»

Ich kann nicht sprechen, und sie steht auf und umarmt mich. «Du kriegst das Ding verkauft, ich verspreche es dir.»

Ich muss es verkaufen. Ich brauche Geld. Ein Typ namens Derek Spike von EdFund hat meine Nummer in der Arbeit ausfindig gemacht und einen Teil meines Lohns pfänden wollen. Marcus hat aufgelegt. «Diese Dreckswichser. Meiner Schwester haben sie das Leben auch zur Hölle gemacht. Ich war echt schlau, dass ich nicht studiert habe.»

Langsam, aber sicher muss ich ihm recht geben.

Adam will meine Miete erhöhen. Wir stehen im Garten unter dem großen Ahorn, der seine letzten Blätter auf uns herabregnen lässt. Ich frage, ob wir nicht bis zum Jahreswechsel bei dem alten Betrag bleiben können.

«Wie kommst du darauf, dass du dann flüssiger bist?»

«Ich habe meinen Roman fertig geschrieben.»

«Und?»

«Er liegt jetzt bei den Agenten, und wenn ...»

Er wirft den Kopf in den Nacken und lacht brüllend.

Ich mache mir bei Caleb Luft. «Dein Freund wohnt in einem verdammten Schloss und fährt einen scheiß Mercedes, aber mir muss er plötzlich die Miete raufsetzen?»

«Er steht auch unter Druck, Case.» Er und Phil und Adam schweben in anderen Welten mit ihren Häusern und ihren Gehältern. «Scheidung ist der finanzielle Supergau. Phil sagt immer, gottlob dürfen wir nicht heiraten, sonst hätte ich ihn schon nach Strich und Faden ausgenommen, womit er wahrscheinlich recht hat. Adam sagt, er könnte für die Wohnung viel mehr verlangen.»

«Es ist ein *Zimmer*, keine Wohnung. Eine modrige Kammer.» Ich befühle den Knubbel unter meinem Arm. Ich kann nicht beurteilen, ob er größer wird. Möglich ist es. Wenn ich Krebs habe, brauche ich überhaupt niemandem mehr etwas zu zahlen. Ich ziehe wieder bei Caleb und Phil ein, ruiniere ihnen für ein, zwei Jahre ihr Leben und sterbe dann.

«Trotzdem. Wohnraum ist Mangelware in Boston.» Als ich nicht antworte, fragt er: «Bist du noch dran?»

«Ich hab nur gerade meinen Tumor gestreichelt.»

«Casey. Phil sagt, es ist höchstwahrscheinlich völlig harmlos.»

Caleb muss Adam angerufen haben, denn als ich am nächsten Morgen den Hund holen will, kommt er zur Tür.

«Können wir uns kurz unterhalten?», sagt er und deutet zum Küchentisch. Wir setzen uns hin. Oafie tappt um uns im Kreis und wartet darauf, dass ich von seinem Herrchen entlassen werde. Er hat das mit der Mieterhöhung noch mal überdacht, denke ich. Stattdessen eröffnet er mir, dass er sich dazu entschlossen hat, sein Grundstück zu teilen und die Garage und das Stück Garten auf der anderen Seite zu verkaufen. Zwangsräumung also.

«Wann?»

«Wir schalten die Anzeige in drei Wochen. Du musst auch nicht putzen oder so was. Die reißen den Kasten garantiert ab. Da geht's nur um das Bauland.»

Silas spricht mir eine Nachricht auf Band, dann noch eine, und ich rufe nicht zurück. Meine Entscheidung ist getroffen. Ich habe die Nase voll von den Wechselbädern, dem Heiß und Kalt, den Typen, die nicht wissen oder nicht kommunizieren können, was sie wollen. Ich habe die Nase voll von Küssen, die noch den letzten Knochen in meinem Körper zum Schmelzen bringen, gefolgt von zehn Tagen Funkstille, gefolgt von einem beschissenen Armtätscheln an der U-Bahn-Treppe.

Oscars Kinder haben schulfrei, und er fragt, ob ich zu ihnen zum Mittagessen kommen will. Es riecht köstlich. Er überbackt Käsetoasts. Die Jungen malen am Wohnzimmertisch.

Ich habe die letzten Tage damit verbracht, Oscars Bücher zu lesen: seinen Debütroman, eine Kurzgeschichtensammlung und *Thunder Road*, die Geschichte eines Jungen in den späten Fünfzigerjahren, dessen Mutter innerhalb von fünf Tagen an Krebs stirbt. Sie ist im Rückblick erzählt, viele Jahre später, als der Junge schon ein erwachsener Mann ist, der selber Söhne hat. Die Sätze sind souverän und makellos. Der Erzählbogen ist klar, kontrolliert, mit einer emotionalen Steigerung zum Schluss hin, die er bis dahin zurückgehalten hat und auf die man wartet. Was mich überrascht, ist die mitschwingende Traurigkeit, nicht so sehr in der Handlung, die natürlich Verlust zum Thema hat, wie in der Sprache selbst, unabhängig vom Inhalt, die ich auch in den anderen Werken wiederfinde – in seinem Erstling, der als komisch angepriesen wird, und in all den Kurzgeschichten. Es ist etwas Mutloses, eine Art Kapitulation vor dem Schreibakt an sich, so als wollte er sagen:

Ich schreibe das hin, aber es ist nicht das, was ich in Wahrheit sagen will, denn für das, was ich in Wahrheit sagen will, gibt es keine Worte. Es hemmt den Erzählfluss auf eigentümliche Weise. Ich rufe einige der Besprechungen auf Mikrofiche auf, um zu schauen, ob irgendjemand anderes das anspricht. Soweit ich sehen kann, nicht. Die frühen Rezensionen sind durch die Bank positiv, mutiger junger Autor mit großer Zukunft, in dem Stil. Und die Reaktionen auf *Thunder Road* sind hymnisch und dankbar. Endlich. Nach neun Jahren des Schweigens. Der Roman, auf den wir alle gewartet haben.

«Ich habe *Thunder Road* gelesen.»

«Im Ernst?» Er dreht die Toasts um und legt den Bratenwender weg. «O weh.» Seine Finger suchen sein Handgelenk. «Mein Puls beschleunigt sich schon.»

Ich bin mir nicht sicher, wie ernst er es meint. Ist ihm mein Urteil tatsächlich wichtig, oder tut er nur so?

«Ich finde es großartig.»

«Wirklich?» Es klingt nicht gespielt.

«Ja, wirklich.» Ich zähle ihm all die Szenen auf, die mir gefallen, all die kleinen Momente und Gesten, die mich berührt haben. Er saugt die Bestätigung förmlich in sich hinein, und ich lege noch nach. Dass ich auch die früheren Bücher gelesen habe, verschweige ich lieber, weil ich nicht weiß, wie lange ich diesen Grad der Begeisterung aufrechterhalten kann.

Er ruft die Jungen, und sie kommen mit ihren Tellern zum Herd, und als er John seinen Toast auf den Teller gibt, sagt er: «Sie mag mein Buch.» Und als er Jasper seinen Toast gibt: «Mein Buch gefällt ihr.» Und als John fragt, ob wir am Tisch Karten spielen können, sagt er: «Warum nicht?», und wir essen und spielen dabei, und als wir hinterher an der Spüle stehen und die Jungs ihre Plastikflieger um den Holzofen schwirren lassen, zieht er mich eng an sich und sagt mir, dass er mich liebt. Ich küsse ihn, und unsere Lippen kleben vom Käse, und die Flieger der Jungs haben aufgehört zu fliegen.

Ich erzähle Oscar von Adams Verkaufsplänen. Wir sitzen auf Liegestühlen am Beckenrand eines Hallenbads in East Cambridge und schauen den Jungs beim Schwimmunterricht zu. Es ist schwül hier drin, die Luft dick von Chlor und feuchten menschlichen Ausdünstungen. Die Jeans klebt mir an den Beinen.

«Zieh zu uns», sagt er.

Die mageren Arme der Jungen propellern auf das tiefe Ende zu. Sie lernen Kraulen. Die nasse Luft lässt sich kaum atmen. «Ich wollte nicht –»

«Das musst du mir nicht sagen. Aber was spricht eigentlich dagegen?»

Er weiß nicht, wie ich wohne, wie weit ich rennen muss, um runterzukommen, wie tief verschuldet ich bin, wie wenig ich schlafe, und auch nicht, dass mir inzwischen bereits die dritte Agentur abgesagt hat. Ich habe ihm nichts von dem Knoten in meiner Achselhöhle erzählt. Er nennt mich sein kleines Straßenkind, sein vom Pech verfolgtes Kellnermädchen, aber er nimmt es leicht. Im wahrsten Sinne des Wortes: Ein anderer seiner Namen für mich ist Holly Golightly. Wenn wir zusammenwohnen würden, müsste ich mich als die arme, verkümmerte Jean-Rhys-Figur outen, die ich in Wirklichkeit bin.

Am Samstag danach holen er und die Jungs mich zum Apfelpflücken ab. Sie kennen eine Obstplantage in Sherborn, wo man nach dem Pflücken Cider-Donuts bekommt. Ich freue mich die ganze Woche darauf. In meiner Familie gab es solche Unternehmungen nie, Ausflüge fanden nicht statt. Oscar und seine Söhne hingegen sind große Ausflugsexperten.

Ich hatte sie vorgewarnt, dass ich wenig Platz habe, aber so richtig gewappnet sind sie dennoch nicht.

«Das ist ja wie das Haus von Däumelinchen», staunt Jasper.

«Es ist noch kleiner, und Casey hat normale Menschengröße», sagt John.

Sie hüpfen auf dem Futon, der enttäuschend wenig federt, inspizieren meine Federn und Tintenflaschen auf dem Fensterbrett und stecken die Köpfe in mein Bad.

Oscar scheint ausnahmsweise sprachlos zu sein.

«Die Äpfel harren unser», sagt er schließlich.

Wir gehen hinaus zum Auto.

«Rauf auf euren Thron», befiehlt er, und die Jungen gurten sich in ihre Kindersitze auf der Rückbank.

«Wir finden, du solltest zu uns ziehen», sagt John.

«Unsere Betten sind besser», sagt Jasper und tritt gegen meine Rückenlehne.

«Oh», sage ich. Oscar lächelt, schaut aber vor sich auf die Straße. «Wow.» Ich drehe mich zu den beiden um. Sie warten auf meine Antwort. «Das ist ja ein liebes Angebot.»

«Es wäre umsonst. Wir würden keinen Penny Miete nehmen», sagt John.

«Darüber muss ich erst mal sehr gründlich nachdenken. Danke.»

In der Obstplantage bekommen wir ein grünes Wägelchen und Tüten für unsere Äpfel. Die Jungs klettern in den Wagen, und Oscar zieht sie im Zickzack zwischen den Apfelreihen entlang, und wenn sich der Karren auf die Hinterräder stellt, kreischen sie. Wir folgen den Schildern zu den Äpfeln mit den verrücktesten Namen – Geflammter Kardinal und Winterbanane – und heben die Jungen hoch, damit sie die oberen Äste erreichen. Unser Karren füllt sich mit Tüten voller Äpfel. Wir singen «Auf dem Donnerbalken» und «Von den blauen Bergen kommen wir», mit lauter von ihnen selbst gedichteten Zusatzstrophen. Alle fünfzehn Minuten wollen entweder John oder Jasper wissen, ob ich schon gründlich genug nachgedacht habe.

Die Jungen spielen am Schaukelgerüst, während wir uns für die Donuts anstellen.

«Tut mir leid», sagt er. «Ich musste es mit ihnen besprechen.»

«Es ist noch so früh.»

«Paco bist du sogar nach Spanien gefolgt.»

«Paco kannte ich immerhin zweieinhalb Jahre, bevor ich zu ihm gezogen bin. Bei uns sind es erst ein paar Wochen.»

«Ein paar Wochen? Wir kennen uns seit Juli, Casey.»

«Aber es war nicht gleich etwas Ernstes.» Mir wird klar, dass ich ab meinem letzten Treffen mit Silas gezählt habe.

«Für mich war es von Anfang an ernst.»

«Bei Paco war es nur Paco. Da hingen nicht zwei verletzliche kleine Jungen mit drin. Was ist, wenn es schiefgeht? Ich will nicht, dass ihnen jemals wieder wehgetan wird.»

«Na, das ist ein bisschen unrealistisch.» Er reibt das Kinn an meiner Halsbeuge. «Außerdem geht es nicht schief.»

Sie setzen mich rechtzeitig für meine Abendschicht vor dem Iris ab.

«Denk nach!», ruft Jasper aus dem davonfahrenden Auto und tippt sich an die Stirn. «Denk nach!»

Ich warte darauf, dass die Idee mir Erleichterung bringt, aber vergebens. Oscars Angebot kommt mir nicht wie die Rettung vor der drohenden Räumung vor, sondern wie ein neues Problem. Und es ist noch nicht das letzte. Thomas kündigt an, dass er ein eigenes Restaurant in den Berkshires eröffnen wird. Seinen Platz als Küchenchef soll Clark einnehmen, der Frühstückskoch.

«Aber der Mann ist ein Albtraum», sagt Harry zu Thomas. «Er ist eminent ungeeignet. Und er ist ein kleinkarierter, menschenverachtender Troglodyt.»

«Das war Gorys Entscheidung», sagt Thomas. «Ich habe andere vorgeschlagen.»

An seinem letzten Abend bekomme ich im Kühlraum Gelegenheit zu meinem privaten Abschied von ihm. Ich hole eine Reine mit Butter-Kleeblättern und finde ihn auf dem Kasten sitzend, auf dem normalerweise ich sitze.

«Casey Kasem», sagt er, aber bei ihm klingt es nett. Wir haben uns immer verstanden. Eher im Stillen, denn gesprochen haben wir im Grunde über nichts anderes als über Vor- und Hauptspeisen. Aber ein Einvernehmen ist da. Zumindest für mich.

«Ich finde es sehr schade, dass du gehst.»

Er nickt. «Danke. Es war eine gute Zeit hier.»

«Alles Gute für dein Lokal.»

«Alles Gute für dein Buch.» Er lächelt, als er meinen Gesichtsausdruck sieht. «Harry hat es mir erzählt.»

«Danke.»

Am Ende der Schicht kommt seine Frau, um ihm mit dem Rest seiner Sachen zu helfen. Sie ist hochschwanger und trägt ihre Kugel weit vor sich her. Sie balanciert ein monströses Kochbuch darauf. «Mama, guck mal! Ich brauche gar keine Hände!», sagt sie, und Thomas stürzt zu ihr und reißt das Buch herunter.

«Willst du sie totquetschen?»

«Fühl mal.» Sie trommelt auf ihren Bauch. «Sie ist in Stahl gepanzert.»

Ich wusste nicht, dass sie ein Mädchen bekommen.

Am nächsten Abend übernimmt Clark das Ruder. Er bringt ein paar von seinen Brunch-Leuten mit und sagt Angus und zwei anderen Köchen, sie brauchen erst morgen Mittag wiederzukommen. Er annektiert eine von Helenes Anrichteflächen für Salate, befiehlt Dana, keinen solchen Flunsch zu ziehen, Tony, ihm in die Augen zu schauen, wenn er mit ihm spricht, und mir, mehr Make-up aufzulegen oder irgendwas. «Du siehst wie ein Vampir aus. Und zwar nicht auf erotische Art.»

Als der Betrieb losgeht, schlägt er mir, als ich meine ersten Hauptgerichte am Küchenpass abholen will, auf die Hand.

«Benutz eine Serviette.»

«Es ist nicht heiß.»

«Benutz eine Serviette. Immer. Die Gäste brauchen deine Dreckpfoten nicht auf ihren Tellern.»

Seit abends Clark das Zepter führt, dringen die Bienen verstärkt in mein Arbeitsleben ein. Ich fange an, meine Tische zu verwechseln, bringe Bestellungen durcheinander. Ich muss lange Auszeiten auf der Feuertreppe nehmen. Mein ganzer Körper fühlt sich an wie eine große gusseiserne Glocke, die jemand geläutet hat, und nun hört sie nicht mehr auf zu klingen. Irgendwie bekomme ich nicht richtig Luft, aber alles andere in mir scheint mindestens genauso aus dem Tritt. Muriel sagt, ich soll tief in den Bauch atmen und mich auf einen Körperteil nach dem anderen konzentrieren, aber das führt nur zu Würgen und Keuchen. Also stehe ich draußen auf der Treppe und verkrampfe systematisch die Muskeln. Das ist das Einzige, was hilft. Ich balle die Fäuste, oder ich presse die Knie zusammen, oder ich spanne sämtliche Bauchmuskeln gleichzeitig an. Manchmal beginne ich im Gesicht und arbeite mich bis zu den Zehen hinunter, versteife eine Muskelpartie nach der anderen so lange, wie ich es ertrage, bevor ich locker lasse und zur nächsten übergehe. Eine Weile halte ich danach wieder im Speisesaal durch. Nach ein paar Abenden kommt Marcus dahinter, wo ich mich verkrieche. Er findet mich mitten im schönsten Krampfen und scheucht mich wieder nach drinnen. Manchmal, wenn ich einem Sechsertisch die Tagesgerichte herunterbete, habe ich das Gefühl, in tausend Scherben zu zerspringen, und mir ist schleierhaft, wie mir Worte wie «mit einer Cranberry-Cognac-Glasur» überhaupt noch über die Lippen gehen oder warum die Gäste, die dasitzen und zu mir aufschauen, nicht Hilfe holen. Irgendein dünner Firnis umgibt mich, der alles überdeckt. Wenn jemand in mein Inneres sehen könnte und einen Krankenwagen riefe, ich würde mich bereitwillig abtransportieren lassen. Das ist mein sehnlichster Traum während dieser beängstigenden Momente: zwei Sanitäter, die zur Tür hereinkommen, zwischen sich eine Trage, auf die ich mich legen darf.

Der nächste Samstagabend ist der schlimmste bisher. Als er endlich vorbei ist, rechne ich ab und gehe, sobald ich kann. Ich verabschiede mich nicht mal von Harry. Mein ganzer Körper vibriert. Ich spüre meine Finger nicht. Dass ich überhaupt noch atme, schließe ich nur daraus, dass ich mich bewege. Die Kälte draußen tut gut. Ich will es noch kälter haben. Ich will Eis und Schnee, irgendetwas, das die Panik betäubt. Zwei Harvard-Jünglinge im Smoking kommen aus einem Haus gegenüber und betreten ein anderes. Mehrere knittrige alte Leute klettern unweit von meinem Fahrrad umständlich in einen Volvo. Ich hasse alte Leute. Ich hasse alle Menschen, die älter sind als meine Mutter, der das Alt-Werden verwehrt blieb. Ein Stück entfernt überquert jemand mit wiegenden Schritten die Massachusetts Avenue Richtung Central Square. Vorgebeugt. Hände in den Taschen. Er ist es nicht. Er ist es nicht, aber die Rückenlinie fällt ähnlich schräg ab wie bei Silas. Etwas Grauenvolles zwängt sich in mir hoch und lässt mir keinen Platz mehr. Ich muss raus aus mir. Ich muss raus aus diesem Körper, und zwar jetzt.

Ich kauere mich auf dem Gehsteig nieder, und nackte Angst fällt mich an. Vielleicht gebe ich Laute von mir, ich weiß es nicht. Ich bin wie der Junge damals in der Zweiten, der einen epileptischen Anfall hatte und auf dem Klassenzimmerboden herumratterte wie eine Maschine, nur dass es bei mir alles im Kopf ist, jede Faser meines Hirns rüttelt wie ein Presslufthammer, den ich nicht abschalten kann. Es zu überleben scheint genauso unmöglich, wie es zu beenden.

Ich kann nicht sagen, wie lange es dauert. Die Zeit franst aus. Als das Schlimmste überstanden ist, hocke ich nach wie vor am Boden, die Stirn an die Knie gepresst. Ich hebe den Kopf und sehe vor mir übers Pflaster verstreut meinen Rucksack, die Hausschlüssel, den Packen Scheine mit meinem Trinkgeld. Eilig rapple ich mich hoch, bevor am Ende noch jemand vom Iris herauskommt und mich so findet. Ich brauche eine Weile, um mein Fahrrad aufzusperren. Mein Körper bebt noch nach wie der von Toby Cadamonte damals nach seinem Anfall.

Ich radle heim, langsam, völlig ausgepumpt, aber als ich mich nach einer warmen Dusche und etwas vorsorglichem Muskel-Versteifen auf meinen Futon lege, durchfährt mich ein Gefühl, als würde ein Stecker in eine Steckdose gesteckt. Langsamer atmen. Stärker verkrampfen.

Ich versuche zu beten. Ich küsse den Ring meiner Mutter, und ich bete für sie, für ihre Seele, bete, dass sie in Frieden ruhen darf. Ich bete für meinen Vater und Ann, Caleb und Phil, Muriel und Harry. Ich bete für die Erde und alle Menschen auf ihr. Ich bete darum, dass wir alle zueinanderfinden und ohne Angst leben können. Und zum Schluss bete ich um Schlaf. Ich flehe darum, wieder einschlafen zu können wie früher. Ich war immer so eine gute Schläferin. Ich bete voller Inbrunst, und doch habe ich keinerlei Vorstellung davon, an was oder wen sich mein Gebet richtet. Ich bin in die Kirche gegangen, bis meine Mutter nach Phoenix ging, aber an die Geschichten, die in der Kirche erzählt wurden, glaubte ich nicht mehr und nicht weniger als an Pinocchio oder die drei kleinen Schweinchen.

Die Panik füllt mir den Schädel mit einem Dröhnen, als stünde ich bei einem Konzert direkt neben dem Lautsprecher. Ich knipse das Licht wieder an und versuche zu lesen. Die Worte bleiben bloße Worte. Ich höre sie nicht. Ich schaffe es nicht, mich darin zu verlieren. Einer Freundin im College war es immer ein Rätsel, wie jemand zum Vergnügen lesen konnte. Sie sah oder fühlte nichts als die Wörter auf dem Papier. Das Gelesene verwandelte sich für sie bestenfalls in den Klang ihrer inneren Stimme, die Sätze vorlas. Sie schloss daraus, dass ihr jede Vorstellungskraft abging. Kommt mir meine Vorstellungskraft abhanden? Mir wird eiskalt vor Angst. Nie wieder lesen können, nie wieder schreiben? Aber wenn ich ehrlich bin, was macht das schon? Diese Woche sind zwei neue Absagen gekommen.

So verbringe ich die Nacht, quäle mich durch Schichten um Schichten der Furcht, der Demütigung, der Verzweiflung. Irgendwann gegen Morgen verliert mein Bewusstsein an Schärfe. Schlaf ist es nicht, aber ich muss es als Schlaf werten, denn es ist alles, worauf ich noch hoffen kann.

Als es hell wird, gebe ich auf und gehe eine Runde joggen. Es muss eine große Runde werden, denn nachher spiele ich mit Oscar und den Kindern Minigolf. John hat mir meine Behauptung, dass ich seinen Vater schlagen kann, nie vergessen, und heute ist der Tag, an dem ich zeigen muss, was ich kann.

Es ist kalt, der kälteste Morgen bisher. Die Bacon Street ist schon befahren, ich muss auf Grün warten. Der Fluss ist stahlgrau und stumpf, die Sonne steht nicht hoch genug, um das Wasser zu erreichen. Ich laufe noch in Shorts, weil ich keine Jogginghose habe, und nach wenigen Meilen werden meine Oberschenkel taub. Ich laufe bis zur Watertown Bridge und auf der Cambridge-Seite zurück, vorbei an dem hohen grauen Krankenhaus mit seinen vielen Fensterreihen. In den unteren Stockwerken sind auf manchen der Fensterbretter Blumen zu sehen. Gott schütze euch!, fühle ich mein Herz in mir rufen. Gott schütze euch, ihr Armen, Lieben! Und der Gedanke an all die Menschen, die vielleicht hinter diesen Fenstern sterben, und an die, die sie lieben und nun verlieren, schnürt mir so heftig die Kehle zu, dass ich anhalte und keuchend nach Atem ringe.

Als ich zurückkomme, spähen ein Mann und eine Frau zu meinen Fenstern herein.

«Kann ich Ihnen irgendwie helfen?»

Sie fahren herum. Der Mann streckt mir die Hand hin. «Chad Belamy. Belamy Immobilien. Sie müssen die Schriftstellerin sein.»

Die Schriftstellerin. Schau an, Adam benutzt mich, um seine Garage aufzuwerten.

«Jean Hunt.» Sie ist in meinem Alter, aber jede Haarsträhne sitzt perfekt an ihrem Platz, und obwohl Sonntagmorgen ist, trägt sie ein graues Kostüm und dazu Seidenstrümpfe und Pumps.

Sie will wissen, was für Leute hier wohnen. Aus ihrem Ton und der Art, wie sie fragt, wird klar, dass sie mich für jünger hält, als ich bin. Familien, sage ich ihr, teils mit noch kleinen, teils mit schon flügge gewordenen Kindern.

«Und Sie zahlen hier Miete?», sagt sie.

«Es ist eine sehr begehrte Lage», sagt Chad Belamy rasch, und sein Blick beschwört mich, jetzt nichts Falsches zu sagen.

«Es ist nicht so schlimm, wie es von außen wirkt. Sie dürfen gern reinkommen.»

Sie und Chad sehen sich an. «Nein danke», sagt sie. «Ich würde ohnehin neu bauen.» Sie betrachtet das Stück Garten auf der anderen Seite. «Es ist kleiner, als ich erwartet hatte. Aber mehr könnte ich mir wahrscheinlich nicht leisten.»

Adam hat das Grundstück für 375 000 Dollar angeboten. Und sie wird ein Haus hinstellen müssen. Mehr kann sie sich nicht leisten.

Sie erkundigt sich, was für Bücher ich schreibe, aber ich sage, dass ich Besuch erwarte und noch duschen muss, und entschuldige mich.

Die Begegnung nagt an der Schutzschicht, die ich mir angelaufen hatte, und ich fühle mich ziemlich dünnhäutig, als ich zu Oscar ins Auto steige.

Jasper weint. Ich frage ihn, was los ist, und er zeigt mir seine Hand, seine kleine glatte Hand, über die sich ein frischer, blutiger Kratzer zieht.

«Ach du Schreck. Wie ist das denn passiert?»

Oscar lässt die flache Hand diskret neben dem Lenkrad auf und ab wippen, um mir zu bedeuten, dass ich meine Stimme dämpfen soll.

«Oscar, er ist *verletzt*!»

Die Hand wippt nachdrücklicher.

John fängt an zu heulen.

«Was macht ihr zwei da?»

«Er hat mich zuerst gehauen. Er hat mich ins Auge gehauen!», heult John.

Sein Gesicht ist so rot, dass ich kaum etwas erkennen kann, aber ich glaube eine Verfärbung neben dem linken Auge auszumachen.

Ich drehe mich zu Jasper. «Warst du das?»

Jasper schluchzt einen langen, unverständlichen Satz hervor.

«Casey, bitte schau nach vorn», sagt Oscar. «Du stachelst sie nur an.»

«Ich sie anstacheln? Sie hauen sich da hinten die Köpfe ein. Du musst anhalten.»

Er lacht. «Wenn ich jedes Mal anhalten würde, wenn sie sich in die Haare geraten, würden wir nie irgendwo ankommen.»

«Oscar, er blutet.»

«Ganz im Ernst», sagt er scharf. «Sie kriegen sich schon wieder ein.»

Mir gefällt sein Ton nicht, aber nach ein paar Meilen haben sie beide zu weinen aufgehört. Sie lachen über einen Hund in einem rosa Mäntelchen und Schühchen, den Oscar ihnen zeigt.

Dann breitet sich plötzlich ein widerwärtiger Gestank aus.

«O Gott, was ist das denn?» Ich versuche das Fenster herunterzulassen, aber die Kindersicherung ist eingeschaltet.

Ein Kichern von der Rückbank. Oscar grinst in den Spiegel. Ich drehe mich mit einem Ruck um.

«Er war's.» John zeigt auf seinen Bruder. «Er war das.»

Jasper lächelt mich engelhaft an. Darauf wird der Gestank noch bestialischer.

«Das ist echt ekelhaft. Das stinkt wie Menschenkacke, vermischt mit verwester Möwe.»

Alle drei lachen los. Es war nicht witzig gemeint.

«Bitte lass mich das Fenster aufmachen.» Ich muss schwer an mich halten, um nicht vor ihnen zu fluchen.

«Jemand hat heute seinen Humor zu Hause vergessen», sagt Oscar.

«Jemand hat seine Lachmedizin nicht genommen», sagt John.

Oscar entsperrt mein Fenster. Ich fahre es herunter und strecke den Kopf ins Freie, so weit es nur geht.

Das Klubhaus des King Putt in Saugus hat die Form einer Pyramide, und die Snackbar ist ein Sarkophag. Ich habe vor Langem beschlossen, sollten wir je Minigolf spielen, lasse ich Oscar gewinnen. John soll der Glaube an die Unbesiegbarkeit seines Vaters noch ein Weilchen erhalten bleiben, dachte ich. Aber sowie ich den Schläger in der Hand halte, fühle ich meine edlen Vorsätze dahinschwinden. Heute ist mir danach, ein bisschen Ruhm einzuheimsen.

Ich lasse es sacht angehen. Bei den ersten beiden Bahnen schütze ich Anlaufschwierigkeiten vor. Es ist nicht komplett geheuchelt. Ich habe ganze drei Mal in meinem Leben Minigolf gespielt. Aber ich beobachte ihn genau. Dass seine Koordination gut ist, weiß ich. Ich habe ihn Fußball spielen sehen, und meinen Wiffleball, der in die Bäume der Nachbarn geflogen wäre, hat er elegant umgelenkt. Und ich war nicht ehrlich zu ihm. Ich habe ihm nichts von meinen Golfjahren erzählt, weil das nur seinen Ehrgeiz geweckt hätte. In Sportlern weckt es immer den Ehrgeiz. Sie denken, sie können mich schlagen, und es endet jedes Mal ungut. Entweder sind sie beleidigt, oder sie bestehen darauf, Runde um Runde dranzuhängen.

Die Jungen spielen zuerst. John legt sich den Ball eine volle Minute lang zurecht, und Jasper drischt ihn einfach weg und wundert sich, dass er auf dem Parkplatz landet.

Zu Beginn bin ich nicht sonderlich gut. Die Angst bildet ein stetiges Hintergrundsummen, der Schlägerkopf ist aus rotem Plastik und der Filzbelag zerschlissen und voller Falten. Aber ich komme bald auf den Dreh. Bei der dritten Bahn feuere ich den Ball auf Anhieb in Kleopatras Höhle.

Alle drei johlen triumphierend meinen Namen. Ein Zufallstreffer. Aber ich mache es wieder. Und wieder. Ich kann es nicht verhindern. Eine Art Autopilot schaltet sich ein. Bei der vierten Bahn schieße ich den Skarabäus ab, bei der fünften treffe ich direkt in den Rachen der Natter. So viele Jahre ist es her, dass ich zum letzten Mal einen Schläger in der Hand hatte. So viele Jahre, dass ich das Gefühl haben konnte, gut in etwas zu sein, nachweislich, unwiderlegbar gut, unabhängig von der Meinung anderer.

John führt die Punktekarte. «Sie zieht dir davon, Papa.»

«Ich weiß.» Oscar lacht in sich hinein.

Bei der siebten Bahn, nachdem beide Jungen ihre Bälle in den Nil katapultiert haben und vorausrennen zum Ufer, um sie zurückzuholen, sagt er: «Was geht hier vor?»

Ich zucke die Achseln und spiele meinen nächsten Ball.

Er schüttelt den Kopf. «Schau dich an. Wie du dich bewegst. Wie du dich über den Ball beugst.»

Die Bienen sind weg. Das Muskelgedächtnis hat die Führung übernommen, meinen Körper zurückversetzt in eine Zeit, als er noch keine Panik kannte, selbst unter dem äußersten Druck nicht. Mit diesem billigen Schläger in der Hand fühle ich mich ruhig. Ich lächle ihn an, mein erstes echtes Lächeln heute.

«Ich habe als Kind Golf gespielt, und ich war gut. Deshalb hat mein Vater damals auch angefangen, mich Casey zu nennen, nach diesem alten Gedicht ‹Casey am Schlag›. Kennst du das?»

Er schüttelt den Kopf.

«Das hat er geliebt, als er klein war – so eine schwülstige Baseballer-Ballade, aus dem neunzehnten Jahrhundert noch. Casey ist der beste Schlagmann des Mudville-Teams. Sie liegen mit vier zu zwei hinten, es ist das letzte Inning, und die ersten beiden Schlagmänner versemmeln ihre Chance, aber zwei ziemlich lahme Krücken schaffen es wider Erwarten bis zur Base, sodass Casey doch noch zum Schlag kommt, worauf die Zuschauermenge ausflippt. Den ersten Wurf nimmt er gar nicht erst an. Den zweiten auch nicht. Und dann gilt es, und er schlägt mit Schmackes. ‹Und anderorts hört man Lachen, anderorts lärmen Kinder vorm Haus›», deklamiere ich mit dem Bariton meines Vaters. «‹Doch in Mudville herrscht Grabesstille, denn Casey, der Held, schlug ins Aus.›»

Das gefällt Oscar. «Casey der Held!»

«Das bin ich. Benannt nach einem Schlagmann, der im entscheidenden Moment versagt.»

«Du heimliches kleines Wunderkind.» Er rubbelt mir die Schulter. «Ich habe einen Freund in Vermont, der Mitglied im Woodstock-Klub ist.»

«Nein danke.»

«Das ist der beste Golfplatz in Neuengland.»

«Ich kenne ihn. Danke, wirklich.»

«Warum denn nicht? Schau dich an.» Das sagt er andauernd. *Schau dich an.* «Du bist völlig in deinem Element.»

Ich gehe schneller.

Als wir durch sind, zählt John unsere Punkte zusammen. Ich habe Oscar um neun Schläge unterboten. Wir geben unsere Karten ab, und der Betreiber schreibt meinen Namen an die Tafel. Platz 1 für den laufenden Monat. «Da kommt so schnell keiner drüber.» Aber ich kann ihm ansehen, dass er der Sache nicht so ganz traut.

Auf dem Rückweg sind die Jungen betrübt. Sie nehmen es schwer, dass ich ihren Vater besiegt habe. Oscar versucht uns alle drei aufzuheitern, aber es klappt nicht recht. Ich lasse mich von ihnen am Harvard Square absetzen. Als das Auto verschwunden ist, setze ich mich auf eine Bank vor Grendel's Den. Das Schwirren in meinem Kopf ist zurückgekehrt. Ich kann keinen Gedanken fassen. Mir ist zum Heulen zumute, aber Tränen kommen keine. Ich sitze da und versteife meine Muskeln, einen nach dem anderen, wieder und immer wieder.

Bis zum Beginn meiner Schicht bleibt mir noch eine Stunde, also stöbere ich bei WordsWorth herum. Auf dem Restetisch liegt *Sturz in die Nacht*, und ich schlage es auf. Ich hatte das Buch noch nie in der Hand. «Geschichte einer Depression», hat Styron es untertitelt. Caleb nötigt es allen seinen depressiven Freunden auf. Ich beginne das erste Kapitel zu lesen. Styron ist nach Paris geflogen, um einen Preis entgegenzunehmen. Er ist sich sicher, dass er der Bedrängnis in seinem Kopf nicht Herr werden wird. Er schläft nicht mehr, ist zerfressen von Angst und einem Gefühl der Desorientierung. Die Sätze haben jene Ungeschminktheit und Klarheit, mit der nur ein Mensch schreibt, der seine wahrhaftigsten Erkenntnisse weiterzugeben versucht. Die Seiten sind kurz, und ich schlage eine nach der anderen um, und alles kommt mir auf grauenvolle Weise vertraut vor. Paris ist nur das erste Kapitel, nur der Auftakt zu seinem Sturz. Ich klappe das Buch zu, wische mir übers Gesicht und verlasse den Laden.

*Sosehr wir die Bandbreite und Intensität Ihrer*

*Wir danken Ihnen für das uns entgegengebrachte*

*Ihr Projekt trifft nicht ganz unsere*

*Was wir jedoch vermissen*

*Bedauerlicherweise sehen wir uns derzeit nicht imstande*

*Danke für das uns zugesandte*

*Wir wissen Ihr Interesse zu schätzen, aber*

*Was fehlt, ist der zündende Funke*

Nach elf Absagen finde ich auf meinem Band eine Nachricht von einer Frau namens Jennifer Lin. Sie stellt sich als die Assistentin von Ellen Nelson vor und hinterlässt eine Nummer. Ellen Nelson vertritt zwei meiner Lieblingsautoren.

Ich rufe zurück, bevor ich am nächsten Morgen zur Arbeit aufbreche.

«Ich habe übers Wochenende *Liebe und Rebellion* gelesen, und ich muss Ihnen sagen, ich bin begeistert.»

«Oh. Danke.»

«Nein, wirklich. Völlig begeistert. Ich finde es ganz großartig, Camila.»

Camila. Ich hatte vergessen, dass ich auf dem Manuskript meinen richtigen Namen angegeben habe.

«Danke, das freut mich.» Aber was findet Ellen Nelson? Ich würde gern wissen, wo ich stehe. Und ich darf nicht zu spät zur Arbeit kommen.

«Jetzt ist es so, dass Ellie zurzeit keine neuen Autoren annimmt. Ich möchte diesen Titel gern selbst machen. Ich würde Sie gern vertreten. Sie haben sicher schon jede Menge andere Interessenten, und ich will gar nicht drumherum reden: Das hier wäre mein erstes Buch. Ich bin seit drei Jahren bei der Agentur Nelson und warte auf das Manuskript, das mich so richtig packt, und jetzt habe ich es gefunden.»

Ich habe keine Ahnung, was ich sagen oder fragen soll. Warum habe ich mich nicht besser vorbereitet?

«Haben Sie schon irgendwo zugesagt? Bin ich zu spät dran?»

«Nein. Nein, bis jetzt habe ich nirgends zugesagt.»

«Uff!» Sie lacht. «Jetzt hab ich ganz feuchte Hände. Wie kriegen die Leute das nur mit den Heiratsanträgen hin? Ich kann natürlich noch nichts Richtiges vorweisen», fährt sie fort. «Und ich hätte vollstes Verständnis, wenn Sie sagen, Sie wollen sich an die ausgetreteneren Pfade halten. Aber bei mir wären Sie die einzige Klientin.» Wieder lacht sie. «Ich könnte Ihnen meine ganze Konzentration und Aufmerksamkeit widmen, was eine ziemlich intensive Erfahrung sein kann, fragen Sie meine Familie. Ich bin ein richtiges Arbeitstier. Ellie meinte, sie ist gerne bereit, auch noch ein gutes Wort für mich einzulegen. Darf ich sie Ihnen geben?»

Es klickt in der Leitung, und eine andere Stimme redet, als wäre ich verspätet zu einem Gespräch zugeschaltet worden. «Sie haben vielleicht schon eine Agentur mit illustren Autorennamen und einer schicken Adresse in der Pipeline, aber wenn Sie mich fragen, lassen Sie Jennifer ans Ruder. Niemand anderen.» Ein Geräusch, als würde sie dreimal heftig an einer Zigarette ziehen und den Rauch in den Hörer blasen. «Erstens ist ihr nichts gut genug. Nichts. Ich hatte letztes Jahr drei Debütromane, alle drei Bestseller. Sie fand sie alle furchtbar. Hat mir gesagt, ich soll die Finger davon lassen. Ihr Buch – ich hab es noch nicht gelesen –, aber Ihr Buch muss ganz außerordentlich sein, weil diese Frau bei *nichts* anbeißt. Und zweitens: Jennifer hat Ehrgeiz. Sie wird sich richtig für Sie ins Zeug legen. Sie wird Ihnen genau sagen, was sie macht und warum. Sie haben vermutlich noch andere Optionen.» Sie wartet auf eine Bestätigung von mir, und als ich nichts sage, sagt sie: «Sie halten sich lieber bedeckt. Okay. Kann ich verstehen. Aber ich kenne mich aus in der Branche, und glauben Sie mir, mein Rat ist gut.»

Ich danke ihr und bin erleichtert, als sie mich wieder mit Jennifer verbindet. Jennifer fängt an, über das Manuskript zu reden. Ich kann es gar nicht alles zugleich aufnehmen, ihren Enthusiasmus, ihren genauen Blick, ihre Herzlichkeit. Bei jeder Szene, die sie erwähnt, sehe ich den Ort vor mir, an dem ich sie geschrieben habe – die gelbe Küche in Albuquerque, die Bar unter der Wohnung von Pacos Mutter. Sie spricht über den raffinierten Bruch in der Erzählung, das abrupte Ende von Claras Kindheit und dann, wenn der Faden wieder aufgenommen wird, den unaufdringlichen, aber eindeutigen Wechsel im Tonfall. Das war in Calebs und Phils Gästezimmer in Bend, in den Wochen nach dem Tod meiner Mutter, als ich zunächst gar nichts schreiben konnte und dann, als ich endlich so weit war, ganz neu ansetzen musste. Claras junge Stimme gab es nicht mehr. Jennifer spricht, und ich sehe all das, was sie nicht sehen kann, all die in diese Seiten verwobenen Jahre meines Lebens.

«Nur bei ein paar Kleinigkeiten war ich mir nicht ganz sicher», sagt sie und nennt einige Punkte, die ihrer Meinung nach noch etwas Nachbearbeitung vertragen können. Es ergibt alles Sinn. Sie hat Bezüge ausgemacht, die mir gar nicht bewusst waren, und andere, die ich bisher umschifft habe. Sie redet lange, und ich schaue auf die Uhr und überlege, ob ich sie wohl fragen kann, ob ich sie nach der Arbeit zurückrufen darf, aber ich möchte sie nicht unterbrechen. Ich muss wissen, was Sache ist – wird sie mich vertreten, und wie genau soll das gehen?

Sie fragt, ob ich bereit wäre, den Text noch einmal zu überarbeiten und ihr dann zu schicken. Sie fragt, ob mir ein Monat reicht. «Wir sollten es auf jeden Fall noch vor den Feiertagen an die Verlage rausschicken. Über die Feiertage kriegt man nichts verkauft.»

Ich sage zu allem Ja, und wir legen auf. Es ist 11.34. Der Mittagsbetrieb ist gerade angelaufen. Ich stürze zur Tür.

Marcus ist so wütend, dass er mich fast wieder heimschickt, aber acht Reporter vom *Globe* sind ohne Reservierung aufgekreuzt, und niemand sonst kann sie übernehmen. Das ist jetzt die gelb-rote Karte, sagt er mir. Mein Job hängt an einem seidenen Faden, sagt er. Von mir aus kann er sich den Mund fusslig drohen. Ich habe eine Agentin!

Harry hat sich gerade in der Küche seine Truthahn-Klubsandwiches aufgeladen. Ich erzähle ihm von Jennifer, und er stellt sie alle wieder hin und wirft die Arme um mich. Er lässt ein Triumphgeheul los, und Tony befiehlt ihm, Ruhe zu geben. Er denkt nicht daran. Ich berichte ihm von dem Gespräch mit ihr, dass ich ihr eine überarbeitete Fassung zugesagt habe, dass sie alle möglichen Ideen hat.

«Zum Beispiel?»

Ich schaue ihn an. Ich kann mich an keine einzige ihrer Anregungen erinnern, nur etwas mit einer Überleitung im fünften Kapitel.

«Irgendwas mit dem fünften Kapitel», sage ich.

«Aber du hast mitgeschrieben, oder?»

«Ich hatte Herzrasen, ich hätte schon längst in der Arbeit sein müssen, und ich wusste nicht, wo das Ganze hinführt.»

Er tätschelt mir den Rücken. «Dann rufst du sie eben noch mal an.»

«Hmm», sage ich und weiß jetzt schon, dass ich es nicht tun werde.

Ich habe gedacht, wenn ich mich daheim an den Schreibtisch setze, Telefon am Ohr, werden mir Jennifers Vorschläge wieder einfallen, aber nichts dergleichen. Es klang alles so überzeugend. Ich erinnere mich an meine Gefühle beim Zuhören, meine Euphorie, aber darüber hinaus an nicht viel. Ich glaube, wir haben über das Motiv von Macht und Besitz gesprochen, das sich durch das Buch zieht, aber ich habe keine Ahnung, was sie dazu gesagt haben könnte. Ich erinnere mich an keine der Stellen, die ich nachbessern soll, bis auf die Party-Szene im fünften Kapitel. Da fand sie, dass ich mit ein paar Sätzen von der Szene davor überleiten sollte. Und vielleicht meinte sie auch noch, es könnte ein paar Seiten mehr vertragen.

Ich rufe Muriel an. Sie ist schon am Packen für ihre Tagung in Rom. Ich bringe meine Neuigkeit kaum über die Lippen. Sie sagt mir, ich soll alles aufschreiben, was ich von der Unterhaltung noch weiß, jedes Wort, egal wie unzusammenhängend. Ich gehorche und rufe sie zurück. Sie hört sich alles an und spricht dann ausführlich über das Thema Machtverteilung in meinem Roman, darüber, wie das, was mit

Claras Körper passiert, die kubanische Geschichte widerspiegelt. Sie äußert noch ein paar andere Gedanken zu dem Buch, die ihr seit der Lektüre gekommen sind. Ich weiß nicht, ob sie irgendetwas mit Jennifers Ideen zu tun haben, aber es sind kluge Einsichten, und ich schreibe sie alle auf.

Ich sage ihr, dass sie auf sich aufpassen soll. Ich wiederhole es dreioder viermal, bevor wir auflegen.

Laut Oscar hören Agenten sich am liebsten selbst reden, weshalb es gar nichts macht, dass ich vergessen habe, was Jennifer gesagt hat. «Es war offenkundig nicht erinnernswert.»

Wir fahren nach Wellesley, wo er aus seinem Buch lesen wird. Ich trage einen Rock und dazu eine lange Perlenkette von meiner Mutter. «Doch, absolut. Sie ist klug, und sie kennt die Branche, und ich fand ihre Ideen wirklich gut.»

«Aber nicht gut genug, um sie zu behalten.»

«Ich war spät dran für die Arbeit, und ich hatte fast nicht geschlafen, und momentan bin ich eh irgendwie benebelt im Kopf.»

«Hör sich einer das an. Als wärst du schon mitten im Klimakterium.»

Wir kommen eine halbe Stunde vor Beginn der Lesung in der Buchhandlung an. Oscar nennt dem Mädchen an der Kasse seinen Namen, der ihr sichtlich nichts sagt, und von der Lesung weiß sie offenbar auch nichts. Sie verweist uns an eine Frau im hinteren Teil, die bei Oscars Anblick errötet. Es ist ihr eine Ehre, ihn begrüßen zu dürfen, sagt sie und führt uns zu einer kleinen fensterlosen Nische, wo Sitzreihen für seine Lesung und ein Tisch mit Stapeln seiner drei Bücher aufgebaut sind. Zwei Fans sitzen schon strickend in der hintersten Reihe. Die Schriftstellerin Vera Wilde wird auch bei der Lesung sein, sagt die Buchhändlerin, und anschließend zum Essen mitgehen.

«Das ist Ihnen doch hoffentlich recht?»

«Schön, ja. Ich habe sie lange nicht gesehen.»

«Oh, da bin ich froh. Sie sagte, Sie wären alte Freunde. Wir hatten letzte Woche eine Lesung mit ihr, in der Kirche.» Sie bringt uns in ein

Hinterzimmer mit vielen Bücherkisten und einem Schreibtisch voller Papiere. In der Mitte stehen zwei Formschalenstühle aus Plastik. «Sie können Ihre Sachen hier lassen und sich bis sieben Uhr einfach entspannen. Kann ich Ihnen ein Glas Wasser bringen?»

«Nein, wir gehen lieber eine Runde spazieren», sagt Oscar, schon auf halbem Weg zum Ausgang.

Ich danke der Frau und hole ihn auf der Straße ein.

Er zeigt hinter sich. «Hast du diesen fotokopierten Wisch gesehen, der da an der Tür klebt? Vera Wilde füllt die Kirche. Ich kriege sechs Stühle und einen Notenständer, den sie aus dem Musiksaal der Highschool geklaut haben. *Scheiße!*»

«Das waren mindestens zwanzig Stühle. Eher dreißig.»

«Ich bin jetzt siebenundvierzig. Ich sollte mittlerweile in Konzerthallen lesen. Hast du letzte Woche den *Book Review* gesehen? Das auf dem Cover, das war ein Student von mir. Meine *Studenten* ziehen an mir vorbei. Ich geh da nicht rein. Jedes Mal denke ich vorher, es macht mir nichts aus, aber es macht mir eben doch was.»

«Ich dachte, du bist fünfundvierzig?»

«Ich habe das Zeug zu einem noch besseren Buch, ich weiß es. Ich habe das Zeug zu etwas ganz Großem. Aber ich ... Seit ich da ... Verdammte Scheiße.» Er scheint kurz davor, auf die Ziegelmauer des Souvenirladens neben uns einzuprügeln. Stattdessen stemmt er die Hände flach an den Stein und atmet ein paarmal schwer.

Nahezu alle Typen, mit denen ich zusammen war, waren der Meinung, dass sie längst berühmt sein sollten, dass sie zu Großem bestimmt seien und ihrem Zeitplan hinterherhinkten. Frühe Momente der Intimität bescherten mir oft Geständnisse dieser Art: eine Vision in der Kindheit, die Prophezeiung eines Lehrers, ein Ausnahme-IQ. Bei meinem Freund im College glaubte ich selbst noch daran. Später dachte ich, ich hätte einfach einen Hang zu größenwahnsinnigen Männern. Inzwischen ist mir klar, dass Jungen dieses Selbstbild eingeimpft bekommen, dass man sie damit ins Erwachsenenalter lockt.

Ich habe auch ehrgeizige Frauen kennengelernt, getriebene Frauen, aber keine Frau hat mir je verkündet, sie sei zu Großem bestimmt.

Mein Vater war zu ganz ähnlichen Dramen imstande, plötzlichen Ausbrüchen der Verzweiflung über sein Leben, seine verpassten Chancen, all die Möglichkeiten, die er nie hatte. Ich brauchte eine Weile, um zu verstehen, dass meine Erfolge auf dem Golfplatz, so viel Zeit und Mühe er auch in sie investierte, ihn nur noch unzufriedener machten. Ein erfolgreicher Mensch wie Oscar, hätte ich gedacht, müsste über diesen Kinderkram hinaus sein.

Er richtet sich auf und schaut sich nach mir um. Ich habe mich ein paar Schritte von ihm entfernt.

«Ganz gelegentlich muss ich mich ein bisschen im Selbstmitleid suhlen.» Er wischt sich mit den Händen übers Gesicht. «Aber jetzt bin ich fertig.» Er legt den Arm um mich, und wir gehen zur Buchhandlung zurück.

Am Ende reichen die Stühle nicht aus. Der Sohn der Buchhändlerin wird in den Keller geschickt, um noch welche zu holen, aber auch so müssen etliche Zuhörer an den Regalen lehnen. Ich sitze in der Mitte der vierten Reihe neben einer Studentin, die Stichworte mitschreibt. Die Buchhändlerin hat eine lange, tief empfundene Einleitung vorbereitet, darüber, wo sie war, als sie sein erstes Buch gelesen hat, und wie ergriffen sie davon war. Sie zitiert aus Rezensionen, zählt seine Preise und Stipendien auf. Sie erwähnt, dass *Thunder Road* fürs Kino verfilmt werden soll, was ich nicht wusste.

Oscar steht auf und bedankt sich bei ihr – Annie nennt er sie jetzt – und rühmt die «hochkarätige Auswahl», die man bei ihr vorfindet, und dankt ihr für ihr hyperbolisches Lob. Als Nächstes dankt er allen für ihr Kommen an einem so schönen Abend. Er macht lange Pausen zwischen den Sätzen, die beim Publikum den Eindruck wecken, er sei schüchtern, ein Mensch, der sich mit öffentlichen Auftritten schwertut und es nie für möglich gehalten hätte, einmal in eine solche Situation zu geraten. Beim Lesen legt er das Buch auf den Notenständer und schiebt die Hände tief in die Hosentaschen. Er zieht die Schultern hoch und den Kopf ein, wodurch sein Blick etwas Verschämtes bekommt, fast als hätte er Angst, die Worte könnten nicht gut genug sein, um laut vorgetragen zu werden. Es ist eine hinreißende Darbietung, vor allem, wenn man ihn nicht vorher wüten gehört hat, weil er nicht in der Kirche liest.

Etwa nach der Hälfte der Lesung beginnt mein Herz plötzlich zu rasen. Meine Hände und Füße fühlen sich dick geschwollen an, als würde mein Puls sie von innen aufblähen. Ich habe drei Leute links und vier rechts von mir, meine Knie stoßen an die Rückenlehne meines Vordermannes. Jetzt hinauszugehen würde einen Mordsaufstand verursachen. Aber nichts sonst könnte mich retten. Panik brodelt in mir und will mir fast durch die Haut bersten. Verstohlen verkrampfe ich Muskel um Muskel und harre aus auf meinem Blechstuhl aus dem Keller der Buchhandlung.

Als Oscar endet, klatschen alle so laut, dass es klingt wie der Beifall von Hunderten. Er tritt von dem Notenständer weg und setzt sich an den Signiertisch. Im Handumdrehen hat sich eine Schlange gebildet, einer nach dem anderen treten sie an, um ihm zu huldigen. Er fertigt sie geschickt ab, so wie er es auch in Avon Hill getan hat, als er für mich noch ein Fremder war.

Ich schlendere hinüber zu der Wand mit der Belletristik. Annie hat tatsächlich eine gute Auswahl. Viele meiner Lieblingsbücher sind da: *Abend des festlichen Tages, Menschenkind, Sein eigener Herr, Troubles, Haus ohne Halt, Holzfällen.* Im College beurteilte ich Buchhandlungen danach, ob sie Hamsuns *Hunger* führten oder nicht. Auch das hat Annie. Sie beruhigen mich, all diese Namen auf den Buchrücken. Ich fühle mich geborgen bei ihnen. Ich streiche mit den Fingern über die Reihe von Woolf-Romanen. Ich besitze fast keine Bücher mehr. Ich habe meine sämtlichen Bücher nach Spanien schicken lassen und hatte dann nicht das Geld, sie zurückzuschicken. Sie sind nach wie vor bei Paco. Ich werde sie vermutlich nie wiedersehen.

Eine Frau hält Abstand zum Tisch und beobachtet Oscar mit einem kleinen Lächeln. Als der letzte Mensch in der Schlange ihn freigibt, wird das Lächeln breiter und verändert ihr ganzes Gesicht.

«Vera!» Oscar steht auf, kommt um den Tisch herum, umarmt sie kräftig, und sie lachen. Sie deutet auf etwas auf dem Cover seines Buchs, und sie lachen noch mehr. Sie ist etwa in seinem Alter, mit schwarzer Jeans, hellen Lederstiefeln und der Haltung einer Ballettmeisterin.

Wir gehen zu Fuß zu einem Bistro in derselben Straße. Oscar hakt mich unter und lässt sich mit mir ein paar Schritte hinter Annie und Vera zurückfallen.

«Und?», sagt er.

«Du warst großartig. Ein echter Profi. Sie haben dir alle aus der Hand gefressen.»

«Die Einzige, die mir aus der Hand fressen soll, bist du.»

«Tu ich doch auch.»

«Was hast du? Bist du nervös?»

Die Jungen übernachten bei Oscars Eltern. Der Plan ist, dass ich die Nacht bei ihm verbringe.

«Ich schlaf einfach wenig.»

«Gut. Ich habe auch nicht vor, viel zu schlafen.»

«Nein», sage ich, aber Vera hält uns die Tür zum Bistro auf, deshalb kann ich nicht weitersprechen.

Wir werden um einen kleinen runden Tisch gesetzt, Oscar links von mir, Vera rechts, Annie mir gegenüber, aber für sie existiere ich nicht. Sie dreht den Kopf zwischen Oscar und Vera hin und her und traktiert sie mit Fragen.

Nach ein paar Runden wendet Vera sich an mich. «Was ist für dich wichtig?»

Ich schaue verdutzt, und sie lacht. «Ich versuche nur, das Wo-wohnst-du-was-machst-du-Frageschema ein bisschen aufzubrechen.»

«Interessanter Ansatz. Für mich ist wichtig …» Mich wie ein normaler Mensch zu fühlen. Keinen Krebs zu haben. Meine Schulden loszuwerden. «Na ja, Bücher, nehme ich an.»

«Was liest du gern?»

«Unheimlich gern lese ich zum Beispiel Shirley Hazzard und –»

«Ich auch!» Ihre Augen blitzen.

«Ich finde sie absolut genial.»

«Ich kenne fast niemanden, der sie gelesen hat.»

«Hier in der Buchhandlung hatten sie sogar den *Abend des festlichen Tages.*»

«Das ist ihr bestes.»

«Für mich auch. Der Handschuh.»

«Der Handschuh!» Sie legt mir die Hand auf den Arm.

Wir vergleichen unsere anderen Vorlieben, spielen Namen hin und her, stimmen bei fast allen überein und notieren die wenigen, die nicht deckungsgleich sind.

Als sie mich fragt, ob ich auch schreibe, nicke ich entschuldigend. Noch so eine Möchtegern-Autorin. Sie muss umzingelt von ihnen sein. Aber es scheint sie zu freuen. Sie erkundigt sich, woran ich arbeite, und ich sage es ihr, und sie will alles Mögliche darüber wissen, und es läuft darauf hinaus, dass ich ihr von meiner Mutter und Kuba erzähle, von der langen Liste von Fragen hinten in meinem Heft, die ich ihr stellen wollte, wenn sie aus Chile zurückkam, was sie aber nie tat. Sie legt mir wieder die Hand auf den Arm und sagt, wie leid ihr das tut, und ich glaube es ihr. Sie gehört zu denen, die Bescheid wissen. Ihre Mutter ist vor sechs Jahren gestorben, sagt sie, ebenfalls ganz plötzlich, ebenfalls ohne Abschied. «Der einzige Satz, den ich schreiben konnte und der für mich irgendeinen Sinn ergab, war jahrelang: ‹Sie ist auf dem Eis ausgerutscht und gestorben.› Dass du deinen Roman überhaupt fertig gekriegt hast! Hast du ihn gelesen, Oscar?»

«Was gelesen?»

«Den Roman von Casey.»

«Sie lässt mich nicht in seine Nähe.»

Was vermutlich stimmt. Nicht, dass er je gefragt hätte.

Unser Essen kommt, und Oscar erkundigt sich bei Vera nach New York und ihren gemeinsamen Freunden und nach dem Lektor, der sie beide betreut hat, bis er ein eigenes Buch zu schreiben versuchte und darüber in eine schwere Psychose abgerutscht ist.

Vera bricht noch vor dem Nachtisch auf. Sie ist über eine Stunde gefahren, um Oscar lesen zu hören, und muss morgen nach London fliegen, wo der nächste Teil ihrer Lesereise beginnt.

«Ich fand sie sehr, sehr nett», sage ich auf der Rückfahrt zu Oscar.

«Ihr zwei schient euch ja prächtig zu verstehen.»

«Sie mag dich.»

«Wir kennen uns schon ewig.»

«Sie mag dich mehr als nur ein bisschen.»

Er lacht leise, ohne es abzustreiten.

«Habt ihr zwei je ...»

«Nein.» Er lächelt. «Nicht richtig.» Er spürt meinen Blick. «Geküsst haben wir uns mal. Vor Jahren. Da waren wir noch keine dreißig.» Vor meinem inneren Auge sehe ich Oscar auf einer Siebzigerjahre-Couch, wie er ihr seine kleinen Küsschen verabreicht. «Sie war mir zu ernsthaft.»

«Zu ernsthaft? Was redest du da? Ihr zwei habt bei der Begrüßung fünf Minuten durchgelacht.»

«Sicher, sie lacht, man kann Spaß mit ihr haben, aber du hast sie doch gehört. Als sie von diesem Artikel über Edmund Wilson anfing, zum Beispiel. Das hat so was Aufgesetztes.»

«Sie wollte einfach wissen, was du davon hältst.»

«Aber die Wörter, die sie verwendet.»

«Meinst du, sie will damit Eindruck schinden?»

«Nein, das ist wahrscheinlich genau ihre Art zu denken.»

«Dann ist sie also authentisch. Hast du ein Problem mit ihrer Authentizität?»

«Sie ist ein netter Mensch, kein Thema.»

«Ein *netter Mensch*?»

«Sie ist so festgelegt. So starr in ihrer Haltung. Wie ein verknöcherter alter Junggeselle.»

«Also mir kam sie locker und lebhaft und positiv vor. Was kann man daran nicht mögen?»

«Streiten wir jetzt allen Ernstes darüber, warum ich nicht mit einer anderen Frau zusammen bin?»

«Sie ist in deinem Alter, sie ist schön, und sie hat eine Schwäche für dich.»

«Es ist einfach dieses *je ne sais quoi*.»

Aber ich weiß, was das *quoi* ist. Sie liest in Kirchen und Konzerthallen. Sie fliegt morgen nach London, um ihre Europa-Tournee zu beginnen.

Das Haus ist dunkel. Ich war noch nie hier, wenn niemand daheim war. Oscar knipst das Licht an, und mir kommt alles ungewohnt vor, als wären die Wände in einer kälteren Farbe überstrichen. Sogar Bob ist ausquartiert worden.

Oscar nimmt ein Glas von einem Wandregal und füllt Wasser hinein. «Du auch?»

«Nein danke.»

«Schau», sagt er. «Du hast es auf den Kühlschrank geschafft.»

Ich gehe zu ihm. An der Kühlschranktür hängt ein neues Gemälde von ZAZ. Ein paar schwarze Striche, ein grüner Schnörkel und ein kleiner brauner Tornado. Oscar zeigt auf den Tornado. «Das sind deine Haare. Und hier drüben ist dein Körper. Und das ist entweder ein Minigolfschläger oder eine Giftnatter, da bin ich nicht sicher.»

«Wow. Was für eine Ehre.»

Er stellt sein Glas weg und küsst mich. «Danke, dass du mitgekommen bist.» Noch ein Kuss. «Das war mir eine große Hilfe.» Kuss. «Diese Veranstaltungen sind das Grauen für mich.» Er lehnt den Kopf schwer an meine Schulter. «Ich bin fix und fertig. Gehen wir hoch.» Er nimmt sein Glas wieder und geht zur Treppe.

Ich spiele auf Zeit, tue so, als wäre ich noch in das Bild vertieft.

«Machst du das Licht aus?», sagt er, schon halb oben.

Sein Schlafzimmer ist groß, das Bett zwei mal zwei Meter. Man sieht der Einrichtung an, dass sie ursprünglich von seiner Frau ausgesucht wurde – ein hübsch bemalter Spiegel, weiße Kommoden –, aber man sieht auch, wo die Zeit ihr schleichendes Werk verrichtet hat. Auf einem billigen Laminattisch in der Ecke türmen sich Papierberge. Die Schmutzwäsche wandert in einen Pappkarton.

Er kommt in T-Shirt und Boxershorts aus dem Bad. «Komm her.» Sein Mund schmeckt nach Pfefferminze.

Ich bin jüngere Männer gewohnt, Männer mit Hormonüberschuss, mit denen man auf dem Sofa knutscht und sich gegenseitig die Kleider vom Leib zerrt. Ich bin keine Männer gewohnt, die sich vorher noch die Zähne putzen. Ich befinde mich in meinem Kopf, und mein Kopf rast. Ich ziehe Rock und Pullover aus und lege mich zu ihm ins Bett. Er schiebt den Arm unter mich und zieht mich an sich. Ich habe gedacht, ein fremdes Bett könnte es vielleicht leichter machen, aber es macht es schwerer. Ich kann spüren, wie die Panik anschwillt.

Sein Arm gleitet meinen Rücken hinab, über meinen Po und wieder aufwärts. «Mmm», sagt er. Unsere Körper liegen zum ersten Mal Seite an Seite, und es fühlt sich weniger gut an als im Stehen, wenn wir beide mehr anhaben.

Ich weiß nicht, was ich will. Mit Luke im Bett habe ich mich anders gefühlt, und mit Silas in seinem R5 auch. Feuerwerk oder Kaffee im Bett, höre ich Fabiana sagen.

«Bist du nervös?», fragt er mit einem Lächeln und küsst mich. «Wir können uns alle Zeit der Welt lassen. Das ist doch wunderschön so. Genau das, was ich jetzt will. Und ich habe schon so lange nichts mehr gewollt.»

Seine Zunge ist kalt. Er geht zu einer meiner Brüste über. Vor meinen Augen sehe ich all die Zuhörer von der Lesung auf ihren Stühlen und Vera Wilde, die sich gegen den Restauranttisch lehnt. Oscars Finger schlüpfen in meinen Slip, aber sie finden nicht die richtigen Stellen, und ein paar seiner Nägel sind scharfkantig. Ich male mir aus, wie er Vera Wilde mit nach Hause nimmt und sie auf dem Wohnzimmerteppich leckt. Das hilft. Ich drehe mich von seinen Fingern weg und drücke mich mit dem Hintern an ihn, und wir finden einen Rhythmus, und er schnauft mir schwer in den Nacken, und wir steigern das Tempo, und dann versteift sein Körper sich, sein Atem stockt kurz, durch Slip und Boxershorts hindurch spüre ich die Entladung, und als es vorbei ist, sagt er, er kommt sich vor wie als Teenager, und lacht laut in mein Ohr.

Er wechselt die Unterhose und zieht mich eng an sich. «Doch, oh, wär ich nur wieder jung / Und hielte sie im Arm», murmelt er mir ins Ohr. Drei Minuten später ist er eingeschlafen. Ich versuche es auch, versuche meinen Atem seinen langen Schlafatemzügen anzupassen und meinen Körper dadurch zu überlisten, aber ich bin hellwach. Lange Zeit liege ich einfach da. Nach einer Stunde oder mehr stehe ich auf und gehe nach unten.

Um den Couchtisch stehen noch zusätzliche Stühle, von der Schreibwerkstatt gestern Abend. Wo Oscar sitzt, ist klar: auf dem Nussbaumstuhl mit dem Lederpolster, der ein Stück von den übrigen weggerückt und ein paar Zentimeter höher ist. Ich setze mich auf den Platz, den ich mir aussuchen würde, wenn ich teilnähme, in der Mitte der Couch, wo ich von beiden Seiten beschützt wäre.

Vielleicht sollte ich besser Oscar *sein* wollen, statt mit ihm zu schlafen. Aber irgendwie will ich nichts von beidem.

Meinen Körper hält es nicht auf einem Fleck, also wandere ich durchs Erdgeschoss, vorbei an der Haustür, dem Garderobenschrank, dem Bad, der Fernsehecke, dem Kühlschrank, um die Kochinsel und wieder zurück in den Wohnbereich. Es liegt sehr wenig herum. Nirgends irgendwelche Fotos. Ein Bücherregal, die Titel alphabetisch geordnet. Ein Exemplar von jedem seiner Bücher. Ich öffne den Garderobenschrank: Parkas, Stiefel, Tennisrackets, ein Wiffleballschläger. Dann den Schrank bei der Kücheninsel: Besen, Wischmopp, Eimer, ein schmaler Staubsauger und eine Kiste mit Altpapier. Ganz obenauf, auf einem Stapel anderer Papiere, liegt eine Geschichte mit dem Titel «Stella aus Ashtabula». Sie ist maschinengetippt, darum sieht die Schrift blass und ungleichmäßig aus. Links oben stehen Silas' Name und Adresse. Ich drücke die Tür wieder zu. Eine Weile sitze ich auf einem Sessel am Fenster. Ich mische einen Packen Spielkarten, der neben dem Fernseher liegt. Dann gehe ich zurück zu dem Schrank mit dem Altpapier.

Das Manuskript ist jungfräulich, Oscar hat nichts angestrichen. Ich nehme es mit auf die Couch. Stella ist eine Frau, die zu verhindern versucht, dass ein alter Baum im Zentrum von Ashtabula gefällt wird. Sie geht von Haustür zu Haustür und trifft eine Reihe kauziger Nachbarn, und als die Männer mit dem Bagger anrücken, fassen sich all die Leute, die sie zusammentrommeln konnte, verlegen bei den Händen und bilden eine Kette um den großen Baum. Erst später erfährt man, dass Stellas Ex-Mann unter dem Baum um ihre Hand angehalten hat, spontan, mit wenigen Worten und ohne Ring. Das war ihr zu der Zeit nicht gut genug, sie ließ ihn den Antrag eine Woche später wiederholen, am See, mit einem Diamantring und einem Dutzend Rosen, aber es ist der erste Antrag unter den starken Ästen des Baumes, der ihr im Gedächtnis bleibt und der sie, auch nachdem sie schon Jahre geschieden sind, in unerwarteten Momenten noch immer ins Herz trifft.

Ich frage mich, wie die Diskussion über den Text verlaufen sein mag. Muriel ist in Italien, deshalb habe ich keinen Maulwurf. Wo Silas wohl saß? Ich kann mir vorstellen, was die Gruppe moniert hat: die fehlende Spannung im Erzählbogen, die überflüssigen Adverbien, «sagte sie flehend» zum Beispiel, und dass offen bleibt, ob Stella den Baum retten kann. Der Text wirkt wie aus einer großen Emotionalität heraus geschrieben, als wäre der Autor entschlossen gewesen, dem Gefühl auf der Spur zu bleiben, egal wohin es ihn führt. Es ist etwas Ungeschliffenes, Ungezähmtes daran, das die anderen sicher bereinigt sehen wollten.

Ich stehe auf und lege das Manuskript zurück auf den Stapel. Ich blättere auf der Couch in Zeitschriften, schaue die Bilder an. Eine Stunde später stehe ich wieder vor der Altpapierkiste, nehme die Geschichte und packe sie in meine Tasche. Sie ist das Einzige, was ich seit Wochen lesen konnte. Schon allein deshalb sollte ich sie aufheben.

Nach ein paar Stunden gehe ich wieder nach oben, lege mich zu Oscar ins Bett und warte so auf den Morgen.

Wenn ich jetzt mit dem Hund unterwegs bin, betrachte ich die drei großen Eichen am anderen Ende der Grünanlage mit ganz neuen Augen. Ihre gewaltigen Äste sind von Sehnen und Adern umwunden, so voller Leben wie wir.

Im Iris beißt eine Frau einmal von ihrem BLT-Sandwich ab und lässt es zurückgehen, weil ihr die Mayonnaise zu scharf ist. Die Küche macht ihr ein neues mit einer milderen Mayonnaise. Ich bringe es ihr, und nach wenigen Minuten bittet sie mich, ihr doch wieder ein wenig von der scharfen zu geben.

«Ich dachte, ich mag sie nicht, aber ich habe mich geirrt», sagt sie.

Muriel kommt aus Rom zurück, und wir treffen uns vor der Arbeit auf einen Kaffee. Sie lacht, weil ich sie so fest drücke. Dann erzählt sie mir, dass sie am zweiten Tag ihrer Konferenz aus dem Hotel kam, und unter einer Engelstrompete auf der anderen Straßenseite stand Christian. Ich habe dir gesagt, dass Italien für mich das Land der Romantik ist, sagte er und fragte, ob sie ihn heiraten wolle.

Dieser Antrag müsste Stella zufriedengestellt haben.

Ich durchforste die Kleinanzeigen im *Globe* nach Wohnungen, telefoniere die kleinsten, billigsten durch, und alle sind sie schon vergeben. Schließlich finde ich eine, die ich besichtigen kann. Sie ist in Cambridge, am Inman Square. Ein Einzimmerapartment im Souterrain eines gelben Altbaus. Der Vermieter kann gar nicht glauben, wie überwältigt ich von allem bin. Ich stehe lange Zeit vor dem Herd. Ein richtiger Gasherd. Ich drehe jede einzelne Flamme auf und wieder zu. Und der Kühlschrank ist riesig. Er lacht über mein Staunen, das ist die Standardgröße, sagt er. Der Teppichboden riecht ein bisschen, aber längst nicht so stark wie mein Gartenschuppen. Auf der Rückseite, hinter einer Schiebetür aus Glas, ist ein kleiner Freisitz mit Blumenbeeten rundherum und einem Holzapfelbaum.

Nachdem mich schon seine schlechteste Wohnung so beeindruckt, fragt er mich, ob ich die Dreizimmerwohnung sehen möchte, die er im obersten Stock herrichtet. Ich folge ihm drei Treppen hoch. Er plant, alle vier Einheiten zu renovieren, sagt er, während er die Tür aufschließt. Das Souterrain kommt als Letztes dran, aber das ist nur eine Frage der Zeit. Er stößt die Tür auf. Licht flutet mir entgegen, Parkettböden spiegeln. Die Küche funkelt von nagelneuen Geräten. Durch ein Erkerfenster mit breitem Fenstersitz blickt man hinab auf die umliegenden Grundstücke. Ein Ahorn wölbt seine starken Äste über uns, wie um das Haus zu beschützen. Dahinter graue Dächer und die Kronen vieler anderer Bäume. Etwas in meiner Brust öffnet sich und krampft sich gleichzeitig zusammen.

«Im Bad sind die Handwerker noch nicht ganz fertig.» Er schaut auf die Uhr. «Nicht, dass sie heute schon aufgetaucht wären.»

Er zeigt mir ein großes Schlafzimmer mit dem gleichen schimmernden Parkettboden und das davon abgehende Bad, wo der Boden mit Sperrholzplatten ausgelegt und der Toilettentisch noch in seiner Kiste verpackt ist. Unter dem Dachfenster in der Ecke steht eine moderne Badewanne. Wir durchqueren das zweite Schlafzimmer. An einer Wand sind Bücherregale eingebaut, und zwischen den beiden hohen Fenstern hätte gut ein Schreibtisch Platz.

Ich kehre noch einmal zu dem Erkerfenster im Wohnzimmer zurück. Er wird mich bald genug hinauskomplimentieren.

«Was machen Sie beruflich?», fragt er.

Ich schüttle den Kopf. «Ich kann mir nicht mal das Kellerapartment leisten.»

«So war das nicht gemeint. Rein aus Neugier.»

Er soll ruhig wissen, mit was für einer erbärmlichen Kreatur er es zu tun hat. «Ich schreibe.»

«Sie schreiben? Auch nicht schlecht. Tja, als Künstler hat man's sicher nicht leicht.» Er wendet sich zur Tür, lässt die Schlüssel klimpern. «Aber probieren kostet ja nichts, oder?»

Und dann werde ich im Iris gefeuert. Es ist der Abend vor dem Footballspiel Harvard gegen Yale. Wir haben 192 Vormerkungen, und die Leute ohne Reservierung stehen die Treppe hinunter bis zur Straße. Wir öffnen extra eine halbe Stunde früher. Harry, Dana, James und ich bedienen oben, Tony und Victor unten. Nach einer Stunde Betrieb sagt Fabiana mir, dass Tony am Limit ist und ich einen Vierer unten in der Klubbar übernehmen muss. Sie hat die Getränkebestellung schon unter meiner Nummer eingegeben, und als die Drinks fertig sind, bringe ich sie hinunter und nehme die Essensbestellung auf. Auf dem Weg wieder hoch zum Computer sehe ich, dass meine beiden Sechsertische besetzt sind.

Ich nähere mich dem vorderen der beiden, und der Mann am Kopfende fasst mir um die Taille. «Allererstes Gebot, meine Süße», seine Hand drückt fester, «Männer in einem gewissen Alter brauchen Cocktails von einer gewissen Stärke in einem sehr eng bemessenen Zeitraum.»

Worauf mir alle drei Männer minutiöse Anweisungen für ihre Drinks erteilen, mit so wichtigen Mienen wie Chirurgen im Vorfeld einer OP. Die Frauen bestellen je ein Glas weißen Hauswein. Der Mann lässt meine Taille los.

An dem anderen Sechsertisch sitzt eine Familie, die ihre sämtlichen Essenswünsche schon parat hat und in Eile ist, weil ihre Tochter in einem Konzert mitspielt. Die Tochter ist Flötistin. Im Harvard-Orchester. Die beiden jüngeren Mädchen, die noch nicht studieren, verdrehen die Augen. Die Mutter sieht es. «Es gibt so viele Colleges im Raum Boston», sagt sie. «Ich wollte es nur klarstellen.»

Ich muss noch dreimal anhalten, bis ich endlich zum Computer komme: noch eine Cola, eine saubere Gabel, Worcestersoße. Während ich die Drinks und die Eilbestellung boniere, werde ich bereits aus der Küche gerufen, weil die Hauptgerichte für meinen Zweiertisch bereitstehen, zwei Damen, die schon gemeinsam in Radcliffe studiert haben und heute ihr fünfzigjähriges Zusammenleben feiern, wie sie mir sagen.

Clark in der Küche kippt ein Bier nach dem anderen, seine Schwertfischsteaks sind den Gästen zu durch, das Hühnchen zu blutig, und jeder Kellner, der durch die Schwingtür kommt, kriegt von ihm sein Fett weg. Um acht schießt er schon gegen die Geschäftsführung, nennt Marcus einen Flachwichser und Gory eine geschlechtslose Kuh und hat sich die rechte Hand an einem Pfannenstiel verbrannt, der zu lange unter dem Salamander stand. Er ist wie ein Stier am Ende des Kampfs. Er sieht überall nur noch rot, und ich mache einen großen Bogen um ihn.

Und etwas stimmt mit den Kroks nicht. Sie kommen zu früh, tragen keine Anzüge wie sonst und bauen ihren Auftritt andersherum auf – kommen nicht von den Seiten, sondern beginnen direkt in der Mitte des Saals, um von dort auszuschwärmen. Sie singen auch andere Lieder als sonst, mit lauten, unreinen Stimmen. Aber die Gäste bemerken den Unterschied nicht. Sie liegen ihnen zu Füßen. Am Ende der letzten Nummer ziehen die Sänger blaue Yale-Mützen aus ihren Taschen und klatschen sie sich auf den Kopf. «Danke!», rufen sie. «Wir sind die Whiffenpoofs!» Der Saal jubelt und buht. Die Whiffenpoofs werfen mit Kusshänden um sich, während im Eingang, hübsch im Smoking wie immer, die entgeisterten Kroks stehen, denen endlich mal jemand ihre nervige Schau gestohlen hat.

Ich serviere dem ersten Sechser gerade den Nachtisch – die Familie ist schon zum Konzert aufgebrochen –, als Clark in den Gastraum gestürmt kommt, seine Rechte in Eis gepackt und mit einem Lappen und Isolierband umwickelt. Er reißt an meinem Arm, und ein kleiner Zylinder mit Haselnussmousse kegelt hinunter auf den Teppich.

«Marcus sagt, der Vierer in der Klubbar wartet schon seit zwei Stunden! Ich habe keine Bestellung bekommen!»

Im ersten Moment hält mein Tisch es für einen neuen Harvard-Yale-Gag und schaut amüsiert zu. Als ihnen klar wird, dass Clarks Blutrausch echt ist, senken sie den Blick auf ihre Teller. Der Mann am Kopfende greift wieder nach meiner Hüfte. «So spricht man doch nicht mit so einer reizenden jungen Dame.»

Ich weiche seinem Griff aus und fege Clarks Hand von meinem Arm. Sie schlägt hart gegen seine andere, verletzte Hand, und er schreit auf.

«Lass deine verdammten Dreckspranken bei dir.» Meine Stimme ist laut, viel lauter, als ich erwartet habe, lauter als jeder Krok oder Whiffenpoof. Ich haste durch den totenstillen Speisesaal und flüchte hinaus auf die Feuertreppe.

Meine Kehle ist wie abgeschnürt, ich atme in kleinen, flachen Stößen. Eine Unmenge an Tränen scheint in mir angestaut, aber es kommt nichts raus, ich bin nur mit Luftholen beschäftigt. Es fängt wieder an, diese Panik, die mich aus meinem Körper heraustreibt. Mein Herz hämmert so rasend, dass es sich wie ein einziger langer Schlag anfühlt. Jeden Augenblick wird es zerspringen. Der Tod, oder etwas noch Größeres, längst nicht so Friedliches, scheint ganz nah, gleich über meiner Schulter.

«Casey.»

Das ist Marcus.

«Ich weiß. Ich gehe schon», bringe ich heraus.

«Gut», sagt er und verschwindet wieder nach drinnen.

Ich ziehe mich auf dem Klo um und feuere meine versiffte Schürze in die Ecke der Kabine. In der Nachbarkabine sind zwei kleine Mädchen. Ich kann ihre weißen Strumpfhosen und schwarzen Lackschuhe sehen. Ich wasche mir die Hände ohne einen Blick in den

Spiegel, ich will nicht wissen, wer von dort drinnen zu mir herausschaut. Die Mädchen tuscheln, sie trauen sich nicht aus der Deckung, bevor ich nicht weg bin. Ich schließe die Tür vernehmlich hinter mir, damit sie wissen, dass die Luft rein ist.

Ich gehe die schmale Treppe hinunter, dann die breite Prachttreppe. Von den Wänden beobachten die Präsidenten meinen Abgang. Mein Brustkorb fühlt sich an wie eine verfaulte Frucht, die jeden Moment aufzuplatzen droht. Ich höre die tuschelnden Stimmen der kleinen Mädchen. Ich will solche kleine Mädchen. Ich war nicht bei der Kontrolluntersuchung, die der Frauenarzt empfohlen hat. Ab jetzt bin ich nicht mehr versichert. Ich will nicht unfruchtbar sein. Ich will auch nicht schwanger sein. Laut Fitzgerald erkennt man ein Genie daran, dass es zwei unvereinbaren Ideen gleichzeitig Raum in seinem Kopf geben kann. Aber wenn man zwei unvereinbaren Ängsten in seinem Kopf Raum gibt, ist man dann auch ein Genie?

Daheim stecke ich das Telefon aus. Ich will nicht, dass Oscar mich anruft, oder dass Harry mich anruft, oder dass Muriel mich anruft, nachdem Harry sie angerufen hat. Ich halte es im Zimmer nicht aus. Ich halte es nicht aus still zu sitzen. Aber vor dem Freien fürchte ich mich auch. Ich wage mich nicht die Einfahrt hinunter und hinaus auf die Straße. Ich habe Angst, ich könnte nicht wieder zurückkommen. Ich habe Angst, ich könnte zerspringen oder mich auflösen oder vor ein Auto laufen. Ich habe Angst vor Männern, wenn ich um diese Nachtzeit zu Fuß unterwegs bin statt mit dem Fahrrad. Ich habe Angst vor Männern in Autos und Männern in Hauseingängen, Männern in Gruppen und Männern allein. Ich fühle mich bedroht von ihnen. Bedroht von ihrer Körperkraft. Ihrer Verlogenheit. Ihrer Gestörtheit. Ich bin jetzt draußen. Ich ziehe Kreise um den großen Baum. Du hasst einfach Männer, hat Paco einmal gesagt. Stimmt das? Auf jeden Fall hasse ich es, für sie zu arbeiten. Marcus und Gory. Nur Gabriel bei Salvatore war eine Ausnahme. Mein Französischlehrer in der achten Klasse hat mir bei einer Nachholschulaufgabe den Nacken massiert und sich dabei an der Lehne meines Plastikstuhls gerieben. Ich dachte allen Ernstes, ihn würde etwas jucken. Und als ich Mr Tuck am Madrider Flughafen gefragt habe, warum er das mit meinem Vater nicht gemeldet hatte, sagte er: Ich mochte Ihren Vater, aber Sie wissen ja, was mit dem Boten passiert. Ich hasse die Feigheit der Männer und ihre Solidarität untereinander. Sie folgen blind ihrem Schwanz. Egal, was sie damit anrichten, sie rechtfertigen es irgendwie. Und sie kommen durch damit. So gut wie jedes Mal. Mein Vater hat durch ein Loch in der Wand seine Schülerinnen, möglicherweise auch mich, beim Duschen beobachtet. Und als es aufflog, bekam er eine Abschiedsfeier und einen Kuchen.

Ich drehe Kreise im Garten. Meine Schritte sind laut. Der Boden liegt voller toter Blätter, der Baum ist fast kahl. Adam recht kein Laub. Er macht gar nichts im Garten. Die eingefassten Beete sind von verdorrtem Unkraut überwuchert. Meine Mutter verbrachte jedes Wochenende in ihrem Garten. Es waren die einzigen Male, dass ich sie in Jeans sah. Hochtaillierten Jeans, in denen ihr Hintern zur Geltung kam. Sie hatte so einen schönen Hintern. Hoch und knackig, auch mit über fünfzig noch. Den habe ich schon mal nicht von ihr geerbt. Sämtliche Nachbarn lagen ihr zu Füßen, aber sie hatte mit den Männern abgeschlossen. Sie kamen im Frühjahr mit Ablegern und Kompost, im Herbst mit Blumenzwiebeln. Sie suchten nach Gründen zu bleiben, fragten sie nach ihren Goliath-Tomaten oder den Klettertrompeten. «Ich glaube, mein Mann war fast ein bisschen verliebt in sie», sagten mir mehrere Frauen bei der Beerdigung. Aber sie sahen sie nicht als Bedrohung, sie liebten sie auch. Sie erzählten mir all diese Geschichten von ihr, um alle hatte sie sich irgendwann gekümmert, nach der Hüftoperation, nach einem Autounfall, nach dem Selbstmord des Sohnes, hatte bei ihnen auf dem Wohnzimmersofa geschlafen, ihnen Essen gekocht, Einkäufe für sie erledigt. Hatte den Einsatz von Pestiziden auf dem Schulgelände bekämpft, sich in Leserbriefen für die Rechte Homosexueller und gegen Rassendiskriminierung stark gemacht. Ich raschle durch das Laub. Irgendjemand hat mich kürzlich an sie erinnert. Ich kann die Erinnerung noch spüren, ganz knapp außer Reichweite, süß, als hätten Erinnerungen Geschmäcker, eine Frau etwa in ihrem Alter. Wer war es? Meine Mutter stand mit beiden Beinen im Leben. Sie war eine wirkliche Person. Ich bin keine wirkliche Person. Sie hatte Überzeugungen, und sie hat sich dafür eingesetzt. Sie war positiv und zupackend. Sie hat anderen geholfen. Ich helfe niemandem. Sie hat diesen ganzen Spendenverein aufgezogen. Mich überfordert schon ein kleiner Dankesbrief für einen Kühlschrank. Alles, was ich will, ist, Geschichten schreiben. Nur dafür schleppe ich mein Gepäck aus Schulden und Träumen herum und liege der Gesellschaft zur Last. Mir war nie etwas anderes wichtig. Und jetzt schaffe ich nicht einmal das. Seit dem Telefonat mit Jennifer Lin habe ich mein Buch nicht mehr anrühren können.

Das Blätterrascheln weckt den Hund, und er bellt hinter einem der Fenster. Ich ducke mich hinter den Stamm, ganz still trotz des Aufruhrs in mir. Unter den Blättern ist der Boden warm, aber die Luft ist kalt. Etwas zieht vor meinem Gesicht vorbei. Mein Atem ist das. Ich kann meinen Atem sehen. Es ist lange her, dass ich an einem Ort gewohnt habe, wo ich meinen Atem sehen konnte. Ich rutsche auf dem blauen Leder des Beifahrersitzes herum, ein Kind mit dickem Wollmantel und weißen Fäustlingen, das mit seiner Mutter zur Schule oder zur Kirche oder zum Supermarkt fährt, Füße wie Eisklumpen, und wartet, dass die Luft aus dem Gebläse warm wird. Oafie hört auf zu bellen, um in die Stille zu lauschen. Er stößt sich von der Fensterbank ab und trottet zurück zu seinem Bett.

Ich kann noch nicht wieder hineingehen, solange alles in mir so rast. Mein Herz und mein Hirn scheinen entschlossen, sich einen Wettlauf bis zum Tode zu liefern. Ich beobachte meinen Atem. Ich spanne Muskel um Muskel an. Jetzt weiß ich, wer mich an meine Mutter erinnert hat: Stella aus Ashtabula.

Ich gehe nach drinnen, lege mich auf meinen Futon und warte darauf, dass es mich zerreißt.

Findest du es nicht ein bisschen spät, um plötzlich die Spröde zu spielen?», fragt Oscar.

«Ich bin im Iris rausgeflogen.»

«Ah, sehr gut!»

«Für mich nicht.»

«Du kannst mehr als im Iris kellnern.»

«Nämlich was?»

«Keine Ahnung. In einem Büro arbeiten, mit normalen Arbeitszeiten.»

«Aber ich brauche die normale Arbeitszeit zum Schreiben.»

«Ich hätte da einen kleinen Job für dich.»

«Was?»

«Du hast es dir selbst eingebrockt. Du bist einfach zu beliebt.»

«Wovon redest du?»

«Ich muss nächstes Wochenende nach Provo, und ich dachte, meine Mutter hätte es in ihren Kalender eingetragen, was sie aber nicht hat, mit dem Ergebnis, dass sie jetzt nach Lennox zu irgendeinem Mädelswochenende muss. Und sie weigert sich, es sausen zu lassen. Ich habe dahin gehend zu argumentieren versucht, dass sie auch in der großzügigsten Auslegung nicht mehr als Mädel durchgehen kann und die meisten ihrer Freundinnen solche Mannweiber sind, dass es ohnehin besser Männerwochenende heißen sollte, aber das fand sie nur mäßig komisch und hat aufgelegt, und als ich Brenda anrufen wollte, aus unserer Straße, du weißt schon, fingen die Jungs an zu jammern, bei ihr würde es immer nur Shepherd's Pie geben und sie würde sich Klopapier in die Nase zwirbeln, das dann blutig wieder rauskommt, und sie haben nach dir verlangt. Sie bestehen darauf, dass ich dich frage, ob du übers Wochenende auf sie aufpasst. Ich habe ihnen gesagt, dass du arbeiten musst und nicht kommen kannst, aber jetzt kannst du ja vielleicht doch.»

«Wie viel zahlst du Brenda?»

Er lacht, bis er begreift, dass es kein Scherz ist. «Zweihundert am Tag.»

«In Ordnung. Ich mach's.»

Der Scheck erwartet mich zusammen mit einem Zettel am Kühlschrank:

*Ich wollte nur sagen*
*Iss ruhig alle Pflaumen*
*Und alle Trauben und auch*
*Die Bananen*
*Aber nicht alle Kiwis*
*Sonst weint Jasper*
*Und verlass uns Sonntag nicht*
*Und nie mehr.*

Ich gehe zur Bushaltestelle. Alle anderen Frauen, die dort warten, sind Kindermädchen. John steigt in flottem Tempo aus, aber Jasper braucht ewig. Das Mädchen hinter ihm scheint kurz davor, ihn zu schubsen. Auf dem Weg zum Haus sind sie beide sehr still. Ich frage sie, wie es in der Schule war, und bekomme nur Ein-Wort-Antworten. Jasper fragt dreimal, wann Papa denn heimkommt.

«Aber *wann* Sonntag um sieben?», sagt er heftig blinzelnd.

John lacht. «Jasper dreht die Schleusen auf.»

Was wir jetzt brauchen, ist ein Trostessen. Ich hole sämtliches Obst aus dem Kühlschrank und stelle zwei halbierte Kiwis mit einem Löffel vor Jasper hin. Oscar hat für diese Mahlzeit Tupperdosen mit Käsescheiben, Sellerie und Karotten vorbereitet, aber im Wurstfach liegt eine Packung Frühstücksspeck, und mir fällt wieder ein, was ich mir früher nach der Schule immer gemacht habe: Ich brate den Speck, beschmiere ein paar Salzcracker mit Mayo, packe gehackte Zwiebeln, Speck und Cheddar darauf und schiebe sie in den Ofen. Sie gelingen perfekt und sind in Nullkommanichts weggefuttert. Ich kaue mit vollen Backen und fühle mich wieder wie in der Sechsten. Ich mache noch eine Ladung, und wir verschlingen auch die.

«Papa sagt, Mayonnaise verstopft die Arterien», sagt Jasper.

«Und Speck auch», sagt John. «Und Käse auch.»

«Wir sind jung. Wir müssen über so was noch nicht nachdenken.» Machen die Eltern von heute ihren Kindern ernsthaft Angst wegen ihrer *Arterien*?

«Papa ist schon so alt!», sagt John.

«Na ja, alt nicht direkt, aber eben keine so perfekt geölte Maschine mehr wie wir.» Ich schiebe mir die nächste Cholesterinbombe in den Mund.

«Aber sterben tut er nicht», sagt Jasper. «Er hat's mir versprochen.»

«Das kann er nicht versprechen. Kein Mensch weiß, wann er sterben wird», sagt John.

«Aber er hat's versprochen. Und versprochen ist versprochen.»

«Aber ...»

«Wie schaut's aus, wollt ihr ein Spiel lernen, das Spit heißt?», sage ich.

Oscar hat gesagt, sie müssen jeden Abend baden. Ich weiß nicht recht, wie ich damit umgehen soll. Ich kann einen Fünfjährigen und einen Achtjährigen ja schlecht alleine in die Badewanne lassen, aber ich glaube kaum, dass sie mich dabei in der Nähe haben wollen. Ich fürchte mich vor dem Moment und dehne Abendessen und Kartenspielen und eine Partie Mensch ärgere Dich nicht so lange aus, wie ich nur kann. Aber John sieht auf die Uhr und sagt, dass jetzt Badezeit ist.

Und Jasper ruft: «Ich hol das Surfbrett!» und rennt zur Treppe, John hinterher, und als ich oben ankomme, läuft schon das Wasser, und beide Jungen stehen nackt am Klo und überkreuzen ihren Strahl wie zwei Schwerter. Ich will mich davonstehlen, aber John ruft mich zurück und zeigt mit der freien Hand zu einem hoch angebrachten Regal, von dem ich ihnen ihr Badewannenspielzeug herunterholen muss.

Ich sitze neben der Wanne am Boden und steuere das U-Boot. Jasper hat das Surfbrett mit dem Agenten darauf, John den Fallschirmspringer. Wir spielen, bis unsere Fingerkuppen rot und schrumpelig sind.

Als ich das Wasser herauslassen will, sagt Jasper, ich muss ihm noch die Haare waschen.

«Papa hat sie dir doch gestern gewaschen.»

«Sie sind aber wieder schmutzig.»

John schüttelt den Kopf. «Er ist süchtig nach Haarewaschen.»

Jasper streckt mir das Baby-Shampoo hin. Alles daran ist noch genauso wie früher, die goldene Farbe, der blaue Johnson's-Schriftzug, die rote Träne, die sagt «keine Tränen mehr», der Geruch. Anders als so viele Dinge ist dieses Shampoo unverändert geblieben, seit meine Mutter mir damit die Haare gewaschen hat. Sie tunken die Köpfe ins Wasser, und ich schäume sie ein und modelliere Jaspers Haare zu Schlappohren und Johns längere Haare zu hochstehenden Fühlern. Sie zeigen kichernd aufeinander, und ich erlaube ihnen, vorsichtig aufzustehen, immer nur einer auf einmal, um sich im Spiegel anzuschauen. Ich halte sie um die Taille wie meine Mutter mich als Kind. Dann setzen sie sich langsam wieder hin, und ich forme neue Gebilde. Ich inhaliere den Shampooduft.

Schließlich habe ich sie draußen und trockne sie ab. Johns Schlafanzug ist dunkelblau mit weißen Bündchen, die hoch über seinen Hand- und Fußgelenken aufhören, Jaspers rot-grün kariert und verschossen, eindeutig ein Erbstück von John. Sie zeigen mir ihre Zimmer.

«Johns ist größer, aber meins ist gemütlicher», sagt Jasper, der vorausgeht.

«Das sagen wir ihm immer, wenn er sich beschwert.»

«Meins ist vom Konfekt her groß. Schau!»

«Konzept», verbessert John.

«Es ist das ganze Weltall.» Er breitet die Arme aus. Das Thema Weltraum dominiert unbestreitbar: an der einen Wand die Planeten unseres Sonnensystems, an der anderen die Sonne, dazu ein *Apollo-17*-Poster, und an die Decke ist ein Nachthimmel geklebt, der im Dunkeln leuchtet. In der Ecke steht ein Kinderbett, und den Boden bedeckt eine gewaltige Lego-Raumstation.

«Wie kommst du denn da von der Tür zum Bett?»

«Auf den Zehenspitzen, schau.» Und perfekt auf Spitze tippelt er zwischen all den Hindernissen hindurch, ohne etwas umzustoßen.

Johns Zimmer ist ordentlich und karg.

«Ich mag kein Zeug an der Wand. Das kann Feuer fangen.»

Alles kann Feuer fangen. So vieles, was einem durch den Kopf geht, muss man für sich behalten, wenn man mit Kindern zusammen ist.

Er sieht meinen Blick zu einem Bord mit gerahmten Fotos wandern. Gemeinsam gehen wir hin.

Da ist sie. Sonya. Kurze Haare, runde braune Augen, Jaspers durchtriebenes Lächeln. Mir wird klar, dass ich sie mir anders vorgestellt habe, zarter, unbürgerlicher, verträumter, aber sie wirkt handfest und energisch. Geerdet, hätte meine Mutter gesagt. Neben ihr – auf einem Berggipfel, auf ihrem Ledersofa, am Traualtar – sieht Oscar groß aus. Sie strahlt etwas Klares, Zielstrebiges aus, wie es Menschen, die jung sterben, oft tun, als hätten sie eine Extraportion Tatkraft und Lebenslust mit auf den Weg bekommen und wüssten, dass ihnen wenig Zeit bleibt, um sie zu verbrauchen. Oder vielleicht lesen wir das auch nur im Nachhinein in sie hinein, wenn uns alles Leben, das wir in ihnen noch finden, gesteigert vorkommt.

«Das ist unsere Mama.»

«Sie sieht sehr lieb aus.»

«Sie war auch lieb.»

Es ist mir ein Rätsel, wie diese kleinen Körper einen solchen Verlust verkraften konnten, wie sie Tag um Tag überstehen.

«Ich hab meine Mutter auch verloren. Letzten Winter.»

«War sie alt?»

«Nein. Erst achtundfünfzig. Aber nicht so jung wie eure Mom.»

«Unsere war siebenunddreißig.»

«Wir haben sie gesehen. Als sie tot war», sagt Jasper. «Sie hat ausgesehen wie ein Stück Holz aus dem Fluss.»

«Papa hat dir doch verboten, das zu sagen.»

«Wenn's aber so war», sagt Jasper. «John hat ein Tagebuch!» Wie der Blitz ist er drüben beim Bett, grapscht darunter herum und kommt mit einem dicken Schreibheft an.

«Gib das her.» John will es ihm aus der Hand reißen.

«Nur die lustige Seite.» Jasper schlägt eine Seite weit vorn auf, die mit riesigen Buchstaben in schwarzem Filzstift bedeckt ist: ICH HASE PAPA, immer und immer wieder. Und ganz unten: JASPR IST EINE ALTE KAKWUST.

Wir lachen alle.

«Was war da passiert?»

«Weiß nicht mehr. Keine Ahnung.» Er kann gar nicht aufhören zu lachen. Dann nimmt er Jasper das Heft wieder weg und blättert darin herum.

«Führst du das schon lange?»

«Seit ich vier bin.»

Er muss an die hundert Seiten vollgeschrieben haben. Die Schrift beginnt groß und krakelig, meistens mit dickem Filzstift, und wird nach hinten zu immer kleiner und dünner. Bei den neuesten Einträgen ist sie winzig und akkurat.

«Du bist ein Schriftsteller, wie dein Papa.»

«Ich schreib nur auf, was passiert. Damit ich es nicht vergesse.»

Die Fotos sehen uns an, in der Bewegung eingefroren.

Unter den Fotos stehen Bücher. Wir schauen sie durch, und Jasper zieht seine Lieblingsbücher heraus, ein riesiger Stoß, den wir zu einem kleineren ausdünnen. John akzeptiert nur *Robinson Crusoe*, mit dem sie schon halb durch sind.

«Können wir in Papas Bett lesen? Das ist größer.»

Aber als wir alle drei sitzen, drängen sie sich von beiden Seiten so dicht an mich, dass wir den zusätzlichen Platz gar nicht brauchen. Aus ihren Haaren und von meinen umblätternden Fingern steigt der Geruch von Johnson's Baby Shampoo auf.

Nach dem Lesen sind sie müde und legen sich jeder in sein eigenes Bett. Ich frage, ob ich ihnen noch etwas vorsingen soll, was sie beide verneinen, aber als ich schon an der Tür bin, sagt Jasper, er habe es sich anders überlegt. Ich singe «Edelweiß» und «Blowin' in the Wind», und dann ruft John über den Gang, dass er es sich auch anders überlegt habe. Ich erzähle ihm von den Kroks und singe ihm «Blue Angel» und «Loch Lomond» vor.

Danach kehre ich in Oscars Bett zurück. Er hat es nicht neu überzogen, und das Kissen riecht nach ihm, nach seiner Haut und seiner Rasiercreme. Ich sehe seine Frau vor mir, ihr fröhliches Gesicht. Wenn mein Knubbel sich als ein tödlicher Krebs herausstellt, wird bestimmt niemand Jahre später mein Bild betrachten und denken, dass ich eine Extraportion irgendetwas hatte. Erst gegen vier Uhr dämmere ich weg, und Jasper kommt noch vor fünf. Er lässt seine Hüften gegen das Bettgestell prallen, bis ich aufwache, und steht dann wartend da, bis ich die Decke für ihn anhebe. Er ist hellwach. Er erzählt mir von einem Jungen in seiner Klasse, der Edwin heißt.

«Der haut und schubst immer alle.»

«Und wie reagierst du da?»

«Ich mach ihn mit Karate fertig. In meinem Kopf. In echt geh ich auf die andere Seite vom Zimmer.»

«Das klingt nach einer hervorragenden Strategie.»

Wir reden über unsere Lieblingssorten Eis am Stiel und all die Plätze, an denen er in seinem Leben schon baden war, und einen Felsen, von dem John ins Wasser gesprungen ist, an irgendeinem Ort mit M, wo es unter der Veranda kleine Kätzchen gab. Er hat meine Hand genommen und hält sie sich mit beiden Händen vors Gesicht wie eine Landkarte, spreizt meine Finger auseinander und biegt sie wieder zusammen.

«Ich kann mich gar nicht an meine Mama erinnern», sagt er.

«Du warst erst zwei, oder?» Das *als sie gestorben ist* bringe ich nicht über die Lippen.

«Mmm-mmh. Ich weiß nicht, ob sie so wie du war oder ganz anders, oder wie Tante Sue oder ganz anders.»

«Ich könnte mir vorstellen, sie war so wie du.»

«Wie ich?»

«Ja, neugierig und schlau und mit lauter lustigen Flausen im Kopf.»

Er zieht meine Finger an seinen Mund und tupft damit zerstreut gegen seine Lippen.

«Als meine Mutter gestorben ist, habe ich sie manchmal irgendwie in mir gespürt», sage ich. «Fast so, als ob ich sie verschluckt hätte.»

Er lacht. «Sie verschluckt!»

«Und es kommt immer noch vor, dass ich dieses Gefühl habe, als ob sie in mir drin ist und es keinen Unterschied zwischen uns gibt, oder der Unterschied spielt keine Rolle.»

Er hört zu, immer noch tupfend. Er sagt nichts.

«Ich glaube, es ist dieses ganze Liebhaben. Das muss irgendwohin.»

Er nagt ein bisschen an meinem kleinen Finger und nickt langsam. «Ich glaube, sie hat mich schon lieb gehabt», flüstert er in meine Fingerknöchel.

«Ja», sage ich. «Und sie hat dich immer noch lieb. Sehr, sehr lieb. Und diese Liebe wird immer, immer bei dir sein.»

Die Zeit folgt ihren eigenen Gesetzen, wenn man sie mit Kindern verbringt. Wir backen Pfannkuchen, spielen Versteinern, und im Nu ist der Vormittag dahin. Auf Jasper zu warten, während er seine Schuhe bindet oder auf dem Rad hinter uns hertrödelt, fühlt sich dagegen endlos an. Sie zeigen mir all ihre Lieblingsspielplätze, den mit der Tunnelrutsche, den mit der ganz hohen Schaukel, den mit der Kletterwand. Wir essen Quesadillas in der Taqueria in der Bow Street und Bananenmuffins in dem Café gleich daneben. Auf dem Heimweg leihen wir uns bei Blockbuster *Mrs. Doubtfire* aus, ich mache uns Käsenudeln ohne Gemüsebeilage, und wir essen sie auf der Couch, was bei Oscar verboten ist. Jasper kommt um drei zu mir ins Bett und schläft diesmal sofort ein. Für mich selbst sehe ich keine Hoffnung, aber seine Atemzüge und seine heißen kleinen Füße an meinem Schienbein entspannen mich schließlich doch. Am Sonntag ist das Aquarium an der Reihe, dann Einkaufen, Keksebacken, Kartenspielen. Zur Feier von Oscars Rückkehr soll es Lasagne geben, und wir machen sie alle zusammen. Sein Flug landet um 18.14. Um Viertel nach holen wir die Lasagne aus dem Ofen, an den Rändern der Form blubbert noch der Käse. Wir starren sie hungrig an. Um uns abzulenken, spielen wir in der Garage Pingpong, aber die Jungen streiten nur, wer mit mir zusammenspielen darf, also breche ich ab und schlage ein weiteres Kapitel aus *Robinson Crusoe* vor. Wieder schmiegen sie sich von beiden Seiten an mich. Vielleicht ist es ja doch nicht zu früh, vielleicht gehöre ich hierher. Fast glaube ich, ich könnte hierher gehören.

Wir haben gerade die Stelle erreicht, wo Robinson auf seiner Insel eine menschliche Fußspur findet, da kommt Oscar herein. Ich atme auf. Ich hätte den beiden ungern erklären müssen, was Kannibalen sind. Sie springen vom Sofa auf und rennen zu ihm.

«Ihr wart nicht in der Einfahrt.» Er schwingt sie mühelos hoch, ein Kind pro Hüfte.

«Wir haben kein Licht gesehen», sagt John.

«Ich hab aber aufgeblendet.»

Oscar hat mir einmal erzählt, das einzig Schöne an diesen Reisen ist für ihn der Moment, wenn er beim Einbiegen in die Einfahrt die Scheinwerfer aufblendet und die Kinder am Fenster vorbeiflitzen und dann zur Tür herausstürzen sieht, ihre kleinen Gestalten hell leuchtend vor dem Asphalt. Das fällt mir jetzt wieder ein. Er sieht *Robinson Crusoe* in meiner Hand. «Habt ihr ohne mich weitergelesen?»

«Wir können es noch mal lesen», sagt John. «Wir haben noch nicht alles verstanden. Wir können da weitermachen, wo wir am Donnerstag aufgehört haben.»

Oscar stellt sie wieder auf den Boden, zieht die Jacke aus und hängt sie in den Schrank. Er legt ihnen je eine Hand auf den Kopf. «Was habe ich noch alles verpasst?»

Sie schreien unsere Unternehmungen heraus, und er hört nickend zu, zu ihnen heruntergebückt. Mich hat er noch kein einziges Mal angesehen.

«Wie war's?», frage ich, als ich es nicht mehr aushalte.

Er blickt nicht auf. «Gut.»

«Wir haben Lasagne gemacht, Papa! Echte Lasagne, schau!»

Die Jungen zerren ihn stolz zur Kücheninsel.

Wir haben den Tisch mit Tellern gedeckt, die ich für John aus dem obersten Fach herausholen musste. Jasper hat die Papierservietten mit Mustern bemalt. Blumen hatten wir keine, deshalb haben wir einen Tischschmuck aus Lego gebastelt.

«Können wir jetzt essen?», fragt John mich.

«Von mir aus», sagt Oscar.

Ich setze mich zu ihnen an den Tisch. In meinem Körper kribbelt und summt es. Ich bleibe ganz vorn auf der Stuhlkante. Ich lege mir Worte zurecht, Erklärungen, warum ich auf der Stelle losmuss, aber ich sage keine davon laut.

Vielleicht hat er in Provo jemanden kennengelernt. Vielleicht ist er sich auch nur über ein paar Dinge klar geworden. Dieses ganze Wochenende, während ich mich in seine Söhne verliebt habe, in seine ganze Welt hier, hat er sich vielleicht innerlich immer weiter von mir entfernt.

Die Jungen berichten ihm haarklein, was wir während unserer zwei Tage alles gemacht haben. Er hört zu, über seine Lasagne gebeugt, nickend. Nichts davon passt ihm, so viel ist klar. Dabei legen sie sich so ins Zeug, um es ihm recht zu machen, geben sich solche Mühe, interessant und lustig zu klingen, Dinge zu erzählen, die ihm gefallen könnten. Muriel sagt, bei seiner Werkstatt wirkt er manchmal komplett abwesend. Aber das hier ist mehr als Abwesenheit, das hier ist vorsätzlicher, strategischer Rückzug. Wie kann man seinen Kindern so etwas antun?

Ich stehe die Mahlzeit durch. Ich räume die Teller ab und bleibe an der Spüle stehen, Rücken zum Tisch. Ich weiß, dass ich dableiben sollte, die Küche aufräumen helfen, warten, bis die Jungs im Bett sind, und dann mit ihm reden. Aber ich kann es nicht. Ich muss weg hier. Ich gehe nach oben, packe meine Kleider und den Waschbeutel in meine Tasche und komme wieder herunter.

«Gehst du schon heim?», fragt Jasper.

Ich hocke mich vor ihn hin und umarme ihn. Ich fasse nach Johns Arm und ziehe auch ihn an mich. «Das hat so viel Spaß gemacht mit euch zweien.»

«Auf Wiedersehen, Süße», sagt Jasper. Das ist aus *Mrs Doubtfire.*

Ich winke Oscar kurz zu und gehe.

Mein Fahrrad ist in der Garage, und als ich es nach draußen schiebe, wartet er auf mich.

«Wo willst du hin?» Er hält meine Lenkergriffe fest und klemmt das Vorderrad zwischen die Beine, sodass wir uns aus nächster Nähe gegenüberstehen. «Bitte, fahr jetzt nicht wütend weg. Es tut mir leid. Was immer ich getan habe. Es tut mir leid.»

«*Was immer* du getan hast?»

«Dass ich distanziert war, kalt, was auch immer.» Er sagt es, als wäre es ein alter, überstrapazierter Vorwurf, als hätten wir diese Situation schon hundertmal gehabt, diesen öden Abklatsch einer Auseinandersetzung. «Ich werde eifersüchtig, dazu neige ich einfach. Als Sonya im Sterben lag, wusste ich, dass sich alle wünschten, ich wäre es.»

«Das hat sich bestimmt niemand gewünscht.»

«Doch, natürlich. Sie war ihre Mutter. Ich war der Entbehrliche, das Arschloch, das immer nur mehr Zeit für seine Arbeit herausschinden wollte. Aber dann kam dieser Augenblick gegen Ende, als ich sie auf diesem schrecklichen Stuhl in dem Krankenhauszimmer beide im Arm hatte und gespürt habe, jetzt wenden sie sich ganz mir zu. Als wüssten sie, es ist vorbei und ab jetzt gibt es nur noch uns drei. Es war so grauenvoll, so beklemmend, so herzzerreißend, aber zugleich auch irgendwie beglückend. Weil ich endlich ihre volle Aufmerksamkeit hatte.» Er greift nach meiner Hand. Ich überlasse sie ihm, und er zieht mich dicht an sich. Er schiebt den Finger unter meine Bluse und legt ihn auf meinen Nabel. «Ich mag es, wenn mir Leute ihre volle Aufmerksamkeit schenken.» Er küsst mich. Er umschließt meine nackte Taille mit den Händen. «Stell dir vor, in Provo hatte ich ein bisschen Zeit übrig, und da habe ich in der Bibliothek gestöbert und bin auf eine ziemlich geniale Kurzgeschichte im *Kenyon Review* gestoßen.»

«Nein.»

«Doch.»

«Die habe ich vor einer Ewigkeit geschrieben.» Ich habe sie geschrieben, als meine Mutter noch lebte.

«Ich wusste gar nicht, dass du so gut bist.» Er schüttelt mich leicht.

«Damals in den Achtzigern.»

Im Haus haben die Jungs das Video wieder eingelegt.

«Wir haben *Mrs Doubtfire* geguckt.»

«Ist das denn jugendfrei?»

«Sie könnten ein paar Fragen haben.»

Als wir mit dem Küssen aufhören, setzt er mir den Helm auf und schnallt ihn mir unterm Kinn fest, die Fingerkuppen zwischen meine Haut und das Plastik geschoben, damit es mich nicht zwickt.

«Umarm sie von mir.»

«Das hast du doch schon selber.»

«Umarm sie noch mal.»

Er wartet auf eine Erklärung, aber ich kann keine liefern. Ich weiß selbst nicht genau, was ich meine.

Muriel sagt, sie hat ihrer Schwester meine Nummer gegeben, weil eine Freundin ihrer Schwester an einer Schule unterrichtet, die gerade ihren Englischlehrer entlassen hat.

«Ich hab eine Highschool-Phobie.»

«Die hier ist anders. Etwa achtzig Prozent der Schüler werden finanziell bezuschusst. Nicht unbedingt die typische Privatschule also. Und du hättest den ganzen Sommer zum Schreiben.»

Ich stelle mich darauf ein, dass ich nichts hören werde, aber schon am nächsten Tag ruft mich der Leiter des sprachlichen Zweigs an, Manolo Parker. Er lädt mich zu einem Vorstellungsgespräch in drei Tagen ein, am 9. November, einen Tag vor meinem Termin beim Onkologen.

Muriel leiht mir etwas zum Anziehen, Make-up und ihr Auto. Am Morgen vor dem Gespräch liege ich im Bett und befühle meinen Knoten. Ich kann nicht sagen, ob er gewachsen ist. Der heutige Termin erscheint mir kaum weniger bedrohlich als der morgige. Ich verbringe eine halbe Stunde mit dem Versuch, mein Gesicht herzurichten, die tiefen gräulich-blauen Schwellungen unter meinen Augen mit Concealer zu überdecken, den fahlen, eingefallenen Wangen mit etwas Rouge Leben einzuhauchen und die kleinen, müden Augen mit einem Kajalstift größer und wacher aussehen zu lassen. Aber meine Hände zittern, und die Striche geraten krumm, meine Angst lässt sich nicht einfach übermalen.

Ich rechne einen Puffer für den Berufsverkehr ein, und ich brauche ihn. Ampel für Ampel kriecht die Autokolonne aus der Stadt. Das Autofahren ist ein Luxus, den ich ganz vergessen habe. Es gibt eine

Heizung, was schon mal viel wert ist, und ein Radio. Ein Typ singt davon, wie er seine Freundin zu einer Abtreibung begleitet. Er nennt sie einen Ziegelstein, der ihn langsam unter Wasser zieht. Das kann er gar nicht oft genug wiederholen. Während einer besonders langen Rotphase nicke ich ein paar Sekunden ein, und als ich hochschrecke, glaube ich einen Moment lang, *ich* wäre schwanger, und begreife dann erst, dass nicht ich es bin, sondern das Mädchen in dem Lied, und ein Stein fällt mir vom Herzen. Mich packt übertriebenes Mitleid mit dem Mädchen, deren Arschloch-Ex-Freund sie in seinem Song als Ziegelstein bezeichnet und daraus jetzt auch noch Kapital schlägt. Ich fahre zwischen steinernen Torpfosten hindurch eine lange, von Wald gesäumte Einfahrt hinauf und parke auf dem Lehrerparkplatz.

Vom Parkplatz führt ein steiler Fußpfad zum Schulgebäude hinauf. Am Fuß des Hügels breiten sich Felder mit weißen Linien, Toren und Bänken auf beiden Seiten aus. Es könnte meine alte Schule sein. Ein Mann auf einem Traktor mäht den Rasen. Es könnte mein Vater sein. Ich kann hier nicht arbeiten. Ich erkenne sämtliche Gerüche wieder.

Der Eingangsbereich ist aus Glas und frisch renoviert. Manolo erwartet mich an der Tür.

Sein Händedruck ist kräftig, nicht die weich gespülte Version für das schwache Geschlecht. Wir gehen einen hell erleuchteten Gang entlang.

«Ich wollte Ihnen gern zeigen, wie wir unseren Tag beginnen», sagt er und hält einem Trupp Schüler und ihren überdimensionalen Ranzen die Aulatür auf. Er begrüßt sie alle mit Namen. «Tag, Stephen. Kommst du mir *Sula* jetzt besser klar, Marika? Becca, Jep, alles im grünen Bereich?» Sie scheinen ihn und seine Aufmerksamkeiten zu mögen. Becca zeigt auf mich. «Sind Sie zum Vorstellungsgespräch da?» Ich nicke, und sie reckt kurz den Daumen hoch. Manolo und ich gehen ein paar Reihen weiter und setzen uns auf gepolsterte Klappsessel zwischen die anderen Lehrer. Er stellt mich den Umsitzenden vor, und ein paar andere drehen sich um und winken. Offenbar wissen sie alle, warum ich hier bin.

Es ist laut. Die ganze Schule ist hier gerade versammelt, siebte bis zwölfte Klasse, sagt mir Manolo. Er gibt mir einen kurzen Abriss der Schulgeschichte: gegründet durch drei Frauenrechtlerinnen aus dem County, reine Mädchenschule bis 72, ab 76 nicht mehr in Betrieb, zwei Jahre später dann aus der Asche auferstanden dank einem anonymen Spender, dessen einzige Auflage es war, dass die Aufnahme ohne Ansehen der finanziellen Verhältnisse erfolgt.

Jetzt kehrt Ruhe im Saal ein. Eine hagere Frau mit glattem, schulterlangem grauem Haar hat die Bühne betreten und steht an einem Rednerpult vor einem geschlossenen Vorhang.

«Die Direktorin», flüstert Manolo mir zu. «Aisha Jain.»

«What I thought was love in me», beginnt sie, «I find a thousand instances as fear.» Sie schaut auf, durch den Saal, und dann wieder auf das Pult. «Of the tree's shadow winding around the chair, a distant music of frozen birds rattling in the –»

Im Publikum schießt eine Hand in die Höhe, und sie hält inne, zeigt darauf. «David.»

«Amiri Baraka, auch bekannt als LeRoy Jones. Aber den Titel weiß ich jetzt nicht.»

«Weiß ihn sonst jemand?»

Eine andere Hand hebt sich. Sie nickt. «Claire?»

«The Liar.»

«Sehr gut, alle beide. Bon appétit.»

«Sie bekommen am Pausenkiosk einen Snack spendiert, wenn sie das Zitat zuordnen können», erklärt mir Manolo.

«Einen schönen Unterricht wünsche ich euch», sagt sie, steigt von der Bühne herunter und setzt sich auf einen Platz an der Seite.

Eine Reihe von Schülern wartet vor dem Treppchen und tritt einer nach dem anderen ans Rednerpult, um Ankündigungen zu machen: Exkursion des Fotografiekurses, grüner Turnschuh auf dem Dach gefunden (ein dicker Junge kommt von ganz hinten vor zum Bühnenrand gelatscht, um ihn unter Beifallklatschen entgegenzunehmen), interkulturelles Treffen nach der Schule hier in der Aula, Debattierklub in 202, Queer-Hetero-Arbeitskreis in der Bibliothek. Als der Ankündigungsteil vorbei ist, gehen die Lichter aus, und ein Geschrei und Füßestampfen setzt ein, als wären wir im Fenway-Stadion und die Sox hätten den Ball über die Mauer geschlagen. Der Vorhang öffnet sich, und zum Vorschein kommen zwei Männer mit Gitarren, eine Schlagzeugerin und am Mikro eine Frau mit Saxofon.

«Mama», beginnt sie durch das Lärmen der Zuhörer zu singen, tief und langsam. Es ist «Misguided Angel» von den Cowboy Junkies. Ein Song, zu dem Paco und ich in seiner Küche am Central Square getanzt haben.

Manolo beugt sich zu mir herüber. «Unsere Mathematikerband.» Auf einem handgeschriebenen Pappschild vor dem Schlagzeug steht: SINUS & CO.

Als Nächstes spielen sie «Ain't That Peculiar» und zum Abschluss «Try a Little Tenderness». Sie sind gut. Und sie haben einen Riesenspaß dabei. Die ganze Schule applaudiert stehend, und dann schieben sich alle aus dem Saal.

Manolo hat ein breites Lächeln auf dem Gesicht. Alle lächeln, mich inbegriffen.

«Wahnsinn», sage ich. «Was für ein Start in den Tag.»

Wir gehen langsamer als die anderen, die zum Unterricht müssen.

«Aisha hat einmal zu mir gesagt, dass die Eigenschaft, auf die sie bei Bewerbern den größten Wert legt, eine fröhliche Ausstrahlung ist. Für mich klang das zunächst ein bisschen klischeehaft, aber es stimmt. Die Leute hier sind fröhlich.»

Durch den verglasten Eingangsbereich geht es weiter in einen breiten Korridor, zu dessen hohen Fenstern Sonnenlicht hereinflutet. Wenn ich an meine Highschool damals denke, sehe ich keinerlei

Fenster vor mir. Jede Erinnerung ist in trübes Neonlicht getaucht. War irgendjemand dort je *fröhlich*?

Manolo zeigt auf eine offene Tür. Das ist das Büro von Aisha, sagt er, die gleich für mich Zeit haben wird. Ich folge ihm in sein Zimmer. Der Kollege, mit dem er es teilt, ist im Unterricht. Wir setzen uns in zwei Drehstühle in der Raummitte und reden ein wenig, bevor es Zeit für mein Vorstellungsgespräch ist. Er fragt mich, was ich in der Oberstufe gelesen habe, und ich sage ihm, dass uns die Standardkost vorgesetzt wurde, *Fänger im Roggen*, *Ein anderer Frieden*, Erzählungen von Updike und Cheever, die üblichen Geschichten von Jungen eben, die ihre Illusionen über die Menschheit verlieren, dass mir aber meine Mutter darüber hinaus Wharton und Didion und Morrison zu lesen gegeben hat. Auf einem der Schreibtische liegt eine *Macbeth*-Ausgabe, und ich erzähle ihm von dem Artikel, der mir neulich untergekommen ist, über Lady Macbeth und die Frage, warum sie nirgends als tragische Heldin behandelt wird, obwohl sie alle Eigenschaften dafür mitbringt. Er erkundigt sich, ob ich Cormac McCarthys *All die schönen Pferde* kenne, das er gerade mit seiner Zwölften durchnimmt, und ich sage Ja, und er will wissen, was ich darüber denke, also sage ich, dass der Stil es mir unmöglich gemacht hat, mich richtig auf die Geschichte einzulassen, weil er mir abwechselnd Hemingway und Faulkner zu imitieren schien. Er macht ein enttäuschtes Gesicht, dann ertönt ein Gong, und er sagt, dass er jetzt in den Unterricht muss. Er nimmt seine Mappe. Es hat ihn sehr gefreut, mich kennenzulernen, sagt er, und schüttelt mir wieder die Hand, genauso kraftvoll wie zur Begrüßung. Er liefert mich noch in Aishas Büro ab, und ich begreife, dass dies schon mein Gespräch bei ihm war. Mir kam es vor, als würden wir nur ein bisschen plaudern, um die Zeit bis zum Termin mit Aisha totzuschlagen.

Eine Sekretärin sitzt an einem Tisch in einem kleinen Vorzimmer. Sie steht auf und führt mich hinein. Aus der Nähe wirkt Aisha viel weniger streng. Ihre Augen lächeln, und sie schlüpft, sobald sie wieder Platz genommen hat, aus ihren Schuhen, um einen Fuß unter sich zu ziehen. Wir sitzen auf grünen Ohrensesseln am Fenster.

«Was amüsiert Sie so?»

«Oh.» Mir fällt nichts anderes ein, als die Wahrheit zu sagen. «Ich musste nur gerade an diesen Roman denken, in dem ein Ohrensessel vorkommt.» Ich streiche mit der Hand über die harte grüne Stütze neben meinem Ohr.

«Was für ein Roman ist das?»

«*Holzfällen.* Von Thomas Bernhard.»

«Ein Deutscher?»

«Österreicher. Es spielt fast ausschließlich auf einem Ohrensessel in Wien.»

«Das Buch spielt auf einem Ohrensessel?»

«Der Erzähler ist zu einem künstlerischen Abendessen, wie er es nennt, bei Freunden von früher eingeladen, die ihn, als er jünger war, um seine Illusionen gebracht haben. Er hat sie dreißig Jahre nicht mehr gesehen, und er sitzt auf diesem Sessel bei der Tür und sinniert über sie und ihre *künstlerischen Abendessen.* Es gibt keine Kapitel oder Absätze. Es gibt lediglich seine Gedanken, gegliedert durch den Halbsatz ‹dachte ich auf meinem Ohrensessel›. Das ist wie ein Refrain. ‹Dachte ich auf meinem Ohrensessel›. Mehrmals pro Seite. Er ist da, weil sich eine gemeinsame Freundin umgebracht hat und sie gerade bei ihrem Begräbnis waren, und eigentlich ist es ein Buch über die Kunst und darüber, wie man zum Künstler wird, und über die unterschiedlichen Arten, wie das Künstlertum den Menschen aufreiben kann.»

«Auf welche Weise hat es sie aufgerieben, die Freundin, die sich umgebracht hat?»

So, wie sie fragt, scheint sie ehrlich interessiert an diesem fiktionalen Schicksal, als zählte es gleich viel wie ein reales, als wäre unbegrenzt Zeit dafür, bevor wir uns meiner Unterrichtserfahrung zuwenden. «Dem Erzähler zufolge hat sie als Schauspielerin und Tänzerin angefangen, aber dann einen Tapisseriekünstler kennengelernt und ihn geheiratet und alle ihre Träume von künstlerischer Vervollkommnung und internationalem Ruhm auf ihn projiziert, wobei er seine Kunst niemals ernsthaft weiterbetrieben hätte, wenn sie nicht so dahinterher gewesen wäre. Aber es ist ihr gelungen. Und während er immer größere Erfolge feiert, wird sie immer unglücklicher, und doch ist letztlich *er* ihr Werk, darum muss sie immer weiter daran arbeiten, bis hin zur Selbstzerstörung. Zumindest denke ich das, auf meinem Ohrensessel.»

Sie hat die ganze Zeit durch gelächelt, was es schwer macht, mit dem Reden aufzuhören. Und über Romanfiguren zu reden hat nun einmal diese entspannende und zugleich aufputschende Wirkung auf mich.

«Waren Sie schon immer so eine begeisterte Leserin?»

«Nicht unbedingt. Ich habe gern gelesen, aber ich mochte vieles nicht. Die Begeisterung kam, glaube ich, als ich selbst angefangen habe zu schreiben. Da wurde mir erst klar, wie viel dazugehört, mit Worten das sichtbar und fühlbar zu machen, was man als Geschichte im Kopf hat. Das finde ich an Bernhards Buch so großartig. Er schafft es, ein Bewusstsein zu simulieren, und das ist ansteckend, es überträgt sich beim Lesen, sodass man eine Zeit lang selbst wie das Roman-Ich denkt. So etwas finde ich wunderbar. Der Nachhall, das ist für mich das Wichtigste an der Literatur. Nicht irgendwelche Motive oder Symbole oder dieser ganze andere Mist, auf dem in der Schule immer herumgeritten wird.»

Sie lacht laut.

Ich hatte allen Ernstes kurzzeitig vergessen, warum wir dieses Gespräch führen.

«Was würden Sie in Ihrem Englischunterricht anders machen?»

Ich überlege. «Ich würde die Schüler darüber schreiben lassen, welche *Gefühle* das Buch bei ihnen wachruft, welche Erinnerungen ihnen beim Lesen gekommen sind, ob es ihre Haltung zu irgendetwas verändert hat. Ich würde sie ein Lese-Tagebuch führen lassen, in dem sie nach jeder Lektüre einfach drauflos schreiben. Auf welche Gedanken hat dich das Buch gebracht? Das würde ich wissen wollen. Ich glaube, da würden einige ziemlich originelle Ideen herauskommen anstatt der alten, ausgelutschten wie Mensch versus Natur. Sollte ich das je als Aufsatzthema vergeben, Mensch versus Natur, muss mir irgendwer den Gnadenschuss geben. Mit solchen Fragen reißt man die Leute komplett aus der Geschichte heraus. Warum soll man die Kinder herausreißen wollen? Man will sie so tief wie möglich hineinführen, damit sie all das erfahren und spüren, was der Autor mit solcher Mühe für sie geschaffen hat.»

«Aber glauben Sie nicht, dass es auch größere Fragen gibt, denen ein Autor in seinem Buch nachgeht?»

«Doch, aber die sollten nicht im Vordergrund stehen, und schon gar nicht darf man sie abtrennen von dem sinnlichen Erleben der Geschichte. Ein Schriftsteller will, dass man in sein Buch *eintaucht.*» Ich werfe die Arme und erschrecke sie damit wohl ein bisschen.

Sie rückt ein Stückchen weg. «Das einzige Problem an Ihrer Pädagogik ist, dass unsere Schüler an den SAT- und AP-Prüfungen teilnehmen müssen und deshalb mit solchen literarischen Stilmitteln nicht ganz unvertraut sein sollten.»

Ich nicke. «Natürlich.»

*Das war's,* denke ich auf meinem Ohrensessel.

Auf dem Weg hinaus rieche ich das Mittagessen. Wenn es besser gelaufen wäre, hätten sie mich vielleicht eingeladen, über Mittag zu bleiben. Es riecht verlockend. Auberginen-Parmigiana und Käsekuchen. Das habe ich auf der Tafel vor der Cafeteria gelesen. Zu einem kostenlosen Essen hätte ich nicht Nein gesagt.

Neben dem Ausgang sitzen drei Mädchen in Pullovern an der Hauswand, die Gesichter der schwachen Novembersonne zugedreht. Neben einer liegt, mit dem Gesicht nach unten auf den Steinen des Plattenwegs, *In einem anderen Land.* Dass man Mädchen nach wie vor dazu zwingt, von der unterwürfigen, unechten, sich selbst klein machenden Catherine Barkley zu lesen. «Mich gibt es gar nicht. Ich bin du. Dräng mir bloß kein eigenständiges Ich auf.» Der einzige Hemingway, den ich meinen Schülern jemals verordnen würde, ist *Fiesta*, und das einzig und allein wegen dieser Stelle, wo er in die Kathedrale geht und zweimal für alle Menschen und sich selbst betet und sich wünscht, gläubig zu sein, und dann in der heißen Sonne auf den Stufen vor dem Portal steht und seine noch nassen Fingerspitzen in der Sonne trocknen fühlt. Das ist eine so wunderbare Passage.

Ich gehe den Weg hinunter zu Muriels Auto. Aber die Freude von vorhin ist weg. Ich sehne mich nach meinem Rad. Ich weiß gar nicht, ob ich fahrtauglich bin. Ich fühle mich eingesperrt. Ich lasse alle Fenster herunter. Die Einfahrt kommt mir jetzt kürzer vor. Ich biege auf die Hauptstraße. Dass man ein Bewerbungsgespräch in den Sand setzen kann, weil man sich zu sehr zu Hause fühlt, war mir nicht klar. Mir war nicht klar, dass das die Gefahr sein könnte. Ich habe nichts von dem erwähnt, was Muriel mir eingetrichtert hat, nicht den Lehrplan, den ich in Spanien aufgestellt habe, nicht die Tutorien, die ich im Masterstudium und dann in Albuquerque geleitet habe. Stattdessen habe ich diesen Monolog über Thomas Bernhard gehalten, und als ich auf die Autobahn auffahre, merke ich, dass es nicht «auf meinem Ohrensessel» heißt, sondern «auf *dem* Ohrensessel». «Auf *dem* Ohrensessel» lautet der Refrain in *Holzfällen*, und mich packt siedende Scham, dass ich es falsch zitiert habe. Außerdem stellt sie nur fröhliche Leute ein, insofern kann ich mir die Sache sowieso abschminken. Ich denke an das Gespräch über *All die schönen Pferde*, und im Nachhinein scheint es sonnenklar, dass Manolo das Buch liebt und ich es schlechtgemacht habe. Einer nach dem anderen holen sie mich ein, während ich fahre, meine vielen Patzer heute Morgen. *Ihre Pädagogik.* Sie hat mich nicht für voll genommen. Dann fällt mir der Termin beim Onkologen wieder ein, und vielleicht ist ja alles sowieso egal, denn selbst wenn sie mich doch nehmen, werde ich nur die Lehrerin sein, die Krebs hat und stirbt.

Ich stelle Muriel das Auto vor die Tür und werfe den Schlüssel durch den Briefschlitz. Den Rückweg über den Harvard Square und ans andere Flussufer muss ich zu Fuß absolvieren, was mir nur recht ist. Wenn ich etwas habe, dann Zeit. Am Square gehe ich zu Au Bon Pain. Ich habe Hunger, und dort gibt es ein Hühnchen-Pesto-Sandwich für 2,95 Dollar, das ich mag und das satt macht. Aber ich fühle mich neben der Spur, in der Warteschlange muss ich immer wieder neu überlegen, wie das Sandwich, das ich bestellen will, denn nun heißt. Manchmal kommen Tony und Dana hierher, und ich habe Angst, auf sie zu treffen, auch wenn das eigentlich gar nicht sein kann. Falls sie Mittagsschicht haben, sind sie jetzt noch voll eingespannt.

«Hey.» Ein Zupfen an meinem Ärmel. Die dunkle Stimme. «Casey.»

Es ist Silas, in seiner Motorradjacke.

Aufruhr bricht in mir los. Mein Gesicht glüht, und meine Lippen zittern, also verziehe ich sie zu einem breiten Lächeln.

«Hey.» Ich umarme ihn, etwas verspätet und ruckartig. Die Jacke knarzt, ich spüre wieder den Kuss auf der Brücke, und mein Magen vollführt eine rasende Talfahrt. Ich halte ihn eine Spur zu lange fest.

«Stehst du auch an?», frage ich, dabei sehe ich ja, dass er einen Au-Bon-Pain-Kaffee in der Hand hält.

«Nein. Obwohl, vielleicht esse ich doch einen Happen.»

Er stellt sich mit mir an, und ich schaffe es, «Hühnchen-Pesto-Sandwich» zu sagen, und er ordert noch den Puten-Doppeldecker dazu und zahlt beides zusammen, ehe ich auch nur mein Geld aus Muriels Handtasche ziehen kann.

Wir setzen uns mit unserem Essen an einen Tisch beim Fenster. Ich bekomme nichts herunter. Ich beiße zweimal ab und kann nicht schlucken. Als er aufsteht, um Senf zu holen, spucke ich alles in meine Serviette.

«Nicht gut?»

Ich schüttle den Kopf.

«Was ist mit dir? Du siehst irgendwie ... geschafft aus.»

Das ist vorsichtig ausgedrückt.

Ich erzähle ihm von meinem Rausschmiss, und er ist so mitfühlend, dass ich ihm auch noch von dem Knoten und den Bienen und der Schlaflosigkeit und meiner neuen Schreibblockade erzähle. Ich erzähle ihm von dem Vorstellungsgespräch und der Mathematiker-Band und davon, wie ich alles vergeigt habe, weil ich mich zu sehr daheim gefühlt habe, und wie ich allen Ernstes zu Mittag bleiben wollte. Ich sage ihm nicht, dass ich seine Geschichte gelesen habe, weil ich dann zugeben müsste, dass ich bei Oscar war, aber eigentlich möchte ich es. Es hat etwas so Sorgliches, wie er zuhört und dazu nickt und mit dem Deckel seines Kaffeebechers herumspielt. Er hat auch nicht viel von seinem Sandwich gegessen. Er sammelt unsere ganzen Abfälle ein und geht damit zum Mülleimer, und als er zurückkommt, wappne ich mich dafür, dass er jetzt sagt, er muss los, aber er setzt sich wieder hin, beide Hände vor sich auf dem Tisch, nah an meinen.

«Du weißt doch, wie ich mich mit dir verabredet hatte und stattdessen weggefahren bin? Das lag daran, dass ich zu der Zeit konstant das Gefühl hatte, alles fällt auseinander, und das Einzige, was geholfen hat, war, durch die Stadt zu laufen, zum Teil um zwei, drei Uhr nachts. Ich bin gelaufen und gelaufen. Ich dachte, wenn ich zu laufen aufhöre, sterbe ich. Den ganzen Sommer durch habe ich immer wieder mein Zeug gepackt, aber ich kam nie los. Und dann habe ich dich kennengelernt, und mir wurde klar, dass ich mich erst mit dir treffen kann, wenn ich mich wieder halbwegs normal fühle. Also bin ich endlich gefahren.»

«Bei mir gibt es kein Crested Butte, zu dem es mich zieht.»

«Aber irgendwas ist da.»

«Es ist mehr wie ein Abgrund.»

«Irgendein Punkt, zu dem du hingelangen musst.»

«Ja. Zum Rest meines Lebens. Aber der Weg ist versperrt.»

Er lächelt und holt tief Atem. «Nel mezzo del cammin di nostra vita –» Er bricht ab und lacht über mein Gesicht. «Meine Aussprache ist nicht die beste.»

«Sie ist schauerlich. Egal, mach weiter.»

«Mi ritrovai per una selva oscura ché la diritta via era smarrita. Ich habe im College ein Dante-Seminar belegt, und wir durften uns aussuchen, ob wir lieber fünf Seiten auf Englisch aufsagen wollten oder eine Seite in schlechtem Italienisch.»

«Das ist so ein wunderschöner erster Satz.»

«Ich muss öfter an ihn denken, als ich das damals für möglich gehalten hätte.»

«Ich hab meinen *cammin* so was von verloren.»

«Jeder verliert mal seinen *cammin*.»

«Es ist so konkret. Mein ganzer Körper lehnt sich gegen mich auf.»

Er nickt, als wüsste er genau, was ich meine. «Hast du mal versucht, alle deine Gedanken erst auf deine Schädeldecke zu konzentrieren und dann auf die Stirn und dann –»

«Das macht es nur schlimmer. Das Einzige, was bei mir hilft, ist Krampfen.»

«Krampfen?»

Ich hebe den Arm und balle die rechte Faust. Ich zähle bis zehn und lasse wieder locker. Ich hebe die linke Faust, balle sie, und er ballt seine auch. Ich lasse locker, er lässt locker. Einen Muskel nach dem anderen arbeiten wir ab, Arme, Bauch, Beine, Füße. Als Letztes kommt das Gesicht an die Reihe, beide pressen wir Augen und Mund zu, so fest wir nur können, und reißen sie dann überweit auf. Wir sehen aus wie rasende Dämonen, die den Eingang eines Tempels bewachen.

Danach fühlt sich alles geglättet an.

«Wahnsinn», sagt er. «Als könnte ich jeden Moment abheben.»

Wir gehen hinaus. An den Schachtischen sind mehrere Partien im Gang.

«Komm», sagt Silas und berührt meine Jacke, «spielen wir.»

Der Typ am letzten Brett ist allein und wartet auf einen Gegner. Silas fragt ihn, ob wir den Tisch haben können, und gibt ihm einen Zehner, worauf der Mann abzieht. Ich bekomme seinen Platz, der noch warm ist und von dem aus man den Rest der Terrasse und die Massachusetts Avenue Richtung Central Square überblickt. Silas setzt sich mir gegenüber. Ich habe eine Ewigkeit nicht mehr gespielt. Mein Vater hat es mir beigebracht, mit einem kleinen magnetischen Reiseschachset. Wir spielten meistens im Flugzeug. Bei dem Schachbrett hier sind schwarze und braune Felder in den Steintisch eingelegt. Die Figuren sind aus Marmor, schwarz und elfenbeinweiß.

«Also, du bist Adolf Anderssen, und ich bin Lionel Kieseritzki», sagt er und bringt seine Springer in Stellung. «Wir sind in London, 1851. Königs-Gambit. Weiß eröffnet.» Er deutet auf den Bauern vor meinem König, ich schiebe ihn zwei Felder vor, und er nickt. Er zieht mit seinem Bauern, sodass er meinem direkt gegenübersteht. «Ich habe so ein Buch mit berühmten Schachpartien, und manchmal spiele ich sie nach.» Er schaut zu mir hoch. «Meine Version des Krampfens. Ich flüchte mich für kurze Zeit in ein fremdes Gehirn.» Er tippt auf den Bauern vor meinem Königsläufer, und ich ziehe einen Schritt nach vorn, aber er schüttelt den Kopf, also rücke ich ihn noch ein Feld weiter, sodass er provokant und völlig unnötig in Reichweite des einzigen Bauern gerät, den Silas bisher bewegt hat.

«Warum sollte ich so was machen?»

«Es ist riskant.» Er schlägt meinen Bauern. «Aber ich glaube, es verschafft dir mehr Kontrolle im Zentrum.»

Ich wüsste nicht, warum ich mehr Kontrolle haben sollte, nur weil ich ohne Not eine Figur geopfert habe. Er lässt mich mit einem Läufer ziehen, schiebt dann seine Dame quer übers Brett und sagt: «Schach.»

«Mist.» Ich ziehe mit meinem König nach rechts, und er nickt. «Jetzt kann ich nicht rochieren.»

«Stimmt.»

Ich schlage zwei seiner Bauern, und er holt sich meinen Läufer und noch einen Bauern. Wir sind waghalsig, Anderssen und ich. Wenn man uns in die Enge treibt, gehen wir in die Offensive und opfern im großen Stil.

«Das Witzige an dieser Partie – die ‹Unsterbliche Partie› heißt sie – ist, dass sie auf einem Sofa ausgetragen wurde, am Rande eines siebenwöchigen internationalen Schachturniers. Sie war ein reines Freundschaftsspiel, zur Entspannung zwischen den Partien.»

«Dich entspannt das vielleicht. Aber ich saufe hier ab.»

Er schlägt einen meiner Türme, und seine Dame steht so, dass sie erst meinen zweiten Turm schlagen kann und dann meinen König. Statt sie zu verteidigen, lässt er mich mit einem schäbigen Bauern einen harmlosen kleinen Zug in der Feldmitte ausführen.

«Sehr gut», sagt Silas. Und seine Dame schnappt sich meinen anderen Turm. «Schach.»

Ich rücke meinen König ein Feld nach vorn. Es ist aus. Er ist mir mit seinem Läufer und seiner Dame auf den Fersen und ich ihm mit gar nichts. Aber statt sich meinen König zu holen, zieht er mit einem Springer aus der letzten Reihe.

Ich studiere das Brett. Mir wird klar, warum er sich bedroht fühlt. Ich ziehe mit meinem Springer und schlage seinen Bauern. «Schach.»

«Ja! Genau das hat er gemacht.» Er bewegt seinen König ein Feld weiter.

Und dann sehe ich es plötzlich. Ich sehe es so klar. Ich rücke mit meiner Dame drei Felder vor. «Schach.»

Er schlägt meine Dame mit seinem Springer. Ich ziehe mit meinem Läufer, ein Feld nur. Sein König sitzt fest. In welche Richtung er auch zieht, einer von meinen Springern wird ihn kriegen.

«Schachmatt!», schreie ich. «Schachmatt!»

Silas stößt einen Triumphruf aus, und wir klatschen mit beiden Händen ab.

«Wie kann das sein?» Ich schaue auf all die Figuren am Tischrand, die ich verloren habe, zwei Bauern, zwei Türme, einen Läufer und die Dame. «Wie hat er das geschafft?»

«Er hat sie nicht gebraucht. Er hatte einfach den Mumm weiterzukämpfen.»

«Ein bisschen unsterblich fühle ich mich jetzt auch.»

Er lacht. Er sieht froh aus und versucht nicht, es zu verbergen.

Ich begleite ihn zu seinem Auto in der Oxford Street. An seiner Schule endet der Unterricht mittwochs früher, aber er gibt um zwei eine Nachhilfestunde und ist spät dran. Wir gehen so eng nebeneinander, dass meine Schulter seinen Oberarm streift wie damals in der Nacht am Fluss.

«Als ich mit dem Bauern gezogen habe und du ‹sehr gut› gesagt hast, stand ich auf dem Schlauch. Aber dieser Bauer hat deine Dame daran gehindert, zurückzukommen und dir aus der Patsche zu helfen.»

«Genau», sagt er, aber auch er scheint mit seinen Gedanken woanders.

Wir stehen vor seinem R5. Ich berühre das Loch in der Beifahrertür. «Was war bei unserem letzten Treffen los? Wieso hast du mich da nicht geküsst?» Es fühlt sich an, als würde ein Gift aus mir entweichen.

Die unverblümte Frage überrumpelt ihn, aber er wehrt sie nicht ab. Etwas von seiner Angespanntheit verliert sich. Er lehnt sich an sein Auto, die Fersen gegen den Randstein gestemmt. «An dem Abend hatte ich den Eindruck, etwas stimmt nicht ganz. Es hatte so eine Leichtigkeit geherrscht zwischen uns, für mein Gefühl jedenfalls, und da war sie weg. Du schienst irgendwie distanziert. Ich war noch ziemlich angeschlagen, deshalb dachte ich, vielleicht liegt es an mir.» Er starrt auf seinen Schuh, der auf der Granitkante hin und her wetzt. «Ich wollte es bei unserem nächsten Treffen ansprechen, aber dann war ich bei Oscar und habe da seinen Sohn über die Bilder am Kühlschrank reden hören. Er sagte, das auf dem einen wäre Casey, die

Freundin von seinem Vater. Ich hab dich ein paarmal angerufen, weil ich wissen wollte, ob es stimmt, und als du nicht zurückgerufen hast, dachte ich, da habe ich meine Antwort.» Er hebt den Blick, und es ist, als würden wir uns berühren.

Du erkennst dein Pferd, höre ich Dana sagen.

Meine Muskeln krampfen ohne mein Zutun, und ich hoffe, er sieht es nicht.

«Ich versteh's ja», sagt er. «Er ist das Komplettpaket. Drei Bücher auf dem Markt, super Haus, nette Kinder.» Er tritt gegen den Bordstein. «Aber ein kaputtes Knie hat er.»

«Ach, wirklich?», frage ich, obwohl ich eigentlich ganz andere Dinge sagen möchte.

«Man merkt es, wenn er lange gesessen hat, ja.» Er stößt sich vom Auto ab, geht leicht in die Knie und richtet sich wieder auf. «Meine dagegen funktionieren vorzüglich.» Damit zieht er die Schlüssel aus der Tasche, geht um das Auto herum und schaut mich über das Dach hinweg an. «Nur zur Info.» Er lässt den Wagen an und kurbelt das Fenster herunter. «Alles Gute für morgen.»

Ich weiß nicht, wovon er spricht.

«Für den Arzttermin», sagt er.

Er legt den Gang ein. Ich muss an den Abend denken, als Lou Reed lief, an seine Hand auf dem Schaltknüppel, von deren bloßer Nähe mir die Knie weich wurden.

«Wollen wir mal irgendwas zusammen unternehmen?», frage ich verzweifelt über das Brummen des Motors hinweg.

«Nein.» Er lässt die Kupplung los. «Ich will kein Beifang in deinem Netz sein.»

Das könnte Stella aus Ashtabula gesagt haben.

Er reiht sich in den Verkehr ein und taucht ab unter die Brücke, und ich brauche lange, um mich von meinem Fleck auf der Oxford Street zu rühren.

Zu meinem Termin auf dem Longwood-Campus am nächsten Morgen gehe ich zu Fuß. Es ist kein weiter Weg. Ich gehe langsam, Leute kommen von hinten und überholen mich mit ihren Kaffeebechern und ihren Medizinergedanken. Andere kommen mir aus den Klinikgebäuden entgegen, ihre Gesichter grau, die Arztkittel verknittert.

Ich denke an die Zeit damals an der Highschool, als ich Angst hatte, ich könnte mich im Schlaf umbringen, und frage mich, ob es auch jetzt einen Teil von mir gibt, der sterben will, der die weiße Flagge hissen und klein beigeben will. Was ist, wenn sich mein Körper nicht länger damit herumschlagen möchte, die Sache am Laufen zu halten? Wenn er etwas anderes möchte als ich? Ich bleibe stehen und starre auf einen Grasstreifen zwischen Gehsteig und Straße, auf den dünnen Stamm eines kahlen Bäumchens. Was ist, wenn das schon alles war, was mir an Leben vergönnt ist?

Im Wartezimmer sitzen Muriel und Harry. Wie sie hierherkommen, weiß ich nicht. Ich erinnere mich nicht, einem von ihnen den Namen des Arztes gesagt zu haben. Sie packen mich zwischen sich auf ein kleines kunstledernes Sofa. Die Leute um uns herum sind krank. Haarlose Köpfe, Sauerstoffbehälter, ein tief eingefallener Mund. Muriel greift nach einer Illustrierten. Ein Artikel handelt von Joni Mitchell und ihrer Wiedervereinigung mit ihrer Tochter, die sie 1965 in Kanada zur Adoption freigegeben hat. Muriel und ich haben die Geschichte mitverfolgt, aber Harry weiß gerade mal, wer Joni Mitchell ist. Er kennt auch «Little Green» nicht, also müssen wir ihm erklären, was es mit dem Lied auf sich hat, und ihm Teile daraus vorsingen, das mit den Eiszapfen und den Geburtstagskleidern, und dass sie ihr ein Happy End wünscht. Muriel und ich müssen selbst ein bisschen weinen, so sehr geht es uns ans Herz, und Harry lacht uns aus.

«Camila?», sagt eine Schwester von der Tür her.

Harry und Muriel schauen erstaunt, als ich aufstehe.

Und dann sitze ich im weiß-blau karierten Krankenhaushemd auf der Kante der Untersuchungsliege, Füße überkreuzt, Socken an, Hände gefaltet, und bettle darum, leben zu dürfen. Die stärksten Argumente habe ich nicht, das weiß ich. Im Wartezimmer saß eine Frau ohne Augenbrauen, ein Kleinkind vorne auf den Knien und dahinter einen winzigen Säugling, dem sie die Brust gab. Mein Verschwinden von dieser Erde wird keine große Lücke hinterlassen. Aber ich bettle trotzdem.

Ein scharfes, zweifaches Klopfen, und der Arzt kommt herein. Er ist dürr und baumlang, so schmal und konzentriert wie eine Messerklinge. Mit raschen Bewegungen wäscht er sich die Hände, während wir sprechen, trocknet sie ab. Seine Handgelenke gleichen Sporen, so spitz treten sie hervor. Wo ist der Knoten? Wie lange schon? Tut er weh? Er hebt meinen rechten Arm, befühlt die Achsel. Die Atemzüge aus seiner Hakennase treffen mich an der Schulter.

«Wo soll da was sein?» Er hat es eilig. Draußen warten Leute. Draußen sterben Leute.

Meine Finger finden den Knoten sofort. «Hier.»

Jetzt hat auch er ihn ertastet. Die Stelle ist wund von meinem ständigen Herumdrücken. Seine Fingerkuppen fahren einmal im Kreis um sie herum und lassen los.

«Das ist ein Lymphknoten.» Er steht schon wieder am Waschbecken, wäscht sich zackig die Hände. «Keine Auffälligkeit. An Ihnen ist nicht viel dran, deshalb spüren Sie ihn stärker.»

«Aber auf der anderen Seite spüre ich nichts.»

Er zuckt die Achseln, zieht zwei Papierhandtücher aus dem Spender, knüllt sie in der Handfläche zusammen und wirft sie in den Müll. «Bitte nach links rausgehen.» Und er reißt die Tür auf und ist weg.

Muriel und Harry sind ganz irritiert, dass ich so schnell fertig bin. Ich mache ihnen quer durchs Wartezimmer ein Zeichen und stürme zur Tür hinaus. Dann durch eine zweite Tür. Einen Gang entlang und durch noch mehr Türen. Erst draußen in der Sonne warte ich. Ich hatte gar nicht gemerkt, dass die Sonne scheint. Alle Konturen sind plötzlich viel klarer, als hätte ich eine Brille bekommen. Direkt über uns steht eine einzelne dicke Wolke, so kantig und hoch wie ein Marmorblock. Autos rauschen vorbei.

«Es ist nichts», sage ich ihnen. «Alles normal.»

«Was?» Muriel fängt zu lachen an. Ich schluchze auf. Harry hat die Arme um uns beide geworfen und wiegt uns hin und her. «Du kleines Miststück», sagt er. «Ich hatte so eine Scheißangst.»

Als ich heimkomme, sind auf meinem Band Oscar und Silas.

«Jetzt müssen wir beim Haarewaschen auch noch alle möglichen *Schaumgebilde* formen», sagt Oscar. «Und wir brauchen eine Dreiviertelstunde länger fürs Baden, das vorher schon endlos gedauert hat. Wann sehen wir uns?»

«Ich bin mir zwar sicher, dass es nichts Ernstes ist, aber sag kurz Bescheid, ja?», sagt Silas.

Ich rufe ihn zurück und gerate an den Anrufbeantworter. «Es war falscher Alarm.» Ich warte, hoffe, dass er abhebt, obwohl ich weiß, dass er in der Arbeit ist. «Alles gut.» Ich lege auf und wähle Calebs Nummer.

«Uff. Mann. Dem Herrn sei Dank. Dem Herrn sei Dank.» Er imitiert einen Fernsehprediger. «Lasst uns unsere heiligen puritanischen Vorväter und den Plymouth Rock preisen für dieses Wunder.»

«Hosianna», sage ich lachend, aber insgeheim meine ich es ganz ernst. Hosianna.

«Ich komm dich besuchen. Ich habe beschlossen, dass ich dir Moms Auto bringen muss, ganz egal, wie es ausgeht.»

«Ich denke, das Auto braucht Ashley?» Ashley ist Phils Tochter.

«Ashley ist eine Arschkuh, die sich verpissen kann – O-Ton Phil. Ich versteh mich mit ihr ja bestens.»

«Willst du allein fahren? Diese weite Strecke?»

«Ich brauche ein bisschen Zeit für mich, um mir den Kopf freipusten zu lassen.»

Das klingt nicht nach Caleb.

«Adam sagt, ich kann bei ihm im Gästezimmer übernachten.»

Er hat es schon mit Adam abgesprochen? «Das heißt, du kommst ernsthaft?»

«Du hast es erfasst.»

Vier Tage später steht er vor meiner Tür.

Ich habe ihn seit der Beerdigung nicht mehr gesehen. Er sieht verändert aus, angespannt. Aufgedreht, hätte meine Mutter vielleicht gesagt. Er riecht nach Käse-Nachos, und ein paar Zwiebelringe könnten auch dabei gewesen sein.

Mein Anblick überzeugt ihn offenbar ebenso wenig. «Du siehst aus wie eine tollwütige Rennmaus.»

«Ich schlafe irgendwie nicht.»

«Ach, Kleine.» Er nimmt mich fest in die Arme. «Das wird schon. Das wird alles wieder.»

Es weint sich so viel leichter, wenn jemand die Arme um einen legt.

«Vor dreißig Jahren hätte man bei dir einen Nervenzusammenbruch diagnostiziert und dich eingeliefert. Weißt du noch Mrs Wheelock?»

Ich will nicht an Mrs Wheelock denken. Ich will nicht, dass jemand dem, was mit mir passiert, das Etikett Nervenzusammenbruch aufklebt, ein Wort aus meiner Kindheit, das mir schon Angst gemacht hat, bevor ich wusste, was es bedeutet.

Er fragt mich, wie ich versichert bin. Ich erinnere ihn daran, dass ich keinen Job mehr habe, und er sagt, dass bei mir vermutlich COBRA greift. Ich habe keine Ahnung, wovon er spricht. Er erklärt mir, dass meine Versicherung eigentlich mindestens bis Monatsende gelten müsste und ich mich danach wahrscheinlich für wenig Geld noch eine Zeit lang weiterversichern kann. Ich sage ihm, dass es mir für die nächsten zehn Jahre reicht mit Arztterminen, aber er spricht von einem Therapeuten.

«Normalerweise steht dir eine bestimmte Anzahl von Sitzungen pro Jahr zu. Vielleicht findest du jemanden, der bereit ist, sie alle noch in diesen Monat zu packen.»

«Einen netten Irrenarzt, der auf die Regeln pfeift, meinst du?»

Ich frage ihn, ob er duschen will, woraufhin er einen Blick in mein Bad wirft und sagt, dass er seine Körperpflege im großen Haus betreiben wird.

«Ich hab dir was mitgebracht», sagt er.

«Das weiß ich doch schon.»

Vor dem Fenster steht das Auto meiner Mutter. Es ist nicht der blaue Mustang meiner Kinderjahre oder der weiße Golf meiner Teenagerzeit. Es ist ein schwarzer Ford, in dem ich nur eine Handvoll Male mitgefahren bin. Es erleichtert mich, wie wenig er mich an sie erinnert.

Aber dann langt er in eine Tasche und überreicht mir eine runde Keksdose.

«Fünf Tage alte Kekse, lecker», sage ich. «Ich bin gerührt.»

«Da sind keine Kekse drin.»

Ich öffne die Dose nicht, ich schüttle sie nur. Etwas Weiches raschelt darin herum. «Das haben wir doch schon gemacht. Mit diesem Gil.» Calebs Freund Gil war dabei, als wir auf den Camelback Mountain gestiegen sind, zur selben Stelle, wo meine Mutter sechzehn Jahre zuvor Javiers Asche verstreut hatte, und dort die grauen Klumpen in den Wind geworfen haben, die angeblich der Körper meiner Mutter waren. Ich wollte Gil nicht dahaben. Caleb hat ihn sogar etwas von der Asche verstreuen lassen.

«Nicht Gil. *Giles*. Das war nur die Hälfte, weißt du nicht mehr? Wir hatten doch gesagt, den Rest streuen wir in den Atlantik.»

Ich erinnere mich nicht. Ich habe kaum eine Erinnerung an diese Tage nach ihrem Tod.

«Ich habe mir gedacht, wir fahren morgen zum Horseshoe Beach.» Am Horseshoe Beach war sie früher immer mit uns. «Vielleicht kann sich Adam den Tag freinehmen und mitkommen.»

Ich schaue ihn nur an.

«Das ist nicht das Gleiche», sagt er. «Er hat sie so lange gekannt. Sie hat ihn echt gern gemocht.»

«Können wir nicht einfach zu zweit fahren?»

«Ich glaube, ich brauche ihn als Unterstützung.»

«Sei ein bisschen vorsichtig, Caleb.»

«Das ist nicht unbedingt meine Stärke.»

Ich erzähle Caleb von dem Wochenende mit Oscars Jungs und von seiner Laune, als er aus Provo zurückkam, die ihn allerdings nicht daran gehindert hat, seitdem mindestens einmal täglich bei mir anzurufen.

«Lad ihn zum Essen ein, damit ich ihn abchecken kann», sagt Caleb. «Ich habe einen guten Riecher.»

«Du hast einen miserablen Riecher. Er wird dich um seinen kleinen Finger wickeln.»

«Hmm, ich kann's gar nicht erwarten.»

Ich boxe ihn auf den Arm und gehe Oscar anrufen.

Wir essen bei Adam drüben. Als wir ankommen, schenkt er uns erst einmal einen Wein ein, und wir sitzen auf Hockern an der Küchenbar, während er fachmännisch in einem Topf mit Risotto rührt. Er braucht nicht lang, um herauszufinden, dass Oscar Oscar Kolton ist.

Er lässt den Kochlöffel sinken. «Ich glaub's nicht! Ich bin ein großer Bewunderer deiner Bücher», sagt er bekennerhaft, als würde die Aussage aus seinem Mund mehr zählen als aus dem eines normalen Bewunderers.

Oscar vollführt sein dankbar-demütiges kleines Kopfducken.

Caleb hebt sein Glas. «Auf Caseys Achselhöhle, die uns alle zusammengeführt hat.»

Oscar ist verwirrt.

«Ich dachte, ich hätte einen Knoten, aber es war nichts», sage ich ihm.

Ich spüre Calebs Blick.

«Warum hast du diese kleine Romanze geheim gehalten?», fragt Adam, während er mit dem Finger abwechselnd auf Oscar und mich zeigt.

«Ich habe nichts geheim gehalten. Caleb wusste Bescheid.»

«Caleb liest doch gar keine Bücher.»

«Aber deine Briefe lese ich», sagt Caleb. «Er schreibt ganz tolle lange Briefe.»

«Die du nie beantwortest.»

«Dafür rufe ich an. Ich bin sehr geschickt mit dem Telefon», sagt Caleb mit einem kleinen Lächeln, das Adam an sich abprallen lässt.

Adam rührt sein Risotto noch ein letztes Mal um und löffelt es dann auf die Teller. Wir tragen unsere Portionen hinüber zum Tisch. Ich will mich neben Oscar setzen, aber er deutet über den Tisch auf den Platz neben Adam.

«Paare sitzen getrennt», sagt er. Er klingt wie eine Matrone von anno dazumal.

Also nimmt Caleb meinen Stuhl, und ich gehe um den Tisch und setze mich neben Adam. Oscar und Caleb fangen sofort an zu reden. Adam beugt sich zu mir herüber und erzählt mir von den ersten Angeboten für sein Grundstück, die alle weit unter Wert sind. Noch habe ich nichts zu befürchten, sagt er.

«Case» – Caleb tippt mir mit der Gabel auf den Teller –, «du hast Oscar ja gar nicht erzählt, dass wir einen Spanner zum Vater haben.» Für Caleb ist unser Vater ein Partygag. Er hat ein ganzes Arsenal von Anekdoten über ihn in petto, die er bereitwilligst abspult.

Ich werfe ihm einen warnenden Blick zu, und er fängt an, Oscar über *Thunder Road* auszufragen. Wo und wann der Roman spielt, wer der Protagonist ist, aus was für einer Perspektive erzählt wird. Zu meinem Buch hat er mir nie solche Fragen gestellt. Ich wusste gar nicht, dass er Wörter wie Protagonist und Erzählperspektive überhaupt kennt. Adam will wissen, wo Oscar war, als ihm das Ganze gekommen ist. Als käme ein Roman seinem Autor in einer einzigen blitzartigen Eingebung und nicht in Jahren mühsamer, konzentrierter Arbeit.

«Ich saß im Auto, auf dem Rückweg vom Zahnarzt», sagt Oscar. «Und plötzlich sah ich es alles vor mir.»

Guter Gott.

«Großartig», sagt Adam. «Nach dem Zahnarzt, ausgerechnet.»

Oscar zuckt die Achseln. Was will man machen. Für Genies gelten eben andere Regeln. Er erzählt ihnen von dem neuen Buch, an dem er arbeitet – es dauert alles so viel länger, als er dachte, sagt er, er wird den Abgabetermin nie einhalten können.

«Weißt du», werfe ich ein, «ich *staune* nur immer wieder, dass du glaubst, du hättest etwas zu *sagen*.»

Sie betrachten mich ganz erschrocken. Ich wollte es nicht derart aggressiv klingen lassen. Ich stoße Adam an. «Weißt du nicht mehr? Das hast du zu mir gesagt. In der Einfahrt.»

Er schüttelt den Kopf. «Warum hätte ich so was sagen sollen?»

Beim Nachtisch steht Oscar auf, um zur Toilette zu gehen. Bei den ersten Schritten knickt er ein bisschen ein. Das kaputte Knie. Es ist mir vorher nie aufgefallen.

«Willst du morgen vielleicht mitkommen?», fragt ihn Caleb, als er wieder da ist.

«Wohin?»

«Wir verstreuen die Asche meiner Mutter», sage ich. Es kommt schleppend heraus, als wollte mein Mund die Worte nicht formen. «An einem Strand.»

Oscar schüttelt den Kopf, ohne sich mir richtig zuzudrehen. «Jasper hat T-Ball, und John ist bei einem Kindergeburtstag eingeladen, das krieg ich nicht gebacken.» Er hält sein Weinglas hoch. «Der Sancerre ist echt gut, Adam. Wo kaufst du den?»

Als wir gehen, umarmt Caleb Oscar, und Adam schüttelt ihm die Hand und sagt, sie müssen einmal zusammen Squash spielen. Draußen nimmt Oscar meinen Arm und fängt an zu lachen. Er ist prächtig gelaunt. Er hat sie auf seine Seite gezogen. Er wird immer alle auf seine Seite ziehen. Das liegt einfach in seiner Natur.

In dem Lichtschein, der aus den Wohnzimmerfenstern fällt, küsst er mich. «Mir war nicht klar, dass du der Jasper in eurer Familie bist.» Kuss. «Der charmante Frechdachs.» Kuss. Kuss. «Der vorwitzige kleine Provokateur.» Immer diese kurzen, von seinen Beobachtungen punktierten Küsschen. Wie um die Flamme niedrig zu halten.

«Ich glaube, wir sollten es sein lassen.»

«Was sein lassen?»

«Unsere … Beziehung.»

Er lacht und zieht mich enger an sich. «Was redest du da?»

Normalerweise muss nicht ich mit meinen Freunden Schluss machen. Sie machen Schluss mit mir, oder ich verlasse den Bundesstaat oder das Land. Es passiert mir nicht oft, dass ich so explizit werden muss.

«Hör zu, Case.» So hat er mich sonst nie genannt, erst seit heute, als er mitten im Essen anfing, es Caleb nachzumachen. Er zieht mich aus dem Fensterlicht weg. Jetzt will er nicht mehr gesehen werden. «Ich kann verstehen, dass du Angst hast. So was macht einem ja auch Angst. Aber ich liebe dich, und wir sind so ein gutes Team. Ich fühle mich so gut, wenn ich mit dir zusammen bin. Ich *mag* mich richtig, wenn ich mit dir zusammen bin.»

«Das heißt für mich nicht zwingend, dass du mich liebst, Oscar. Eher, dass du dich selbst liebst.»

«Hast du einen anderen?», fragt er. Es ist klar, dass er die Möglichkeit nicht ernsthaft in Betracht zieht.

«Kann sein.»

«Ihn wahrscheinlich.» Er deutet in Richtung Fenster.

«Wen, Adam?» Dann sehe ich, dass es als Scherz gemeint war.

«Wer ist es?»

«Das ist doch unwichtig.»

«Das ist nicht unwichtig. Kenne ich ihn?»

«Nein.» Aber ich bin eine miserable Lügnerin. Also sage ich es ihm.

«Dieser Jungspund aus meiner Schreibwerkstatt? Wie alt ist der, fünfzehn?»

«Er ist so alt wie ich.»

«So alt wie du? In deinem Alter ist er vielleicht, aber nicht in derselben Liga. Er ist aus einem anderen Sonnensystem, Casey. Der Kerl lebt auf dem Jupiter.»

Ich verkneife mir den Hinweis, dass der Jupiter Teil unseres Sonnensystems ist.

Er gibt noch ein paar beleidigende Kommentare zu Silas und Silas' literarischen Fähigkeiten ab, dann versucht er mir neuerlich zu erklären, warum wir zusammengehören, aber schon mit weniger Nachdruck. Es beginnt einzusinken.

«Na gut», sagt er und holt den Autoschlüssel aus der Tasche, «vielleicht schaffe ich meinen Abgabetermin ja doch noch.» Er gibt mir ein letztes Küsschen. «Die wohl jüngsten Lippen, die ich in meinem Leben noch küssen werde.»

Ich habe vergessen, was im unmittelbaren Nachgang einer Trennung alles ans Licht kommt.

«Das bezweifle ich», sage ich.

Mit einem hoffnungsvollen kleinen Auflachen geht er die Einfahrt vor zu seinem Auto.

Wir fahren in Adams Wagen zum Horseshoe Beach. Der Tag ist trostlos: peitschender Wind, das Meer von einem stählernen Grau, hart wie Gips. Irgendwo gibt es ein Foto von meiner Mutter hier an diesem Strand, mit dem kleinen Caleb. Es zeigt sie im Bikini, dessen ausladende Hose ihr bis weit über den Bauchnabel reicht. Aber mit dem Schwimmen hatte sie es nicht so, dieses kalte Wasser heute wäre ihr ein Greuel.

Wir gehen gegen den Wind über den festen Sand bis zum Ufersaum vor. Caleb öffnet die Keksdose und holt eine Faustvoll loses silbriges Zeug heraus. Um die Asche zu werfen, stürmt es zu sehr, also lässt er die gröberen Stücke in eine kleine Welle fallen, die auf unsere Schuhe zukriecht. Das hier ist nicht sie. Ich verbiete mir, das zu glauben. Ich verbiete mir, zu glauben, dass der Körper meiner Mutter – ihr Haar, ihr Lächeln, die zwei Stimmbänder, die den Klang ihrer Worte ausmachten, ihr Herz, ihr schöner Po, ihre gut eingecremten Beine, ihre Zehen, die knacksten, wenn sie ging – zu diesen Klumpen in meiner Hand verbrannt worden ist.

Ich bringe es nicht über mich. Ich kann diese grauen Brocken an so einem finsteren Tag nicht in dieses eiskalte Wasser schmeißen.

«Mach du die Hälfte», sage ich zu Caleb. «Ich verstreue den Rest irgendwo anders.»

Ich bleibe neben ihm stehen, bis er fertig ist. Adam hält sich im Hintergrund. Eine einsame Möwe, die einzige am ganzen Himmel, fliegt tief über den Sand, nahe an unseren Köpfen vorbei, bevor sie abdreht aufs Meer, einen abrupten Schwenk nach links macht, den einen Flügel wasserwärts gekippt wie ein Flugzeug bei einer Flugschau. Sie steigt auf, fliegt kurz waagerecht und stößt dann herab, wischt dicht über der Wasserfläche entlang, Krallen in der Gischt, flattert wieder auf, schwingt sich empor mit schweren, kraftvollen Flügelschlägen, die sie höher tragen, höher, höher, ein langer Gleitflug, Flügelschlag, noch ein langer Gleitflug – höher, Flügelschlag, Gleitflug, bis sie irgendwann gar nicht mehr da ist.

Ich drehe mich um. Ich merke erst jetzt, wie weit ich der Möwe den Strand entlanggefolgt bin. Caleb ist vom Wasser zurückgetreten und steht an Adam gelehnt auf dem trockenen weißen Sand.

Bei der Herfahrt war die Stimmung gedrückt und die Keksdose auf Calebs Knien, aber kaum sitzen wir wieder im Auto, befördert er die verbleibende Asche auf den leeren Platz neben mir auf der Rückbank, dreht das Radio auf und fängt an, sich über Adams Fahrstil lustig zu machen.

Wir halten bei der Krabbenbude und essen am Fenster mit Blick auf die Picknicktische überm Hafen. Da vorn saß meine Mutter mit mir nach ihrer Rückkehr aus Arizona und versuchte einmal mehr, mir zu erklären, wie sie mich anderthalb Jahre hatte allein lassen können. Ich nickte zu allem nur. Heute denke ich, wäre ich damals doch nur ausgerastet. Hätte ich ihr doch nur mein Essen ins Gesicht gekippt und Beschimpfungen gebrüllt. Wären doch nur alle meine Gefühle aus mir herausgebrochen. Dann fiele es mir jetzt vielleicht nicht so schwer, sie zum Ausdruck zu bringen.

Aber Calebs Erinnerung geht andere Wege. «Weißt du noch, damals nach Gus' Hochzeit, als wir den ganzen Weg hier rausgefahren sind?»

«Genau», sagt Adam. «Wo dieser Typ mit dem Ziegenbärtchen an dir rumgegrapscht hat, während ich auf dem Rücksitz saß.»

Caleb lacht. «Als du dann eingeschlafen warst, hat er erst richtig losgelegt.»

Sie beugen sich über die Nachtischkarte, Schulter an Schulter.

«Können wir jetzt zurückfahren?», frage ich.

Caleb bleibt fünf Tage. Adam hat sich freigenommen. Ich überlasse die zwei sich selbst und fahre mein neues Auto. Ich fahre zu Harry, zu Muriel. Ich fahre zum Supermarkt, der nur drei Straßen entfernt liegt. Ich melde mich auf Stellenanzeigen im *Globe* und werde zu einem Vorstellungsgespräch in einer Schule in New Hampshire eingeladen. Ich fahre hin, sehe von Weitem den düsteren neugotischen Bau, biege in die halbmondförmige Auffahrt ein, umrunde das Rasenrondell und den Fahnenmast, fahre am Parkplatz vorbei und wieder nach Hause, heulend und krampfend.

Phil hinterlässt Nachrichten auf meinem Band, die Caleb ignoriert.

Sein Flieger geht am Donnerstag, aber er fliegt nicht mit. Adam hat Theaterkarten, sagt er, und möchte, dass er noch bleibt.

An diesem Abend lese ich im Bett und höre sie in der Einfahrt parken und zusammen ins Haus gehen. Diese ganze Sache gefällt mir nicht. Ich möchte Mom anrufen. Ihr würde sie auch nicht gefallen.

Ich vertiefe mich wieder in mein Buch und versuche, nicht an die beiden zu denken.

Es klopft, und ich öffne die Augen. Mein Licht brennt noch, und mein Daumen liegt im Buch, aber ich bin eingeschlafen. *Ich bin eingeschlafen.* Es stört mich nicht mal, dass mich jemand aufweckt, denn ich bin so eingeschlafen, wie ich jahrelang eingeschlafen bin, mit dem Daumen im Buch.

Ich sperre die Tür auf. Caleb trägt noch den Anzug, mit dem er im Theater war, aber er wirkt kleiner darin. Er wirkt so klein, wie ich ihn noch nie erlebt habe. Und mit seinem Gesicht stimmt auch etwas nicht.

«Kann ich heute Nacht hier schlafen, Case?»

Er lässt sich auf mein Bett fallen, und ich setze mich neben ihn.

«Was ist denn passiert?»

Er schüttelt den Kopf und atmet tief durch. «Wir haben unseren Flirt zum Vollzug gebracht.» Und dann rollt er sich zusammen und vergräbt das Gesicht in den Händen, und zwischen seinen Fingern dringt ein schauerliches Wimmern hervor. Ich wusste bisher nicht, wie Caleb weint. Ich habe ihn noch nie weinen sehen. Es klingt, als täte es ihm körperlich weh. Ich rubble seinen Arm, streiche ihm übers Haar. Ich fühle den Futon beben.

«Ist ja gut. Es wird alles gut. Phil wird es verstehen.» Ich habe keine Ahnung, ob Phil es verstehen wird. Aber ich glaube, er wird weniger überrascht sein, als Caleb denkt.

«Ich liebe ihn, Case. Ich hab ihn schon immer geliebt, immer.»

«Adam? Igitt.»

Neuerliches Wimmern. «Er hat mich *weggestoßen* danach.» Er sagt es in einem kaum hörbaren Flüstern, das in unartikuliertes Stöhnen übergeht. Drüben in Adams Windfang fängt Oafie an zu bellen.

Als das Schlimmste vorbei ist, ziehe ich ihm die Hände vom Gesicht weg. «Hör mir zu. Er hat es gewollt. Er hat dich gewollt. Diese ganzen Tage hat er in einer Tour nur über Sex und über die Leute geredet, mit denen ihr rumgemacht habt. Er hat dich die ganze Woche angebaggert. Ich habe es gesehen. Er wollte dich, und noch mehr wollte er die Genugtuung, dich danach wegstoßen zu können.»

«Es war so furchtbar. Der Ausdruck auf seinem Gesicht.»

«Du wirst für ihn nie eine Option sein. Kein Mann wird je eine Option für ihn sein. Dazu lässt er es nicht kommen. Den Mut hat er nicht. Und ich glaube auch nicht, dass du ihn liebst. Es gab eine alte Anziehung zwischen euch, die anscheinend ausagiert werden musste.»

Er liegt mit geschlossenen Augen da, aber er hört zu.

«Fahr heim. Erzähl Phil die ganze Geschichte. Und dann schau, was passiert. Vielleicht willst du ihn ja nach wie vor verlassen. Aber vielleicht schaust du diesen umwerfend schönen Esstisch an, den er dir gebaut hat, und denkst: ‹Kann irgendetwas so sexy sein wie ein Ophthalmologe, der mir einen zwei Meter langen Esstisch baut?›»

Am Morgen fahre ich ihn zum Flughafen. Er klappt die Sonnenblende herunter und sieht seine eingesunkenen, blutunterlaufenen Augen. «O Gott, ich sehe ja noch beschissener als du aus», sagt er. Er schaut aus dem Fenster auf das Labyrinth von Straßenbaustellen. «Ich hasse Boston. Boston bedeutet Unglück, immer.»

Vor dem Terminal holt er seine Tasche aus dem Kofferraum, und wir stehen zusammen auf dem Gehsteig.

«Kommst du klar?», fragt er.

«Ja, und du kommst auch klar. Ruf mich an, wenn du daheim bist.»

Er nickt. Wir umarmen uns noch einmal fest.

Ich fühle mich wie meine Mutter und gleichzeitig so, als hielte mich meine Mutter im Arm.

Er geht durch die Drehtür. Er winkt. Die Tür dreht ihn aus meinem Blick.

Caleb hat mir den Namen eines Arztes dagelassen, der noch drei Termine in seinem Kalender einschieben konnte, bevor Ende des Monats meine Versicherung ausläuft. Er heißt Malcolm Sitz und hat seine Praxis im zweiten Stock eines Backstein-Doppelhauses in Arlington. Er hat erst abends um halb sechs Zeit für mich. Wir haben die Uhren gerade umgestellt, deshalb ist es schon dunkel, als ich ankomme.

Dr. Sitz ist ein schlanker Mann mit glatter Haut und einem silbernen Haarschopf. Er trägt einen Schnurrbart, den er gern berührt. Von meinem Stuhl, einem Armstuhl mit fusseligem Wollbezug, der seinem ergonomischen Ruhesessel gegenübersteht, kann ich durchs Fenster auf das Nachbarhaus an der Rückseite seines kleinen Gartens hinabschauen. Es ist ein modernes Haus mit viel Glas, durch das man in eine hell erleuchtete Küche blickt. Am Tisch sitzt ein Mädchen von neun oder zehn über seinen Hausaufgaben.

Er will wissen, warum ich zu ihm komme, und ich erzähle ihm von dem Surren unter meiner Haut, dem Summen in –

«Sie haben ein Summen in den Ohren?»

«Nicht richtig in den Ohren. Es ist mehr, als ob mein ganzer Körper eine Glocke wäre, eine gewaltige Kirchturmglocke, die jemand geläutet hat, und –»

Er hebt die Hand. «Die blumigen Schilderungen überspringen wir mal. Sie haben Angstzustände. Warum? Seit wann?»

Ich erzähle ihm von Red Barn und Luke und der Nacht, als ich das Gefühl zum ersten Mal hatte. Ich erzähle ihm vom Tod meiner Mutter und von meinem Aufbruch aus Barcelona und der Rückkehr an die Ostküste und dem Iris und dem Gartenschuppen und den Überarbeitungen und Absagen und EdFund und all den Schuldeneintreibern, die mir auf den Fersen sind. Er lauscht, seinen dicken Kuli mit Gummigriff in Wartestellung über dem gelben Block, aber er notiert sich nichts.

«Sonst noch irgendwas?»

Ich erzähle ihm von Oscar. Ich erzähle ihm von Silas.

«Kennen Sie die Geschichte von dem Esel, der zwischen den zwei Heuhaufen verhungert?», sagt er.

Verdammte scheiß Pilger.

Unten in der hellen Küche schnippelt ein Mann Gemüse, und eine Frau schüttet mit einem Messbecher Reis und Wasser in einen Topf. Das Mädchen sitzt immer noch an seinen Hausaufgaben. Es lässt die Beine unterm Stuhl vor und zurück baumeln.

Ich fange an zu weinen.

Dr. Sitz scheint genau zu wissen, was ich sehe, auch wenn er selbst es in seinem Sessel nicht sehen kann. Es fühlt sich fast inszeniert an, Stichwort «heile Familie».

Die zweite Sitzung beginne ich, indem ich über meine Eltern rede, und schon nach wenigen Minuten winkt er ab.

«Diese alten Kamellen muss ich gar nicht hören. Sagen Sie mir, was für Gedanken Ihnen auf dem Weg hierher durch den Kopf gegangen sind.»

Ich sage ihm, dass ich an all die Leute denken musste, die ich bemitleidet oder verachtet habe, weil sie «ihre Ideale verraten» haben oder «bürgerlich geworden» sind, und von denen jetzt keiner allein oder pleite ist und zu einem Seelenklempner nach Arlington fährt.

«Sie sind eine Spielerin. Sie haben sich verzockt. Sie haben alles auf eine Karte gesetzt.»

«Auf meinen Roman? Ja, das war dumm von mir. Wo ich ihn nicht mal zu Ende bringe.»

«Nicht auf den Roman. Ihr Erfolg oder Misserfolg hängt nicht davon ab, was aus diesem Packen Papier wird. Auf sich selbst. Auf Ihre Wünsche und Träume. Was für Ziele haben Sie jetzt, mit Ihren einunddreißig Jahren?»

«Ich will mein Buch fertig schreiben.»

Er nickt.

«Und das nächste anfangen.»

Er lacht. «Sie wollen's echt wissen.»

«Was macht Ihnen denn nun Angst?», fragt er mich bei unserer letzten Sitzung. «Ich meine, *richtig* Angst.»

Ich versuche, es zu fassen zu bekommen. «Was mir Angst macht, ist, wenn mir schon die jetzige Situation so über den Kopf wächst, was mache ich denn dann später, wenn die richtigen Probleme kommen?»

Er nickt. Er reibt sich mit der Daumenkuppe den Schnurrbart. «Die richtigen Probleme? Später? Und das jetzt sind keine richtigen Probleme? Ihre Mutter stirbt unerwartet. Sie hat Sie schon einmal im Stich gelassen, was ihren Tod für Sie zu einem doppelten Schlag macht. Ihr Vater hat sich als Vater auf ganzer Linie untauglich gezeigt. Sie haben Schulden bei mehreren großen Unternehmen, die Sie auf unabsehbare Zeit bluten lassen werden. Sie haben sechs Jahre an einem Roman geschrieben, der vielleicht veröffentlicht wird, vielleicht aber auch nicht. Sie haben Ihren Job verloren. Sie wünschen sich eine Familie, sagen Sie, aber es scheint keinen Mann in Ihrem Leben zu geben, und vielleicht sind Sie nicht einmal fruchtbar. Ich weiß nicht, meine Liebe. Das ist nicht nichts.»

Von all seinen rätselhaften Äußerungen hilft diese mir am ehesten. Das ist nicht nichts.

Manolo ruft an, um mir die Stelle anzubieten. Zwei Kurse in der neunten Klasse, zwei in der elften und ein Wahlfach Kreatives Schreiben, das im nächsten Halbjahr losgehen soll. Volles Gehalt, Versicherung über Blue Cross Blue Shield. Keine Pilger mehr.

«Aber das verstehe ich nicht.»

«Was verstehen Sie nicht?»

«Mein Gespräch mit Aisha ist so schlecht gelaufen.»

Er lacht. «Glauben Sie mir, es ist prima gelaufen. Danach hatte bei ihr keiner der anderen Kandidaten mehr eine Chance.»

Er fragt, ob ich gleich heute Nachmittag kommen kann, um die Formalitäten zu erledigen und die Bücher abzuholen, die ich mit den Schülern durchnehmen soll, plus das Schulhandbuch und den Lehrplan für den Englischunterricht. Ideal wäre es, wenn ich nächsten Montag anfangen könnte.

«Und noch etwas. Ich weiß nicht, ob Sie die Plakate gesehen haben, aber bei uns findet in zwei Wochen unser Schreibfest statt. Wären Sie bereit, da ein paar Eingangsworte zu sprechen? Sie sind diejenige in der Abteilung mit dem unmittelbarsten Zugang zur Literatur und zum Schreiben. Aisha war sehr interessiert an den Gedanken, die Sie bei Ihrem Gespräch geäußert haben.»

Was für Gedanken habe ich geäußert?

«Klar», sage ich. «Das kann ich schon machen.»

Es ist ein schwer zu beschreibendes Gefühl, wenn die Dinge sich plötzlich fügen, nachdem so lange nichts rund gelaufen ist. Ein warmes, lockeres, süßes Gefühl. Es erfüllt meinen ganzen Körper, während ich den Hörer ans Ohr drücke und Manolo über Steuerformulare, Nachmittagsaufsicht, die Zahlenkombination für mein Postfach und Autostellplätze für Lehrkräfte reden höre. Für den Augenblick haben sich all meine Bienen in Honig verwandelt.

Mir bleibt eine Woche, um das Buch für Jennifer umzuarbeiten und meine Kurse vorzubereiten.

Ich nehme mir mein Manuskript vor und beginne zu lesen. Ein paar ihrer Anmerkungen fallen mir wieder ein, aber mein Versuch, noch mehr aus meinem Gedächtnis auszugraben, scheitert. Ich fange trotzdem an zu schreiben. Ich schaue auf, und draußen ist es dunkel. Ich schaue wieder auf, und es ist nach Mitternacht.

Fünf Tage und Nächte vergehen auf diese Weise. Ich esse Dosenspaghetti und Äpfel mit Erdnussbutter. Ich unterbreche die Arbeit nicht einmal fürs Laufen. Wenn vor meinem Fenster der Makler mit seinen Kaufinteressenten herumstreicht, ziehe ich die Jalousie herunter. Ich schwelge in all der Zeit, die ich habe, dieser endlosen Zeit. Keine Doppelschichten, keine Einfachschichten. Der letzte Rest Küchenmief ist aus meinen Haaren verschwunden. Mein Körper sirrt nach wie vor, aber es ist kein rein negatives Sirren mehr. Ein Teil davon ist positive Energie, ein Teil ein merkwürdiges Hochgefühl.

Freitagnachmittag stehe ich wieder im Postamt Schlange.

«Sie geben nicht auf, was?», sagt sie, während sie die Zahlen eintippt.

«Nein.»

«Na dann, Optimismus ist ja an sich nichts Schlechtes.»

Das Wochenende verbringe ich damit, *Siddharta* und *Vor ihren Augen sahen sie Gott* wiederzulesen und mir einen Unterrichtsplan zu machen. Muriel geht mit mir in einen Secondhandladen am Davis Square. Wäre ich allein gekommen, würde ich rein gar nichts entdecken, aber Muriel parkt mich in einer Umkleidekabine und bringt mir wahre Schätze: einen grauen Kaschmirpullover mit Knöpfen am Rücken, einen knielangen Wildlederrock, schwarze Stiefel mit einem knallroten Reißverschluss.

Am Montag wache ich um fünf Uhr auf. Ich muss mir von Anfang an feste Abläufe schaffen: anderthalb Stunden jeden Morgen vor der Arbeit, in denen ich schreibe. Ich setze mich an den Tisch und suche meine Notizen zusammen, auf Durchschlägen vom Iris, Zetteln hinten in Büchern, einem kleinen Block, der immer bei mir im Rucksack steckt – Ideen zu einem neuen Buch. Auf den letzten Seiten eines neuen Schreibheftes konzipiere ich aus meinen bisherigen Stichpunkten ein grobes Gerüst. Dann schlage ich das Heft vorn auf. Den ersten Satz weiß ich schon.

Meine erste Stunde gebe ich in der Elften. Die Schüler schlurfen herein, setzen ihre Monsterranzen mit einem dumpfen Plumps ab. Ich versuche, jedem einzeln zuzunicken, als wäre es eine alltägliche Übung für mich, in der Oberstufe zu unterrichten. Mit dieser Altersgruppe hatte ich das letzte Mal zu tun, als ich selbst so alt war. Allein schon die Reihe der Gesichter – das mit der Akne, das mit der glänzenden Haut, das ängstliche, das beleidigte – lässt mich dankbar sein, dass diese Zeit hinter mir liegt. Bevor sie hereinkamen, war ich nervös, aber jetzt, wo ich sie vor mir sehe, will ich ihnen nur noch durch den Tag helfen. Die Namen habe ich schnell gelernt – sich bei einem Sechsertisch Vor- und Hauptspeisen zu merken, ist deutlich schwerer –, und dann lasse ich mir von ihnen berichten, was sie seit Beginn des Schuljahres durchgenommen haben, was ihnen gefallen hat und was nicht. Ich ertappe mich dabei, dass ich auf der linken Ecke des Lehrerpults sitze, genau wie Mr Tuck früher, und auch wenn ich nach wie vor eine Wut auf ihn habe, imitiere ich ihn hier nahezu perfekt.

Mit *Vor ihren Augen sahen sie Gott* sind sie halb durch, aber ich lasse sie ein Stück zurückblättern und lese ihnen mehrere Seiten laut vor. Ich ende mit der Stelle, wo Nanny in ihrer Hütte auf den Knien liegt, um Vergebung für ihre Fehler fleht und Gott sagt, dass sie getan hat, was sie konnte. Hinterher lasse ich sie über eine Situation schreiben, in der sie etwas Ähnliches empfunden haben. Zögernd schlagen sie ihre Hefte auf. Sie sind misstrauisch, wie Eichhörnchen, denen man eine Nuss hinhält.

In meiner Freistunde rufe ich von meinem Büro aus Muriel an. Ich drehe mich auf meinem Drehstuhl und erzähle ihr von meiner Schülerin Evelyn, die so anschaulich ihre Gefühle bei der Geburt ihrer kleinen Schwester beschreibt, und von all den Komplimenten, die meine Stiefel mir eingebracht haben. Zwei vorbeigehende Lehrer reden über Roosevelts New Deal. Zum Mittagessen gibt es Lasagne, und der Duft zieht durch alle Gänge.

Nach dem Auflegen fühle ich mich so gut, dass ich erwäge, Silas in seiner Schule anzurufen, Trevor Hills – vielleicht hat er auch gerade Pause und sitzt in seinem Büro –, aber mein Herz fängt sofort an zu hämmern, und ich muss mich sammeln, bevor die nächste Stunde beginnt.

Die Schulstunden sind kurz und vergehen wie im Flug. Meist schaffe ich nur die Hälfte von dem, was ich mir vorgenommen habe. Nachdem ich monatelang über Lammlachse und Reduktion von der Limettenschale referieren musste, ist es wie eine Befreiung, jetzt über Bücher reden zu dürfen.

Pünktlich zum Ende jeden Tages fällt mir mein eigenes Buch ein, aber jetzt mit mehr Neugier als Panik. Ob Jennifer es wohl gerade liest? Ich nehme mir vor, mir noch bis nächsten Monat keine Gedanken zu machen, wenn ich nichts von ihr höre.

Aber als ich am Donnerstagnachmittag von der Schule heimkomme, ist auf meinem Band eine Nachricht von ihr. Es sind nur zwei Sätze, und sie spricht sie sehr schnell. Ich muss mehrmals die Wiederholungstaste drücken. Jetzt haut es hin, sagt sie. Sie schickt es raus.

Ich rufe Muriel an und spiele ihr die Nachricht vor, um sicherzugehen, dass ich mich nicht verhört habe.

Sie stößt ein Triumphgeheul aus.

Am Samstagabend treffe ich mich mit ihr, Christian, Harry und James bei einem Thailänder am Square. Muriel malt ein Bild von meinem Buch als Hardcover auf eine Serviette, über die wir alle fünf unsere Hände stapeln müssen.

«Ich zähle bis drei, und dann reißen wir alle die Hände hoch und lassen einen Urschrei los.»

Unsere Urschreie fallen sehr unterschiedlich aus, aber in der Summe erreichen sie doch eine Lautstärke, die den Inhaber auf den Plan ruft. Muriel zeigt ihm ihre Serviettenmalerei, deutet auf mich und erklärt ihm, worum es geht, und er verschwindet und kommt mit einem gelben Tischtuch zurück.

«Gelb ist unsere Glücksfarbe in Thailand», sagt er.

Wir heben unsere Teller an, und er breitet das Tuch aus. Ich kann mich nicht erinnern, einen Gast im Iris jemals so nett behandelt zu haben.

Harry spricht einen Toast aus, unsere Gläser klingeln, und für einen Moment fühlt er sich losgelöst von mir an, mein Roman, als ginge er nun seinen eigenen Weg.

Die nächste Schulwoche ist kürzer – nur vier Tage Unterricht, und am Freitag dann das Schreibfest.

Als ich mir montags im Lehrer-WC die Hände wasche, lächelt mein Spiegelbild, ohne dass ich wüsste, weshalb. Die grauen Schatten unter meinen Augen sind blasser geworden, mein Gesicht voller. Das Essen in der Schule schmeckt so gut, wie es riecht, und ich vertilge Berge davon. Meine Neuntklässler machen schon Witze darüber, wie voll ich mir mein Tablett mittags lade.

Am Mittwoch ruft spätnachmittags Jennifer an. Ich bin schon daheim und notiere mir Stichworte für die Einführungsrede, die ich beim Schreibfest halten muss. Sie zählt mir die Verlage auf, an die sie mein Buch geschickt hat. Ich schreibe sie alle nieder, diese Namen von den Rücken der Bücher, die ich mein Leben lang gelesen habe. Es hat etwas Unwirkliches, der Gedanke, dass Lektoren in diesen Verlagshäusern meinen Roman auf den Tisch bekommen sollen, per Kurier, wie sie sagt. Mein Puls rast, und ich habe schon Angst, dass er sich nicht mehr beruhigt, aber das tut er, wie ein normaler Puls.

«Ich melde mich, sobald ich etwas höre.»

Ich gebe ihr meine Nummer in der Schule, und wir legen auf. Oafie ist im Garten und kratzt an meiner Tür. Ich lasse ihn herein.

«Das war meine *Agentin*», sage ich zu ihm. Er schnüffelt unter meinem Schreibtisch herum, steigt dann auf meinen Futon, tappt ein paarmal auf meiner Steppdecke im Kreis und lässt sich fallen. Ich streichle ihm über den Kopf. Er hat ein neues blaues Halsband mit rosa Schrift um. Ophelia, steht da.

«Ophelia?», sage ich laut, und sein Kopf hebt sich. *Ihr* Kopf. «Warst du heimlich die ganze Zeit eine Sie?» Ophie bettet ihren dicken Schädel zurück auf mein Bein.

Als ich am Freitag in der Schule ankomme, wartet Manolo vor dem Eingang, um die drei eingeladenen Autoren in Empfang zu nehmen. Ich warte mit ihm.

Er schaut auf die zusammengefalteten Zettel in meiner Hand. «Nervös?», fragt er.

«Ich glaube, Sie haben mich bloß eingestellt, um diese Rede auf mich abwälzen zu können.»

Die Autoren fahren gemeinsam in einem ramponierten Volkswagen vor. Ich sehe ein bekanntes schwarzes Cape den Weg heraufkommen.

«Victor Silva?»

«Casey Peabody?»

Das riesige Cape hüllt mich in eine Umarmung. Es riecht nach Iris – Knoblauch und Pernod. Ich stelle ihn Manolo vor, und Victor stellt uns den beiden anderen vor, einem jungen Mann mit kahl geschorenem Schädel und enormen Armmuskeln und einer Mittfünfzigerin mit unverkennbar irischem Zungenschlag. Wir bringen sie zu Aisha, und dann gehen alle in die Bibliothek, wo es Kaffee und Gebäck und eine Garderobe für ihre Mäntel gibt, wobei der muskulöse Stückeschreiber nur ein schwarzes T-Shirt trägt und Victor Silva und sein Cape sowieso unzertrennlich sind.

Die Schüler treffen ein, nicht nur unsere eigenen, sondern ganze Busladungen von anderen Schulen. Auch das war mir vorher nicht klar: Es sind Schüler von fünf anderen Schulen eingeladen worden. In großen Trupps fallen sie ein und werden in die Turnhalle dirigiert. Als ich mit den Autoren dort ankomme, ist die Tribüne zum Bersten voll, und die restlichen Jugendlichen hocken in einem riesigen Kreis um das Podium in der Mitte des Basketballfelds. Wir müssen uns unseren Weg zwischen ihnen hindurchbahnen. Die Autoren nehmen auf den Stühlen neben dem Podium Platz, und Manolo tritt ans Mikrofon und begrüßt alle. Er spricht ein paar einführende Worte zu jedem der drei Schriftsteller und umreißt kurz ihre Laufbahn. Victor Silva, erfahre ich, hat vier Lyrikbände und eine Sammlung persönlicher Essays veröffentlicht. Wie kann es sein, dass ich das nicht wusste?

«Ich gebe das Wort jetzt an den Neuzugang in unserer Englischabteilung», sagt Manolo und stellt auch mich vor. Irgendwie schafft er es, die dürftigen Lorbeeren aus meinem Lebenslauf, meine spärlichen Publikationen und den Preis aus dem Masterstudium, so zu präsentieren, dass sie nach etwas klingen.

Schwacher Beifall ertönt, und ich steige aufs Podium. Ich sehe ein paar Grüppchen von Schülern aus meinen Klassen und viele andere, die ich nicht kenne. Ihre Gesichter sind zu mir hochgewandt. Ich muss an Holden Caulfield denken, an die Kinder, die er auffangen will, bevor sie über die Felskante fallen, und verstehe die Stelle zum ersten Mal. Ich hole tief Atem. Einer meiner Elftklässler stößt einen anfeuernden Ruf aus.

«Danke, Brad», sage ich ins Mikrofon. «Deine Note hat sich gerade sprunghaft verbessert.»

Es sind so viel mehr Menschen, als ich erwartet habe. Aber sehr viel schwerer, als einem ungeduldigen Zehnertisch im Iris die Tagesspezialitäten aufzuzählen, kann es auch nicht sein. Und die Punkte, die ich mir aufgeschrieben habe, sind mir ein echtes Anliegen. Meine Lippen zittern, und meine Stimme vollführt ein paar merkwürdige Schlenker, aber ich bekomme sie in den Griff.

Ich sage diesen Schülern die Wahrheit. Ich sage ihnen, dass ich einunddreißig bin und dreiundsiebzigtausend Dollar Schulden habe. Ich sage ihnen, dass ich seit dem Studium elf Mal umgezogen bin, dass ich siebzehn verschiedene Jobs hatte und mehrere Beziehungen, die alle gescheitert sind. Ich habe seit der zwölften Klasse keinen Kontakt mehr zu meinem Vater, sage ich, und Anfang dieses Jahres ist meine Mutter gestorben. Mein einziger Bruder lebt dreitausend Meilen von mir entfernt. Das Einzige, was mir in den letzten sechs Jahren Halt gegeben hat, das Einzige, was in meinem Leben konstant war, ist der Roman, an dem ich geschrieben habe. Er war mein Zuhause, mein Zufluchtsort. Der Ort, an dem ich zeitweise sogar so etwas wie Macht spüren konnte, sage ich ihnen. Der Ort, an dem ich am meisten ich selbst war. Einige von euch, sage ich ihnen, haben einen solchen Ort vielleicht schon gefunden. Andere brauchen möglicherweise noch viele Jahre, bis sie ihn finden. Ich würde mir wünschen, dass ein paar von euch ihn vielleicht heute entdecken, durch das Schreiben.

Ein bisschen stehe ich neben mir, als ich zu meinem Stuhl zurückgehe. Alle klatschen. Blicke richten sich auf mich. Und als ich sitze, sagt ein Mädchen einen Platz weiter, das war echt cool, und Manolo oben auf dem Podium applaudiert immer noch. Er nennt noch einmal die Themen der Workshops und die Räume, in denen sie stattfinden. Er zeigt auf den Tisch, auf dem noch mehr Programme ausliegen, und wünscht uns allen einen inspirierenden Tag.

Ich gehe in Victor Silvas Workshop. Bei ihm drängen sich die Schüler, die sich von einem gewachsten Schnurrbart und einem schwarzen Cape nicht abschrecken lassen. Er lässt uns einen Grundriss der ersten Wohnung aufmalen, an die wir eine bewusste Erinnerung haben. «Zimmer, Wandschränke, Diele», sagt er, während er einen Grundriss an die Tafel malt. Er dreht sich wieder zu uns um und sagt: «Und jetzt fügt die herausstechenden Einzelheiten hinzu: das Sofa, die Bourbonflasche, den Spalt zwischen Kühlschrank und Wand.» Er lacht. «Seht ihr? Drei Details, und ihr kennt meine ganze Kindheit.» Er macht ein paar schnelle Schritte nach links und schreibt in Großbuchstaben:

*NO IDEAS BUT IN THINGS.*

«William Carlos Williams. Ich sage euch, lebt nach diesem Motto.»

Nachdem wir unsere Details hinzugefügt haben – Brennpunkte der Erfahrung, nennt er sie –, müssen wir eines auswählen und darüber schreiben. «Nicht in ganzen Sätzen, sondern in Gefühlsexplosionen – Satzfetzen, einzelne Wörter, kümmert euch nicht darum, wie sie zusammenhängen, haut sie einfach raus. Ihr kotzt euch hier aus.»

Ich umringle das Bad meiner Mutter und fange an zu schreiben. Die fettige Gesichtscreme, das Trockenshampoo, der schwere Rasierer, der bernsteinfarbene Flakon Chanel No. 5 – und dann all die Dinge, die, als sie fort war, zu meinen wurden.

«Casey?» Neben meinem Stuhl steht die Schulsekretärin, Lucille, und beugt sich zu mir hinunter. «Entschuldigung, aber sie sagt, es ist dringend.» Sie reicht mir ein blaues Post-it. «Jennifer», steht darauf. «Leitung 2.» Ich folge ihr aus dem Klassenzimmer.

Sie führt mich in den Raum für die Berufsberatung, der verglast ist wie Aishas Büro, aber mit Stapeln von Broschüren gepflastert. Ich nehme den Hörer.

«Also, Amy Drummond bietet schon mal dreißig für Nordamerika.» Ein anderer Verlag hat zwanzig geboten, und noch ein anderer ist mit fünfundzwanzig für die Weltrechte dazwischengegangen. Sie erwähnt andere Verleger, Nebenrechte, aber ich hänge immer noch bei ihrem ersten Satz fest. Und bei dem Wort «bietet».

«Ich habe die anderen Häuser wissen lassen, dass die ersten Gebote eingehen. Von denen haben ein paar gepennt, und jetzt müssen sie lesen wie die Irren.» Sie lacht laut. Ein wenig steigt die Sache auch ihr zu Kopf. «Sind Sie noch da? Ihr Buch wird gebunden und verkauft, Camila. Wir haben ein Wettbieten. Üben Sie schon mal Ihre Unterschrift.»

«Alles in Ordnung?», fragt Lucille, als ich herauskomme.

«Ja. Danke. Tausend, tausend Dank.» Ich liebe sie, und ich liebe dieses Büro, und ich liebe dieses Telefon.

Wie mit Helium gefüllt schwebe ich zurück ins Klassenzimmer.

Alle schreiben eifrig. Ich forme mit den Lippen eine Entschuldigung in Richtung Victor Silva, der mir von seinem Pult aus einen Stinkefinger andeutet, und konzentriere mich dann wieder auf das Bad meiner Mutter, die Pantene-Flaschen, den plüschigen grünen Bademantel, den sie dagelassen hatte und den ich trug, bis mein Vater es mir verbot.

Victor weist uns an, in dem von uns Geschriebenen die «lodernden» Worte auszumachen, die wir umranden und isolieren sollen, um aus ihnen ein Gedicht zu schreiben. Die Gedichte lesen wir laut vor. Eins handelt von einem Aschenbecher, eins von einem Kleid mit Pailletten, von Mehl auf dem Küchenboden. Victor sagt zu jedem ein paar Worte. Die Stimmung im Raum ist wunderbar, weit offen.

Auf dem Gang herrscht Gedränge, als wir alle den Raum wechseln. Der Junge vor mir hat eine grün-weiße Trainingsjacke an. TREVOR HILLS steht auf seinem Rücken.

In dem Workshop bei der irischen Essayistin komme ich neben unserer Bibliothekarin zu sitzen.

«Trevor Hills? Sind die auch hier?»

Sie nickt.

«Mit ihren Lehrern?»

«In der Regel kommen einer oder zwei von jeder Schule mit.»

Mein Herz hämmert Silas, Silas, Silas.

Die irische Essayistin bittet uns, mit geschlossenen Augen auf die Wörter zu hören, die sie uns vorspricht, und unseren Gedanken einfach freien Lauf zu lassen.

Ich lasse meine Augen einen winzigen Spalt offen und suche den brechend vollen Raum ab. Hier ist er nicht.

«Ein Regentag», sagt sie.

Meine Mutter und ich rennen vom Mustang ins Haus.

«Der Klang eines Musikinstruments.»

Caleb auf der Gitarre.

«Ein Liebesdienst.»

Mein Vater, der an der Spüle steht und meine Golfschläger säubert. Etwas, das ich völlig vergessen hatte.

Wir sollen über einen der Momente schreiben, die uns so spontan in den Sinn kommen. Ich schreibe über die Golfschläger, als mir Lucille auf die Schulter tippt.

«Leitung 1», steht auf ihrem blauen Post-it.

Auf dem Weg zum Telefon erzählt sie mir, dass sie seit vierzehn Jahren hier arbeitet und dass ihr Sohn in meiner Neunten ist.

Jennifer berichtet mir von einer neuen Runde von Geboten. «Eine Frage», sagt sie. «Haben Sie irgendeine Summe im Auge? Einen Betrag, auf den Sie kommen müssen? Sie hatten erwähnt, dass Sie noch Schulden vom Studium her haben.» Habe ich das? «Welche Zahl schwebt Ihnen in Ihren kühnsten Träumen vor?»

Auf dem Tisch liegt ein Taschenrechner. Ich rechne die Jahresmiete für die Dachwohnung mit dem Fenstersitz und den Einbauregalen aus und addiere dazu meine Schulden. Ich nenne ihr die Zahl. Es fehlen Welten.

Ich will zurück in den Essay-Kurs, aber es ist zu spät, alles drängt sich schon wieder in den Gängen. Der Workshop, den ich als Nächstes besuchen will, ist im ersten Stock. Auf der Treppe geht es nur im Schneckentempo voran.

«Komplett versiebt hast du das Gespräch also doch nicht.»

Ich schaue auf. Auf dem Treppenabsatz steht Silas, Krawatte um den Hals. Um uns herum ein Pulk von Menschen. Ich schiebe mich noch eine Stufe höher.

«Sie werden schon bald zur Besinnung kommen», sage ich.

«Das war gut, was du da gesagt hast», sagt er. «Über das Schreiben. Es tut den Kids gut, so was zu hören.»

Zwischen unseren Fingern auf dem Geländer liegen nur wenige Zentimeter. Meine Beine fühlen sich wacklig an. «Wollen wir zusammen zu Mittag essen?», frage ich.

Er will schon zu einem Nein ansetzen.

«Ich hab hier noch nicht viele Freunde.»

«Ich glaube nicht, dass –»

«Bitte!»

Er verzieht das Gesicht. «Von mir aus.»

«Ich warte vorn bei der Tür auf dich.»

Er nickt und läuft an mir vorbei, die Treppe hinunter.

Das Mittagessen gibt es in der Turnhalle, Lunchpakete an runden Tischen. Das Stimmengewirr ist donnernd laut. Ich stehe an der Tür, lasse die Schüler an mir vorbeiströmen und warte auf Silas. Aber vor Silas kommt Lucille.

«Ich habe ihr gesagt, dass Sie sicher beim Essen sind, aber sie sagt, es ist dringend.»

Sie ist langsam genervt, verständlicherweise, also erkläre ich ihr auf dem Weg zum Büro, was es mit den Anrufen auf sich hat, und sie umarmt mich und beschleunigt ihre Schritte.

Drei Verleger sind noch im Rennen. Jennifer ist der Meinung, ich sollte persönlich mit ihnen reden. Ich versuche ihr zu sagen, dass ich in einer Stunde Zeit habe, aber sie sagt, sie sind jetzt in ihren Büros. Sie haben ihre Mittagstermine abgesagt, um mich sprechen zu können.

Ich lege auf, und Lucille hinter der Glaswand macht eine fragende Handbewegung. «Ich soll mit den Verlegern reden!»

Sie führt einen kleinen Tanz in ihrem Bürostuhl auf, ich einen in meinem.

Ich rufe sie der Reihe nach an. Mit der letzten Verlegerin unterhalte ich mich lange. Sie hat mein Buch akribisch gelesen und schlägt mir vor, eine kleine Überleitung zwischen Teil 1 und Teil 2 einzubauen. Wie «Time Passes» in *Zum Leuchtturm*, sage ich, und sie sagt, genau daran habe sie auch gedacht. Ich komme ganz beschwingt aus dem Gespräch. Aber ich habe darüber das Essen verpasst. Ich habe Silas verpasst.

Die letzte Sitzung ist bereits angelaufen. Ich schaue in ein paar Klassenzimmer, kann ihn aber nicht finden. Beim Workshop des muskulösen Stückeschreibers wird fleißig geschrieben. Er sieht mich und deutet auf einen Stuhl in der ersten Reihe, und mir bleibt keine andere Wahl, als mich zu setzen.

«Schreib deine größte Angst auf», sagt er leise und gibt mir einen Zettel. Am anderen Ende des Raums macht sich ein Schüler mit einer Wollmütze in der Hand schon daran, die gefalteten Zettel einzusammeln.

Das Klassenzimmer, in dem wir sind, ist groß, mit hohen Fenstern. Auf den Fensterbrettern stehen ein paar Bücher: *Sula*, *Jane Eyre*, *Das Haus in der Mango Street*. Dass von mir einmal ein Buch erscheint, ist ein Gedanke, den ich mir bisher immer verboten habe. Bei meinen Turnieren als Kind war ich darauf eingestellt zu gewinnen, oft zu Recht, aber danach habe ich schnell aufgehört, mit Erfolgen zu rechnen.

Die Wollmütze kommt näher. Auf dem Papier in meiner Hand steht immer noch nichts. Die Wollmütze hat mich erreicht. «Heute habe ich vor nichts Angst», schreibe ich, falte den Zettel zusammen und werfe ihn hinein. Es fühlt sich so wahr an, dass mir einen Moment lang der Atem stockt.

Der Schüler übergibt die Mütze dem Stückeschreiber, der sie oben zuhält und kräftig durchschüttelt. Ich überlege fieberhaft, wie ich hier wieder rauskomme, um Silas zu suchen. Aber ich sitze ganz vorn, und der Stückeschreiber steht direkt vor mir und versperrt mir den Weg.

«Alle Probleme beim Schreiben oder auch beim Auftreten haben mit Angst zu tun. Angst davor, sich bloßzustellen, Angst davor, Schwäche oder mangelndes Talent zu offenbaren, Angst davor, sich schon allein dadurch zu blamieren, dass man es versucht, dass man überhaupt zu denken wagt, man könnte etwas. Ängste, wohin ihr schaut. Wenn wir angstfrei wären, stellt euch vor, welche Kreativität das freisetzen würde. Aber die Angst lähmt uns bei jedem Schritt. Mehrere Studien belegen, dass unter allen Ängsten in diesem Land – vor Tod, Krieg, Schusswaffen, Krankheit – unsere größte die vor jeder Art öffentlichen Auftretens ist. Vor dem, was ich jetzt gerade mache. Und wenn die Leute angeben sollen, welche Form des öffentlichen Auftretens ihnen am allermeisten Angst macht, dann kreuzen sie ‹Improvisationen› an. Das heißt, Improvisationen sind in Amerika die Angst Nummer eins. Vergesst den nuklearen Winter oder ein Erdbeben der Stärke neun oder einen zweiten Hitler. Nein, der absolute Killer ist Impro. Was lustig ist, denn eigentlich improvisiert ja jeder von uns den ganzen Tag. Unser ganzes Leben ist eine einzige Improvisation. Wovor fürchten wir uns also?»

Nein. Ich mache hier nicht auch noch Impro. Ich stecke meinen Stift in die Tasche und rutsche zur Sitzkante vor. Sobald er einen Schritt weg macht, flüchte ich.

«Du.» Er zeigt auf ein Mädchen zwei Reihen hinter mir. «Du.» Er deutet auf einen Jungen am Ende meiner Reihe. «Und du.» Er zeigt auf mich. «Aufstehen.»

Wir stehen auf.

Er streckt dem Jungen die Mütze hin. «Such dir eine Angst aus. Egal welche.»

Der Junge zieht einen Zettel.

«Zeig sie deinen Partnern, aber lest sie nicht laut vor.»

Er hält uns das Stück Papier hin, und wir lesen: «Ich fürchte mich vor der blauen Giraffe.»

Auch das noch.

«So», sagt er zu dem Jungen. «Du hast diese Angst. Sie ist gnadenlos und überwältigend. Und du», sagt er zu dem Mädchen, «musst sie ihm ausreden. Auf jede nur mögliche Weise.» Er wendet sich an mich. «Und du» – mir schwant Fürchterliches – «verkörperst die Angst selbst. Los geht's.»

Beide schauen sie mich an. Die blaue Giraffe. Ich richte mich höher auf, krümme die Schultern nach vorn und fange an, mit den Kiefern zu malmen und mit ruckartigen Kopfschwenkern Blätter von den Bäumen zu rupfen. Und so gehe ich langsam auf den Jungen zu.

«Sprich mit ihm», befiehlt der Stückeschreiber dem Mädchen.

«Du weißt doch eigentlich, dass sie nicht echt ist», sagt sie zu dem Jungen. «Sie ist bloß etwas, was du dir als kleiner Bub ausgedacht hast, als du im Bett lagst und deine Eltern streiten gehört hast, aber es gibt sie nicht, und sie kann dir nichts tun.» Sie macht ihre Sache gut. Aber je eindringlicher sie ihm sagt, dass ich nicht existiere, desto realer fühle ich mich. Der Junge weicht vor mir zurück, und ich folge ihm vor zur Tafel, um das Pult und wieder zurück zu den Sitzreihen. Ich steige auf meinen Stuhl, sodass ich über ihn gebeugt stehe, und stoße laute, aggressive Geräusche aus, eine Mischung aus dem Schnarchen meines Vaters und Clarks scheußlichem Heavy-Metal-Geplärre. Das Mädchen redet weiter auf ihn ein, und ich fange lauthals zu röhren an, damit er sie nicht mehr hört, biege meinen Giraffenhals zurück, um noch lauter zu klingen, und werfe wild den Kopf hin und her, und die Leute lachen, und ein klein wenig fürchten sie sich auch, und ich fürchte mich vor gar nichts.

Hinterher auf den Gängen erkennt man sofort, wer gerade anderthalb Stunden Impro gemacht hat. Unsere Bewegungen sind lockerer, und alles ist plötzlich lustig. Wir schieben uns alle in die gleiche Richtung: zum Rondell vor dem Haupteingang, wo die Busse warten. An meiner Seite erscheint Lucille mit einem Post-it:

«Wir sind durchs Ziel!»

Ich falle ihr um den Hals und kann ihr Lachen spüren. «Danke! Danke! Danke!»

Und dann stürze ich mich ins Gewühl, um Silas zu finden.

Drei Trevor Hills-Jacken steigen gerade in einen Bus ein. Durch das getönte Glas kann ich einen Mann mit einem Klemmbrett ausmachen, der Namen abhakt. Nicht Silas.

«Casey!»

Auf mich kommt Victor Silvas Cape zugesegelt. «Ich hab noch was für dich.» Er gibt mir zwei Konzertkarten. David Byrne im Strand Theatre in Providence, Rhode Island. «Mary Hand hat mir einen ganzen Packen mitgegeben.»

«Dein Workshop war super», sage ich.

«Ich fand das ein tolles Bild, das mit dem Umriss deiner Mutter in der Badewanne.»

«Danke.»

«Dann sehen wir uns beim Konzert.»

Ein Bus nach dem anderen rollt davon. Das Rondell leert sich. Aber vom Lehrerparkplatz sehe ich noch einen kleinen grünen Schimmer. *Just a little green.* Ein grüner R5.

Ich stürme den Weg hinunter. Er kehrt mir den Rücken zu. Ich schwenke die Arme. Ich schreie seinen Namen. Ich bin eine furchtlose blaue Giraffe.

Er dreht sich um, und ich komme vor ihm zum Stehen. Mein langer Hals macht mich groß, aber er ist trotzdem größer. Und schön, mit dem weißen Hemd und der gelockerten Krawatte.

Aber die Scharte im Zahn lässt er mich nicht sehen.

«Es tut mir so leid, dass ich dich vorhin verpasst habe, Silas.»

Er winkt ab. «Schon gut. Ich weiß ja inzwischen, wie das bei dir läuft.»

«Nein. *Nein!*», rufe ich. «So läuft das bei mir *nicht*! Ich wollte dich sehen. Wirklich. Ganz dringend. Ich wollte dir so viel sagen.» Die Stimme versagt mir. Ich schlucke. Es muss raus, alles. «Erst mal, deine Geschichte über Stella und den Baum ist unheimlich schön. Ich habe sie bei Oscar mitgehen lassen und sie fast jeden Abend vor dem Schlafen gelesen. Mir hat ein Typ im Frühjahr das Herz gebrochen, deshalb hatte ich Angst, dass es mir wieder passiert. Ich mochte dich so gern, aber ich wusste nicht, woran ich bei dir bin. Oscar hatte dieses riesige Loch in seinem Leben, und ich dachte, vielleicht kann ich es füllen, aber ich habe ständig an unseren Kuss denken müssen. Mein ganzer Körper fängt wie wild zu sirren an» – meine Hände zucken spastisch an meinen Hüften auf und ab –, «sobald ich daran denke. Ich habe mit ihm Schluss gemacht, und das wollte ich dir heute Mittag sagen, aber ich musste mit lauter Verlegern telefonieren, weil wir in einem Bieterwettbewerb waren, und jetzt gerade sind wir durchs Ziel gegangen.» Ich halte das Post-it hoch und breche in Tränen aus. Ich heule wie eine furchtlose blaue Giraffe.

Er nimmt den Zettel. «Dein Buch?»

Ich nicke.

«Casey.» Ich spüre seine Hand auf meinem Haar. Ich schiebe mich noch ein Stück näher. Langsam ziehen seine Arme mich an ihn heran. «Ich freue mich so für dich.» Das drückt noch mehr Tränen aus mir heraus. Er lässt mich nicht los.

«Gehst du mit mir aufs David-Byrne-Konzert?»

Er lacht. «David Byrne?» Er biegt sich ein Stück weg, um mich ansehen zu können. Da ist sie, die Scharte im Zahn.

Ich zeige ihm die verknickten Tickets in meiner Hand.

«Klar.» Er ist so nah, und er weicht nicht zurück. Er zupft eine feuchte Haarsträhne von meiner Wange weg, beugt sich herab und flüstert: «Ich glaube, da kommt dein Chef den Weg runter.»

«Macht nichts.» Sein Gesicht ist dicht vor meinem. «Dann bin ich eben die neue Lehrerin, die auf dem Parkplatz rumknutscht.»

Und ich küsse ihn. Ein langer, durch nichts unterbrochener Kuss, der mir durch und durch geht und Glocken anschlägt, die nie wieder aufhören sollen zu läuten.

Als wir beim Konzert unsere Plätze erreichen, habe ich das Gefühl, bei einem Betriebsausflug vom Iris gelandet zu sein. Gleich am Anfang der Reihe sitzt Fabiana zwischen Gory und Marcus, dann kommen Dana, Tony und Yasmin. Dana erzählt von ihrem Date gestern Abend, bei dem ihr der Typ vor dem ersten Kuss eine Gewürznelke zwischen die Lippen gesteckt hat. «Bin ich ein Schinken, oder was?», höre ich sie sagen, als wir uns an ihr vorbeizwängen. Angus und Yasmin streiten sich über die korrekte Aussprache von «surreal». Silas und ich setzen uns neben Harry und James, die aussehen, als hätten wir sie beim Rummachen gestört, die Lippen rot und die Haut an den Wangen gereizt. Mary Hand sitzt eine Reihe vor uns, mit Craig, Helene und Victor – die alte Garde. Thomas und seine Frau sind auch da, mit ihrer winzig kleinen Tochter, die schläft wie ein Stein.

Bei der Vorband sitzen wir noch, aber als David Byrne im pinkfarbenen Mohairanzug die Bühne betritt und ruhig in sein Mikro sagt: «I can't seem to face up to the facts», springt Mary auf, und wir folgen ihr alle zur kleinen Tanzfläche unterhalb der Bühne.

Die Menge kreischt den ganzen Song durch. Als Nächstes singt er «Making Flippy Floppy» und «The Gates of Paradise» aus seinem neuen Album, dann «Take Me to the River», was die Zuhörer gleich wieder zum Ausflippen bringt. Die Umziehpausen sind kurz, und jedes Mal, wenn er sein Outfit wechselt, kommt er mit frischer Energie zurück auf die Bühne. Das Publikum spricht er nicht an, bis er eine Gitarre nimmt, sich den Riemen über den Kopf streift und an das Standmikro vorne am Bühnenrand tritt. Er hat gerade «Miss America» gesungen und trägt noch den Schottenrock und schwarze

Kampfstiefel mit Kniestrümpfen. Er zupft eine langsame Tonfolge, die ich nicht erkenne. «Hallo, Pro-vi-dence.» Die Menge tobt beim Klang seiner Sprechstimme. «Mit Liebesliedern habe ich es sonst ja nicht so.» Er muss die neuerlichen Schreie erst abebben lassen. «Aber das hier habe ich vor langer Zeit geschrieben. Es ist ein Herzschmerz-Song. Irgendwann ist bei jedem ein Herzschmerz-Song fällig, stimmt's? Der hier ist für dich, Mary.»

Alle johlen, aber wir vom Iris johlen am lautesten. Sie steht ein Stück rechts vor mir, eingeklemmt zwischen Victor und Craig, die jeder einen Arm um sie gelegt haben. Ich sehe sie im Halbprofil. Ich suche in ihren Zügen nach Wehmut oder Sehnsucht, aber sie grinst nur mit ihrem üblichen süffisanten Grinsen zu ihm hinauf, ihr Gesicht überflackert von lila und roten Lichteffekten.

Wir wiegen uns zur Gitarre. Die Worte sind kryptisch, etwas über Treppen und Hamburger im braunen Papier. Nach der Hälfte zieht das Tempo an, und wir lassen uns los und tanzen vor der Bühne, als hätte er uns alle gemeint mit unseren Herzen, die brechen und heilen, und unseren Freundschaften, die vielleicht ja doch von Bestand sind.

Auch hinterher in Silas' Auto dröhnen uns noch die Ohren, und als ich in der Einfahrt frage, ob er mit zu mir kommt, versteht er mich nicht, und ich muss noch einmal fragen. Und als wir drin sind, lässt er sich auf meinen Futon fallen, als gehörte er schon immer dorthin.

Die Gänse schlafen. Ein paar heben die Köpfe unter den Flügeln hervor, als wir uns nähern. Ich öffne die Keksdose, und ein paar mehr kommen gemächlich angewatschelt. Es ist kalt, Silas hat mir die grüne Decke umgelegt, sodass ich mich selbst ein wenig so fühle, als hätte ich Flügel. Ich schüttle die Dose und gehe rückwärts im Kreis um die Gänse herum. Der Boden ist wärmer als die Luft und noch einmal wärmer da, wo sie gesessen haben. Die Asche verteilt sich gleichmäßig im Gras.

Sie picken nach den silbrigen Flocken. Ihre Schnäbel arbeiten wie Maschinen, so schnell, dass das Auge kaum folgen kann. Noch mehr kommen dazu. Sie nehmen einander nichts weg. Es ist genug für alle da.

Ich halte die Decke auf, und Silas schlüpft zu mir herein und zieht sie um uns zu.

«Verrückt, oder?»

«Hmm.» Er drückt die Lippen in mein Haar. «Aber gut verrückt.»

Sie picken und stochern eine ganze Zeit lang. Viel ist nicht übrig, als sie fertig sind. Sie schreiten ein bisschen herum auf ihren breiten, ledrigen Füßen. Ihre Hälse sehen aus, als wären sie aus Fell, nicht aus Federn. Einige legen sich wieder schlafen – knicksen zu Boden und stecken den Kopf zwischen die gefalteten Flügel.

Sie werden mir fehlen, wenn sie nach Süden abfliegen. Ich werde ihren Aufbruch verpassen, ihr schnelles, aufgeregtes Geschnatter, den Moment, wenn sie die Schwingen endlich voll ausspannen, ihre Füße nach hinten wegklappen wie ein Flugzeug, das die Räder einfährt. Ich werde nicht hier sein dafür. Ich werde im Unterricht sein, am Schreibtisch oder im Bett, wenn sie quer über den Himmel davonziehen.

«Warum können sie nicht jetzt gleich losfliegen?»

«Ich weiß», sagt Silas. «Aber sie fliegen dann, wenn sie so weit sind.»

In einem Buch in der Bibliothek hieß es, manche Kanadagänse ziehen bis hinunter nach Jalisco in Mexiko. Das wird meiner Mutter gefallen, der lange, abenteuerreiche Weg, die Landung in der Fremde.

Aber andere, stand in dem Buch, verbringen den Winter einfach bei uns. Sie sind schon daheim.